LOUISE ERDRICH

Die Antilopenfrau

Roman

DEUTSCH VON
JULIANE GRÄBENER-MÜLLER

ROWOHLT

Die Originalausgabe erschien 1998 unter dem Titel
«The Antilope Wife» bei HarperCollins, New York
Redaktion Nikolaus Stingl

1. Auflage Januar 2001
Copyright © 2001 by Rowohlt Verlag GmbH,
Reinbek bei Hamburg
«The Antilope Wife» Copyright © 1998 by
Louise Erdrich
Alle deutschen Rechte vorbehalten
Schutzumschlag- und Einbandgestaltung Cathrin Günther
Satz aus der Guardi PostScript (PageOne)
Gesamtherstellung Clausen & Bosse, Leck
Printed in Germany
ISBN 3 498 01665 2

Die Schreibweise entspricht den Regeln der
neuen Rechtschreibung.

INHALT

ERSTER TEIL: BAYZHIG
1. Vatermilch 15

2. Die Antilopenfrau 39

3. Seetang-Marshmallows 57

4. Warum ich nicht mehr mit Whiteheart Beads befreundet bin 67

5. Sweetheart Calico 79

6. Das Mädchen und der Hirschgatte 81

7. Der gelbe Pick-up 91

ZWEITER TEIL: NEEJ
8. Beinah Suppe 107

9. Fauler Stich 119

10. Nibi 131

DRITTER TEIL: NISWEY
11. Gakahbekong 141

12. Windigo-Hund 175

13. Der Blitzkuchen 179

14. Das Round-up 193

15. Tränen 205

16. Kamikaze-Hochzeit 215

VIERTER TEIL: NEEWIN

17. Totenspeise 251

18. Nordwesthändlerblau 262

19. Sweetheart Calico 298

20. Windigo-Hund 300

21. Sweetheart Calico 304

22. Die Überraschungsparty 308

23. Scranton Roy 315

Dieses Buch wurde vor dem Tod meines Mannes geschrieben.
Seine ganze Familie wird ihn in liebevoller Erinnerung behalten.

Für meine Kinder
Persia, Aza, Pallas, Birdie
und Sava

DANKSAGUNG

Mein Dank gilt wie immer zuerst meiner Familie. Mein Bruder Louis hat in verschiedenen Reservationen streng auf die Einhaltung von Umweltschutzbestimmungen geachtet. Mein Vater hat das Manuskript redigiert und von John Burke bekam ich Wing Chun. Marian Moore verdanke ich Bläue. Meine Geschwister haben mir das ganze Jahr über die Hand gehalten. Don das Herz. Mein Dank gilt Diane Reverand, meiner geschätzten Lektorin bei HarperCollins, Trent Duffy für seinen klaren Blick und Jay Redhawk für den Namen «Beinah Suppe». Dank auch Joyce Kittson, einer der landesweit Begabtesten in der Kunst der Perlenstickerei; meiner Mutter, Barb Nagle, dem ganzen Zirkel der Stickerinnen und Anishinabemowin Dopowin. Lisa Record, ich danke dir. Regina Thunderhawk. Tish, Chad, Cleo – Megwitch, *mino aya sana onishisin abinojeen*. Zuletzt und zuerst Jim Clark, *Nauwigeezis, gekinoamadaywinini. Apijigo megwitch*. Für mögliche Fehler bin ich selbst verantwortlich.

Erster Teil: BAYZHIG

Von Anbeginn sticken diese Zwillingsschwestern. Die eine hell, die andere dunkel. Die Perlen der einen sind aus weißem und mattfarbenem Kristallglas, die der anderen von einem glänzenden Tiefrot und blauschwarzen Indigo. Die eine verwendet den angespitzten Penisknochen eines Otters als Ahle, die andere den eines Bären. Sie sticken mit ein und demselben Sehnenfaden, hinein, heraus, mit rasender Geschwindigkeit, denn jede versucht, eine Perle mehr in das Muster zu setzen als ihre Schwester, jede versucht, die Welt aus dem Gleichgewicht zu bringen.

1
VATERMILCH

Scranton Roy

Vor langer Zeit wurde während eines ungeheuer grausamen Überfalls auf ein entlegenes Ojibwa-Dorf, das in der damals herrschenden Angst vor den hungernden Sioux irrtümlich für feindlich gehalten worden war, ein Hund mit einem *Tikinagun* auf dem Rücken, einem Wiegenbrett, auf dem ein Kind in Moos, Samt und Perlenstickerei eingewickelt war, derart in Schrecken versetzt, dass er in das riesige Gerippe der Welt westlich des Otterschwanzflusses hinauslief. Ein Kavalleriesoldat fühlte sich durch den Anblick des Hundes und des auf seinen Rücken geschnallten Kindes, die sich in der Ferne verloren, angerührt, folgte ihnen und kam nicht mehr zurück.

Was mit ihm geschah, lebt fort, wenngleich es in der allgemeinen Erinnerung verblasst, und ich gebe es hier wieder, damit es nicht verloren geht.

Der Gefreite Scranton Teodorus Roy war der jüngste Sohn eines Quäkers und einer scheuen Dichterin, die in Pennsylvania eine kleine, auf geistreichen Gesprächen basierende Gemeinschaft aufbauten. Eines Tages erschien ein Mitglied einer fahrenden Schauspieltruppe in seiner Welt. Der Blick der unmaskierten Frau von der Bühne herab versengte Roys Brauen wie Feuer. Sie war groß, atemberaubend schlank, mit blassem Teint und noch blasserem Haar, von energischem Wesen und ungezwungen in ihrem munteren Spott über Roy – so jung, fröhlich, folgsam. Um sich zu beweisen, versprach er ihr ein

Rendezvous und machte sich dann auf nach Westen, ihrem funkelnden Blick folgend. Der fuhr ihm wie ein Eiszapfen ins Herz, wo er schmolz und eine Spur aus Eis und Blut hinterließ. Der Weg war lang. In fiebrigen Träumen glitt sie wie eine Schlange unter seinen Schritten dahin. Als er schließlich am vereinbarten Ort ankam, war sie natürlich nicht da. Wütend und verstört meldete er sich, dem leuchtenden Vorbild seines Vaters zum Trotz, in Fort Sibley am Ufer des Mississippi bei St. Paul, Minnesota, zur US-Kavallerie.

Dort wurde er am Gewehr ausgebildet, lernte, über einem hölzernen Ei seine Socken zu stopfen, verzehrte so manches ungenießbare Bohnengericht und polierte das lederne Pferdegeschirr seines Offiziers, bis er eines Tages in einem unbehaglichen Zustand der Resignation die dunkelblaue Uniform anzog, sein Bajonett aufpflanzte und westwärts marschierte.

Das Dorf, auf das seine Kompanie traf, war erst friedlich und dann nicht mehr.

Was Scranton Roy in dem Durcheinander von stöhnenden Pferden, jaulenden Hunden, Gewehr- und Pistolensalven und dem Rauch vereinzelter Kochfeuer am meisten verstörte, war nicht das Todesgeschrei alter Männer und der wenigen nackt und wehrlos überrumpelten Krieger, sondern die unmenschlich anmutende Ruhe der Kinder. Und die plötzliche Verachtung, die er für sie alle empfand. Unerwartet, der eiskalte Hass. Das Vergnügen beim Anlegen, Zielen. Leichtfüßig wie ihre Mütter rannten sie auf eine von Dickicht gesäumte Wasserrinne und einen grasbewachsenen Sumpf dahinter zu. Zwei fielen zu Boden. Roy wirbelte herum, unschlüssig, auf wen er nun schießen sollte. In seiner Gier spießte er mit dem Bajonett eine alte Frau auf, die, nur mit einem vom Boden aufgehobenen Stein bewaffnet, auf ihn losging.

Mit ihrer Statur glich sie den löchrigen Heusäcken, die er zum Üben benutzt hatte, nur schloss ihr Körper sich fest um das Metall. Er stemmte sich gegen sie, stellte den Fuß zwischen ihre Beine, um ihr die Klinge aus dem Leib zu ziehen, und versuchte, ihr nicht in die Augen zu schauen, was ihm nicht gelang. Ihr Blick fesselte den seinen und er versank mit ihm in dem dunklen, einsamen Moment vor seiner Geburt. Sie stieß ein Wort in ihrer Sprache aus. *Daashkikaa. Daashkikaa.* Ein Stöhnen voller Hitze und Blut. Er sah seine Mutter vor sich, riss mit einem gewaltigen Schrei das Bajonett heraus und fing an zu rennen.

In diesem Augenblick bemerkte er den Hund, einen schmutzig braunen Köter, der mit dem Kind auf dem Rücken zweimal im Kreis um das Lager trottete und sich dann ins offene Gelände aufmachte. Scranton Roy begann, hinter den beiden herzulaufen, nicht nur aus Mitgefühl für das Baby, wenngleich er dessen erstauntes und ruhiges Gesicht flüchtig gesehen hatte, sondern ebenso sehr, um dem unheilvollen Chaos des Dorfes und seiner eigenen finsteren Tat zu entkommen. Bald darauf lag der Aufruhr des Todes hinter ihm. Je weiter er sich vom Dorf entfernte, umso weiter wollte er es hinter sich lassen. Er gab nicht auf, rannte, lief und schaffte es nur deshalb, den Hund im Auge zu behalten, weil Frühling war und das frische Gras nach einem vom Blitzschlag verursachten Brand gerade erst wieder zu sprießen begann, um am Ende mehr als mannshoch zu werden.

Im Lauf des Tages hielt das Tier, eine Hündin, mehrmals an, um sich auszuruhen, und streckte sich geduldig unter seiner Last. Hechelnd und mit gefletschten Zähnen erlaubte es Roy, sich ihm bis auf eine gewisse Entfernung zu nähern. Vom Stirnschutz der Babytrage hing eine Halskette aus blauen Perlen herab. Sie schwang hin und her, klapperte leise. Die Hände des Kindes steckten fest in seiner Hülle. Es konnte die Perlen nicht erreichen, starrte sie aber wie hypnotisiert an. Die Sonne wurde stechend. Winzige Kriebelmücken setzten sich in seine Augenwinkel. Nippten von der Flüssigkeit, die an seinen Lidern entlanglief, bis am späten Nachmittag die Hitze nachließ.

In stetigem Brausen wehte Scranton Roy ein kalter Wind entgegen. Dennoch stießen die drei ganz allmählich in die Leere vor.

Die Welt wurde dunkel. Aus Angst, die Spur zu verlieren, holte Roy das Letzte aus sich heraus. Als die Nacht über sie hereinbrach, waren Mann und Hund einander nah genug, um den anderen atmen zu hören, und so, in diesem Rhythmus, schliefen sie beide. Am nächsten Morgen blieb die Hündin in der Nähe, lauerte zähnefletschend auf Essensreste. Da Roy fürchtete, sie durch einen Gewehrschuss zu verscheuchen, hatte er kein Wild erlegt, obwohl er eine ganze Menge gesehen hatte. Es gelang ihm, in einer Falle einen Hasen zu fangen. Nachdem er mit Zunderbüchse und Stahl ein Feuer entfacht hatte, briet er ihn, worauf die Hündin sich, dem Duft folgend, bäuchlings durch den Staub langsam näher schob. Das Baby gab seinen ersten Ton von sich, ein leises Wimmern. Die Hündin nahm Fleischstücke und Knochen an und war doch wachsam, argwöhnisch. Roy konnte sie erst berühren, als ihm am nächsten Tag der Gedanke gekommen war, sich von Kopf bis Fuß zu waschen und sich ihr nackt zu nähern, um den Geruch des weißen Mannes abzuschwächen.

So konnte er schließlich das Kind, ein Mädchen, aus seinen Umhüllungen nehmen, es baden und im Arm halten. Dergleichen hatte er noch nie getan. Zuerst versuchte er, es mit einem winzigen Stückchen Hasenfleisch zu füttern. Doch dafür war es noch zu klein. Er träufelte ihm Wasser in den Mund und achtete sorgsam darauf, dass die Flüssigkeit in die Kehle lief, aber wie er es ernähren sollte, diese Frage machte ihn ratlos und dann, als sich das winzige Gesicht nach einer Nacht der Entbehrung vor Hunger verzerrte, besorgt. Es blickte ihn erwartungsvoll an und schrie am Ende mit aller Kraft los. Sein Geschrei hallte durch die unermessliche Weite, wie nichts anderes es vermocht hätte, durchdrang alles und legte Scranton Roys Herz bloß. Er wiegte das Baby, sang obszöne Soldatenlieder, dann glaubensfeste Choräle und zum Schluss die Wiegenlieder seiner Mutter. Nichts half. Wenn er das Kind ans Herz drückte, wie Frauen es taten, schien es vor Verlangen zornig zu werden und begann verzweifelt zu klammern, mit dem Mund zu suchen und enttäuscht loszubrüllen, bis Roy, dem Wahnsinn nahe, sein Hemd öffnete und ihm seine Brustwarze gab.

Es packte sie. Saugte sie ein. Mit ungeheurer Saugkraft. Scranton Roys ganzer Körper war überrascht, vor allem seine unauffällige Brustwarze, die er nie zur Kenntnis genommen oder zu schätzen gewusst hatte, bis sie ihm trotz aller Schmerzen zu Frieden verhalf. Während er so dasaß, das Kind mit etwas von ihm im Mund, sah er sich suchend um, ob nicht doch jemand Zeuge dieser Handlung war, die ihm so sonderbar vorkam wie alles, was in diesem himmelweiten Land geschehen war. Natürlich war nur die Hündin da. Zufrieden und befreit räkelte sie sich dankbar in seiner Nähe. So verging der Abend und dann die Nacht. Scranton Roy musste die Brustwarze wechseln, so weh tat ihm die erste, und als er einschlief, lag das Baby neben ihm an seiner nutzlosen Brust.

Am nächsten Morgen war es noch immer da und hing an ihm fest, doch er zog es ab, um mit der Steinschleuder ein Rebhuhn zu erlegen, briet auch das und schmierte sich das Fett auf seine beiden wunden Stellen. Davon wurde das Kind ganz versessen nach ihm. Er konnte es nicht mehr abnehmen und machte sich, die Arme um das an ihm fest geschnürte Mädchen gelegt, auf den Weg zu einem Pappelgehölz, das in der Ferne zitterte. Ein Fluss. Ein Platz für ein Lager. Dort würde er sich für ein oder zwei Tage niederlassen, dachte er, und versuchen, der Kleinen das Essen beizubringen, denn er fürchtete, sie würde verhungern, obgleich sie, außer wenn er sie von seiner Brust nahm, erstaunlich zufrieden wirkte.

Er legte dem Baby die blauen Perlen um den Hals, schnallte sich selbst das Wiegenbrett auf den Rücken. Dann drangen der Mann, das Kind und der Hund weiter in die Wildnis vor. Sie kamen zu Sandhügeln, deren Eichenbewuchs Schutz bot. Nicht weit davon stach er mit der Bajonettspitze sorgfältig Grassoden aus, die er zu einem dunklen, aber sicheren und warmen Viereck aufstapelte. Obwohl er mit Munition geizte, gelang es ihm, einen Büffel, der vom Sommergras Fett angesetzt hatte, zu erlegen. Er häutete das Tier, trocknete das Fleisch, briet das Hirn an, stopfte den Darm mit zerstampftem Fett und Beeren, nutzte jeden Knochen und Fleischfetzen bis hin zu den Hörnern, aus denen er Löffel schnitzte, und den Augäpfeln, die er dem Hund vorwarf. Die Zunge versuchte er, weich gekocht und von ihm selbst zerkaut, der Kleinen schmackhaft zu machen. Ihn mochte sie immer noch viel lieber. Da er mittlerweile jegliches Urteilsvermögen verloren hatte, erfüllte ihre Loyalität ihn mit einer törichten, zärtlichen Freude.

Jeden Morgen badete er im Fluss. Einmal tötete er einen Biber und rieb sich zum Schutz vor Moskitos von oben bis unten mit dessen Fett ein. Das Baby saugte weiterhin, und er machte ihm aus seinem Hemd ein Tragetuch. Voller Sorge, er werde von einem Fieber befallen, lungerte er träumend und erschöpft im Eingang seiner Grassodenbehausung. Die Situation war verwirrend. Er wusste nicht, welche Richtung er einschlagen, wie er sich auf den Rückweg machen sollte, fragte sich, ob man wohl einen Suchtrupp nach ihm ausgeschickt hatte, und machte sich dann klar, dass man ihn, wenn man ihn tatsächlich fände, vor ein Kriegsgericht stellen würde. Das Baby saugte weiter und weigerte sich aufzuhören. Roys Brustwarzen wurden widerstandsfähig. Er empfand tiefstes Mitleid darüber, wie sie so blindlings, so kraftvoll und mit einem so ungeheuren Glauben saugte. Als er eines Abends in der langsam anbrechenden Dämmerung auf das Kind an seiner Brust hinabschaute, war ihm, als lehrte es ihn etwas.

Zunächst erschien ihm diese Vorstellung absurd, doch wie

es mit Einsichten so geht, wenn wir die nötige Abgeschiedenheit haben, um sie in uns aufzunehmen, gewöhnte er sich schließlich an den Gedanken und achtete auf die Lektion. Das Wort *Glaube* nahm ihn gefangen. Sie besaß ihn in so reiner Form. Sie saugte mit äußerster Einfachheit und Zuversicht, als würde der Akt selbst ihren Wunsch in Erfüllung gehen lassen. Das Kind neben sich, verspürte er eines frühen Morgens, noch halb im Schlaf, einen Anflug von Wärme, dann einen Drang, ein angenehmes Brennen auf einer Seite seiner Brust. Er hielt es für einen sonderbaren Traum und schlief wieder ein, nur um durch ein gewaltiges Aufstoßen des Babys geweckt zu werden, dessen vor Wonne gekräuselte Lippen sein dunkles Zahnfleisch bloßlegten, dessen kleine Fäuste zum ersten Mal im Schlaf geöffnet waren und das auf unfassbare Weise satt aussah.

Bittet, und ihr werdet empfangen. Bittet, und ihr werdet empfangen. Die Worte durchrannen ihn wie ein klarer Strom. Er hob die Hand an seine Brust und probierte einen dünnen, blauen Tropfen seiner eigenen wässrigen, schauerlichen, von Gott gegebenen Milch.

Miss Peace McKnight

Die Familienpflicht war tief in Miss Peace McKnight verwurzelt, ebenso wie das Wissen, dass niemand außer ihr sie tun würde – die Pflicht nämlich, für den Fortbestand der McKnights zu sorgen. Das ambulante Aberdeen-Knopf-Geschäft ihres Vaters ging ein, als der Nachschub an toten Schafen versiegte, seinen eigenen nämlich, deren Knochen er nach einer Frühjahrskatastrophe intelligent zu nutzen gewusst hatte. Mit einem zusammengelöteten Stahlwerkzeug hatte er Knöpfe ausgesägt, sie mit feinem Sand, der auf einen Lappen geleimt war, glänzend poliert und mit einem selbst erdachten Bohr- und Stanzwerkzeug gelocht. Als ihm dann die Schafskadaver ausgingen, sah seine Tochter sich gezwungen, den Kampf mit dem Geist der Unwissenheit aufzunehmen.

Peace McKnight. Sie war so stabil gebaut wie ein Armlehnstuhl, schöpfte jedoch mit anmutiger Geste Wasser und bewegte sich auf elegant geschwungenen weißen Waden leichtfüßig über die zerfurchte Straße. Gesund, schottisch, vollbusig wie eine Kropftaube und wie ein Ei über und über mit Sommersprossen getüpfelt, mit schwarzbraunem, gewelltem Haar, das von einem Geschenk ihres Vaters, drei aus Knochen geschnitzten Haarnadeln, zusammengehalten wurde, so kam sie auf die Great Plains, und sie war gebildet genug, um sich für die Lehrerprüfung anzumelden und sie zu bestehen.

Ihre Klasse machte anfangs nicht viel her, zudem waren alle Schüler fast erwachsen. Drei tuberkulöse schwedische Schwestern, die nicht mehr lange zu leben hatten, und ein Junge, abweisend und voller Zorn. Ein Deutscher. Obwohl sie so langsam und deutlich wie nur menschenmöglich sprach, fixierten ihre Schüler sie mit Blicken stummen Argwohns und waren unfähig, auch nur eine einzige Anweisung zu befolgen. Sie musste ganz von vorne anfangen, ihnen das Alphabet und die Zahlen beibringen, und war gerade bei dem Buchstaben *v*, dem Wort *Katze*, der Subtraktion, die ihnen selbstverständlich eher lag als die Addition, als sie hinten in ihrem Klassenzimmer jemanden bemerkte. Ruhig, wachsam, beobachtend, hatte das Mädchen schon eine Weile dagestanden. Es trat aus der Dunkelheit heraus.

Das Mädchen hatte eine rötlich graue, kupferartige Haut und trug eine Halskette aus leuchtend indigoblauen Perlen. Es war zierlich, hatte eine biegsame, schmale Taille und einen schlanken Hals und war ungefähr sechs Jahre alt.

Miss McKnights Wangen färbten sich vor Aufregung goldrosa. Sie war entzückt, zunächst von dem Vertrauen, das im Lächeln des Kindes lag, dann von der Art, wie es sich unverzüglich einen Platz suchte, lernte, sich zurechtfand, und schließlich von seiner aufmerksamen Intelligenz. Trotz seiner Schweigsamkeit strahlte das Mädchen Wissensdurst und Neugierde aus. Miss McKnight hatte das pädagogische Talent, beide zu stillen. Obwohl vierzehn Jahre zwischen ihnen lagen, wurden sie zwangsläufig Freundinnen.

Dann Schwestern. Bis zum Herbst schlief Miss McKnight im Garderobenraum der Schule und badete im nahen Fluss. Als der Fluss an den Rändern zufror, entbrannte zwischen den Bewohnern der wenigen, weit verstreut liegenden Höfe ein Streit darüber, wer genug Platz hatte und sie aufnehmen konnte. Niemand. Da mischte sich Matilda Roy ein und bedrängte ihren Vater, der als scheuer Sonderling galt, so lange, bis er nachgab und der neuen Lehrerin erlaubte, das kleine Bett, das er für seine Tochter aus einem Baumstamm gebaut hatte, mit ihr zu teilen, unter der Voraussetzung allerdings, dass sie sich beim Geflügel nützlich machte.

Sie züchteten hauptsächlich Perlhühner von Jungtieren, die Scranton Roy einer polnischen Witwe abgekauft hatte. Die gesprenkelten, rotschwarzen, geierartigen Vögel waren halb wild und ziemlich gerissen. Matildas Aufgabe bestand darin, die Hennen aufzuspüren, sie zu belauern und ihnen zu ihren verborgenen Nestern zu folgen. Die Mädchen, denn in Matildas Nähe war Peace McKnight noch ein halbes Mädchen, lachten über die Tricks der Tiere und versteckten sich, um sie zu fangen. Fett, gesprenkelt und mit dem zornig aufgeplusterten Stolz des Perlhuhns führten die Vögel sich auf wie Wachhunde und schimpften von den Eichen herunter. Dann aus dem Hühnerstall, ihrem Winterquartier, heraus. In Schweineschmalz, den er von einem Nachbarn bekommen hatte, briet Scranton Roy das in Streifen geschnittene Fleisch eines Spätkürbisses, dazu getrocknete Dünenmorcheln, Faltentintlinge, Wiesenchampignons und Austernseitlinge, zerquetschte Eicheln und die Perlhuhneier. Er backte einen süßen Hafermehlfladen und beträufelte ihn mit Wildasternhonig, der, dunkel und durchdringend wie Honigwein, in einem Eichenstamm gereift war.

Das kleine, aus Grassoden und Brettern gebaute Haus war innen getüncht, und auf den breiten Fensterbänken unter kleinen, vorspringenden Fenstern standen Geranien und angesetzte Saaten. Nachts spürte Miss Peace McKnight, wie Scranton Roy in den flackernden Lichtringen und -höfen der Kerosinlampe mit den Augen ihre Konturen nachzeichnete. Sein Blick war ein heißer Strahl, der ihr die Kehle hinauf und hinunter lief und an einer anderen Stelle innehielt und ihr einen sanften Stoß versetzte.

Scranton Roy

Er ist ebenso sonderbar, wie seine Mutter es war – schreibt Gedichte an den Rand von abgerissenem Zeitungspapier, auf Stofffetzen. Seine Mutter verbrannte ihr Lebenswerk und starb bald darauf, getröstet von der Asche ihrer Worte, aber immer noch in Trauer um ihren Sohn, der sein Überleben nie kundgetan, sondern seine Tochter nach ihr Matilda genannt hatte. Ein Gedicht ist erhalten geblieben. Ein Fragment. Es geht so: *Komm zu mir, o dunkle Unversehrte.* Scranton Roy betet zu einem unbestimmten Gott, nimmt jeden Morgen mit einer ungestümen Leidenschaft, die ihn durch jeden schwierigen Tag bringt, als Allererstes Kontakt zu dem Geist auf. Er ist gelenkig, fast so braun wie seine Tochter, bärtig, stark und von einer heiteren Gelassenheit. Er besitzt mehr als ein Dutzend Bücher und bezieht Zeitschriften, die er Miss McKnight leiht.

Er möchte von der Last seiner Einsamkeit befreit werden. Da wäre eine Frau hilfreich.

Peace schüttelt ihr rotblondes Haar, spürt Scranton Roys Blick auf ihr, genießt das Feuer in seinen Augen und lächelt seine Tochter an. Genau genommen wird Miss McKnight bald Stiefmutter. Doch unabhängig von der Bezeichnung verhalten sich die beiden Frauen, als hätten sie diese Nähe schon immer verspürt. Hand in Hand gehen sie zur Schule, wirbeln mit den Füßen Staubwolken auf und kitzeln sich mit langen Moskitograshalmen gegenseitig im Nacken. Sie kochen für Scranton Roy, verdrehen aber hin und wieder auch die Augen über ihn und prusten in einem unterdrückten, unhöflichen Gelächter los.

Matilda Roy

In ihr spulen sich Gefühle ab wie Garnrollen.

Wenn er sie wiegt, erinnert sich Matilda an den Geschmack seiner Milch – heiß und bitter wie Löwenzahnsaft. Einmal hält er ihren Fuß schützend in seiner Handfläche und entfernt mit der Spitze seines Jagdmessers geschickt und schmerzlos einen langen, hellen, blutigen Splitter. Er bringt ihr bei, wie sie das *c* schön rund macht und das *a* mit kleinen Teekannenhenkeln versieht. Streicht ihr einzelne Haare hinter die Ohren. Wäscht ihr mit seiner rauen Handfläche das Gesicht, aber ganz sanft, indem er mit seinen Schwielen ihre weiche Haut abreibt.

Er ist ein Mann, wenngleich er sie genährt hat. Nachts ächzt ihr Vater am anderen Ende des Raums manchmal im Schlaf, als würde er niedergestochen, und verröchelt dann. Sie fährt entsetzt aus dem Schlaf hoch, ist kurz davor, ihm den Puls zu fühlen, doch dann beruhigt sein knarriges Schnarchen sie wieder. Wenn Matilda im hellen Tageslicht die Stockflecken oben an der Decke anstarrt, beobachtet sie aus dem Augenwinkel voller Stolz, wie er das Eis im Wascheimer zerschlägt, eine kleine, verborgene Herdflamme schürt und Selbstgespräche führt. Sie liebt ihn mehr als alles andere. Er ist ihr Vater, ihr Mensch. Dennoch hält sie manchmal, von banger Traurigkeit erfüllt, die Luft an, um zu sehen, was passiert, ob er sie retten wird. Hitze steigt ihr ins Gesicht, und sie öffnet die Lippen, doch bevor ihr Mund ein Wort formen kann, wird ihr gelb vor Augen, sie wird ohnmächtig und taucht in Bläue ein, reine, vertraute, sonderbare Bläue, die Farbe ihrer Perlenhalskette.

Kuss

Wenn man aus großer Höhe fällt und einem von der Wucht des Aufpralls die Luft wegbleibt, erlebt man zuweilen ein Stillstehen der Zeit. So erging es Matilda Roy, als sie sah, wie ihr Vater die Lehrerin küsste. Die Welt blieb stehen. Ein großer, aus Himmel bestehender Gong ertönte. Ein tiefer Atemzug. Stille. Dann raschelten die Blätter wieder, die Perlhühner schwatzten spöttisch, der stämmige schwarze Jagdhund, der den indianischen Hund abgelöst hatte, scharrte sich eine kühle Grube in den Sand. Als Matilda Roy sich nach dem zufälligen Blick durchs Fenster wieder auf die Bank hinter dem Haus gleiten ließ, wo sie Nachmittage damit verbrachte, Erbsen zu enthülsen, Getreide zu verlesen, die Kartoffeln fürs Abendessen zu schälen, Perlhühner zu rupfen und zu träumen, betrachtete sie die goldbraune Haut an ihren Armen, drehte sie nach außen und wieder nach innen und bog ihre hübschen, flinken Hände.

Es war ein ausgedehnter Kuss gewesen, langsam und von wachsender Begierde und Intensität, lehrreicher als jede Unterrichtsstunde bei Miss Peace McKnight. Matilda schloss die Augen. Eine stille Dunkelheit durchrieselte sie unablässig. Eine völlige Leere, ein prickelndes Schweben. Zur verwirrenden Entwicklung zwischen ihrer Freundin und ihrem Vater war jetzt noch etwas hinzugekommen. Sie musste sich lange auf ihre innere Stille konzentrieren, ehe das flüchtige unbekannte Gefühl von Freiheit, von Erleichterung sie erfasste.

Ozhawashkwamashkodeykway /
Frau der Blauen Prärie

Das bei dem Überfall verschwundene Kind war noch namenlos, noch halb Geist gewesen, und dennoch betrauerte seine Mutter es ein ganzes Jahr lang und starb fast vor Kummer. Eine quälende Ungewissheit dehnte die Zeit. So fürchtete Ozhawashkwamashkodeykway, wenn sie Blaubeeren sammeln ging, sie könnte über die Gebeine ihrer Tochter stolpern. Im nächtlichen Wind, dem Pakuks, hörte sie sie heulen, ein schwarzes, feingliedriges Skelett. Beim Schüren des Feuers erinnerte eine züngelnde Flamme sie an den Unglückstag, an die aufgetürmten Fleischhaufen, die verbrannt wurden, ihre schwelenden Gewänder und Decken, den Gestank versengter Haare und das heiße Eisen der Gewehrläufe. Noch einen ganzen Monat nach diesem Tag wurden ihre Brüste nachts bleich und hart, und ihre Milch staute sich, verdarb in ihrem Körper und lief unter ihren verbrannten Kleidern aus, sodass sie nach saurer Milch und Feuer roch. Eine alte Hebamme gab ihr einen neugeborenen Welpen und sie nahm ihn an die Brust. Sie weinte, während sie die winzige feuchte Schnauze an ihre Brustwarze hielt und das armselige Fellbündel wiegte. Die ganze Nacht über saugte das Hündchen gnädig den stechenden Schmerz aus ihren Brüsten und bei Tagesanbruch drückte sie endlich in einem schläfrigen Wohlgefühl den weichen Welpen an sich, atmete seinen salzigen Geruch ein und fiel in Schlaf.

Feuchte Asche, als der Welpe sich entwöhnte. Blut. Ihre Menstruation setzte ein, und nichts, was sie sich zwischen die Beine presste, konnte den Ansturm des Lebens aufhalten. Ihr Körper wollte sich seiner selbst entledigen. Sie aß Kreide, versuchte, sich durch Kratzen mit scharfen Büffelknochen Erleichterung zu verschaffen, schnitt sich die Haare ab, ließ sie wachsen, schnitt sie wieder ab, schlitzte sich die Arme bis zu den Knochen auf, band sich einen Bisonschädel um den Hals und ernährte sich sechs Monate lang nur von Erde und Blättern. Das müsse ja nahrhafte Erde gewesen sein, meinte ihre Großmutter, denn obwohl Frau der Blauen Prärie wenig schlief und müde aussah, war sie gesund wie eine Bisonkuh. Als ihr Ehemann, der jüngere Shawano, von den Wildreisfeldern seiner Familie zurückkehrte, schenkte sie ihm eine Nacht vollkommener sexueller Befriedigung, sodass sein heißer Blick aus zusammengekniffenen Augen ihr fortan überallhin folgte. Ihm wurde bang, wenn sie an anderen Männern vorbeiging, und nachts hatten sie ihr eigenes tanzendes Zelt. Als ihnen die Hänseleien zu viel wurden, zogen sie weiter in den Busch, zu den Nistplätzen der scheuen, heiligen Seetaucher. Dort konnte sie niemand hören. In der Einsamkeit liebten sie sich, bis sie ausgezehrt und hungrig waren, blasse Windigos mit schmerzenden Augen, züngelnde Flammen.

Solche Maßlosigkeit gebiert Zwillinge.

Als ihr Mann sie mit seinem Schlitten voller Fallen wieder verließ, war sie schwanger und ruhig. Im Lauf dieses Winters wurde das Leben härter. Die Vorräte des Stammes waren auf Befehl verbrannt worden, und im Hungerschlaf kam Frau der Blauen Prärie oft die Erinnerung an Büffelfett, das in kleinen Rinnsalen über den Boden lief und in die Erde sickerte, fettes Gold aus Haufen von brennendem Fleisch. Auch träumte sie immer noch mit großäugiger Klarheit von dem jungen, flinken braunen Hund mit dem Wiegenbrett auf dem Rücken. Sogar noch mit zwei Kindern im Bauch sah sie im Traum ihr erstes Baby vor sich, wie es unter einem wasserlosen Himmel erst verstört, dann greinend und schließlich schwarz wie Leder mit weit aufgerissenem Mund davonjagte. Sie träumte, seine Knochen rasselten in dem sorgfältig bestickten schwarzen Samt, klapperten auf dem dünn gewordenen Moospolster. Sie hörte ihren Rhythmus und sah den Hund, den kleinen Pakukwind, dahinfliegen. Sie heulte und kratzte sich halb blind und nahm am Ende auf so fürchterliche Weise Abschied von ihrem Verstand, dass die Alten zusammenkamen und beschlossen, ihr einen anderen Namen zu geben.

An einem kalten Frühlingstag im Monat der aufspringenden Knospen veranstalteten die Stammesältesten ein jämmerliches Festmahl – Überlebenden freilich erscheint nichts jämmerlich. Im fahlen Sonnenlicht kauten sie das Fleisch von neugeborenen Schlammschildkröten, gebratenen Blässhühnern und Taschenratten, die übrig gebliebenen süßen Körner von Manomin, Eicheln und Goldsiegelwurzeln aus einem Eichhörnchenversteck und frische Löwenzahnkeimlinge. Der Name von Frau der Blauen Prärie war mit Blut beschmiert, vom Feuer versengt. Es war ein alter, erlesener Name, den viele mächtige Mütter getragen hatten. Die Frau aber, die ihn ausgefüllt hatte, war fortgegangen. Wie unter einem Zwang musste sie dem Kind und der Hündin folgen. Jemand anderes war an ihre Stelle getreten. Wer, war bisher noch unklar. Die Ältesten wussten jedoch, und darin waren sie sich einig, dass der falsche Name das, was in ihm steckte, töten würde und deshalb weichen musste – wie eine ausgetrocknete und geborstene Hülse. Wie die Schale einer Nuss. Wie langes Haar, das dem Kummer geopfert wurde. Wenn sie wollten, dass sie zu den Lebenden zurückkehrte, mussten sie ihr einen anderen Namen geben.

Dieser Name musste unbenutzt sein. Neu. *Oshkay*. Sie befragten den stärksten aller Namengeber, den, der neue Namen träumte. Er selbst war namenlos, nicht Mann noch Frau, und bezog seine Macht gerade aus dem Dazwischen. Dieser Namengeber hatte lange, dicke Zöpfe und ein reizendes, schüchternes Lächeln, ein bezauberndes Wesen, aber harte, muskulöse Arme. Er ging wie eine Frau und sprach mit tiefer männlicher Stimme. Er verbarg sich scheu hinter einem Fächer, erklärte sich aber dennoch bereit, einen Namen zu träumen, der zu dem neuen Ding in Frau der Blauen Prärie passte. Doch welcher Name würde einer Frau helfen, die nur dann zur Ruhe kam, wenn ihr Blick unendlich weit in die Ferne gerichtet war? Der Namengeber ging fort, hungerte, sang und träumte, bis klar war, dass der einzige Name, der überhaupt Sinn ergab, der des Ortes war, zu dem die frühere Frau der Blauen Prärie sich aufgemacht hatte, um ihr Kind zurückzuholen.

Andere Seite der Erde

Sobald sie den Namen des Ortes, zu dem sie unterwegs war, bekommen hatte, konnte die junge Mutter sich hier und dort gleichzeitig aufhalten: Während sie ihrem Kind in die Sonne folgte, zerstampfte sie zwischen zwei Steinen getrocknetes Bisonfleisch zu Pemmikanmasse. Sie durchforstete das Dickicht ihrer Gedanken. Sie stanzte Löcher, um feste neue Sohlen auf alte Mokassins zu nähen, aber auch, um neue, winzige zu nähen, deren Sohlen sie lochte, bevor sie die Oberteile mit Perlen verzierte. Sie hungerte und wanderte und folgte dabei den undeutlichen Spuren, die der Hund hinterlassen hatte, als er in die blaue Weite hinauslief. Gleichzeitig erntete sie Reis, ließ die Körner trocknen und lagerte sie ein. Machte Ahornsirup. Tötete Vögel. Zähmte Pferde. Sie war mit den Gedanken dabei, weil sie immer abwesend war. Ihre Hände waren voll, weil sie erfassten, was es bedeutete, leer zu sein. Das Leben war einfach. Ihr Mann kehrte zurück, und diesmal befriedigte sie ihn mit leidenschaftsloser Geduld. Als er sie fragte, wo ihr Feuer für ihn geblieben sei, deutete sie westwärts.

Die Sonne ging unter. Der Himmel war eine einzige feurige Masse.

In der tiefen Stille ihres Blutes wuchsen die beiden Babys heran, erschufen sich selbst wie vor Anbeginn die ersten Zwillingsgottheiten. Bisher hatte noch niemand gefragt, was wohl als Nächstes geschehen würde. Was würde aus Andere Seite der Erde, wenn Frau der Blauen Prärie Matilda Roy fand?

Ein Hund namens Kummer

Der mit Menschenmilch gesäugte Welpe wuchs zu einer wolfsgrauen, klugen, leichtfüßigen Hündin von zartem Knochenbau heran, die Frau der Blauen Prärie auf Schritt und Tritt folgte. Das Tier wurde zu ihrem Schatten, lag vor ihrer Tür, wenn sie schlief, und bei Regen gleich hinter der äußeren Eingangsklappe, allerdings nicht im Inneren. Überhaupt nie innerhalb einer menschlichen Behausung. Die Hündin folgte ihr, ob sie nun Junge in ihrem dicken Bauch oder, vom Säugen abgemagert, an ihren herabhängenden Zitzen hatte. Ganz nah und ruhig wie ihr Schatten lebte das Tier in Reichweite ihrer Hand, obwohl sie sich nie mehr berührten, nachdem die Hündin Frau der Blauen Prärie die Hitze, die nächtliche Milch, den überwältigenden Kummer aus den triefenden, geschwollenen Brüsten gesaugt hatte.

Immer präsent, hob die Hündin beim Herannahen von Fremden aufmerksam den Kopf, wachte in der Abenddämmerung, hoffte auf einen kleinen Bissen, begnügte sich mit Stücken von Tierhaut, Eingeweiden und Fleischabfall und wartete. Und war bereit, als Frau der Blauen Prärie ihre Babys deren Großmutter anvertraute, sich auf den Weg nach Westen machte und schließlich doch der endlosen, unsichtbaren Spur ihrer fliehenden Tochter folgte.

Sie wanderte Stunden, sie wanderte Jahre. Sie wanderte, bis sie Kunde von ihnen bekam. Von dem Mann. Dem jungen Mädchen und den blauen Perlen, die es trug. Wo sie wohnten. Sie erfuhr die Geschichte. Die Zwillinge, beides Mädchen, überließ sie dem ungewissen Schicksal der Taufe. Natürlich wurden sie auf die Namen Mary, nach der guten Frau mit dem blauen Kleid, und Josephette, nach dem guten Ehemann, getauft. In der Sprache der Ojibwa wurde aus dem zweiten Namen allerdings Zosie. Zosie. Mary. Ihre Großmutter Midass, die das Massaker der Blauröcke überlebt hatte, zog sie wie ihre eigenen Kinder auf.

Als Frau der Blauen Prärie den Ort erreichte, an dem sie lebten, ließ sie sich auf einer nahe gelegenen Anhöhe nieder, die Hündin dicht bei sich. Aus dieser Entfernung beobachteten die beiden das Haus – klein, makellos, Duft von Herdfeuer aus knisternden Eichenzweigen. Krankheit. In dem Haus herrschte Krankheit, das spürte sie – erst die Stille, dann das hektische Treiben. Aufgehängte Lappen. Ein Wasserbottich. Ein schriller Schrei. Erneut Stille. Den ganzen Tag im dünnen Gras liegend, atmeten sie, die Hündin und die Frau, im hellen Sonnenlicht die Anwesenheit der anderen, schliefen im Wechsel, warteten.

Matilda Roy

In dieser Nacht hörte sie das vorsichtige Herannahen, das Rascheln von Blättern, den seufzenden Nachhall der Entdeckung. Sie setzte sich unter ihrer Flickendecke auf und wusste Bescheid. Neben ihr murmelte Peace im heißen Zangengriff des Fiebers unaufhörlich etwas von Knöpfen und Schafsknochen. Geräusche – ein sachtes Klopfen. Das Klappern ihrer Perlen. Morgens war keine Matilda Roy mehr in dem Bett, dem ausgehöhlten Baumstamm. Nur ein zweimal gefaltetes Blatt Papier mit einer Nachricht, geschrieben in der gleichen feinen Handschrift wie der ihres Vaters, allerdings mit einer weiblichen Note.
Sie ist mich holen gekommen. Ich bin mit ihr gegangen.

Scranton Roy

Peace McKnight war nie fromm gewesen, sodass es zwischen den Jungvermählten keine Vertrautheit im Gebet gab. Die Kürze seines Bettes beeinträchtigte auch die körperliche Leidenschaft der beiden. Im Grunde bot das kleine Haus aus Grassoden wenig Platz. Scranton Roy hatte in einer kleinen

Koje auf einer Seite des Raumes und seine Tochter auf der anderen geschlafen. Beide hatten zusammengerollt wie Schlangen dagelegen, wie Babys im Bauch ihrer Mutter. Eine weitere Person machte das Schlafen schwieriger. Damit sie überhaupt ein bisschen Nachtruhe bekam, schlüpfte Peace schon nach kurzer Zeit nachts hinaus, um bei den Perlhühnern zu schlafen, und schlug ihr Nachtlager getrennt von ihrem Gatten auf.

Es gab aber immer noch Abende, an denen Scranton von Leidenschaft übermannt wurde und sie beide, bevor sie entwischen konnte, in die verkrampften, absurden Stellungen der Liebe brachte. Wäre er doch bloß auf den Gedanken gekommen, den Schaukelstuhl am Feuer, der keine Armlehnen hatte, zu benutzen! Peace schoss diese Möglichkeit wohl durch den Kopf, doch ihr Eigensinn verbot ihr, sie zu erwähnen. Selbst der Fußboden, gestampfte, mit Fellen bedeckte Erde, wäre besser gewesen. Doch wieder hatte sie keine Lust, ihn darauf anzusprechen. Ohnehin hatte sie schon bald das Recht, ihm den Rücken zu kehren, als das winzige Klopfen neuen Lebens in der Wiege ihrer Hüftknochen einsetzte. Und er zog sich zurück, vermisste das kratzende Geräusch ihres Atems, machte sich Gedanken über Matilda und stellte sich vor, das neue Leben entstünde mit einem Schlag. Betete. Schrieb im Kopf Gedichte. *Komm zu mir, o dunkle Unversehrte.*

Nach ihrer Genesung von der Hautfleckenkrankheit mit dem Keuchen und dem Fieber und den dadurch verursachten Schmerzen in all ihren Gliedern hütete sich Peace, geschwächt wie sie war, noch mehr vor ihrem neuen Ehemann. Für den Rest der Schwangerschaft ließ sie ihn allein schlafen. An einem verschneiten Morgen setzten die Wehen ein. Als Scranton Roy sich auf den Weg zu der Schwedin machte, tobte ein alles verschlingender Schneesturm, der ihn das Leben gekostet hätte, wäre er nicht so einsichtig gewesen, umzukehren. Er erreichte seine Haustür. Schlug dagegen, rüttelte daran, geriet mitten in eine hitzige, blutige Szene, in der Peace McKnight in bettelnder

Sinnlosigkeit ihren vernachlässigten Gott beschwor. Zwei, dann drei Tage hielten die Wehen sie fest in ihren Klauen. Ihre Schreie waren lauter als der Wind. Heiserer. Dann wurde ihre Stimme tonlos, ein knöchernes Kratzen. Ein Flüstern. Ihr Gesicht schwoll an, erst dunkelrot, dann weiß, zuletzt grau. Sie verdrehte die Augen, sodass nur noch das Weiße zu sehen war, und richtete ihren Blick, vor Qual verwirrt, in ihre Gedankenwelt, als das Kind sich endlich aus ihrem Inneren losriss. Ein Junge, pummelig und tiefblau. Mit den verschwommenen Flecken der Krankheit, die seine Mutter durchgemacht hatte. Die Nabelschnur pulsierte nicht, doch Scranton Roy war geistesgegenwärtig genug, seinen Atem in die Lungen des Neugeborenen zu blasen. Darauf antwortete es mit einem erschrockenen Aufschrei.

Augustus. Sie hatte ihrem Baby bereits einen Namen gegeben. Hatte gewusst, dass es ein Junge werden würde.

Scranton wickelte das Neugeborene in ein Hundefell, und während er Peace einen Kuss auf ihre geglätteten, vom Schmerz gezeichneten Schläfen drückte, dachte er mit zärtlichem Grauen an die Qualen seiner eigenen Mutter und die aller anderen Mütter, an die beschränkten Möglichkeiten unserer Körper, an das hoffnungslose Unterfangen, unseren Lebensaufgaben gerecht zu werden, und schließlich an die grenzenlose Niederträchtigkeit jenes Gottes, nach dem sie so sinnlos geschrien hatte. *Schau sie an*, rief er dem unsichtbaren Zeugen zu. Und vielleicht tat Gott es wirklich oder Peace McKnights erbarmungslos zerrütteter Verstand kam endlich wieder aus seinem Versteck und befahl ihrem Herzen, noch zweimal zu schlagen. Ein verblassender goldener Lichtstrahl huschte durch eine winzige Fensteröffnung. Peace nahm den vorwitzigen Schimmer wahr, tat ihren letzten Atemzug, bekam einen starren Blick. Und als sie aus ihrem zerrissenen Körper in die völlige Ruhe ihrer neuen Seele hinübertrat, sah Peace McKnight, wie ihr Mann seinem Sohn die Brust gab.

Frau der Blauen Prärie

Ein Name ist nicht mehr als ein geräuschvoller Hauch, eine Lunge voll Wind, und doch ist er eine luftige Umhüllung. Wie kommt es, dass das Wesentliche, der Geist, das vielschichtige Gewebe aus Knochen, Haaren und Gehirn in ein oder zwei Silben hineingestopft werden kann? Wie lässt man den Flaschengeist menschlicher Komplexität zusammenschrumpfen? Oder die Persönlichkeit? Außer natürlich, man bekommt von seiner Mutter deren Namen, Andere Seite der Erde.

Die aus dem Nirgendwo und aus der glücklichen Fügung kam. Deren Mutter sie in Kot und Feuer gebar. Sie ist so gewaltig wie der halbe Himmel. Die Milch aus der Brust ihres Retters hat nach seinem verwirrenden Hass auf ihresgleichen geschmeckt, aber ebenso nach Schutz, sodass sie, als das Fieber sie befällt, nicht so stark darunter leidet wie Peace. Obwohl sie anhalten, ihr Lager aufschlagen und Frau der Blauen Prärie in besorgtem Flüsterton zu ihr spricht, ist das Mädchen nicht ernstlich in Gefahr.

Die beiden lagern auf einem Treidelpfad. Über ihnen öffnet sich ein strahlend blauer Himmel, und die Wiese ist von Beeren umsäumt. Anmutig und flink sammelt Frau der Blauen Prärie sie in einen neu gemachten Makuk. Damit sie leichter zu tragen sind, lässt sie die Beeren auf Rindenstücken in der Sonne trocknen. Am Feuer, den Kopf im Schoß ihrer Mutter, fragt Matilda, wie sie als Säugling geheißen habe. Die beiden reden und reden, verständigen sich hauptsächlich durch Zeichen.

Versteht die Ältere der beiden die Frage? Ihr Gesicht brennt. Als sie benommen neben ihrer Tochter zu Boden sinkt, verspürt sie den starken Drang, ihr den Namen zu geben, der sie zurückgebracht hat. Andere Seite der Erde, stößt sie zähneklappernd hervor. Ihr wird heiß und heißer und sie sieht, erst verwirrt und dann mit schrecklicher Klarheit, das Tor im Westen vor sich aufgehen.

Wenn ihre Tochter sie überleben soll, muss sie unverzüglich handeln.

Über ihnen reine Stratuswolken. Der Himmel ist ein Milchfloß. Nah bei ihr sitzt geduldig die wolfsgraue Hündin.

Frau der Blauen Prärie, die weiß, dass sie todkrank ist, streckt rasch die linke Hand aus und packt ohne hinzuschauen das Tier am Genick. Es ist das erste Mal, dass sie es berührt, seit es die Milch des Kummers von ihr getrunken hat. Sie zieht die Hündin zu sich heran. Damals weiche Knochen, weiche Schnauze. Jetzt ein zähes, altes Ding. Frau der Blauen Prärie klemmt sich das Tier fest unter einen Arm und zieht mit geschickter Hand die Klinge ihres Messers quer über seine pulsierende Kehle. Schneidet sein lautes Ächzen mittendurch und fängt das dunkel gurgelnde Blut in dem mit Beeren gefüllten Makuk auf. Dann legt sie die Hündin ausgestreckt hin, häutet sie und weidet sie aus, schneidet ihr den Kopf ab und legt den zerhackten Rumpf in ein tiefes Gefäß aus Birkenrinde. Sie weiß, wie man in einem solchen Makuk, wenn man ihn genau richtig über den Flammen aufhängt, auf alte Weise Wasser zum Kochen bringt. Während sie sorgfältig, wenngleich zunehmend geschwächt, das Feuer schürt, kocht sie die Hündin.

Als es so weit ist und das gegarte Fleisch sich von den Knochen löst, kippt sie die grauen und braunen Stücke auf eine flache Schale aus Birkenrinde. Dampf steigt auf, das Fleisch duftet schwach süßlich. Mit ruhiger Gebärde wendet sie sich an ihre Tochter. Stochert die geborstenen ovalen Ballen von den gekochten Pfoten. Hält sie ihr hin.

Sechzehn Stunden dauert es, bis Frau der Blauen Prärie sich ansteckt, und nur weitere acht, bis sie an dem Fieber stirbt. Während sie mit dem Tod ringt, singt sie ohne Unterlass. Ihr

Gesang klingt wehmütig, eigenartig, sanft, eine Suche. Er hat nichts von einem Totenlied; vielmehr liegt darin eine verführerische Zärtlichkeit und Intimität, die an die blaue Ferne gerichtet ist.

Dem Virus nie zuvor ausgesetzt, nimmt ihr gesunder, schutzloser Körper ihn begierig auf. In einem heftigen Anfall verfärbt ihre Haut sich lila, sie erbricht einen glänzenden Blutstrahl. Voller Leidenschaft, überrascht, stirbt sie, als ihre Brust sich füllt, stößt und trommelt dabei mit den Fersen auf die hohle Erde. Am Ende liegt sie ruhig da, den Blick nach Westen gewandt. Die Richtung, in die auch ihre Tochter den ganzen nächsten und übernächsten Tag schaut. Sie sitzt da, singt das Lied ihrer Mutter und hält deren Hand, während sie mit der anderen ernst und abwesend die Hündin isst – bis in diesem Licht wirbelnder Wolken blaßrötliche sonderbare Wesen mit tief liegenden Augen und weißen Markierungen auf Brust und Gesicht, die über die fruchtbare Ebene dahinziehen, neugierig innehalten.

Die Antilopen treten aus dem Lichtstreifen am Ende der Welt heraus.

Eine kleine Herde von sechzehn bis zwanzig Tieren taucht schemenhaft auf. Wie gebannt erstarren sie mitten in der Bewegung, um zu beobachten, wie das Mädchen die Hand in dem weißen Ärmel senkt. Zum Mund führt. Senkt. Sie nähern sich. Hufe aus poliertem Metall. Ohren wie Stimmgabeln. Hörner und Bast schwarz. Sie beobachten Matilda. Die Tochter von Frau der Blauen Prärie. Andere Seite der Erde. Namenlos.

Sie ist sieben Jahre alt, zäh vom Hühnerjagen und schmal vom Fieber. Sie weiß nicht, was das für Wesen sind, Gestalten wie aus einem Traum, angelockt vom Gesang ihrer Mutter, ihrer sich senkenden Hand. Sie kommen näher, immer näher, grasen dicht bei ihr, legen sich, die Beine unter den Leib gezogen, nieder, um sich, stets wachsam, auszuruhen. Die Jungen trinken im Lauf bei ihren Müttern oder starren in übermütiger Faszination das Mädchen an, um davonzuspringen, wenn sie auf ihre ausgelassenen Annäherungsversuche reagiert. Als sie am nächsten Morgen wach wird, die Hand ihrer Mutter immer noch in der ihren, bilden die Tiere einen Kreis um sie. Sie beugen sich zu ihr hinunter, schnauben aufgeregt, als sie sich erhebt und ruhig und verwundert zwischen ihnen steht. Im Einklang mit der anmutigen Präzision der Tiere wandert sie in ihrer Gesellschaft dahin. Immer in Bewegung. Nachts baut sie sich ein Lager aus Weidenruten. Schläft darauf. Zieht weiter. Isst Vogeleier. Einen mit der Schlinge gefangenen Hasen. Wurzeln. Sie erinnert sich, wie man Feuer macht, kocht ein paar Waldhühner. In gemächlichem Schritt oder rasendem Galopp zieht die Herde weiter westwärts. Wenn die Tiere bummeln, bummelt sie hinterher, mit getrockneten Beeren in einem Sack, den sie aus ihren Kleidern gemacht hat. Wenn die Tiere rennen, rennt sie mit ihnen. Nackt, graziös, die blauen Perlen um den Hals.

2
DIE ANTILOPENFRAU

Klaus Shawano

Obwohl ich ein städtischer Indianer, von Beruf Müllmann, bin, habe ich früher als Händler die Runde der Powwows im Westen gemacht. Ich war in Arlee, Montana. Elmo, Missoula, rüber über den Rocky Boy und dann schnurstracks runter zur Crow Fair. Mir gefiel's da draußen in dieser trockenen Gegend; am Anfang jedenfalls, bis letztes Jahr. Es war erholsam, eine Wohltat, mein Hirn über diese geheimnisvolle Schwelle, an der Himmel und Erde sich treffen, wandern zu lassen.

Mittlerweile stört mich diese Linie mit ihrer Lüge.

Wie beim Sex zwischen zwei Fremden berühren Himmel und Erde einander überall und nirgends. Eine genaue Bestimmung, eine Verbindung gibt es jedenfalls nicht. Jagt man dieser Linie nach, zieht sie sich mit derselben Geschwindigkeit vor einem zurück. Mit klopfendem Herzen und brennendem Atem in der Brust macht man weiter. Nur Menschen betrachten diese Linie als realen Ort. Doch wird man sie ebenso wenig erreichen wie die Liebe. Man wird sie nie einholen. Wird nie Bescheid wissen.

Die endlose Weite spielt dem Verstand so manchen Streich. Eben noch da, schon wieder fort. Vermutlich ist es auch kein Wunder, dass ich ausgerechnet auf den Plains meine Frau kennen gelernt habe, meine herzallerliebste Rose, *Ninimoshe*, küssende Cousine, geliebte Freundin, die Einzige, die ich je mein Eigen nennen werde. Ich rechne mir das, was passiert ist, weder als Verdienst an, noch nehme ich die Schuld dafür auf mich oder kümmere mich um das, was die Leute heute von mir denken – während sie meinem Blick ausweichen und versuchen, bloß nicht in meine Fußstapfen zu treten.

Ich möchte nur mit ihr zusammen sein, oder tot.

Kaum zu glauben, dass ein so gewöhnlicher Mann wie ich eine Frau, nach der sich andere auf der Straße umdrehen, für sich gewinnen konnte. Es gibt eben bestimmte Umstände und Töchter, die sich durchsetzen, und gewisse Mittel. Und letztlich habe ich vielleicht auch ein paar Begabungen.

In Elmo saß ich unter meiner gestreiften Markise und verkaufte geschnitzte Schildkröten. Man weiß vorher nie, was geht und was nicht. Manchmal kaufen sie Babymokassins, kleine perlenbestickte, so groß wie der große Zeh eines Erwachsenen. Ein andermal sind billige Halstücher, Boloties oder Glöckchen der Renner. Es kann vorkommen, dass ich, wenn ich meinen Vorrat falsch eingeschätzt habe, bis Mittag schon ausverkauft bin, während am Stand neben mir jemand, der eine ganze Wagenladung dabeihat, das Geld nur so scheffelt. Da kann ich dann nur zuschauen. An diesem Tag jedoch hatte ich die Schildkröten. Und die Leute dort waren verrückt nach Schildkröten. Eine Frau kaufte drei – eine aus Jade, eine aus Malachit und eine aus Türkis. Eine andere hatte es auf sieben, allerdings kleine, abgesehen. Eine dritte kaufte den Schildkrötenring. Es waren die Frauen, die Schildkröten kauften, die überhaupt alles kauften.

Auch Arafedern hatte ich im Angebot, und dafür bekam ich einen guten Preis. Einmal hatte ich ein wunderschönes altes Navajo-Stück, das ich habe segnen lassen, weil der Geist der Menschen, die dieses Schmuckstück aus Türkis getragen haben, anscheinend immer noch darin wohnt, jedenfalls glaube ich das. Ein solches Stück wird einem armen Säufer gegen Schnapsgeld abgeschwatzt, oder es wird schlichtweg gestohlen – jedenfalls gerät es auf üble Weise in die Hände von Händlern und sollte ganz genau unter die Lupe genommen werden. Ich besitze ein seltenes Stück, das ich bisher nicht verkauft habe, ein altes Armband aus Silberguss mit einem gletschergrünen Türkisstein in Flügelform. Ich muss sagen, dieses Schmuckstück kann ich nur kurz in der Hand halten, denn an manchen Tagen scheint das Muster, wenn ich darüber reibe, in meiner Hand ein geheimes Eigenleben, einen geheimen Schmerz zu entwickeln.

Dieses alte Armband räume ich also gerade fort, als sie vorbeigehen. Vier Frauen, die mit Eishörnchen über das Powwow-Gelände schlendern.

Wem würden sie nicht auffallen? Auf federnden, nie ermüdenden Beinen schweben sie über allen anderen. Man kann heute nur noch schwer bestimmen, welchem Stamm die Leute angehören, so stark sind wir vermischt: In meinen Adern fließt bestimmt das Blut eines Büffelsoldaten, andererseits bin ich aber durch und durch Ojibwa. Durch und durch Shawano, obwohl ich Klaus heiße, eine Geschichte für sich. Woher diese Frauen stammen, kann ich beim besten Willen nicht sagen. Ihre Tanzkostüme sind einfach – Kleider aus gegerbtem Leder, Schmuck aus Knochen, ein Streifen weißes Rehfell vorne und zwei hinten. In ihrer noblen Eleganz setzen sie neue Maßstäbe der Einfachheit. Neben ihnen sehen alle anderen auffällig bunt oder grell aus, ein bisschen albern in ihrem Versuch, die Aufmerksamkeit der Preisrichter auf sich zu ziehen.

Ich beobachte, wie diese Frauen mit den Lippen das Eis berühren. Halb lächelnd neigen sie den Kopf und küssen sanft die gefrorenen Körnchen. Während sie an dem süßen Limonen- und Blaubeersaft nippen, wenden sie keine Sekunde den schmelzenden Blick ihrer schwarzen Augen von der Menge und gehen dennoch immer weiter. Mühelos. Leichtfüßig. Gerade das Unbemühte macht sie schön. Wir bemühen uns alle viel zu sehr. Das ständige Streben wetzt unsere Kanten ab, lässt das Beste an uns abstumpfen.

Ich inhaliere diese Frauen wie Luft. Atme schwer. Mein Herz presst sich zusammen. Irgendetwas an ihnen ist wie die Armbänder aus altem Türkis. Trotz der Geheimnisse, die diesen Steinen innewohnen, gibt es Momente, da kann ich nicht aufhören, ihren hellen Glanz zu berühren und zu streicheln. Ich muss diesen Frauen nahe sein und mehr erfahren. Ich kann nicht von ihnen lassen. Ich werfe einen Blick auf meinen Stand – Lieferwagen, Zeltplane, Markise, Perlen, Stühle, Halstücher, Schmuck, Klapptische, eine Geldkassette, ein oder zwei Schildkröten – und sitze, so ruhig ich kann, zwischen all diesen Dingen in meiner Verkaufsbude. Ich warte. Da sie jedoch keine Notiz von mir nehmen, beschließe ich, dass ich selbst aktiv werden muss. Ich bitte meine Nachbarn, eine Familie aus Saskatoon, ein Auge auf meinen Stand zu haben, und folge den Frauen.

Zuerst schleiche ich einfach auf Zehenspitzen hinterher, doch dann trabe ich schneller und verliere sie fast, fürchte andererseits jedoch, ihnen zu nahe zu kommen und bemerkt zu werden. Sie beenden ihren Rundgang um die Laube, betreten sie während des Mittelteils eines Liedes, das die Stämme gemeinsam singen, und tanzen zusammen in den Kreis. Ich lehne mich an einen Pfosten, um ihnen zuzuschauen. Bei manchen Tänzern sieht man den Schweiß rinnen und hört, wie ihre Füße das Sägemehl, das Gras, den Kunstrasen, die Turnmatten oder was auch immer malträtieren. Manche sind schweißgebadet und ihre Gesichter vor Anstrengung hochrot. Bei anderen erkennt man gar nicht, wie sie sich bewegen, woher es kommt. Sie sind eins mit ihrer Anstrengung. An solche verliert man sein Herz, und genau das passiert mir: Ich sinke auf eine Bank nieder, um diesen Frauen zuzuschauen, und wo meine Gedanken normalerweise abzuschweifen beginnen, bin ich an diesem Morgen aus dem weichsten Holz geschnitzt. In einer Reihe tanzen sie zusammen, während sie mit leiser, leidenschaftlicher Stimme murmeln und zurückhaltend lächeln, denn sie sind zu stolz, um ihre ganze Schönheit preiszugeben. Sie sind leichtfüßige Tänzerinnen mit einem Ernst von natürlicher Grazie.

Ihre Haare sind unterschiedlich frisiert. Die älteste Tochter hat ihre hinten zu einem einfachen Zopf geflochten. Die nächste hat sie zu einem phantasievoll gewobenen französischen Knoten hochgesteckt. Die Jüngste hält sie mit einer runden Muschelhaarspange in einem weichen Schwanz zusammen. Das Haar ihrer Mutter – denn dass sie ihre Mutter ist, erkenne ich vor allem an der Art, wie sie sich im Bewusstsein gemeinsamer Anmut bewegt – hängt lang und offen herab.

Dunkel wie der Nachthimmel, mit rötlich weißen Strähnen und braunen Rinnen, Wellen, so tief wie Ströme, ein Fluss duftender Abenddämmerung. In der rechten Hand hält sie einen Fächer aus den Federn eines Rotschwanzbussards. Diese Vögel folgen den Antilopen, um sich über die Feldmäuse, die die vorbeiziehende Herde aufscheucht, herzumachen. Plötzlich, als sie den Fächer hochhebt, stockt mir der Atem. In der Ferne und in meinem Kopf und Herzen höre ich den spitzen Schrei des herabstoßenden Vogels – einen einsamen Ton, hartherzig und vertraut.

Als ich später wieder bei meinen Tischen bin, lege ich wie unabsichtlich jedes Stück auf ansprechende Weise aus. Ich besorge mir einen Vorrat an eisgekühltem Tee und Soda und setze mich hin, um zu warten. Ausschau zu halten. Auch um Blicke auf mich zu ziehen, falls ich es schaffe, aber an meinem Aussehen ist nun mal nicht viel zu ändern. Vom langen Sitzen auf meinem Klappstuhl bin ich in die Breite gegangen, und um als gefährlich gut aussehend zu gelten, bin ich einfach ein zu fröhlicher Mensch. Mein Haar, und darauf bin ich stolz, ist lockig und dunkel und ich binde es zu einem Schwanz oder Zopf zusammen. Meine Hände dagegen sind dick und ungeschickt. Ihre einzige Betätigung besteht darin, Geld einzunehmen und zu zählen. Mein Blick ist zu einsam, mein Mund zu sehr darauf aus, sich zu einem Lächeln auseinander zu ziehen, mein Herz zu sehr darauf erpicht, zu gefallen.

Egal. Die Frauen kommen über das zertrampelte Gras spaziert und schenken mir auch diesmal keine Beachtung. Sie schlendern an den anderen Buden entlang, nehmen ein paar Bänder näher in Augenschein, deuten auf perlenbestickte Gürtelschnallen und Harley-T-Shirts. An einem Essensstand bestellen sie alkoholfreie Getränke, essen indianische Tacos, kaufen sich Heidelbeermuffins. Wieder kommen sie vorbei und bleiben stehen, um bei dem indianischen Glücksspiel, dem Stöckchenspiel, zuzuschauen. Sie verschwinden und tauchen plötzlich auf. Die Mutter untersucht den Fuß ihrer Tochter. Ist sie verletzt? Nein, es ist nur ein Stück Kaugummi daran kleben geblieben. Den ganzen Tag hänge ich mit meinen Blicken an ihnen. Den ganzen Tag habe ich keinen Erfolg, entscheide mich aber immerhin, welche ich haben will.

So mancher würde vielleicht für die Sprösslinge schwärmen, die Ableger, die reizende Nachkommenschaft, die Jüngeren und Auffallenderen, die mit den längeren dunkleren Wimpern. Ich bin stark genug, jedenfalls meine ich das, um mich für den Ursprung, die Mutter, zu begeistern. In meiner Vorstellung verkörpert sie alle zusammen in einer Person. In ihr kommt ganz unverfälscht die Schönheit jeder Einzelnen zum Ausdruck. Die Mutter ist es, um die ich mich bemühen werde. Beim Einschlafen male ich mir aus, wie ich sie im Arm halte, die zierliche Kraft. Die Augen habe ich zwar geschlossen, aber meine Träume lassen mir in dieser Nacht keine Ruhe.

Ich renne, renne und muss immer weiter rennen – keuchend fahre ich aus dem Schlaf hoch. Das Lager ist dunkel. Meine Habe wäre schnell zusammengepackt, und ich frage mich, ob ich dies nicht als Omen betrachten soll. Auf der Stelle die Zelte abbrechen. Verschwinden. Nach Hause gehen. Zurück in die Stadt, nach Minneapolis, *Gakahbekong*, wie wir sie nennen, wo alles seine Ordnung hat und mit einem hübschen Etikett versehen ist, wo man sich vor dem weiten Himmel verstecken, vergessen kann. Darüber denke ich gerade nach, als ich den einsamen, leidenschaftlichen Gesang eines unermüdlichen Stöckchenspielers vernehme, die Stimme eines alten Mannes, die ohne auszusetzen erbarmungslose Ironie verströmt.

Ich gehe bis an den Rand des aufgehenden Mondes.

Da stehe ich und lausche dem Gesang, bis es mir besser geht und ich bereit bin, mich noch einmal hinzulegen und auszuruhen. Während ich durch das schlafende Lager zurückgehe, sehe ich die vier Frauen wieder – sie laufen geradewegs an mir vorbei, jetzt sehr schnell und leise, lachend. In Gewänder aus blassem Kaliko gehüllt, bewegen sie sich wie eine Welle vorwärts. Ihr Schritt wird schneller, dann noch schneller. Ich fange an zu laufen und merke plötzlich, dass ich, zuerst in leichtem Tempo, dann unter zunehmender Anstrengung, hinter ihnen herrenne und dass ich all meine Sinne auf diese Jagd, die meinen Körper vorwärts treibt, konzentriere, obwohl die Frauen selbst scheinbar gar nicht ins Laufen verfallen sind. Ihr geschmeidiger Gang führt sie an den Rand des Lagers, eine Landschaft aus Unterholz und Salbeigestrüpp, Unkraut, abgegrasten Weiden und dahinter üppigen Hügeln. In meinem Kopf entsteht ein Plan. Ich werde ihren Lagerplatz finden und mir merken! Morgens mit Kaffee vorbeigehen, sie überrumpeln. Aber sie passieren die Grenze des Camps, das letzte Zelt. Ich auch. In großen Schleifen dringen wir immer weiter in das mondhelle Land vor, schneller und schneller, aber es ist zwecklos. Sie lassen mich weit hinter sich. Verschwinden in die Dunkelheit, in die Nacht hinaus.

Mein Herz spannt sich an, rast, ist erfüllt von Sehnsucht und ich brauche Hilfe. Die Stunde des Morgengrauens dürfte bald gekommen sein. In höher gelegenen Gegenden sind die Sommernächte so kurz, dass die Vögel kaum zu singen aufhören. Immerhin weht bei Tagesanbruch eine leichte, frische Brise. Jetzt endlich verstummt der alte Mann, der mit seiner überkippenden Stimme im Spielzelt so munter Geld gescheffelt hat. Ich kenne ihn, Jimmy Badger, oder weiß jedenfalls von ihm, dass er ein alter Medizinmann ist, über den man mit angehaltenem Atem spricht. Mir ist klar, dass seine Mannschaft gewonnen hat, denn die anderen klappen lautstark ihre Stühle zusammen und machen sich unter leisem Gegrummel davon. Jimmy lehnt sich auf einen seiner Enkelsöhne. Der Junge stützt ihn beim Gehen. Jimmys Körper krümmt sich unter seiner Arthritis und dem Alter. Er schnappt nach Luft. Sie bleiben stehen, ich gehe zu ihm hin, schüttle ihm die Hand und sage ihm, dass ich Rat brauche.

Er bedeutet seinem müden Enkelsohn, zu Bett zu gehen. Ich nehme den Medizinmann am Arm und führe ihn über festen Boden zu dem Platz, wo mein Lieferwagen steht. Dort ziehe ich einen Liegestuhl heraus, klappe ihn auf und helfe ihm beim Hinsetzen. Mit einem Griff in meine Vorräte finde ich eine alte Rolle Tabak, die ich ihm gebe. Dann füge ich noch ein paar Stränge billiger Perlenketten und ungefähr zweieinhalb Meter Lakritze für seine Enkelkinder hinzu. Und eine Decke. Eine zweite stopfe ich ihm in den Rücken, dann gieße ich ihm noch warmen Kaffee in den Trinkbecher einer Thermosflasche. Er trinkt, während er mich mit verschmitzter Aufmerksamkeit ansieht. Er ist ein kleiner Mann, dem der Hang zur Intrige aus den Augen schaut, und seine Spielerhände haben raffinierte knotige Formen angenommen. Er hat den Mund eines Pokerspielers und schönes eisengraues Haar, das hinten lang herunterhängt. Auf dem Kopf trägt er einen ramponierten, perlengeschmückten Filzhut mit einem silbernen Hutband, dazu eine nagelneue Jeansjacke, die er vermutlich in einem der Blackjack-Zelte gewonnen hat.

Ich sei ein Ojibwa, sage ich zu ihm, wisse also nicht viel über die Plains. Ich sei eher ein Waldindianer, ein Großstadtmensch. Ich erzähle Jimmy Badger, ich hätte eine Jagderlaubnis gewonnen und würde mir eine Antilope holen. Ich bräuchte Antilopenmedizin. Ihre Gewohnheiten verwirrten mich. Jemand müsse mir sagen, wie man sie fängt. Mit gespannter Aufmerksamkeit hört er zu, dann legt ein freundliches Lächeln seine kaputten Zähne frei.

«Du sprichst von alten Zeiten», antwortet er. «Es gibt immer noch Leute, die die Antilope jagen. Da sie aber nicht über Zäune springen, sind Antilopen heute leicht zu fangen. Folge ihnen einfach, bis sie an einen Zaun kommen. Hohe Hindernisse überspringen sie nämlich nicht, sie können nur weit springen.»

«Dann werden sie mich abhängen», entgegne ich. «Ich habe vor, sie in offenem Gelände zu jagen.»

«Aha», erwidert er. «Das ist etwas anderes.»

Mit diesen Worten nimmt er seine Pfeife heraus, lässt mich sie anzünden und sitzt danach lange rauchend da.

«Pass auf.» Langsam streckt er seinen verkrümmten Körper. «Die Antilopen sind ein neugieriges Völkchen. Sie untersuchen alles, was sie nicht verstehen. Wedle dort, wo dein Versteck ist, mit einem Stück Stoff, einer Flagge. Aber nur ab und zu, nicht regelmäßig. Sie sind neugierig, sie werden stehen bleiben, es bemerken. Und es schon nach kurzer Zeit näher betrachten.»

Am nächsten Tag richte ich also meine Bude ganz genau so her wie am Tag zuvor, bis auf ein Stück Sweetheart-Kaliko, weiß mit kleinen rosa Rosen, das ich zurückbehalte. Als die Frauen näher kommen, wieder ihre Kreise um die Buden ziehen, winke ich mit dem Stoff. Nur einmal. Er erregt die Aufmerksamkeit der Jüngsten, und sie schaut zu mir herüber. Sie gehen vorbei. Gehen noch einmal vorbei. Ich fürchte schon, dass es nicht geklappt hat. Wedle mit dem Stoff. Da dreht sich die älteste Tochter um. Wirft mir über die Schulter den allerlängsten Blick zu. Ich lasse den Stoff flattern. Ihre Augen sind tief und wachsam. Dann beugt sie sich nach hinten, lacht ihre Mutter an und zerrt an deren Ärmel.

Im Handumdrehen sind sie bei mir.

Sie betrachten meine Sachen. Anfangs halte ich mich im Hintergrund, aber nicht lange. Kaum bin ich nah genug herangekommen, fange ich an, sie mit meinem Verkäufergerede zu umgarnen – das beherrsche ich nämlich, dieses Geschwätz, das beim Kunden Interesse weckt. Meine Ware ist durchweg Spitzenqualität. Meine Geschichten haben Geschichten. Meine Perlenstickerei stammt von Verwandten und Freunden, deren Erzählungen sich zu einem immer komplizierteren Gefüge von Barrieren verzweigen. Ich spreche mit jeder der Frauen, mache liebenswürdige Komplimente, errichte Zäune und Tore um sie herum. Es sind sehr bescheidene und höfliche Frauen, schüchtern, fast schon gehemmt. Die Mädchen reden wenig, die Mutter überhaupt nicht. Wenn sie einen Witz nicht verstehen, senken sie die Lider und werfen einander Blicke stillschweigenden Einverständnisses zu. Wenn sie doch lachen, halten sie sich die Hände vor ihre hübschen stillen Münder. Ihre Augen leuchten auf vor Staunen, als ich jeder von ihnen ein paar Röhrchen mit billigen, glitzernden Perlen, ein paar Hornknöpfe, ein Band für den Rundtanz schenke.

Sie versuchen, sich davonzustehlen. Ich rede ununterbrochen. Frage sie, ob sie gegessen haben, sage ihnen, ich hätte etwas da, und zeige ihnen meinen Vorrat an gebackenen Bohnen, Mais, gegrilltem Brot und Melassekeksen. Ich biete ihnen üppig gefüllte Teller an und spiele Musik aus dem Autoradio. Währenddessen höre ich nicht auf zu reden, zu lächeln und meine Witze zu machen, bis die Mädchen zum ersten Mal gähnen. Ich ertappe sie dabei, und so halte ich ihnen mein Zelt auf, das, hübsch und einladend, gleich nebenan aufgeschlagen ist. Ich sage ihnen, sie könnten sich gerne auf den weichen Haufen von Decken und Schlafsäcken legen. Ihre dunklen Augen flackern, sie schauen ihre Mutter voller Skepsis an, doch ich zerstreue ihre Bedenken und winke sie mit meinem Händlerlächeln herein.

Allein zusammen. Ich und sie. Ihre Mutter hört mir hübsch artig zu. Mein Blick lässt sich Zeit, nähert sich dann ihren Augen, bis er sie findet. Als unsere Blicke sich schließlich treffen, starren wir einander an, starren und können nicht aufhören, uns gegenseitig zu fixieren. Ihre Augen sind ganz schwarz, voller Licht und Argwohn. Meine sind braun, suchend, sicher unruhig. Aber wir lassen nicht ab und ich kann nur sagen, dass ich für das, was nun folgt, keine angemessene Entschuldigung habe.

Wir steigen in den Lieferwagen, während sie immer noch von dem Gerede, dem Blick gefangen ist. Ich glaube, sie ist verwirrt von der Art, wie ich sie will, nämlich so, wie sonst niemand sie will. Tief drinnen weiß ich das. Ich will sie auf eine neue Art, eine Art, von der man ihr nie erzählt hat, die nicht die des Vaters der Mädchen war. Sicher, möglicherweise verzweifelt. Vielleicht sogar falsch, aber sie weiß nicht, wie sie widerstehen soll. Wie gesagt, ich bekomme sie also in meinen Lieferwagen. Ich stelle eine sanfte Musik ein, bei der sie sich verhält, als hätte sie so etwas noch nie gehört. Sie lächelt zaghaft, nervös, und obwohl sie nicht spricht, überhaupt keine

Worte benutzt, verstehe ich ihre Blicke und Gesten. Ich kurble die Rückenlehne in eine angenehme Position hinunter, betrachte den dämmrigen Himmel und fange an, sie zu umgarnen.

«Du bist müde, schlaf», sage ich und gebe ihr eine Tasse heißen Tee. «Mit deinen Töchtern ist alles in Ordnung. Denen geht's gut.»

Sie nippt an dem Tee und schaut mich mit schläfrigem Argwohn an, als wäre ich etwas völlig Neues für sie. Ihr Blick wird weich, ihre Lippen öffnen sich. Plötzlich lehnt sie sich zurück und fällt in tiefen Schlaf. Etwas habe ich vergessen zu erzählen: Wir, die Ojibwa, haben ein paar Tees, die wir zu ganz besonderen Gelegenheiten aufbrühen. Dieser hier ist so einer. Ein Schlaftee, ein Liebestee. Ach ja, da ist noch was. Da ist noch was, was Jimmy Badger mir erzählt hat.

«Du bist verschlagen wie alle diese Waldindianer», sagte Jimmy Badger. «Ich bemerke sehr wohl die List des Händlers bei dir. Wenn du an diese Frauen denkst, dann lass es», fuhr er fort. «Vor langer Zeit gab es bei uns eine junge Frau, die den Sommer mit den Antilopen zusammenlebte. Im Winter brachte sie ihre menschlichen Töchter ins Lager. Sie konnten mit ihrem Volk nicht mithalten, wenn es, verstreut über die Ebenen, in der bitteren Kälte auf dem gefrorenen Weideland dahinzog. Komm ihnen nicht zu nah, falls es das ist, was du vorhast. Ich weiß von einem Mann, der es einmal tat. Ihnen folgte, eine niederrang. Mit ihr schlief und danach nicht mehr derselbe war wie vorher. Nur wenige Männer können es mit ihrer Art zu lieben aufnehmen. Im Übrigen gehören sie uns. Wir brauchen sie und wir sorgen für diese Frauen. Abkömmlinge.»

«Vielleicht sind sie das», entgegnete ich. «Vielleicht sind sie aber auch nur anders.»

«Anders», pflichtete Jimmy mir bei. «Das ganz bestimmt.»

Er sah mich scharf an, packte mich mit seinem Blick, redete weiter. Seine Stimme war distanziert und gebieterisch.

«Unsere alten Frauen sagen, sie tauchen auf und verschwinden. Manche Männer folgen den Antilopen und verlieren den Verstand.»

Ich blieb hartnäckig. «Vielleicht ist diese Familie auch nur ein bisschen ungewöhnlich oder wild.»

«Geh», befahl Jimmy Badger. «Und zwar sofort.»

In meinem Herzen war ich jedoch bereits gefangen. Der beste Jäger überlässt die Führung seiner Beute, nicht umgekehrt. Er versucht nicht, sie mit Gewalt aufzuspüren und zu verfolgen, sondern lässt sich einfach zu der Begegnung locken. Genau das tat ich.

Plötzlich habe ich sie hier bei mir im Lieferwagen, und schon ist sie eingeschlafen. Lange sitze ich da und betrachte sie. Ich bin verzaubert. Ihre Wimpern sind so lang, dass sie, als die Außenbeleuchtung angeht, leichte Schatten auf ihre Wangen werfen. Ihr Atem duftet nach Gras, ihr Haar nach Salbei. Ich möchte sie unentwegt küssen. Das Herz hämmert mir bis in die Fingerspitzen.

Ich fahre los. Ja, tatsächlich. Ich fahre mit dieser Frau los, während ihre Töchter dort im Zelt liegen, ruhig atmend, bewusstlos. Ich hinterlasse den Mädchen meine ganzen Perlen, die kunstvollen Gegenstände und den Schmuck, alles, was ich in der Ecke des Zeltes aufbewahrt hatte. Die Kilometer fliegen dahin, die Straßen sind menschenleer. Vor uns ragen die Mission Mountains auf und schleudern Feuer von nackten Felswänden. Dann lassen wir diese Berge hinter uns und kommen in offeneres Land. Mein Schatz wird wach, verwirrt und müde. Ich erzähle ihr Witze und Geschichten, zähle ihr sonderbare oder wertvolle Dinge auf, die die Leute wegwerfen. Der Handel ist meine zweite Natur, mein Brot verdiene ich allerdings mit Abfall. Ich arbeite in der Müllbeseitigung. Arbeite für den

Stamm, ja sogar für die Stadt, für große Firmen oder kleine. Ich fahre den ganzen Tag. Und die ganze Nacht. Erst als ich vor lauter Erschöpfung doppelt sehe, halte ich endlich an.

Bismarck, North Dakota, Mitte des Universums. Schnittpunkt von Raum und Zeit für mich und meine Ninimoshe. Wir nehmen ein Zimmer am Ende des Motels. Ich lasse sie zuerst eintreten, schließe die Tür hinter uns, und dann dreht sie sich zu mir um – unvermittelt, sie weiß jetzt, dass sie gefangen ist. *Wo sind meine Töchter?*, fragt ihr Blick, knochenhart vor Angst. *Ich will zu meinen Töchtern!* Ich bin zwar darauf gefasst, dass sie losstürmt, aber sie ist so schnell, dass ich sie nicht daran hindern kann, gegen das Fenster zu rennen und zurückzuprallen. Voller Kraft und Geschmeidigkeit wendet sie sich zur Tür, doch ich versperre ihr den Weg und versuche, sie aufzuhalten. Sie trommelt mit harten Fäusten auf mich ein und stürzt geradewegs ins Bad, reißt den Spiegel herunter und schlägt sich am Rand der Badewanne die Zähne aus.

Was kann ich tun? Ich habe noch meterweise Sweetheart-Kaliko. Ich gehe zurück. Sorgfältig reiße ich Stücke davon ab und verbinde mit größter Behutsamkeit ihre Schnitte. Ich weiß nicht, was ich sonst noch tun soll – und fessle sie. Einen Streifen lege ich sanft durch ihren blutenden Mund. Zum Schluss binde ich unsere Handgelenke zusammen und schlafe in einem Aufruhr der Gefühle neben ihr ein.

Ich bete sie an. Ich werde alles für sie tun. Alles, außer sie gehen zu lassen. Nachdem ich sie erst einmal in meine Stadt gebracht habe, geht sowieso alles besser. Sie scheint ihre Töchter zu vergessen, deren sehnsuchtsvolle Blicke, die große Weite, die Luft. Außerdem sage ich ihr, dass wir ihre Töchter mit dem Flugzeug kommen lassen werden. Sie können hier bei mir leben und zur Schule gehen.

Sie nickt, hat aber etwas Hoffnungsloses im Blick. Immer wieder wählt sie Telefonnummern, führt Ferngespräche nach allen möglichen Orten im Staat Montana, lauter 406er Nummern auf meiner Rechnung. Sie sagt nie etwas, obwohl ich mir manchmal einbilde, sie flüstern zu hören. Ich probiere die Nummern aus, aber jedes Mal, wenn ich eine davon wähle, heißt es, kein Anschluss unter dieser Nummer. Versteht sie überhaupt, wie das Telefon funktioniert? Und trotzdem lächelt sie mir eines Nachts ins Gesicht – wir sind genau gleich groß. Ich schaue ihr offen und tief in die Augen. Sie liebt mich genauso wie ich sie, das weiß ich sicher. Ich möchte sie immer und immer halten – in guten wie in schlechten Zeiten. Danach sind unsere Nächte etwas, was mir tagsüber gar nicht gegenwärtig ist, als schlüpften wir in andere Körper, in die brennende Haut anderer Menschen, als wären Ort und Zeit nicht dieselben. Unsere Liebe ist eine schmerzende Köstlichkeit, ein alter Killer-Whisky, ein Fluch und schöner als alle Worte.

Manchmal möchte ich sie gar nicht allein lassen, um zur Arbeit zu gehen. Morgens sitzt sie auf ihrem Fleck vor dem Fernseher, schaut in stiller Faszination auf die Mattscheibe, zuckt bei den Verfolgungsjagden im Auto leicht zusammen, fühlt bei den Liebesszenen mit. Ich ertappe sie dabei, wie sie vor dem Spiegel, den ich im Wohnzimmer aufgehängt habe, die Gesichter der Frauen aus den Seifenopern imitiert, ihre schmachtenden Blicke, ihre Schmollmünder. Ihre Kleider. Sie öffnet meine Brieftasche, nimmt mein ganzes Geld. Ich würde ihr alles geben. «Hier», sage ich. «Nimm auch noch mein Scheckbuch.» Doch das wirft sie einfach hin. Sie streift ihre alten Häute ab und kauft sich neue, enge mit grellbunten Mustern. Ihr Lachen ist härter geworden, aber es ist lautlos und schüttelt sie wie der Sturm einen Baum. Sie trinkt Wein. Wenn sie schwarze Jeans trägt, wird sie in Bars, sobald ich mich abwende, von Männern angemacht; also wende ich mich nicht ab. Ich klammere mich an sie, klebe an ihr fest, würde sie niemals gehen lassen, und nachts fessle ich sie manchmal noch mit Sweetheart-Kaliko an mich.

Sie heult und heult, weint den lieben langen Tag. Manchmal finde ich sie betrunken in einer Ecke, wie sie, wunderschön in einem duftigen Negligé, wieder lachend vor dem Spiegel die Lippenbewegungen von Liebesszenen imitiert. Ich denke, ich werde einen Psychiater für sie suchen; so kann es nicht weitergehen. Sie ist verrückt. Wenn sie sie allerdings einsperren, werden sie mich auch einsperren müssen. Tagelang durchbohrt sie mich mit ihren Blicken, fletscht die Zähne, tritt mir mit ihrem hochhackigen Stiefel auf die Füße, wenn ich ihr so nah komme, dass ich versuchen könnte, sie zu küssen. Und genauso plötzlich verändert sie sich. Verwandelt sich in die liebevollste Gefährtin. Abends sitzen wir vor dem Fernseher, unsere Knie berühren sich, während ich meine Termine für den nächsten Tag durchsehe. Ihre Augen sprechen. Ihre langen bedeutsamen Blicke erzählen mir Geschichten – von alten Zeiten, von ihrem Volk. Die Antilopen seien als einzige Wesen flink genug, um die Ferne einzuholen, sagen ihre dahingleitenden Blicke. *Dort leben wir. Wo Himmel und Erde sich treffen, das ist der Ort, wo wir leben.*

Ich bringe ihr Süßgras, flechte es ihr ins Haar, und dann lieben wir uns und lassen nicht voneinander ab, bis jeder auf dem Kissen des anderen einschläft.

Winter, die Tage werden kürzer. Sie fängt an, ununterbrochen zu essen, und geht, Kartoffelchips verschlingend und Wein trinkend, vor meinen Augen auseinander, bis ich sie verfluche, ihr sage, sie sei hässlich, sie solle sich eine Arbeit suchen, abnehmen und wieder der Mensch sein, der sie war, als ich sie kennen lernte. Ihre Zähne sind noch immer kaputt, und wenn sie lächelt, ist ihr Lächeln schartig vor Hass, aber ihre Augen sind immer noch dunkel vor Liebe, vor Belustigung. Tanzend erhebt sie sich in die Luft, dreht sich und wirbelt davon, sodass ich sie nicht fassen kann, und dann ist sie wieder in meinen Armen, und wir bewegen uns, diesmal gemeinsam. Sie ist so unglaublich fett, dass ich es nicht aushalte, ihre Brüste prall und spitz, und in dieser Nacht ertrinke ich, tauche in ihre Tiefe hinab. Noch nie war ich so verloren, und am nächsten Morgen, am nächsten Nachmittag, zieht sie mich erneut ins Bett zurück. Ich kann nicht aufhören, obwohl ich völlig ausgelaugt bin. Sie macht immer und immer weiter. Tag für Tag. Bis ich weiß, dass sie versucht, mich umzubringen.

In dieser Nacht schleiche ich mich, während sie schläft, in die Küche. Ich rufe Jimmy Badger an; seine Telefonnummer habe ich über eine Reihe anderer Leute herausbekommen.

«Entweder sie oder ich», sage ich.

«Na endlich.»

«Was soll ich machen?»

«Bring sie uns zurück, du Dummkopf.»

Seine Worte brennen mir hinter den Augen. Wenn man eine von ihnen sehe, sei man für immer verloren. Sie tauchten auf und verschwänden wie Schatten auf den Plains, sagten die alten Frauen. Manche Männer folgten ihnen und kehrten nicht mehr zurück. Und wenn man doch zurückkäme, sei man nicht mehr richtig im Kopf. Ihre Töchter seien fürchterlich eingeschnappt. Sie hätten nicht viel Geduld, sagt Jimmy. Er spricht immer weiter. Habe nie Geduld gehabt, diese Familie. Sein Schicksal und das seiner Leute verändere sich. Ihre Häuser seien unter der winterlichen Schneelast eingestürzt, und ihre Arbeit könnten sie sich sparen. An der Zapfsäule halte niemand mehr an. «Bring sie uns zurück!», fordert Jimmy. Elend liege in der Luft. Die Fische seien innen drin matschig – irgendeine Krankheit. Ihre Töchter seien böse auf sie.

«Bring sie zurück, du Dummkopf!»

Ich sei bloß ein Stadtkind, antworte ich ihm, langsam, steif, verwirrt. Ich hätte keine Ahnung, was sie da draußen machten, die Leute auf den Plains, wo es weder Bäume noch Wälder, ja nicht einmal einen Ort zum Verstecken gebe, außer den Entfernungen. Man könne zu viel sehen.

«Bring sie uns zurück, du Dummkopf!»

Aber wie denn? Liegt sie doch in tiefster Nacht neben mir, ruhig atmend voller Liebe, voller Vertrauen. Ihre Hand, den tückischen Huf, in meiner.

3
SEETANG-MARSHMALLOWS

Rozina Whiteheart Beads

Als sie zum ersten Mal mit Klaus herkam, machten wir alle uns unwillkürlich Gedanken. Warum sie so ausgesprochen vernünftig und so völlig unvernünftig war. Seine Sweetheart Calico. Warum sie uns vorkam wie eine von uns und doch fremd, völlig anders und doch vertraut. Klaus brachte sie zurück, und trotzdem fuhr sie fort, ihn wahnsinnig zu machen, ihn auf und davon zu treiben, sodass wir ihn ein Jahr, dann zwei, insgesamt drei und schließlich vier Jahre lang nicht sahen. Während dieser Zeit hatten wir sie am Hals, zähmten und zügelten sie, seine Antilopenfrau, seine Sweetheart Calico.

Doch zuallererst will ich erklären, wer wir sind.

Die Frauen in meiner Familie gehören zu denen, die sich mit den Geistern anlegen. Klein, unbeugsam, kühn und kompliziert im Denken, verdanken wir Töchter der Enkelinnen von Frau der Blauen Prärie dem Roy'schen Blut das gewellte Haar und unser heiteres Wesen. Über die fließenden Grenzen der Zeit hinweg waren wir immer Zwillinge von Zwillingen. Abkömmlinge des Volkes der drei Feuer und eines Sklaven von der Elfenbeinküste, der unter die Rinde einer Ojibwa-Hütte kroch und ein Streichholz anzündete, in dessen Licht er in die Augen von Magid, Everlastings Tochter, schaute, die es ausblies und ihm ihre Felldecken aufhielt.

In der nächsten Generation kam aufgrund der Wechselfälle einer Reise der uneheliche Sohn einer unehelichen Tochter eines französischen Marquis dazu. Henri Laventure stahl zehn Louisdor aus dem Strumpf eines Bischofs und steckte sich das Geld in den Hintern, um in Calais an Bord eines Schiffes zu gehen. Nachdem man ihn nackt ausgezogen und in eine Lauge gegen Läusebefall getaucht hatte, zog der Vorfahre von halb königlichem Geblüt sich wieder an, schiss die Münzen unter Schmerzen eine nach der anderen wieder aus und steppte sie in seine Jacke ein, die er fest an seinen Körper nähte und bis Montreal nicht wieder ablegte. In Felle und Samt gekleidet und mit Messern, Flinten und Kesseln im Gepäck, tauchte er im rauen Territorium des Wolfes auf und heiratete sechs Ojibwa-Frauen, von denen die älteste, die sechzehn Jahre älter war als er, sich am besten um ihn kümmerte und am längsten bei ihm blieb.

Sie war die Schwester von Shesheeb, dem rechtskräftig verurteilten Windigo, Bären-Gänger und bösen heiligen Traumdeuter, der zu jenen Völkern des Nordens gehörte. Nach seiner Verhaftung zogen sie südwärts. Ständig unterwegs, immer in derselben Richtung, galten sie bald als die Leute, die gerade gen Süden aufgebrochen waren. Shawano. Einer der Shawano-Männer blieb bei einer Pillager-Frau. Er war verloren. Die anderen erschlossen neue Jagdgründe, ließen sich schließlich nieder, wurden Anführer, die nach ausweglosen Verhandlungen Verträge über den Verzicht auf Land unterzeichneten. Midassbaupayikway, Zehn-Streifen-Frau, Midass, die Mutter von Frau der Blauen Prärie, heiratete in diese nach Süden orientierte Sippe ein, aber ihre Tochter war keine von ihnen, denn sie wandte sich westwärts.

Vermutlich bekam Frau der Blauen Prärie, bevor sie verschwand, Zwillinge, die wieder Zwillinge bekamen. Zosie. Mary. Sie waren das erste Zwillingspaar, und auch das zweite. Bis zu mir, Rozin, und meiner Schwester Aurora, die an Diphtherie starb und mir mit fünf Jahren aus den Armen gerissen wurde, hießen die Zwillinge immer Zosie und Mary. Ich habe meine Töchter Cally und Deanna genannt. Schlechte Wahl. Ich habe noch häufiger mit der Tradition gebrochen und darunter hatten auch sie zu leiden. Ich hätte den Schutz bewahren sollen. Hätte die Namen, die den Schutz gewährten, beibehalten sollen. Hätte mich so weit wie möglich an die alten Bräuche und die Traditionen, die uns beschützt hatten, halten sollen. Hätte Pferde reiten sollen. Hunde halten. Mich von Richard Whiteheart Beads, Frank Shawano oder vielleicht auch Klaus' Frau mit dem auffälligen Gang und den zerschlagenen Zähnen fern halten sollen.

Wenn ich könnte, würde ich zurückgehen, das Muster der Zerstörung wieder aufziehen. Die ganze Kette von Ereignissen Stück für Stück auseinander nehmen. Aber wie soll man die Dinge, die man hätte ändern können, von denen, die unabänderlich waren, trennen? Wie hätte ich es vermeiden sollen, Sweetheart Calico zu bemerken?

Ich war mit Richard Whiteheart Beads verheiratet. Unsere Zwillinge waren fünf Jahre alt. Von dieser alten Verbindung her kannte ich die Shawanos zwar seit jeher als eine gute Familie, groß und kinderreich, mit Verwandten überall, in allen Gesellschaftsschichten, hatte aber, bis ich bei Frank einen Laib Brot kaufte, keinen Einzigen persönlich kennen gelernt. Das war kurz nachdem wir hier in die Stadt gezogen waren. Er hatte sein eigenes Bäckereigeschäft. Das war seine Berufung. Dass ich den Laden betrat, hatte nur einen einzigen Grund: Sie. Sweetheart Calico saß direkt davor auf dem Gehsteig. Eine hübsche junge Frau, ohne Schuhe, in zerrissenen schwarzen Strumpfhosen. In der Hand eine süß duftende, goldbraune, aufgegangene Teigkugel mit einem Sattel aus Zitronengelee, der wackelte, wenn sie hineinbiss.

Sie bettelte mit ausgestreckter Hand nach Kleingeld, fesselte mich mit ihrem unverfrorenen Blick und machte sich immer wieder wie ein Wolf über das Gebäck her.

«Woher haben Sie das?», fragte ich, während ich meine Tasche durchwühlte.

Sie nahm mein Kleingeld und deutete auf die Tür neben uns. Also trat ich ein, stand vor einer Reihe gläserner Auslagen. Ich schaute mir die Tabletts mit Bismarks, Long Johns und Zimtbrötchen an, hatte aber nur einen Heißhunger auf einfaches Brot, wählte eins aus. Sagte es dem Bäcker. Frank griff hinter sich, nahm es vom Regal, stellte die Schneidemaschine an und schnitt es für Sandwiches komplett auf. Packte die Scheiben in einen knappen durchsichtigen Beutel und hielt mir den Laib hin, einen weißen Laib, der so frisch war, dass er wie eine Ziehharmonika zwischen seinen Händen durchhing.

«Sie sind eine Roy», sagte er.

«Whiteheart Beads.» Dennoch war ich überrascht. «Ich bin jetzt verheiratet.»

Er lächelte. «Das sollte mich abhalten, ich weiß.»

Ich nahm den Laib.

«Es ist so frisch und weich», riet er mir, «dass Sie es zu Hause sofort essen sollten.»

Ich ging hinaus, suchte nach der Frau. Sie war fort. Ich machte den Beutel auf und aß im Gehen ein Stück davon – salzig, mürbe, porös, mit einer bröckeligen braunen Kruste.

Als Frank und ich das erste Mal miteinander spazieren gingen, gab er mir mit bloßen Fingern Stücke von einem Zimtbrötchen, beugte sich dann herüber und band mir den Schuh zu. Am Ende der Welt, bei einem Felsen, beugte er sich herüber. Ich saß. Er stellte meinen Fuß auf und band mir den Schuh zu – der war nicht einmal besonders schön, ein Laufschuh, ein alter Schuh. Frank rollte die weiche Brötchenkrume zwischen seinen Fingern auseinander, teilte sie mit mir. Zur Mitte hin wurde der Geschmack intensiver. Eine köstliche Würze. Während wir über etwas anderes redeten, fütterten seine Finger mich mit der klebrigen, frischen Masse aus der Mitte.

Eine Woche später trafen wir uns, tranken Kaffee, und diesmal berührte er, während wir uns unterhielten, meine Fingerknöchel, dann die Haut zwischen meinen Fingern. Franks Gesicht ist liebevoller Verfall, die Haut durch seine Arbeit mit Butter geglättet und um Augen von genau passendem Braun in Fältchen gelegt. Sein Mund ist plüschig, und damals, bevor er krank wurde, schmiegten seine Lippen sich dümmlich verzerrt um jeden Witz, sein Grinsen kam gedämpft und unerwartet, das Lachen leise, er hatte hochschießende Augenbrauen, sah gut aus und war ein bisschen schüchtern.

Am selben Tag. Nachmittags.
«Kleiner Hund, kleiner Hund, wo kommst du her?», frage ich Cally.
«Diesmal nicht aus dem Zirkus.»
«Woher dann, von weit her?»
«Ja, aus Teufelsland.» Ihre Miene ist aufmerksam, feierlich.
«Wie ist es dort?»
«Gar nicht schlecht.» Diesmal ist es ihre Schwester, die mit der typischen Ungerührtheit kleiner Mädchen die Schultern zuckt. «Sie haben versucht, mich anzuzünden.»
Wie ein betäubtes Tier liege ich in unserem Bett, während mir langsam Tränen aus den Augenwinkeln rinnen. Ich weiß, dass aus dieser Liebe nichts Gutes erwachsen kann, stecke aber schon so tief darin, dass ich nur noch hören kann, wie die Wellen in der Ferne und oben am Gewölbe des Ufers zusammenschlagen. Ich habe Angst um meine Töchter. Cally spielt in meiner Nähe mit kleinen Plastiktieren. Pferden. Löwen. Hunden.
«Ich hasse Mörderbienen. Sie haben so ein Gift um die Taille», erklärt mir Deanna. «Ich hoffe, dass du nie von ihnen träumst.»
Jetzt essen die Zwillinge im Bett rohe Apfelscheiben. Den Teller mit den Schalen habe ich auf den Teppich gestellt.

Deanna lässt die weißen Mondscheiben durch die Laken segeln.

«Mama, da ist ein feuchter Fleck in deinem Bett.»

Na toll. Noch einer. Tränen. Tränen. Meine Laken wirbeln im Trockner.

«Warum hast du Fell auf deiner Vagina?»

Wie in Elternmagazinen empfohlen, habe ich meinen Töchtern beigebracht, alles beim richtigen Namen zu nennen. Manchmal überraschen Cally oder Deanna ihre Kindergärtnerinnen mit der Direktheit ihrer Fragen, ihrer klinischen Genauigkeit. Ich bin froh darüber, aber einfach sind sie nicht, diese Fragen. Andererseits, welches Thema läge zu einem solchen Zeitpunkt näher?

«Das haben alle erwachsenen Frauen.» Ich schlage bewusst einen bedeutsamen Ton an.

«Wozu ist es gut?» Beide hören mir aufmerksam zu.

«Es soll meine Vagina warm halten.» Das ist mir erstaunlich leicht eingefallen; dann merke ich, dass ich so richtig in Fahrt bin. Ich rede einfach weiter. «Wenn ein Baby in meinem Bauch wächst, soll das auch warm gehalten werden.»

«Hast du jetzt ein Baby in dir?»

«Nein. Du und Deanna, ihr wart die letzten Babys.»

Meine Augen füllen sich mit Tränen und laufen wieder über. Erst vor zwei Nächten hatte mein Mann, ihr Vater, mit der rechten Hand meine Vagina, meine Schamlippen, meine Klitoris gestreichelt. Ich lege mich natürlich immer auf seine linke Seite, wenn ich möchte, dass er es tut, denn er ist Rechtshänder, seine Hand ist schwer, und ich liebe ihn auch. Seine Finger sind eckig mit eckigen Fingernägeln, und während ich an sie denke, stelle ich mir Franks Handflächen vor, in der Mitte ein winziges keilförmiges Stück unebene Muskulatur, weil er ganze Berge von Teig mit den Händen bearbeitet. Bei der Vorstellung, wie er Butter in den Kuchenteig knetet, schmelze ich selbst auch dahin. Mit einem derben Schlag, der jäh meine

Lust weckt, klatscht er den Roggenteig auf den Tresen aus rostfreiem Stahl.

«Mama, wenn ich groß bin, werde ich Lehrerin.»

Ich kann nicht antworten. Ich komme nicht von Franks Handgelenk los.

«Mama, haben Lehrerinnen viel davon?»

«Von was? Fell?»

«Nein, Spielsachen.»

Ich drehe mich zu den Mädchen um, streichle ihnen die Hände, spreche mit zu viel Leidenschaft in der Stimme.

«Aber ja, ihr Schätzchen, ja, sie haben Unmengen von Spielsachen!»

«Möchtest du ein Seetang-Marshmallow?», fragt mich Cally.

«Na klar», antwortete ich selbstverständlich. Und mit einer Mischung aus großer Würde, Mitgefühl, Ernsthaftigkeit und Vergnügen füttern meine Zwillinge mich mit ihren geschickten Fingern. Aus unsichtbaren Eimern, Tassen und Körben holen sie die Seetang-Marshmallows. Stück für Stück zwacken sie von ihrem imaginären Vorrat ab. Stück für Stück führen sie ihre Fingerspitzen behutsam an meine Lippen. Und ich esse jede Luftsüßigkeit, die sie mir geben, jede einzelne, bis ich von einer unsichtbaren, leichten Glückseligkeit erfüllt bin.

Ich habe dieses reizende Kind und seine Schwester, die mich durch und durch geprägt haben, geboren. Ich liebe sie mehr, als ich es je für möglich gehalten hätte – meine Grenzen haben sich ausgedehnt. Andere Dehnungszeichen, die auf meinem Unterleib, haben sich nie, wie in Schwangerschaftsbüchern beschrieben, in silbrige Streifen verwandelt. Sie sind violett und ungleichmäßig geblieben, aber das ist mir egal. Sie sind real. Ich war aufgebrochen. Irgendein Zeichen, das mich daran erinnert, sollte ich haben, irgendeinen kleinen Streifen, der die innere Verschiebung, meine Tektonik, verdeutlicht. Vor meinen Schwangerschaften war ich solide gebaut. Jetzt bin ich akuter Erdbebengefahr ausgesetzt.

«Lesen wir noch was», sage ich, satt bis oben hin.

Grandfather Twilight. Catkin. Dr. Seuss.

Meine Kinder nicken bald ein. Ich habe sie mit meiner eintönigen Stimme eingeschläfert. Unser kleines Haus gähnt, sein Atem streicht behutsam durch die Wände, und ich bin ruhelos. Richard ist auf einer Besprechung mit Umweltingenieuren, einer Planungskommission, die, wie er sagt, sein Projekt zum Erfolg führen oder zum Scheitern verurteilen wird. Ganz oben im Norden, auf Reservationsgebiet, ist mit Abfall Geld zu machen. Platz für Müllhalden. Aufschüttungen. Ich sollte eigentlich die Arbeiten meiner Studenten korrigieren; stattdessen mache ich eine Flasche Wein auf und nehme mir von der Ablage neben dem Spülbecken das Glas, aus dem mein Mann getrunken hat und das noch von seinen Fingerabdrücken verschmiert ist.

Das hier habe ich nicht gewollt.

In panischer Angst lege ich meine Lippen auf den Rand, als könnte der imaginäre Abdruck seines Kusses mich retten. Ich gieße das Glas voll, trinke daraus. Beschließe, nicht an das zu glauben, was mir gerade widerfährt, und mich nicht zu fragen, wie ich mit dieser Flut leben werde. Seit zwei Tagen habe ich nichts Vernünftiges gegessen. Eine Schachtel Cheez-It-Cräcker liegt vor mir auf der Theke, perfekte kleine Quadrate. Ich mache die Schachtel auf und fange an zu essen, wobei ich die Cräcker zwischen den Zähnen fest halte, zu einer salzigen Paste zerquetsche und auflecke, bis nichts mehr übrig ist. Ich bin ungeduldig. Ich schaufle mir eine ganze Hand voll hinein. Der Geschmack ist billig, falsch, bedrückend.

Hinter der Bäckerei am Ende des kleinen Gässchens, das zu einem Spielplatz führt, legte ich mich auf einem nur halbwegs geschützten Pfad am Waldrand unvermittelt vor ihm auf den

Boden, und er kniete sich, während er schon den Gürtel aufschnallte, zwischen meine Beine. Als er in mich eindrang, wirkte sein Gesicht abweisend vor Konzentration, und ich schlang die Beine um ihn. Ich hatte einen langen Rock an. Den schlang ich auch um uns herum. Ich konnte das Geschrei von Kindern auf dem Feld, ihre Aufregung über irgendeinen Sieg und unseren eigenen Atem hören. Er wandte den Blick von mir ab. Ich dachte, es käme jemand den Pfad herunter, und lächelte. Dann fing es an zu regnen, erst nur als ein leichtes Tröpfeln durch die Blätter.

Das Geschrei der Kinder wurde schrill, und über uns zog ein Flugzeug vorbei, eine provisorische Zimmerdecke, ein gedämpftes Donnern. Danach gab es kein Geschrei mehr, nur noch die zunehmende Wucht der Tropfen, die jetzt durch die Pflanzen um uns herum pfiffen, uns erst ganz allmählich durchnässten, obwohl es mittlerweile aus aufgerissenen Wolken in Strömen goss, und den Pflanzen ihre Düfte entlockten, dem schwachen Wintergrün, dem Springkraut, einen süßlich-modrigen Gestank den Pilzen, den schwammigen Moospolstern, zerquetschten überreifen Beerenfrüchten, dem Laub einen tieferen, brauneren, älteren Geruch, dann unseren eigenen Körpern und schließlich auch dem Wald.

Manchmal bewegten wir uns sehr schnell und energisch, bemüht, ineinander einzudringen, während es in anderen Momenten so war, als hätten wir vergessen, dass wir überhaupt miteinander schliefen, und selbst in dem triefnassen Unterholz ertappten wir uns dabei, dass wir redeten oder uns geistesabwesend berührten, so eng ineinander verschlungen, dass wir ganz woanders waren. An so etwas wie einen Höhepunkt oder Orgasmus kann ich mich ebenso wenig erinnern wie an das Ende dieser Episode, denn ich habe auch im Nachhinein noch den Eindruck, dass die Nähe von Anfang an bestand und ich vom ersten Augenblick an in ihm lebte, so wie er in mir lebendig wurde, ich also bei allem, was ich tue, den Liebesakt mit ihm vollziehe. Nach außen sieht es vielleicht so aus, als würde ich etwas ganz Banales tun, zum Beispiel Lebensmittel einkaufen oder meinen Töchtern vorlesen. Während ich aber die Wörter ausspreche oder mit den Händen über die Äpfel im Spülbecken fahre oder Frühstücksflocken mische oder eine grüne Pappschachtel mit Nudeln aus dem Regal nehme und sie schüttle, empfinde ich genau dieselbe Leidenschaft für ihn, wie wenn er in mir ist, in Bewegung oder einfach nur hart und ruhig, und mich durch diese Kluft zwischen unseren Körpern, diese wenigen Millimeter lustvollen, magnetischen Raums hindurch anschaut.

4
WARUM ICH NICHT MEHR MIT WHITEHEART BEADS BEFREUNDET BIN

Klaus Shawano

Wenn die Leute mich fragen, warum ich nicht mehr mit Whiteheart Beads befreundet bin, weiche ich aus und tische ihnen eine eher neutrale Erklärung auf. Irgendetwas Harmloses, um die Sache an der Oberfläche zu halten. Das muss ich tun. Aus dem einfachen Grund, dass ich Angst habe. Meine Befürchtung ist die: Wenn ich je anfange, die Geschichte zu erzählen, wird sie ganz und gar aus mir heraussprudeln. Losgelöst von mir, wird sie sich in den Mündern anderer wiederfinden. Ich fürchte, es könnte am Ende nicht mehr meine Geschichte sein. Was gefährlich wäre. Ich baue nämlich auf die Geschichte. Ich bewahre sie in meinem Innern, weil ich ohne sie den Grund dafür, dass ich Whiteheart Beads nicht mehr vertraue, vergessen oder als unwichtig abtun könnte. Und keiner kann sagen, was passieren würde, wenn ich das wirklich täte.

Richard Whiteheart Beads, Freund oder Feind? Das habe ich mich oft gefragt. Ich habe mich für Letzteres entschieden, denn er hat mich um alles gebracht, was ich hatte. Ich habe es geschafft, mein Leben zu retten, aber abgesehen davon – meine Kleider, meine Ersparnisse, mein Haus, mein Boot, ja sogar meine Frau, Sweetheart Calico. Mein Antilopenmädchen. Fort. Wegen Whiteheart.

Eine solche Machtfülle besitzt niemand auf der Welt, wird man einwenden. Niemand. Wer ihm begegnet, würde es auch nicht für möglich halten. Er hat ein hübsches, langweiliges

Gesicht, das man leicht vergisst. Allerdings nur, wenn er einem nicht das Herz ausgerissen hat. Deshalb erinnere ich mich sehr gut an sein Gesicht.

Manches widerfährt einem einfach, und man hat das Gefühl, so und nicht anders habe es sein müssen. Und manches andere, mein Gott, ist fast nicht zu ertragen! Die Party von unserem Müllabfuhrunternehmen, die wir gemeinsam besuchten, das war der leichte Teil, der in den unerträglichen überging.

Zusammen mit Richard Whiteheart Beads stehe ich vor den Salaten, Käseplatten und Fleischhäppchen. Wir fangen an, unsere Teller voll zu laden. Während wir unser Essen zusammenstellen, erzählt er mir von dem neuen Lastwagen, den er zu kaufen gedenkt – er denkt immer an irgendetwas, was er sich anschaffen kann. Dieser Lastwagen ist ein weiteres Beispiel für Whitehearts blühende Phantasie. Ich weiß das. Dennoch höre ich ihm zu, als glaubte ich an seine Nadelstreifen, seinen aufgemotzten Motor und seine Thirstbuster-Tassenhalter.

«Wenn ich bloß noch ein elektrisches Sonnendach kriegen könnte», sagt Whiteheart Beads gerade. «Dann könnte man mit dem Wind in den Haaren fahren.»

«Was für Haaren?»

Ich bin mittlerweile ein Indianer mit Bürstenschnitt. Den habe ich mir zugelegt, als sie zum ersten Mal fortging. Ich schnitt mir aus Kummer die Haare ab. Sie ging wieder fort. Größerer Kummer. Und wieder. Noch kürzer. Jedenfalls hoffe ich, dass meine Haare ihr jetzt, wo sie wieder da ist, sagen, woran ich glaube. Eine schlichte Lebensweise. Harte Arbeit. Das einfache, natürliche Leben jenseits aller Verschwendung. «Menschen, auf die Sie sich verlassen können.» Unser Motto bei der Müllabfuhr. Meine Überzeugung.

«Du solltest sie wieder wachsen lassen. Leben. Die Frauen stehen darauf.»

Damit meint Whiteheart Beads seinen eigenen Pferdeschwanz, einen Haarstrang von beachtlicher Dicke, der ihm halb über den Rücken seiner Anzugjacke herunterhängt. Wir beide geben zwei sehr unterschiedliche Bilder ab, wobei ich zugeben muss, dass seins bei den Frauen sicher besser ankommt. Und da er von unserer Firma die höchste Auszeichnung, zwei Tickets für eine Pauschalreise nach Maui, bekommen hat – kurz nachdem bei diesem Mittagessen die Limo zu sprudeln aufgehört hat, wird es bekannt gegeben –, muss er seine Aufgabe im anspruchsvollen Müllbeseitigungsgeschäft hervorragend erledigen.

Wir laufen herum. Essen noch etwas. Früher hatten wir Indianer nichts zum Wegwerfen – alles wurde restlos aufgebraucht. Heute haben wir natürlich eine Menge Abfall von den Kasinos und gebrauchte Plastikwindeln, wegwerfbar und doch ewig, wie das übrige Land. Wenn wir so weitermachen, sind wir eines Tages eine einzige Deponie von Wegwerfwindeln, Erwachsene, die auf ihrer eigenen Babyscheiße leben. Klingt irgendwie logisch. Für mich klingt das logisch. In der Hauptsache haben wir natürlich mit dem Abfall anderer Leute zu tun. Wir sind jetzt in den ganzen Vereinigten Staaten die erste Abfallbeseitigungsfirma in der Hand von Indianern, und darauf sind wir stolz. Stolz auf unsere Fachkenntnis im Management und die gute alte Fähigkeit, Scheiße abzutransportieren. Ganz zu schweigen von deren Stabilisierung. Das ist das eigentliche Problem.

Ein Kuchen wird hereingerollt; er sieht aus wie eins unserer neuen Fahrzeuge mit den Firmenfarben in dickem Zuckerguss, diesem fetten Süßpapp, der einem die Adern bis zum Herzstillstand verkleistert.

«Willst du sie?»

Lässig hält Whiteheart mir den Geschenkumschlag mit den Tickets hin. Ich nehme den Umschlag: Bilder von surfenden Barbies und Kens, zwei Seeschildkröten, die durch die Düsterkeit rudern. In Blumen gekleidete eingeborene Hawaiianer, die, mit Fackeln in der Hand, ein gewaltiges hölzernes Kanu fortbewegen.

«Klar doch», entgegne ich, zögere aber, den Umschlag zurückzugeben. Ich stelle fest, dass die Reise nicht übertragbar ist, da Whitehearts Name in die entsprechenden Kästchen eingetragen ist.

Whiteheart macht mit gespreizten Fingern eine einladende Geste.

«Behalt sie. Wirklich. Mein Hochzeitsgeschenk.»

«Echt?»

Whiteheart schaut mich an und zuckt die Achseln, ganz bescheiden, als brächte ihn jegliche Dankbarkeit in Verlegenheit, als mache es ihn ausgesprochen nervös; das allerdings, fällt mir auf, ist er ohnehin schon den ganzen Tag, über Käseplatten und Cräcker, Obst, kaltes Fleisch und Kuchen hinweg. Dauernd hat er Blicke über seine Schultern geworfen, in die Ecken gestarrt, diese zerstreute, sprunghafte Art an den Tag gelegt, die ich so gut kenne. Frauengeschichten.

«Whiteheart, Whiteheart, mein Freund.» Ich lege ihm die Hand auf die Schulter. «Wer ist sie? Mir kannst du es sagen.»

Wie ein straff geschwungenes Banner fährt blitzartig ein Lächeln über sein Gesicht.

«Keine Frau. Keine Frau. Du nimmst jetzt diese Tickets, Klaus. Du kannst dir meinen Ausweis leihen. Mach dir eine schöne Zeit – he, das ist mein Ernst.»

Worauf Whiteheart mit erstaunlich wenig Wirbel oder Aufsehen zu einer Seitentür hinausgeht, ja geradezu verschwindet. Für ihn vor der elften Stunde völlig untypisch.

Und ehe ich mich's versehe, bereiten meine Lady und ich uns auf die Reise vor. Maui. Herrlich. Tropisch. Hotel am Strand. Wir beschließen, sofort zu fliegen, falls Whiteheart es sich anders überlegt oder mitkommt, was er bei unseren Rendezvous mit Vorliebe tut. Mir ist diese Dreisamkeit immer übler aufgestoßen als Sweetheart. Jetzt im Nachhinein gibt mir das zu denken. Ich hätte es von Anfang an wissen müssen, aber die Liebe hatte mich eben blind gemacht. Schon damals wäre sie wahrscheinlich lieber mit Whiteheart zusammen gewesen! Aber nein, nein. Eins nach dem anderen.

Es passierte alles unmittelbar vor dem Flugsteig. Diese Typen. Sie mustern uns auf diese spezielle Art, die mir von der Armee her vertraut ist. Dicke Typen. In Anzügen. Vier Worte, die Anlass zur Sorge geben: *Dicke Typen in Anzügen*. Ich werde das Leben nie mehr so sehen wie früher.

Wir checken ein.

Offenbar sind diese Tickets mit einer besonderen Sitzordnung verbunden, was bedeutet, dass meine Frau und ich getrennt sitzen sollen. Und nicht nur das, sondern auch noch in der Mittelreihe.

«He, da kann etwas nicht stimmen. Wir sind zusammen, auf Hochzeitsreise», erkläre ich der Dame an der Abfertigung, einer exotisch aussehenden Frau mit Nägeln bis dorthinaus.

Sie kaut auf der Lippe, während sie auf der Tastatur herumtippt, nimmt unwirsch zur Kenntnis, was auf dem Bildschirm erscheint, und schaut uns dann mit ausdrucksloser Miene an. Pfundweise lila Lidschatten.

«Da kann ich leider nichts machen.» Ihr Tonfall ist so, dass ich gar nicht auf die Idee komme zu widersprechen. Sie stempelt unsere Tickets ab, fragt, ob uns jemand etwas gegeben hat, was wir mit an Bord nehmen sollen, winkt uns durch.

«Wenn wir erst mal im Flugzeug sind, wechseln wir die Plätze», versichere ich meiner Liebsten. «Irgendjemand wird sicher gerne den Platz mit zwei frisch Verheirateten tauschen.»

Ich mag dein Vertrauen in die menschliche Natur, sagt mir ihr Blick. Ich bin stolz auf ihren Pessimismus, ist meine Antwort darauf. Und was diese Typen angeht, hat sie Recht. Neben jedem von uns sitzt einer von ihnen. Ich erkläre höflich unsere

Situation. «Wir sind frisch verheiratet. Unsere Plätze sind verwechselt worden. Wäre einer von Ihnen so nett, zu tauschen?»

Als würde man einen Satz Bowlingkugeln um einen Gefallen bitten. Diese Kerle sind muskelbepackt und stiernackig, mit einem Pferdeschwanz wie Whiteheart. Einer hat einen goldenen Ring in seinem fleischigen Ohrläppchen. Der Platznachbar, den ich anspreche, hat auch noch die rötlich weißliche Farbe eines Herefordshire-Rindes. Den dumpfen Blick eines Fleischbrockens. Und man weiß ja, wie man sich schon unter normalen Bedingungen in der Mittelreihe eines Flugzeugs vorkommt, dieses klaustrophobische Gefühl, in einen Katzentransportkäfig eingesperrt zu sein. Ich sitze direkt hinter meiner Frau, und um mich von meiner Panik abzulenken, betrachte ich voller Verlangen den einzigen Körperteil von ihr, den ich sehen kann – ihren Hinterkopf mit dem dunklen Haar, das sie zu etwas zusammengebunden hat, was man anscheinend einen Zwirbelzopf nennt, ein von einem roten Samtband gehaltenes Ding, das hüpft und auf und ab wippt, während sie nervös die Demonstration der Stewardess nachahmt.

Es beunruhigt mich, dass sie neben diesem Typ sitzt.

Ganz abgesehen von der ohnehin schon seltsamen Situation gehört sie zu den sehnigen, feingliedrigen Frauen, die augenblicklich Lust wecken. Vor allem von hinten, wo sie besonders attraktiv erscheint. Sie hat das schräg abfallende Hinterteil eines Rehs. Ich bin froh, dass es gegen den Sitz gepresst ist. Ihr Mund sieht jetzt, wo ihre Zähne zerschlagen sind, immer aus, als hätte sie gerade in ein Cremetörtchen gebissen, genauso faltig eingezogen wie ihr Zwirbelzopf. Aber wenn sie lächelt, hat sie etwas richtig Hexenartiges. Ich finde ihre zerbrochenen Zähne liebenswert, muss allerdings einräumen, dass nicht alle Männer darauf stehen. Damit will ich auf höfliche Weise zum Ausdruck bringen, dass sie von vorne, wenn sie lächelt, zwar in meinen Augen hübsch ist, dem weniger scharfsichtigen Betrachter hingegen nicht gerade ihre Schokoladenseite präsentiert. Ich habe gehofft, sie müsste nicht, beispielsweise um zur Toilette zu gehen, aufstehen und ihr reizendes Hinterteil eine Handbreit von diesem Affen entfernt vorbeischieben.

Keine Gefahr, wie ich später erfahre.

Ich habe Höllenqualen gelitten, erzählte sie, nachdem wir das Flugzeug verlassen haben, und sinkt an meine Schulter, *und meinst du vielleicht, die hätten mir auch nur die geringste Bewegung gestattet? Haben so getan, als sprächen sie eine Zeichensprache oder verstünden mich nicht. Am Ende habe ich sie angegiftet und ihnen du weißt schon was gezeigt.* Ich schrecke hoch. *Sie haben's nicht kapiert.* Sie zuckt die Achseln. *Oder jedenfalls so getan. Was geht hier eigentlich vor?*

Das ist bei der Autovermietung, auf Maui, wo wir jetzt, nur zehn Stunden nach Besteigen der Maschine, warten. Wir stehen im geduldigen Scheinwerferlicht dieser Typen im Anzug.

«Irgendetwas stimmt mit denen nicht», murmle ich, müde, aus einer unvermittelten Vorahnung heraus. «Und das hat mit Whiteheart zu tun.»

Immer wenn sein Name über meine Lippen kommt, horcht Sweetheart auf. Jetzt schielt sie mich durch ihr zerzaustes Haar an. Whiteheart. Diese bulligen Typen im Anzug. Ich begreife es nach wie vor nicht, selbst als wir durch die brausende Nachtluft fahren, die, leicht und süßlich, einen schwachen Salzhauch durch die Autofenster weht. Anscheinend benutzen sie dieselbe Straße wie wir. Ich kapiere es auch dann noch nicht, als sie unmittelbar hinter uns abbiegen. Als sie in die Parklücke neben uns fahren. Als sie genau wie wir aus dem Auto steigen und, römischen Wachen gleich, eine geschlossene Eskorte um uns bilden. Erst als wir das riesige, um einen Wasserfall gebaute Foyer des «Bird of Paradise» betreten und auf die Rezeption zugehen, begreife ich es. Sie werden uns umbringen. Sie sind Killer.

Als ich das verstanden habe, geht es mir gut. Mein Kopf ist klar.

Die Eingangshalle dieses großen, aufwendigen Dschungelhotels steht in krassem Gegensatz zu den langen weißen, hellen Tunneln, die zu den zahllosen Zimmern führen. Auf dem Weg zu unserer Zimmernummer werden wir selbstverständlich, kaum dass wir dem Aufzug entstiegen sind, von den dicken Anzugtypen begleitet, deren Auftauchen an jeder Ecke ich langsam satt habe. Und zwar so gründlich satt, dass ich sie, von meinem Verdacht völlig überzeugt, zur Rede stelle, ohne über mögliche Konsequenzen nachzudenken.

Ich fahre herum; mein Ärger ist so groß, dass ich überhaupt keine Angst habe. Zu allem entschlossen, stelle ich mich ihnen entgegen. Sie rauschen einfach vorbei, während ich dachte, sie würden stehen bleiben, mit mir reden, streiten. Kein Streit. Nicht einmal ein Wortwechsel, bei dem ich hätte fragen können, für wen sie Klaus Shawano eigentlich halten – etwa einen Mann, den zu verfolgen und zu töten sich lohnen würde? Wie das?

«He», versuche ich es mit dem Kleineren, Stiernackigen, «wohin so eilig?»

Mit versteinertem Blick bleiben die beiden stehen.

«Ich weiß, ihr seid zum Töten hergeschickt worden», sage ich in freundlichem Ton. «Klar. Aber warum amüsiert ihr euch nicht erst mal?»

«Wir haben nicht die Absicht, Ihnen ein Haar zu krümmen», gibt der Kleinere nach einer Weile zurück. «Nichts dergleichen.»

Der Größere lacht. «Schlimmer.»

Mir pocht das Herz. Meine Stimme klingt kratzig und leise.

«Steuerfahndung?»

«Nicht ganz. Wir sind wegen Dumping-Praktiken hier. Sie sind Teil umfangreicher Ermittlungen. Wie wir soeben erfahren haben, dürfen wir es Ihnen jetzt sagen.»

«Dann können wir auch gleich die Honneurs machen», wirft der große Mann ein.

«Sie sind verhaftet.» Der Kleinere zeigt mir seine Marke.

«Du musst seinen Namen sagen», souffliert der Stämmigere leise.

«Ach ja», entfährt es dem unerfahreneren Bullen, Polizisten oder was auch immer.

«Whiteheart. Richard Whiteheart.»

«Beads.»

«Nein, der bin ich nicht!» Eine jähe Welle der Erleichterung durchfährt mich. Ich fange an zu lachen, zu erklären. «Er hat mir diese Tickets für meine Hochzeitsreise geschenkt. Er hat uns hierher geschickt, uns ein Geschenk gemacht, unser Leben verändert.»

«Na sicher.» Die beiden verziehen den Mund zu einem verkniffenen Haifischgrinsen und erinnern mich daran, dass ich mich auf einer Insel befinde. Am nächsten Morgen würden wir zurückfliegen. Sie würden mich zum Flughafen bringen.

«Es stimmt aber wirklich. Ich bin nicht Whiteheart. *Schauen Sie.*»

Ich nehme meine Brieftasche heraus, öffne sie, ziehe meinen Führerschein aus dem Innenfach und stelle, von plötzlicher Erinnerung durchzuckt, zu meinem aufrichtigen Entsetzen fest, dass ich die Papiere von Whiteheart bei mir habe – natürlich, er hat sie mir ja für die Tickets gegeben. Und da wir beide waschechte Anishinabe-Männer sind, nehme ich an, dass die Ähnlichkeit zwischen uns ausreicht.

«Warten Sie», sage ich, während ich nach meinem wahren Ich grabe, das ich nicht finden kann. Wo ist es, wo bin ich und, was noch viel schlimmer ist, wer?

So viel also zur Länge unserer Hochzeitsreise, der von Sweetheart und mir. Da uns eine Nacht im Paradies gewährt wurde, beschließe ich, das Beste daraus zu machen. Ich kaufe meinem

Schatz Mai Tais in einer großen Plastiktasse. Im Aufzug fahren wir hinunter zu dem gekachelten Whirlpoolschwitzbecken, einer versteckten, von Blumen umgebenen Lichtung. Natürlich mit den dicken Typen im Schlepptau.

Wir steigen hinein, sie und ich. Sie trägt einen Badeanzug, der mit blauen Hibiskusblüten übersät ist. Ein Ding, das ich ihr noch in Gakahbekong gekauft habe. Und Mannomann, das tut vielleicht gut, dieses Sprudelbad in Hitze und Chlor! Die heißen Wasserstrahlen rumpeln an meiner Wirbelsäule auf und ab, und die Nähe meiner Lady ist fast zu viel für mich. Ich werde das nie vergessen, niemals, glaube ich, ihr Gesicht im blauen Lichtergeflirr. Ihr Haar, das in weichen Schlangenlinien und Schnörkeln auf der Wasseroberfläche des heilenden Bades treibt. Der Alkohol, den ich hinunterstürze, um den Augenblick zu genießen, die Vergangenheit zu vergessen, es mit der dämlichen Zukunft aufzunehmen, macht mich fertig und putscht mich zugleich auf. Die Nacht schreitet fort und die Hitze wird stärker. Ein gewisser Hemmfaktor besteht natürlich in der Anwesenheit des Gorillas.

«Müssen Sie im Anzug dasitzen?», frage ich schließlich den Dicken im Schatten. «Warum hüpfen Sie nicht einfach hier rein?»

«Ach, wenn ich bloß dürfte.» Die ehrlichste Antwort, die ich bisher gehört habe.

«Warum tun Sie nicht eine Zeit lang so, als würden Sie mich nicht kriegen, und sind einfach hier, lassen die Seele baumeln und legen sich in die Sonne. Schnorcheln. Machen Strandlauf. Gehen ins Schwitzbad. Schwimmen.»

«Ach, halten Sie doch die Klappe», erwidert er, allerdings in wehmütigem Ton.

Meine Liebste und ich bleiben die ganze Nacht wach, und es ist wahrhaftig eine denkwürdige Nacht. Eine Nacht, die ich nicht vergessen werde. Eine Unmenge von Sinneswahrnehmungen, die mir sogar jetzt in den Straßenunterführungen, im Gestrüpp der Parks und den alten, verlassenen Bootsschuppen von Gakahbekong noch nachgehen. Irgendetwas ganz Reines und Altes passiert, wenn wir beide beschwipst sind und uns bewegen, als würden wir weite Strecken rennen oder wie flinke Wolken dahinziehen. Am nächsten Morgen Frühstück, und um neun Uhr werden wir zum Aufbruch getrieben. Wir gehen an Bord. Wir sind weg. Es ist, als hätten wir die Nacht geträumt. Ich kann gar nicht sagen, mit was für einem Gefühl von Trostlosigkeit und zugleich Entschlossenheit ich von oben auf diese grüne Schönheit und das blaue Meer hinabschaue.

Vielleicht weiß ich in dem Moment, oder beginne gerade zu verstehen, dass das Leben in der Umgebung von Richard Whiteheart immer so aussehen wird. Erst Hochstimmung in Maui und im nächsten Augenblick wird einem das Glück entrissen. Ich bin jetzt auf dem Heimweg, um vor dem Richter meine Geschichte zu erzählen, dabei weiß ich nicht einmal, was meine Geschichte ist. Ich weiß nicht, worum es überhaupt geht, nur dass es mit Whiteheart zu tun hat. Und gerade als wir in eine Wolke hineinfliegen, beschließe ich, unter keinen Umständen die Schuld, von der ich spüre, dass sie am Terminal wartet, auf mich zu nehmen. Nein, das wird Richard tun. Was er auch verbrochen hat, und das ist, wie es aussieht, keine Lappalie, ich werde nicht dafür bezahlen. Werde nicht die Verantwortung tragen. Ich werde ihn verpfeifen. Werde reden. Alles Mögliche wird abgeladen, furchtbare Gifte in unendlich sprudelnde alte Brunnen. Doch nichts ist unendlich. Jeder Ort hat Grenzen. Jeder Mensch. Gifte. Kunstharze. Alte Batterien. Blei. Quecksilber. Und Whiteheart. Und Whiteheart.

5
SWEETHEART CALICO

Ein Hitzeball schleuderte sie durchs Fenster und sie schleifte geschmolzene Duschvorhänge aus Plastik mit, die sich im Schnee zur Form ihres Körpers verfestigten, während sie völlig von Sinnen durch den Park sprang. In dem hell erleuchteten Asyl, in das die Obdachlosen sie schleppten, steckte sie ihre Beine in eine wollene Herrenhose, dazu gab's eine Seidenbluse aus dem Kleiderschrank einer reichen Dame und eine schwere wattierte Jacke. Alle Betten waren belegt, sodass sie sich auf einem verlausten Strohlager in der Ecke zusammenrollte und die nächsten zehn Tage schlief; dabei vergaß sie alle ihre Kinder oder holte sie wieder in ihren Körper zurück und hielt sie fest.

Nachts erinnerte sie sich, wie sie neben ihrer Mutter herlief.

Ihre Töchter tanzten aus schwarzem Dunst heraus, der in den schimmernden Höhlen ihrer Haare lag.

Als sie ihre Gesichter berührte, ließen sie ihre ganze Liebe durch ihre Augen auf sie herabfließen. Klaus tauchte in ihren Träumen oder Erinnerungen nie auf. Er war nur der, an den sie gefesselt war, der sie hierher gebracht hatte. Riemen aus Stoff, sein Verlangen, an einen Pfahl gebunden und tief in die Erde von Minnesota getrieben. Sie stellte fest, dass sie noch so schnell oder weit gehen konnte und trotzdem nie aus der Stadt herauskam. Die Lichter und der hektische Autoverkehr verwirrten sie. Straßen mündeten in weitere Straßen, und die Highways dröhnten hungrig wie angeschwollene Flüsse, die gefährlichen, glitzernden Schund in ihren Fluten mitführten.

6
DAS MÄDCHEN UND DER HIRSCHGATTE

Cally

I

Ich war noch klein, aus meinen Eltern gewoben und an den Arm meiner Schwester gebunden, als mein Vater mit uns beiden in den Stadtpark ging. Am späten Nachmittag hielt er mich an der Hand. Die Luft war rosafarben und golden und roch nach frischem Regen. Unsere knöchelhohen Leinenschuhe weichten durch, als wir über das nasse Gras zu den Zeittunneln und Klettergerüsten und dem umzäunten Wildgehege rannten. Spätes Frühjahr. Anfang Juni. Die Schwertlilien waren erblüht, mit ihren pelzigen zerbrechlichen Zungen, zitternden, schlaff herabhängenden Samtohren und offenen Schlünden. Ihre Schönheit eine flammende Rede. Wir sahen eine Frau in einem lila-blauen Schwertlilienkleid wie dem unserer Mutter. Sie ging mit einem Mann durch den Park.

Anfangs wusste ich nicht, wer er war. Wie eine Ausschneidefigur auf einer Cornflakespackung, wie niemand, wie Mr. Circus Buttons, der Traum eines Hirschmanns. Hirschkopf auf den Schultern. Körper eines Athleten. Hufe, die auf den Baumwurzeln Funken schlagen. Diese Frau war bei ihm, und als sie näher kamen, sahen wir, dass es unsere Mutter war. Rozin. Wir packten unseren Vater am Handgelenk, zogen ihn zu den Schwertlilienbeeten. Wir deuteten über das Gras hinweg, um ihm klarzumachen, dass sie es war. Das Kinn gesenkt, beantwortete er unsere Aufregung nur mit einem ruhigen Blick. Der sich unter seinen Brauen allerdings verdüsterte und verhärtete.

«Nein, das ist sie nicht.»

«Schau doch!» Wir zogen ihn am Ärmel.

«Nein» – er sprach in gleichgültigem Ton –, «das ist nicht eure Mutter. Ich weiß, sie sieht aus wie eure Mutter.»

«Sie ist es! Sie sieht genauso aus!»

«Ich weiß, dass sie so aussieht.»

«Aber Daddy» – mit vereinten Kräften versuchten wir jetzt, ihn zu überzeugen –, «sie hat dasselbe *Kleid*.»

«Ich weiß.» Er sprach mit bedächtigem, jetzt auch eindringlichem Ernst. «Und trotzdem ist das nicht eure Mutter.»

Erst als die beiden Spaziergänger uns so nah waren, dass wir das Gesicht der Frau deutlich sehen konnten, und sie sich zu dem Mann vorbeugte und seine Brust mit der flachen Hand berührte, erstarb das Lächeln auf unseren Lippen und wir kamen zu dem Schluss, dass unser Vater Recht hatte. Wir hatten irgendeine andere Frau vor uns, deren Gesicht, so heiter, glänzend und in stiller Erwartung, wir nie zuvor gesehen hatten.

II

Als er über ihr kniete, sah sie das zärtliche Verlangen in seinen Augen. Traurige Grau- und Gelbtöne. Ein Bienenschwarm. Seine Hände waren schwielig und berührten sie voller Behutsamkeit. Er hatte sein altes Winterfell abgelegt, und die grau-braunen Stücke lagen in Streifen und einzelnen Haaren überall um sie herum. Magnetische Wärme. Reichtümer an friedlichem, vertrauensvollem Schlaf. Während sie sich liebten, waren ihre Herzen tief in die Erde versenkt und dennoch aufmerksam dafür, wie sonderbar wir als menschliche Tiere sind, als Wesen, die durch die Wunden und Gleichzeitigkeiten hindurch verzweifelt die Hände ausstrecken, als heimliche

Unglückselige, die die Nachricht von unserer Sterblichkeit fast trunken macht.

Trinke aus dem klaren Strom. Trinke langsam. Trinke in tiefen Zügen. Denn wenn du am anderen Ufer ankommst, wirst du vergessen, dass du dieses wunderbare Leben je geträumt hast.

III

Später war sie genau dieselbe Mutter. Ruhiger. Reizbar. Aber in altvertrauter Weise. Sie fuhr wieder an bestimmten Abenden mit Vater fort und sie blieben das Wochenende über weg, während unsere Großmütter uns hüteten. Unsere Großmütter waren kleine, energische Frauen mit Rundrücken und tiefbraunen Augen, die eng beieinander in ihren Gesichtern saßen. Ihre Hände waren zäh und gekrümmt, aber zierlich. Großmama Zosie fädelte Perlen auf und nähte ruhig. Großmama Mary trug Mokassins. Sie lebten oben im Norden. Eines Tages erzählte uns Großmama Zosie, es sei kein Wunder, dass wir unsere Kleider abwürfen und bei Regen draußen im Hof nackt füreinander tanzten. Wir hätten etwas vom Hirsch und daran könne man nichts ändern.

Das geschah vor langer Zeit.

IV

Unsere Großmutter mit unzähligen «Ur»s davor war ein merkwürdiges Mädchen, das für seinen gewaltigen Appetit bekannt war, obwohl es nie dicker als ein Reisigbündel wurde. Während der Beerensaison ging sie mehrmals täglich pflücken, wobei sie ihren Eimer bis oben hin füllte, ihn jedoch schon leer gegessen hatte, bevor sie zu Hause ankam. Aber nicht nur das, sie konnte die Finger nicht von Pilzen, den Speisen der Toten, oder wilden Karotten lassen. Sie plünderte die versteckten Wildreisvorräte. Aß das ganze gekochte Fleisch auf. Es beunruhigte die Leute, das Kind immer essen zu sehen, immer hungrig, nie satt.

Eine Stimme.

Ich habe dieses Mädchen beobachtet. Vielleicht ist es ein Windigo.

«Nein», widersprach ihre Mutter. «Sie ist nur so hungrig. Alles in Ordnung mit ihr.»

Trotzdem ignorierten die anderen Leute das Mädchen oder bedachten es mit gehässigen Blicken, wenn es sich einem Topf mit Essen näherte. Hungriger denn je begab sie sich in die Wälder. Stunden um Stunden, ja ganze Tage brachte sie damit zu, dort draußen mitten im dichtesten Busch zu sammeln und zu kochen. Man konnte den Kochdunst riechen, die leckeren Düfte, den aufsteigenden Rauch.

Sie kocht da draußen. Was sie wohl macht? Ob wir, wenn ein kleines Kind verschwände, es wohl in ihrem Kochtopf fänden? Ururgroßmutter aß den Hasen ganz auf. Mitsamt den Ohren. Sie wollte ihren eigenen Arm essen. So ein Hunger. Das war der Name, den sie ihr am Ende gaben: So ein Hunger. *Apijigo Bakaday.*

Und dann bekam sie draußen in den Wäldern Gesellschaft.

Wie ihre eigene Mutter berichtet, und sie müsste es wissen, war Apijigo dabei, einen leckeren Eintopf zu kochen, als ein Hirsch sich näherte, am Rand ihres Lagers stehen blieb. Abwartend. Apijigo überlegte: «Soll ich ihn essen oder soll ich mit ihm teilen? Was von beidem?» Sie nahm ihr Beil, doch als sie dann auf den Hirsch zuging und ihm in die Augen blickte, schämte sie sich. Mit Hunger kannte sie sich aus. Lief einfach an dem Hirsch vorbei und schlug noch etwas Holz für das Feuer. Kochte ihren Eintopf fertig.

Sie füllte den Teller mit Eintopf, stellte ihn vor dem Hirsch auf den Boden, schöpfte sich ihren eigenen Teller voll, setzte sich vor ihn hin und aß. Er rührte sich nicht. Sie verzehrte den ganzen Eintopf, wischte noch die kleinste Spur davon mit Haferfladen, *pikwayzhigun*, auf, saß dann ruhig da und ihr Blick ruhte auf ihm, Halbmond aus Hörnern, abwartend. Furchtlos. Sie hatte dieses Gefühl. Satt. Das war es also, was die anderen Leute verspürten. Sie sah zu dem Hirsch hinüber. Seine Augen waren ruhig und warm mit einem tiefschwarzen Schimmer. Und sein Herz lag offen darin zutage.

«Er liebt mich», dachte sie. «Er liebt mich und ich liebe ihn. Mit Haut und Haaren. So wie er ist. Nicht anders. Dass er ein Hirsch ist, ist allerdings zu dumm.» Trotzdem bereitete sie sich ein Lager aus frischen Hemlocktrieben und schmiegte sich zusammengerollt an sein kurzes, raues Fell. Sie begann mit ihm zu leben, blieb bei ihm in den Wäldern und zog mit ihm ins weite Land hinaus. Wurde auch von seiner Familie liebevoll aufgenommen. Mit der Zeit lernte sie, die Huftiere zu sich zu rufen. Sie kamen, wenn sie im offenen Gelände stand. Ihr Gesang war eigenartig, sanft, eine Suche.

V

Wer wird je das Elend, das die Liebe verursacht, verstehen?

«Was hatte das denn zu bedeuten, Großmutter?»

«Genug jetzt», brummte sie und zeigte ihre kräftigen weißen Zähne.

Also rannten wir zur Tür hinaus und warfen unsere Kleider von uns. Die Großmamas blieben im Haus, zündeten sich ihre kleinen *Kinnikinnick*-Pfeifen mit dem roten Pfeifenkopf an. Rauchend und vor sich hin brütend saßen sie in der Ecke.

Wer wird es je verstehen?

VI

Einmal kam er zu uns nach Hause. Wir wussten, dass er es war, denn er hatte Zucker an der Hose und Mehl im Haar. In der Hand hielt er eine große Schachtel und in der Schachtel lag zwischen Schichten von Wachspapier ein Sortiment bunter Kekse in Form von Karotten, Bäumen, Delphinen, Sternen, Monden, Hunden und Blumen. Jede Keksform trug eine andersfarbige Glasur, die mit einer Zickzacklitze aus Zuckerguss verziert und mit essbaren Dekorationsperlen und blauschwarzen Rosinen übersät war. Ich steckte den Kopf eines pinkfarbenen Hundes in den Mund und biss ihn vollständig ab. Während der krümelige Keks sich zwischen meiner Zunge und meinem Gaumen Körnchen für Körnchen auflöste, warf ich einen Blick hinüber zu dem Mann, der die Schachtel mitgebracht hatte, und meiner Mutter. Sie standen in der Tür und starrten einander an. Sie sprachen nicht. Nicht ein einziges Wort.

VII

Sie wollte ihren Hirschgatten nicht verlassen, doch in einem strahlend schönen Frühjahr kamen ihre Brüder, um sie zu holen. Sie erschossen ihren Mann mit drei Pfeilen, einer Kugel. Brachten sie zu ihrer Familie, ihrem Dorf, ihrem Volk zurück. Sie war nicht mehr hungrig und sie war erwachsen. Sie nannten sie nach den Blumen, die hinter ihren schützenden Armen hervorquollen und mit Hirschblut besudelt waren, blaue, von Himmelsflecken abgekratzte Blumen. Frau der Blauen Prärie.

Sie heiratete einen der Shawano-Brüder, obwohl man der Familie nachsagte, sie stamme von Windigos ab. Winters lebte sie mit seinem Vater und seinen Brüdern dort, wo sie ihre Fallen aufstellten. Vom Frühjahr bis in den späten Herbst blieben sie in einem Dorf, wo sie mit ihren weiblichen Verwandten zusammen sein, nächtelang reden, kochen, lachen konnte. Nie benutzte sie ihre Medizin, um die Huftiere anzulocken. Nie. Doch jeder wusste, dass sie es tun konnte.

Manchmal kam das Volk der Hirsche von sich aus zu ihr.

So auch eine schlanke Hirschkuh am Morgen der großen Messer. Riet Frau der Blauen Prärie fortzugehen, augenblicklich, ihr Baby auf den Rücken des Hundes zu binden und loszurennen. Doch zu spät. Gerade als sie sich aufmachte, brach ein Tornado blau berockter Männer los. Alles versprengt, verloren, verbrannt, ermordet. Sonderbar. Sie sah, wie derselbe Mann, der ihre Großmutter getötet hatte, plötzlich einen Satz machte und unter unmenschlichem Jammergeschrei aus dem Strudel des Todes in die Ferne hinausrannte. Er lief hinter ihrem Baby her. Ihrem Baby, das auf dem Wiegenbrett festgeschnallt war. Auf dem Rücken der Mutter von sechs dicken, hübschen Welpen. Von denen Frau der Blauen Prärie einen mit ihrer eigenen Milch aufziehen würde. Die anderen blieben zu schwach, um durchzukommen.

VIII

Eigentlich hatte Rozin nicht vorgehabt, ihren Mann anzulügen, aber er reagierte in allem überempfindlich. Seine Liebe hatte etwas tief sich Einkrallendes, Hungriges. Er erschreckte sie mit seiner falschen Offenheit. Wenn sie zusammen waren, sagte er Worte zu ihr, derbe, persönliche. Zärtliche Worte. Er küsste sie, steckte ihr seine muskulöse Zunge in den Mund, suchte nach dem Honig. Doch dann tat er ihr mit den Lippen weh, malträtierte ihre Brüste. Sie wusste nie, woran sie war, denn seine Laune wechselte völlig unabhängig von ihrem Verhalten.

So konnte sie, wenn sie log, zumindest seinen Zorn unter Kontrolle halten, indem sie dafür sorgte, dass er mit der Welt, wie sie sich ihm darstellte, zufrieden war.

Die Lüge wurde ihr zur zweiten Natur.

Nach kurzer Zeit beherrschte sie das Lügen so gut, dass keine Wahrheit ihr mehr im Weg stand. Ohne lange nachzudenken, konnte sie eine Geschichte erfinden und im Glanz unerschütterlicher Aufrichtigkeit erzählen. Bald war ihr nichts mehr wichtig genug. Das wahre Bild konnte sie gar nicht sehen. Eines Tages kam Richard nach Hause, trat ganz leise ein und blieb schnuppernd stehen.

«Frank ist hier gewesen.»

«Ja», erwiderte sie leichthin. «Er hat mir das Leder gebracht, das er gegerbt hat. Ich fange wieder mit der Perlenstickerei an.»

Er glaubte ihr. Allerdings fragte er am nächsten Tag wieder, ob Frank da gewesen sei. Diesmal erzählte sie ihm etwas anderes. Wieder sagte er nichts. Doch als er sich am dritten Tag erneut wunderte, war sie zufällig hinten im Garten und mähte Gras. So beschloss er, das Haus zu durchsuchen. An dem alten Hirschfell haftete eine von Franks Augenwimpern. Die Dose mit dem Schweineschmalz trug die Spuren seiner Bäckerfinger. In der Keksdose waren Kekse. Das Handtuch, das er hätte benutzt haben können, lag zusammengeknüllt auf dem Boden. Richard hob die scharfe Axt seiner Stimme und rief Rozin.

«Dein Liebhaber ist tot», sagte er, als sie hereinkam.

Sie fuhr zusammen, ihr Herz zerbrach wie ein dürrer Zweig.

«Halt dich von ihm fern», sagte Richard.

IX

Sie kehrte in den sanften Kummer ihrer vertrauten Haut zurück, ließ sich auf die Kissen plumpsen, schaltete den Fernseher ein, der kaputt war. An sie gelehnt, rollte ich mich auf dem muffig riechenden Sofa ein und blieb bei ihr, blieb bei ihr und hielt sie fest. Der Bildschirm flimmerte. Der Ton lief rückwärts. Aschestreifen wanderten unaufhörlich über den Bildschirm. Sie weinte in meinen Armen, meinen Kinderarmen, meine Hirschmutter.

Ich hole sie mit der Geschwindigkeit des schräg einfallenden Lichts zurück, aber ihr Kopf fühlte sich von ihrem eisernen Seelenkummer so schwer und massig an, dass ich sie auf das Kissen sinken ließ.
    Lass sie schlafen. Sie ist mir zu viel.
    Und die zerrissenen Blätter schlossen sich über ihr.

All unser Tun trägt bereits die Saat seiner Aufhebung in sich. So ist es auch mit dem Herzen meiner Mutter. Und ich frage mich: Ist es wohl ein Herz aus verfilzter Wolle, das von derselben Hand gestrickt und wieder aufgezogen wird? Ist es ein gewebtes Tuch, das sich kraft seiner eigenen Struktur selbst auflöst? Lag, da sie sterbliche Wesen zur Welt gebracht hat, in der Zeugung ihrer Kinder bereits die entsetzliche Verheißung von deren Tod? Wohnt ihrer Liebe die Unfähigkeit zu lieben inne? Liegt in dem Hass, den sie urplötzlich auf unseren Vater entwickelt hat, das geteilte Keimblatt, die Zunge, der zitternde Schössling einer freudlosen, blassen Leidenschaft?

7
DER GELBE PICK-UP

Einer jener Schneeeinbrüche nach einer Woche falschem Frühling, bei denen es einem das Herz bricht. Die halb geöffneten Blüten eiskalt erwischt, zum Narren gehalten. Die Wege trocken, das Gras staubig und dünn. Dann schneit es. Gewichtslos, wirbelnd, bald schwer genug, um die überlasteten Hauptäste der Eichen abzubrechen. Die Flocken türmen sich auf jedem Ast, jedem Zweig, jeder Nadel, bis schließlich an diesem windstillen Morgen die Kiefern und hoch aufragenden Ulmen weiß erstrahlen. Die geschmeidigeren Bäume biegen sich, die Dornkronenbäume knicken beinahe um. Die Straßen verengen sich zu Märchentunneln und die Häuser zu beiden Seiten sammeln Zuckerguss, bis sie wie Hochzeitstorten in der weißen, weißen Welt aussehen.

Rozin wartet neben ihren Töchtern auf den Schulbus. Eng beieinander stehen sie an der Straßenecke, beobachten den Verkehr. Ihre Hand fährt an Deannas hinab, streicht über Callys glattes braunes Haar. Der Bus hält stotternd an und die Türen gehen mit einem Seufzer auf.

«Keine Angst», sagt Rozin. «Es wird alles gut. Alles wird gut.»

«Was denn?», fragt Deanna im Vorbeihüpfen, lässig, grinsend.

Rozin sieht dem Bus nach, bis er auf die Straße einbiegt, geht dann in die Küche und setzt den alten blauen Kessel auf. Hoch gewachsen steht sie in ihrem lavendelfarbenen Morgenrock da, die Hände auf die blassen Kacheln der Theke gepresst, und schaut ohne ein Lächeln durchs Fenster in den mit Girlanden geschmückten Hof. Sie beugt sich vor und runzelt die Stirn, als suchte sie nach etwas, was in dem überirdischen Licht verborgen ist.

Als ihr Mann die Küche betritt, gähnt, sich die Brust reibt und ein dickes Sweatshirt überzieht, senkt sie den Blick. Wortlos legt sie Löffel auf den Tisch, stellt Milch dazu, schneidet eine Grapefruit in Scheiben, schüttelt eine Cerealienschachtel, holt zwei weiße Schalen mit Lotosblumenmuster vom Regal. Richard gießt das kochende Kaffeewasser in die Stabfilterkanne und bleibt in schläfriger Unschlüssigkeit neben ihr stehen.

Nach der warmen Trostlosigkeit der ersten Märztage ist das Schneelicht beunruhigend.

«Bis heute Nachmittag ist das geschmolzen», prophezeit er.

Sie nickt, antwortet aber nicht.

Wie immer gießt sie den Kaffee in seine Keramiktasse. Wie immer nimmt er seinen ersten wohltuenden Schluck, während sie sich umdreht, aber als er die Morgenzeitung aufschlägt, setzt Rozin sich neben ihn. Statt nach einem Teil der Zeitung zu greifen, legt sie ihre Hand auf die seine und erklärt, sie habe ihm etwas zu sagen.

Später denkt er mit einem Gefühl der Demütigung und des Grolls an sein nachsichtiges Grinsen und seinen aufmerksamen Gesichtsausdruck zurück. Doch als sie anfängt zu sprechen, verrät ihre Stimme nichts von der Spannung, die dem Ungeheuerlichen, das sie ihm gleich sagen wird, angemessen ist. Wie kann er also von vornherein auf den Schlag, den sie ihm versetzen wird, gefasst sein? Ist es etwa seine Schuld, dass er mit seinem albernen, immer dümmlicher werdenden Grinsen wie ein Idiot dasteht? Es hat sein Gesicht verzerrt, und jetzt scheint es daran festzukleben. Er findet keine Möglichkeit, es wegzuwischen, nicht einmal, nachdem sie ihm eröffnet hat, dass ihr alter Liebhaber Frank Shawano unheilbar an Krebs erkrankt ist, dass man ihm eine Chance von fünf bis zehn Prozent einräumt, die nächsten neun Monate zu überleben, und dass sie jetzt zu ihm geht, ihre Ehe aufgibt, um bis zu seinem Tod mit diesem Mann zusammen zu sein, weil sie ihn letztendlich wirklich liebt. Ihn liebt, sagt sie.

Im Laufe ihrer Ehe hatte Rozin dreimal versucht, Richard Whiteheart Beads zu verlassen. Zweimal brachte er sie mit Drohungen, Schmeicheleien, Überredungskünsten und Schreckensvisionen dazu zu bleiben. Einmal war sie unvorhergesehen schwanger. Zwillinge. Da war sie auch geblieben, ganz versessen auf ihre Babys, glücklich.

«Du hast Cally und Deanna», wendet er ein, schaut sie an und beißt sich fast auf die Zunge.

«Du kannst hier im Haus bleiben. Ich werde gehen.» Ihre Stimme ist ruhig, hat aber einen Unterton, der ihm vertraut ist, einen weichen, wackeligen Unterton, an den er sich herantastet.

«Bin ich denn so schrecklich?», fragt er in Mitleid heischendem Ton. «Willst du so dringend fort, dass du mich verlassen würdest?»

«Ich nehme Cally und Deanna mit», fährt sie fort, so als träte sie gerade auf eine Hängebrücke.

«Nein, das tust du nicht», versucht er es erneut.

Sie hält die Luft an, stößt sie explosionsartig aus. «Ich werde nicht bleiben.»

Er hebt den Blick, um sie zu einer Meinungsänderung zu bewegen, für sich selbst eine andere Wahrheit zu finden, aber sie war in Therapie, denkt er, und irgend so ein Psychoheini hat ihr diese kalten Züge um den Mund verpasst. Ihre Augen, schwarz wie Uferschlamm, füllen sich mit Tränen, doch zum ersten Mal kann er sich in der Tiefe ihrer Spiegelfläche nicht sehen.

Deanna gefällt es an diesem Tag in der Schule, denn für die Teilnehmer am Lesewettbewerb gibt es eine Pizzaparty, und Deanna gehört wegen der Wörter, die sie auf der Vokabelliste erkannt hat, zu den Preisträgern. Cally liegt nur ein Wort hinter ihr. Genauso sind sie zur Welt gekommen, mit wenigen Minuten Abstand. Deanna als Erste. Entschieden. Mütterlich. Impulsiv. Präzise. Sie sind schlanke, tatkräftige Mädchen, die leise sprechen, deren Sanftheit allerdings auch Kanten hat. Beide gute Beobachterinnen, haben sie ein Lächeln, das am Rand ihrer ovalen Gesichter langsam beginnt und sich dann ausbreitet, bis es ihnen praktisch zu den Ohren herauskommt. Und dann ist da noch der Schnee, pulvrig genug, um auf dem Weg zum Schultor mit dem Fuß Wolken aufzuwirbeln. Bis mittags ist er schön pappig geworden, sodass alle Lehrer, bevor sie die lärmenden Kinder auf den Schulhof entlassen, vor eisharten Schneebällen warnen, die das Augenlicht kosten können. Es gibt Schneemänner. Die Mädchen bauen, die Jungs zerstören. Und es bleibt immer noch genug Schnee übrig, um den kleinen Hügel ganz am Rand des Schulgeländes hinunterzurodeln. Da die Lehrer meinen, dies sei die letzte Schlittenpartie für den Winter, bekommen alle eine Viertelstunde Pause extra und dazu einen leuchtenden, schuleigenen Plastikschlitten – stahlblau, grellrosa, orange oder hellgrün. Die Schlitten wie lächerliche Schilde hochhaltend, stapft die ungeduldige Phalanx der Kinder los. Cally saust einen Teil der langen Rodelbahn mit einer Freundin hinunter. Deanna hat eine gelbe Untertasse. Sie dreht sich im Kreis, während sie hinabgleitet, fliegt vom Schlitten und rollt immer weiter, bis sie unten angekommen ist.

Richard hat das Gefühl, dass diese schreckliche Blase platzt, wenn er nur tief genug Luft holt und lacht, doch als er tatsächlich zu atmen versucht, bekommt er gar keine Luft. Er kann seine Brust nicht füllen. Und gerade als er den Versuch aufgibt, wird er innerlich leer und begreift, dass es genau so kommen wird, wie sie sagt. Die Art, wie ihre Augen alles, was er jetzt auch tun mag, akzeptieren, seine Wut, seine Verletztheit, seinen Wunsch, sie ebenfalls zu verletzen. Ihre Augen sagen ihm, dass dies eine ihrer unumstößlichen Erklärungen war. *Kein Begräbnis* war eine gewesen, als ihre eigene Großmutter, eine traditionelle Ojibwa-Indianerin, starb. *Keine Abtreibung*, obwohl sie, als die Schwangerschaft eintrat, dabei waren, sich zu trennen. *Wir ziehen weg*, als sein Job gefährlich und das Leben in der Reservation zu politisch wurde. Und jetzt, an ihn gewandt, *ich gehe fort*.

Er fährt zur Arbeit, sitzt in seinem Büro, bewegt Papier und telefoniert. Alles erscheint wieder normal. Dann fällt es ihm wieder ein. Eigentlich sollte es Szenen geben, gewaltige Explosionen, ein berstendes Krachen, das Zerbrechen einer Ehe gleich einem vitalen Baum, der in einem blauweißen Unwetter vom Blitz getroffen wird; da ihr Liebhaber jedoch im Sterben liegt, passiert so etwas nicht. Wird nicht passieren. Eifersucht, er ist eifersüchtig, aber auf einen sterbenden Mann! Womöglich ist dieser Frank die andere Sorte von Liebesmedizin der Ojibwa, ein verfluchter Kaninchenfänger, lockt sie einfach an. Was kann er, Richard, dagegen tun? Weiß glühende Lichter zucken hinter seinen Augen, Blitze des Selbstmitleids. Damals war er ein idealistischer Student und so stolz darauf, dieses Mädchen mit dem alten Roy-Blut zu heiraten. Jetzt gilt der Ruf dieses Blutes jemand anderem, denkt er, eine Vorstellung, die ihm gleich darauf völlig lächerlich erscheint. Er sucht nach einer Perspektive. Frank Shawano ist ein Mann, der mit krebsabtötenden Chemikalien voll gestopft ist, der aus reiner Angst und nur noch mit den Fingerspitzen am Leben hängt, ein todgeweihter Mann, der an uralten Ritualen teilnimmt. Jämmerlich. Shawano ist ein Mann, der sich täglich seiner Sterblichkeit gegenübersieht, ein Mann, der seinen letzten Willen festgehalten hat, ein Mann voller Schmerz und sinnloser Zuversicht. Aber ein Mann, der Rozin an jedem Morgen eines jeden Tages sehen wird. Wenn ich krank werde, fragt sich Richard, todkrank, wird sie dann zu mir zurückkommen? Und wenn Shawano am Ende stirbt? Dann?

Rozin Whiteheart Beads ist eine schlanke Frau mit jugendlicher Figur, schmaler Taille und langem, dickem grauem Haar, das sie oft mit einer perlenverzierten Spange hochsteckt. Ihre Haut ist grob, ihr Mund von einem leidenschaftlichen Rosa, ihre Augen traurig, sogar wenn sie lächelt. Ein zurückhaltendes, schüchternes Lächeln. Dagegen ist die Unbändigkeit ihres Lachens immer eine Überraschung. Jetzt wünscht er sich, es hätte die ganze Zeit über etwas Unehrliches oder Besudeltes oder Missverständliches oder zutiefst Falsches gegeben. Diese Affäre zu haben, diese Liebe, das ist zutiefst falsch. Finster blickt er seine Hände an, kritzelt auf seinem Kalender herum. Ihn anzulügen. Alles eine große Lüge. Tief drinnen weiß er, dass sie, wenn sie ihn nicht auch liebte und nichts für ihn empfände, nicht gelogen hätte und folglich nicht geblieben wäre. Manche ihrer schönsten gemeinsamen Momente fielen genau in diese Jahre, in denen sie anscheinend mit Shawano zusammen gewesen war, aber wann? Er kann sich an nichts erinnern, an keine längere Zeitspanne, nicht einmal ein Wochenende, keinen mysteriösen Urlaub, keine spontane Verabredung, für die es keine Erklärung gegeben hätte. Nur das eine Mal, als er sie im Park gesehen hatte. Sonst nichts. Nichts. Ein Teil von ihm verspürt tiefes Mitleid, ja sogar ein bisschen Schuld – diese heimlichen, gestohlenen Augenblicke, so erbärmlich, so unbefriedigend –, sie verdient wirklich etwas Besseres, selbst von einem Rivalen, einem Liebhaber, selbst von diesem Mann mit dem albernen Namen Shawano.

Er kommt früh nach Hause, denn das Telefon ist ständig besetzt, und er kann den Gedanken nicht ertragen, dass sie womöglich mit ihrem Liebhaber spricht. Er hört, wie Cally oben ihrem Krokodil, einem grünen Stofftier mit gelben Augen, leise etwas vorsingt. Es ist ein Geschenk von ihren Großmüttern. Riesig. Nimmt ihr halbes Bett ein. Sie schläft zwischen seinen weichen Klauen. Er sitzt in einer Ecke des Hauses steif ausgestreckt in seinem Sessel. Rozin hängt immer noch am Telefon und führt außerhalb seiner Hörweite Gespräche. Wen kann sie sonst noch anrufen? Bis zur Unerträglichkeit zieht sich sein Herz zusammen und er fängt an zu zittern, erst seine Hände, dann die Arme, und dann wandert das Zittern ins Zentrum seines Körpers, sodass sein Fuß ausschlägt, als sei ein Nerv durchtrennt worden. Er hält sich an den kariert gemusterten Armlehnen fest und beugt sich in die angespannte Atmosphäre vor.

Er sieht alles vor sich.

«Du hast mit ihm geschlafen, als ich in Albuquerque war, stimmt's?» Richard sammelt sich und lässt seine Stimme bis ins Wohnzimmer gellen. «Ich möchte es bloß wissen. Ich habe das Recht, es zu wissen!»

Auf sein markerschütterndes Geschrei folgt ein Echo, eine wachsame Stille von oben. Die Wände um ihn herum sind beige-braun gemustert, und die Möbel, die Rozin ausgesucht und so sorgfältig fleckenfrei gehalten hat, haben eine samtene hellgraue Farbe. Er bekommt mit, wie der Hörer auf die Gabel fällt. Den Blick ins Wohnzimmer gerichtet, steht sie im Flur.

«Erschreck die Mädchen nicht», sagt sie.

«Ich will es wissen», beharrt er.

«Nein, willst du nicht.»

Er macht den Mund auf, um dann festzustellen: Er will nicht. Er will es tatsächlich nicht wissen. Die Erkenntnis, dass er etwas verweigern kann, durchzuckt ihn, und er wundert sich. Es ist ein kleiner Gedanke, aber er zeugt von Integrität.

«Du hast Recht», erwidert er und gewinnt an Würde. «Ich will es nicht wissen.»

Rozin wendet sich zur Treppe. Dann spricht sie. Mit dem Rücken zu ihm.

«Das ist hart. Wir beide hier. Warum gehst du nicht fort», fragt sie, «irgendwohin? Nur für heute Nacht. Dann bin ich weg. Ich muss auch die Sachen für die Mädchen packen.»

Sein Mund öffnet sich weit und weiter.

«Jedenfalls zum Teil», korrigiert sie sich. «Natürlich werden sie wieder hierher kommen, und natürlich werden sie eine Menge Sachen hier lassen wollen.»

Sie zieht sich in ihr Arbeitszimmer zurück. Eine Schublade quietscht, das Telefon klingelt erneut. Ein Wasserhahn läuft, und er hört das hastige Rascheln von Papier. Ein paar Minuten später geht sie mit auf dem Holzfußboden klackernden Absätzen an ihm vorbei. Das Haar strömt ihr über den Rücken, eine schlichte Kaskade von Dunkelheit.

«Du gehst», ruft er ihr zu. Seine Stimme klingt wie ein raues Kläffen. «Du gehst. Nicht ich. Ich bleibe hier. Ich will hier bleiben.»

Sie kommt ihm so nahe, dass sie ihm eine Visitenkarte reichen kann, und er stürzt sich auf sie, wirft sich wie ein Tänzer zu Boden, umfasst ihre Knie. Während sie rückwärts taumelt, windet sie sich, wobei die Karte ihr aus der Hand fliegt und ihn im Gesicht trifft. Er schiebt sich über Rozin, und sie versteinert mit verachtungsvoller Geduld. Direkt vor seiner Nase leuchtet ihm in Fettschrift die Vorderseite der Karte entgegen. Dr. Fry, eine Menge Initialen, vermutlich noch ein Psychiater. Er fängt an, in den Strang von Haaren an ihrem Hals zu weinen. Mit entschiedener Geste schiebt sie ihn von sich weg und steht auf.

«Alles in Ordnung, Schatz», sagt sie in beruhigendem Ton, nicht zu ihm. Deanna steht in der Tür, das Gesicht angespannt und reglos. Rozin geht zu ihr, nimmt sie bei der Schulter und führt sie nach oben. Er streckt seine Hand nach ihnen aus, umklammert Luft, um Rozins schwächer werdenden Duft an sich zu reißen, sieht sich vor seinem geistigen Auge als etwas Krabbenartiges, was ihn aber nicht stört. Nein. Überhaupt nicht. Oder vielleicht doch, es stört ihn. Sollte es jedenfalls. Er beruhigt sich. Liegt auf dem Boden und horcht wieder darauf, wie sie oben herumlaufen. Überdenkt Rozins Verhalten in der zurückliegenden Woche. Ihre wertvollsten Navajo-Schmuckstücke in einem Schließfach. Alles, was ihr gehört, gestapelt und aussortiert. Eine Unnahbarkeit, wenn er sie berührt, und ein Kummer in dem Wein, den sie jeden Abend, wenn die Sonne untergeht, zusammen trinken. Er rappelt sich hoch und nimmt den Wein vom Kühlschrank, eine schlanke weiße Flasche mit spanischem Wein.

«Sag mir, was ich tun soll. Sag's mir!»

Es kommt keine Antwort, obwohl er in normaler Tonlage spricht und sicher ist, dass sie ihn gehört hat, als sie die Treppe wieder herunterkam.

Er gießt sich ein Glas voll, trinkt es schnell leer, gießt sich noch eins ein und geht zurück zu seinem Sessel am Fenster. Er schaut zu, wie der späte Schnee zunehmend weicher wird und verschwindet, sodass, als an diesem Abend die Sonne untergeht, die Erde stellenweise wieder durchkommt und die Bäume sich, verdorrt und schwarz und braun in allen Schattierungen, fast nackt gegen den Himmel abzeichnen.

Irgendetwas stimmt nicht, Deanna weiß es und weiß es wieder nicht, aber ihre Plüschtiere wissen es und ihre kleinen Porzellanhunde, und sogar die Wände des Zimmers, das sie mit ihrer Zwillingsschwester teilt, spüren, dass da etwas nicht in Ordnung ist. Die Stimme ihres Vaters ist ein kratziges Gebrüll, so laut wie von einem Tier im Zoo. Ihre Mutter ist zu still. Deanna und Cally putzen sich die Zähne ganz genau so, wie man es ihnen beigebracht hat, spucken aus, spülen und kommen herunter, um gute Nacht zu sagen.

Doch Cally macht kehrt, als sie ihren Vater sieht.

Richard schläft bereits und der Wein aus dem Glas neben ihm ist verschüttet. Deanna geht zu ihm hin und berührt ihn an der Schulter, die feucht ist von Tränen, Schweiß und Wein. Sie hat Dinge gehört. Sie weiß Bescheid. Zum allerersten Mal kann sie nicht einmal Cally davon erzählen. Sie fürchtet sich davor, wie traurig es ihre Schwester machen würde. Möchte nicht, dass sie weint. Vielleicht, meint sie, kann sie ja etwas tun. Ihre Mutter umstimmen. *Genau. Das mache ich.* Sie erzählt es ihrem Vater. Mit dem festen Versprechen blickt sie in sein schlafendes Gesicht, schaut zu, wie er durch den Mund ein- und ausatmet, während die Luft durch seine zusammengebissenen Zähne zischt.

Bei ausgeschaltetem Licht erwacht Richard in seinem Sessel, sitzt da und schaut ins Dunkel. Hoffnungslos. Im Mund ein schaler Geschmack von Ungewissheit. Vor ihm ragt drohend die ganze Nacht auf, voll gepackt mit Adrenalinschüben. Er starrt in den dunklen See seiner Zimmerdecke. Das Haus ist völlig still. Das Telefon tut keinen Mucks. Er findet es unerträglich, an seinen Knochen verankert und von einer Hautschicht in seinem Körper festgehalten zu sein. Schnee rutscht von den Bäumen. Er kann ihn hören, Stück für Stück.

Gegen ein Uhr morgens zieht er sich sorgfältig an, von den Socken bis zum Schlips, alles in Grundfarben gehalten. In nüchternen Farben. Nüchtern. Perverserweise weckt das Wort in ihm den Wunsch, etwas von diesem alten Whisky, den Rozin für besondere Gäste aufhebt, zu trinken. Er gießt sich ein Saftglas voll, stellt es ab, zieht seinen Mantel an und geht hinaus zur Garage.

Ein frischer Wind braust und wirbelt, die Nacht ist leer, kalt, aber mit dem Überschwang des Frühlings in der Luft. Er riecht den Schnee von gestern, neue Erde, eine zaghafte Verheißung von Wärme am blauen Rand des großen Windes. Er holt tief Luft, geht geradewegs in die Garage und schließt die Tür hinter sich. Es ist eine kleine, alte, gut gebaute Garage – er liebt die Herausforderung, den Pick-up vorsichtig an den Wänden mit Werkzeug und Farbe entlang zu manövrieren. Er stopft ein Handtuch in den Spalt unter der Tür. Einen Lumpen in die kleine ausgebrochene Ecke eines Fensters. Nachdem er das Auspuffrohr des gelben Pick-up überprüft hat, klettert er in die Fahrerkabine und schließt für einen Moment die Augen, bevor er den Motor anlässt und in den Leerlauf schaltet. Mit einem tiefen Seufzer und einem lauten Stöhnen lehnt er sich im Sitz zurück.

Zahnmann weckt sie auf. Der weiße Zahn hat ein rotes Grinsen und runde schwarze Augen. Ein Plüschzahn. Eine Belohnung vom Zahnarzt. Deanna hört, wie die Hintertür zugeht, schaut aus dem Schlafzimmerfenster und sieht ihren Vater draußen im Garten. Er schließt die seitliche Garagentür auf und verschwindet dann in dem dunklen Rechteck. Die Tür geht zu. Sie wartet. Wartet. Er kommt nicht heraus. Eine einschläfernde Wärme überkommt sie. Sie döst halb ein und fängt an zu träumen, sie wäre wieder in der Schule. Gelber Untertassen-Schlitten. Weiß, dass sie's nicht ist. Er fährt also weg; mit einem Schlag wird ihr klar, dass ihr Vater geht, und das, ohne ihr auf Wiedersehen zu sagen.

Bemüht, weder Cally noch ihre Mutter zu wecken, stiehlt sich Deanna aus dem Schlafzimmer und steigt mit zögernden kleinen Schritten die ausgelegte Treppe hinunter. Da ist ihre Winterjacke. Ihre Stiefel. Sie zieht ihre großen weißen Winterstiefel mit Pelzbesatz an, horcht, ob er kommt. Nimmt ihren bauschigen Winteranorak vom Haken und schlüpft in die glatten, weichen Ärmel. Dann schleicht sie zur Tür hinaus und zur Garage.

Kaum hat er es sich bequem gemacht, fällt Richard ein, dass er sein Whiskyglas auf dem Küchentisch vergessen hat – er hatte vorgehabt, es langsam zu schlürfen. Feuer, schwaches Feuer, um ihm den Abgang zu erleichtern. Er braucht diesen Whisky unbedingt, und so stapft er ins Haus zurück, um ihn zu holen.

Deanna tritt in den Schatten des alten, vertrockneten, kaputten Weihnachtsbaums, und ihr Vater sieht sie nicht, geht an ihr vorbei. In der Garage läuft der Motor des Pick-up. Daran erkennt sie, dass sie Recht hat und er tatsächlich fortfahren wird. Schnell und leise zwängt sich Deanna, bevor er zurückkommt, in die Nische hinter dem Sitz, die gerade groß genug für ein Kind ist. In ihrer Jacke rollt sie sich zusammen, so klein sie kann. Es war ein so langer und in vieler Hinsicht guter Tag, mit dem ganzen Schnee. Und der Innenraum des Pick-up ist so gemütlich, mit der eingeschalteten Heizung, die warme Luft hereinbläst, und plötzlich fühlt sie sich ganz behaglich. Im Winter haben ihre Mutter und ihr Vater immer zusätzliche Jacken und Schlafsäcke im Laderaum dabei, sodass sie sich jetzt mühelos in dem Stapel verkriechen kann, und da drinnen ist es dunkel wie im Versteck eines kleinen Tieres. Und er wird überrascht sein, bestimmt wird er das, wenn er dort ankommt, wo immer er hinfährt, und sich umdreht, und sie sitzt ganz ruhig und angeschnallt auf dem hinteren Notsitz. Der Sicherheitsgurt ist allerdings ein Problem. Die Regel heißt, dass sie ihn jedes Mal anlegt. Sie beschließt, den Sitz herunterzuklappen und sich anzuschnallen, wenn die Garagentür aufgeht und er damit beschäftigt ist, rückwärts hinauszufahren, oder vielleicht noch besser, wenn sie bereits auf der Straße sind und er auf die von rechts und links entgegenkommenden Autos achten muss, deren Lampen ihn anstrahlen, Augen, die leuchten wie die Krokodile tief unten – smaragdgrün, blau, in allen Edelsteinfarben, und dann der Schlitten, der hoch in die Luft schnellt.

Im Haus, auf der Suche nach dem Whiskyglas. Das Telefon klingelt, oder zumindest glaubt Richard, es klingeln zu hören. Er nimmt den Hörer ab und sagt: «Leck mich, Shawano!» Er findet das Glas, nimmt einen Schluck, geht damit wieder zur Tür hinaus und schlüpft in die Garage; dann schwingt er sich auf den Fahrersitz des Lieferwagens. Er zieht den Mantel fest um sich und stellt seine Füße wieder bequem auf. Er trinkt einen ordentlichen Schluck Whisky und spürt, wie das gedämpfte, schläfrige Geräusch der Trunkenheit ihn überrollt.

Er hat seinen eigenen Tod so oft geplant und ihm widerstanden, dass diese Augenblicke ihm wie geprobt vorkommen, als wäre er ein Schauspieler. Nicht einmal eine Emotion, die ihn überzeugen würde, kann er heraufbeschwören. Keine Furcht und kein Bedauern. In einem ohnmächtigen Gefühl der Unfähigkeit, im ersten Strudel des Alkohols, überdenkt er seine Bemühungen um Rozin im Laufe der Jahre. Während er die Geschenke, die Reisen, die vielen täglichen kleinen Aufmerksamkeiten und großen Beweise der Leidenschaft zusammenzählt und abhakt, tröstet ihn der Gedanke, dass sie, wenn er einmal nicht mehr ist und später auch Frank stirbt, allein sein wird. Und dann wird sie ihn vermissen, ganz bestimmt, aber er wird sie nicht mehr zurückhaben wollen. Er ist viel zu müde.

Er erwacht mit fürchterlichen Kopfschmerzen, in der Garage ist es noch dunkel. Versucht, seinen Kopf, ein voll bestecktes Nadelkissen, nicht zu bewegen. Tastet nach dem Whiskyglas, aber das Glas ist leer. Bemerkt, dass er die Tür nicht hat zuschnappen lassen. Er hat die eigentliche Seitentür der Garage nicht richtig zugemacht, und sie ist aufgeflogen. Weit. Offen. Schmerzlich verwirrt steigt er aus dem Pick-up, verriegelt automatisch die Tür, bevor er sie zuschlägt, und schleppt sich über den Betonboden zu der Garagentür, die er einen Spaltbreit offen gelassen hat, als er vom Whiskyholen und Telefonieren zurückkam. Er schließt die Tür und begibt sich mit schwimmenden Bewegungen zurück zum Auto, entschlossen, jetzt zu ersticken, nur hat er sich aus dem Lieferwagen ausgeschlossen und bei laufendem Motor den Schlüssel innen stecken lassen. Und sein Kopf! Er macht kehrt, um die Garage zu verlassen, zum Haus zurückzugehen, einen anderen Schlüssel zu holen. Quer durch das spannungsgeladene kleine Stück Garten. Das Haus hat er auch verriegelt. Die Schlüssel einschließlich des Haustürschlüssels sind im Lieferwagen eingeschlossen. Vor erregender Qual schwimmt ihm der Kopf. Außen herum zur Haustür. Ganz ruhig schlägt er mit seiner mantelbedeckten Faust ein Glasfeld ein und langt nach innen. Legt den Riegel um. Kaum tritt er ein, verfliegt jeglicher Ehrgeiz, sich etwas anzutun. Was macht er da überhaupt? Was ist er denn für ein Vater? Ein Vater wird er immer sein. Deanna. Cally. Und Rozin könnte zurückkommen, und er würde sie kommentarlos aufnehmen. Das ist Liebe. Zwanzig Jahre. Wer kann das wissen. Jetzt wird er erst einmal tapfer sein. Außerdem findet sogar er selbst, dass es ein zu großer Aufwand ist, ihn umzubringen. Vergiss den Schnee, denkt er, während er sich auf dem Sofa zusammenrollt und sich eine Wolldecke über die Schultern zieht. Soll es doch Scheiße regnen! Soll der Sprit im Wagen ausgehen. Soll er doch! Soll der Pick-up doch die ganze Nacht laufen!

Zweiter Teil: NEEJ

DAS MUSTER GLITZERT VOR GRAUSAMKEIT. Die blauen Perlen sind mit Fischblut gefärbt, die roten mit pulverisiertem Herzen. Die Perlen drängen sich in Bordüren der Barmherzigkeit. Die gelben sind mit dem Ocker des Schweigens gefärbt. Man kann nicht sagen, welche der Zwillingsschwestern zuerst einschlafen und den Farben der anderen das Feld überlassen wird, noch für wie lange. Das Bild wächst, die Perlenauflage vertieft sich. Im Innersten ihres Daseins haben die Perlenstickerinnen keinen anderen Auftrag. Weißt du, dass die Perlen mit endlosen Strängen menschlicher Muskeln, Sehnen und Haare auf das Gewebe der Erde gestickt werden? Wir sind für dieses Werk genauso entscheidend wie andere Tiere. Nicht mehr und nicht weniger wichtig als der Hirsch.

8
BEINAH SUPPE

Windigo-Hund

Wenn man in der Reservation als rein weißer Hund geboren wird, endet man als Welpensuppe, es sei denn, man ist ein Extraschlauer, so wie ich. Durch Hundezauber habe ich bis ins hohe Alter überlebt. Genau so ist es. Was ihr hier vor euch seht, ist das Ergebnis von Hundegrips. Hundefertigkeiten. Magischen Formeln, die ich von den Älteren gelernt habe und jetzt meinen Verwandten weitergeben möchte. Euch. Hört also gut zu, *Animoshug*. Aus dem Mund des wahren Hundes werdet ihr dieses Wissen nämlich nur einmal hören.

In mir steckt ein bisschen Kojote, ein Hauch nur hier in meinen Pfoten, die größer sind als Hundepfoten. Und mein Kiefer ist stark genug, um Hasenknochen zu zerbeißen. Die Knochen von Präriehunden auch. Genau so ist es. Prärie. Es macht mir nichts aus, euch zu sagen, dass ich kein Vollbluthund aus der Ojibwa-Reservation bin. Ich bin zu einem Teil Dakota, draußen in *Bwaanakeeng* geboren und hierher gebracht worden. Ich erinnere mich immer noch an diesen unermesslichen Himmel, diese pure Weite, all diesen umherwirbelnden Staub eines Landes, in dem ich meinen Namen bekam, der seitdem zur Legende geworden ist.

Und so ist es passiert.

An einem heißen, langweiligen Tag lag ich hechelnd unter dem Haus im Dreck. Ich war noch ein junges Ding. Auch ganz schön rundlich, und, wie schon gesagt, von Kopf bis Fuß weiß. Das machte meiner Mutter Sorgen. Sie beschmierte mich jeden Tag mit Dreck, warf mich in den Schlamm, rollte mich im Abfall herum, um meine Reinheit zu verbergen. «Du wirst nicht überleben, wenn du dir die Pfoten leckst, mein Sohn», sagte sie immer zu mir. «Lass dich gehen. Wir Indianerhunde müssen so unappetitlich aussehen wie nur möglich! Klemm den Schwanz ein bisschen ein, ja? Lass deine Ohren abstehen. Leg dir Zecken zu. Flöhe. Beiß dir hier und da selbst ins Fell. Bemüh dich um eine unansehnliche Erscheinung, mein Junge. Und vor allem: Sei bloß nicht sauber!»

Wie gesagt, als blütenweiß geborener Hund hat man normalerweise keine Chance, aber ich, ich habe auf den Rat meiner Mama gehört. Immerhin entstammte ich einer Mischung von Hunden, die bis an den Anfang der Zeit auf diesem Kontinent zurückreicht. Wir sind hier entstanden. Wir brauchten keine Landbrücke zu überqueren. Wir wissen, wer wir sind. Wir stammen nämlich von der Urhündin ab.

Ich denke oft an sie, und auch an meine Vorfahren aus grauer Vorzeit, den Hund namens Kummer, der die Milch eines Menschen trank. Ich denke an sie, weil ich weiß, dass es die Barmherzigkeit des ersten Hundes und die über Generationen weitergegebene Schlauheit des zweiten waren, die mir damals, als sie die Suppe kochten, das Leben rettete.

Ich höre die Worte: «Kriech mal unters Haus, Melvin, und hol mir diesen weißen Welpen.» Und schon wirft meine Mutter mich in die hinterste Ecke und setzt sich auf mich drauf. Sie verdeckt mich vollkommen, aber als Melvin nah genug ist, um zu spielen, kann ich nicht anders. Wie alle Indianerhunde habe ich einen angeborenen Hang zur Neugier. Ich spähe knapp um den Schwanz meiner Mutter herum, und wupp, hat er mich geschnappt. Er zerrt mich hinaus und gibt mich einer

Großmutter, die mich in einen Jutesack steckt und neben das Feuer schmeißt.

Ich wehre mich eine Weile gegen den Sack; andererseits ist es darin warm und behaglich und ich schlafe ein. Ich mache mir keine großen Gedanken darüber. Bloß eine weitere Angewohnheit der Menschen, an die ich mich gewöhnen werde, dieses Hunde-in-Säcke-Stecken. Dann höre ich sie reden.

«Wetz das Messer!» Großmutters Stimme.

«Das ist ein hübscher, fetter weißer Welpe.» Ein anderer.

«Er wird eine gute Suppe abgeben, aber meinst du, es reicht für alle? Sollen wir vielleicht noch einen schlachten?»

Direkt über mir fangen sie an, sich darüber zu streiten, ob ich zwanzig Mäuler satt machen werde oder nicht. Ich, so ein lächerlicher kleiner Fettmops, herrje. «Nein!», belle ich. «Nein! Nein! Ich reiche ja nicht einmal für fünf von euren großen, starken Kriegersöhnen. Nicht ich. Was sage ich? Ich reiche für keinen von euch. Für keinen! Nein! Mein Fleisch ist verdorben. Ich will nicht gegessen werden!» Als Antwort bekomme ich einen Tritt von einem Großmutterschuh, nur einen Tritt, aber wir Hunde beherrschen alle die Fußsprache. «Sei still oder du kriegst eins übergebraten», bedeutet er. Ich halte den Mund. Nachdem ich mit dem Bellen aufgehört habe, kann ich nur noch nachdenken, und ich denke schnell nach. Ich denke wie wild. Verzweifelte Welpengedanken schießen mir durch den Kopf, bis ich weiß, was ich machen werde, wenn sie mich rauslassen.

Ein Welpe hat nur eine Waffe, und dafür gibt es einfach kein anderes Wort als Welpenhaftigkeit. In meinem Sackgefängnis ziehe ich schon mal probeweise alle Register. Aus ferner Vergangenheit, von den Vorfahren, die auf jene Hunde ganz zu Beginn der Beziehungen zwischen uns und diesen sonderbaren, nervtötenden Geschöpfen namens Menschen zurückgehen, beschwöre ich mein Schwanzwedeln und mein Liebeslecken herauf. Ich höre, wie sie Stahl auf Stahl wetzen, höre, wie sie an den Topf mit dem kochenden Wasser klopfen. Ich höre, wie sie beschließen, dass ich gerade eben ausreiche. Dann wird es hell. Der Sack lockert sich, eine Großmutter zieht mich heraus, und da ich gewitzt, verzweifelt und mit meinen Ahnen in Kontakt bin, halte ich in der Kinderschar um mich herum sofort nach dem nächstbesten Mädchen Ausschau. Ich entdecke es. Ich picke es heraus.

Das Mädchen ist zu Besuch, sitzt nicht weit von mir mit einem Vetter, spielt, bemerkt mich überhaupt nicht. Ich gebe ein freundliches kleines Winseln von mir, ein Kläffen, und dann, als die Großmutter mich zum Tisch zerrt, ein scharfes, lautes, ängstliches Bellen. Es bricht aus mir heraus. Ich kann nichts dafür. Umso besser, denn das Mädchen hört es und reagiert.

«Großmutter», sagt es, «was hast du mit dem Hündchen vor?»

«Wo ist mein *ogleyzigzichaogleyzigzicha*?», murmelt Großmutter, so wie sie es immer machen, wenn sie versuchen, ihre nächsten Schritte zu verheimlichen.

«Was?» Das weckt seine Kleine-Mädchen-Neugier, eine Eigenschaft, die wir Hunde mit den Kindern gemeinsam haben, daher auch unsere gegenseitige Zuneigung.

«Du Dummkopf, weißt du denn nicht», ruft der Cousin mit der Altklugheit der Jungen, «dass Großmutter es kochen wird, dass sie Suppe aus ihm macht?»

«Aaai», erwidert mein Mädchen, schüchtern und lachend. «Das würde Großmutter nie tun.» Und sie streckt die Hände nach mir aus. Das ist der Moment, in dem ich meine von der Urhündin geerbte Welpenhaftigkeit einsetze. Die Kleine mit Welpenliebe bombardiere, Welpengesabber, Freude, dem Beifallklatschen großer Welpenpfoten, gespitzten Ohren, Augenkontakt, und vor allem der wirksamsten Waffe aller jungen Hunde, dem kecken Schiefhalten des Kopfes und dem Welpengrinsen.

«Gib's mir, gib!»

«Neiiiin», erwidert Großmutter, wobei sie mich festhält und die Lippen in jener schrecklichen Art schürzt, wie Großmütter es tun, wenn sie sich nicht erweichen lassen. Allerdings hat sie es mit ihrer eigenen Nachkommenschaft in reinster Form – dem reinen Mädchen – zu tun. Einem Mädchen, das junge Hunde liebt.

«*Großmamagroßmamagroßmama!*», schreit sie.

«Iiiih!»

«*GIBMIRDENHUND! GIBMIRDENHUND!*»

Jetzt ist für mich der Zeitpunkt gekommen, zu wedeln, mit dem ganzen Körper, jenes allerhöchste Verzückung auslösende Wedeln, das alle jungen Hunde beherrschen, aufzubieten. Hier geht es um Leben oder Tod. Ich mache es zweimal, dreimal, mit der ganz eigenen Zielstrebigkeit junger Hunde, wild entschlossen zu überleben.

«Ooooh», meint eine andere Großmama mit scharfem Blick, «schnell in den Topf mit ihm!»

«Neiin», widerspricht eine dritte, «sie ist doch so versessen auf das Tier.»

«Gib ihr den kleinen Hund», schaltet sich jetzt ein Großpapa ein, dem das Großpapaherz schwillt. «Sie möchte den Hund haben. Also gib ihr das Tierchen.»

Die Puppenspiel-Finger meines kleinen Mädchens berühren jetzt leicht mein Fell. Es hüpft nach mir. Wirbelt herum wie der Samen eines Zuckerahorns. Streckt sich hoch zu seiner Großmama, die mich jetzt nicht mehr festhalten kann, ohne geradezu übernatürlich gemein zu erscheinen. Und so kommt es, dass ich spüre, wie diese alten Hundekoch-Finger mich loslassen, bevor ihre enttäuschte Stimme es tut.

«Da.»

Und so bin ich am himmlischsten aller Orte gelandet, in weichen, starken Mädchenarmen. Ich werde fortgetragen, um gehätschelt und als Spielkamerad betrachtet, mit Speiseresten gefüttert, in einem Kinderwagen aus einem alten Schuhkarton herumgezogen und in die Kleider kleiner Brüder und Schwestern gesteckt zu werden. Ja. Ich werde alles tun. Alles. Das ist der Augenblick meiner Namengebung. Als wir abziehen, höre ich den Großpapa amüsiert hinter uns her fragen, wie der junge Hund denn heiße. Ich. Und ohne zu zögern, ruft mein Mädchen den Namen, den ich fortan bis in mein hohes Alter tragen werde, den Namen, der so vielen aus unserer rasselosen Rasse Hoffnung gegeben hat, den Namen, der über Generationen hinweg unter Hunden fortleben wird. Ihr habt ihn gehört. Ihr kennt ihn. Beinah Suppe.

Nun, meine Brüder und Schwestern, kurz nachdem ich meinen Namen bekommen hatte, wurde ich nach Norden in diese Reservation gebracht. Hier auf dem Boden, auf dem wir uns jetzt rekeln und scharren, habe ich die Blüte meiner Kraft, Fruchtbarkeit und Zielstrebigkeit verbracht. Wie ihr seht, habe ich bis ins friedliche hohe Alter überlebt. Natürlich erzählen sich die Ojibwa, dass die Indianer, die auf den Plains leben, Hunde, die Waldindianer dagegen Kaninchen essen. Meine Hundeerfahrung sagt mir allerdings, dass das nicht so ganz stimmt. Ich warne euch jetzt, Verwandte und Freunde: Am besten seht ihr euch vor. Selbst im Ojibwa-Land sind wir nicht außer Gefahr.

Da gibt es erst einmal die glatten, tödlichen Räder der Reservationsautos. Hier und da Gifte, ausgelegt für unsere schwächeren Vettern, die Mäuse und Ratten. Von den Kojoten und den pfotenschnappenden Mäulern, den Stahlfallen geschickter Ojibwa-Trapper, ganz zu schweigen. Wir können auch in Schlingen geraten, die für unsere Feinde gedacht sind. Luchs. Marder. Wildkatzen. Bären, die wir natürlich verehren. Ich habe früh gelernt. Esst stets alles, was ihr kriegt. Schnell. Schlingt es hinunter. Bleibt niedlich, aber bleibt immer auf dem Sprung. Lasst ihnen keine Zeit, länger nachzudenken, wenn sie das Beil gezückt haben. Beim Anblick von kaltem Stahl bin ich sofort verschwunden. Glaubt mir. Und dann bedrohen uns natürlich noch alle möglichen Krankheiten. Hütet euch vor dem Biss des Fuchses. Der bringt Tollheit. Hütet euch vor jeder Art von Fledermäusen. Vor allen schwarzweiß gestreiften beweglichen Gegenständen. Und langsamen stacheligen Dingern. Geht den Menschen aus dem Weg, sobald sie in Festlaune kommen. Wenn das Essen fertig ist, müsst ihr allerdings schnell an den Tischen sein. Bleibt in der Nähe ihrer Füße. Seid bereit.

Stibitzt jedoch nie von ihren Tellern.

Haltet euch von Medizinmännern fern. Von Schlangen. Von Jungen mit Luftgewehren. Von allem, was nach Strick aussieht oder leicht zum Hängen oder Fesseln benutzt werden kann. Von Plumpsklos. Von Katzen, die im Haus leben. Schlaft nicht unter Autos. Oder bei Pferden. Fresst nichts, was an einem dünnen, brennenden Faden angebunden ist. Fresst keinen Schmalz vom Tisch. Geht nicht ins Haus, außer wenn ihr unbeobachtet seid. Fresst keines ihrer Hühner, solange ihr nicht absolut sicher seid, dass ihr einer Katze die Schuld zuschieben könnt. Fresst keine Pasteten. Keine Spielkarten, Plastikeimer, getrocknete Bohnen, Spülschwämme. Wenn ihr schon einen Schuh fressen müsst, nehmt das ganze Paar, bis auf den letzten Krümel, sodass keine Spur zurückbleibt. Verhaltet euch ruhig, wenn sie über Powwows sprechen. Schleicht in den Wald, wenn sie die Lieferwagen packen. Man könnte euch in *Bwaanakeeng* zurücklassen. Hundesuppe, ihr erinnert euch? Hundemuffins. Hundeeintopf. Kommt bloß nicht auf die Idee, euch mitnehmen zu lassen.

Im Zweifelsfall gilt immer die Regel, dass ihr unter der Treppe am besten aufgehoben seid. Jagt keine Autos mit männlichen Jugendlichen am Steuer. Oder mit älteren Damen. Bellt oder knurrt keine Männer mit Gewehren im Arm an. Macht euch im Winter nicht nass und achtet darauf, dass ihr in den heißen Augustwinden nicht austrocknet. Aufs Schwitzen sind wir nicht eingerichtet. Haltet euer Maul offen. Macht Abstecher zum See. Pisst häufig. Nehmt an Baumstümpfen und Häuserecken Nachrichten auf. Vergesst nicht, selbst ein höfliches und respektvolles «Hallo!» zu hinterlassen. Ihr wisst nie, wann er euch nützlich ist, euer Kontakt, euer Freund. Man weiß nie, auf wen man sich einmal wird verlassen müssen.

Was das Stichwort zu meiner nächsten Überlebensgeschichte ist.

In den tiefen Seen der Ojibwa soll eine Art Mann-Monster-Katzen-Ding leben, das in der Kälte des Frühjahrs Boote umkippt und die attraktivsten Frauen zu sich herabzerrt. Dieses reizbare alte Ding bei Laune zu halten ist die Aufgabe ortsansässiger Indianer; sie werfen immer ihren Tabak ins Wasser und sprechen dabei zu den Wellen. Wenn das Monster sich jedoch auf die eine oder andere Weise – in der Regel durch Ertränken – einen Menschen holt, verspürt es einen tiefer gehenden, älteren, brennenderen Drang, der nur mit einem stärkeren Mittel als Tabak befriedigt werden kann. Ihr habt's erraten. Legt euch hin, *Animoshug*. Ich sage euch, wenn ein Mann betrunken in seinem Motorboot hinausfährt, heißt es sich verstecken. Vielleicht lässt er sich's einfach gut gehen, trinkt Bier, lenkt sein Boot im Kreis herum und trifft auf sein eigenes Kielwasser, das ihm entgegenschwappt. Fällt aus dem Boot. Geht unter.

Menschen nennen das Schicksal. Wir Hunde nennen es Dummheit. Wie immer man es bezeichnet, es kann gut sein, dass sie dann nach einem Hund Ausschau halten. Einem weißen Hund. Einem, den sie mit roten Bändern schmücken. Hübsch bürsten. Mit einem Strick zusammenschnüren. Mit ein oder zwei Steaks füttern. Mit Gebeten bedenken. Kurz streicheln. Ist es sowieso nicht wert. Stein um den Hals, und platsch. Hundeopfer!

Freunde und Verwandte, schon vor Anbeginn der Zeit sind wir die Straße der Gebete hinuntergegangen und haben Menschen den Weg geebnet. Wir sind ihnen vorausgeeilt, um dem Wächter am Eingang zu diesen sanften Weidegründen, wo man den ganzen Tag isst und die Nacht verspielt, ihre guten Seiten aufzuzeigen. Vergesst aber nicht, dass wir auch im Himmel bloß die Knochen bekommen, die sie uns zuwerfen. In den dunkelsten Stunden haben wir bei unseren Menschen ausgeharrt. Sie vor dem Hungertod gerettet – wie, das wisst ihr. Uns bei ihren Göttern für sie stark gemacht und uns vor ihre Räder geworfen, um sie vor blödsinnigen Fahrten, etwa zum Alkoholschmuggler, zu bewahren. Wir tun diese Dinge gern. Als Angehörige einer alten Rasse kennen wir unsere Aufgaben. Die Urhündin lief an der Seite *Wenabojos*, ihres ausgefuchsten Schöpfers. Der Hund ist an den Menschen gebunden. An der Seite des Menschen aufgezogen. Zusammen mit dem Menschen. Dennoch wissen wir in der Hälfte der Fälle besser Bescheid als der Mensch.

Wir haben, in ein Leichentuch aus rotem Kaliko gehüllt, neben unserem vertrauten Menschen gelegen. Wir haben unsere sauber abgenagten rituellen Knochen ehrfurchtsvoll in Rindenhäusern bestatten lassen. Wir haben böse Geister von ihren Säuglingen fern gehalten und zu den aufdringlichen Seelen ihrer selbstmörderischen Onkel und Tanten gesprochen. Immer haben wir von uns etwas gegeben. Immer haben wir zuerst an die Menschen gedacht. Und dennoch habe ich persönlich, als Falty Simon unterging, nicht eine Sekunde gezögert. Ich bin in die Wälder abgehauen. Schließlich hatte ich ja Junge zu versorgen. Ich hatte ein Leben. Das nächste Mal war es ein Unfall am Geländer ganz oben auf der Brücke, und so fand Agnes Anderson ihr Ende. Auch diesmal: nicht ich!

Nicht ich, verschnürt wie ein Lumpenbündel und über Bord geworfen. Ebenso wenig, als der See Alberta Meyer oder die Speigelrein-Mädchen holte oder als der alte Kagewah dieses Frühjahr in seinem Eishaus saß und einbrach, ja sogar, als unser bester Spurenleser Morris Shawano verschwand und das Boot seines Vaters weit im Norden angeschwemmt wurde. Nicht ich. Nicht Beinah Suppe. *Bungeenaboop*. Das ist mein Name auf Ojibwa, und ich weigerte mich, ihn um menschlicher Fehler oder menschlicher Triumphe willen aufzugeben.

Ich weigerte mich, allerdings nur, bis mein Mädchen schwach und krank wurde.

Sie hieß Cally. Das Mädchen, das mir das Leben gerettet hatte. Sie liebte mich mehr als jeden anderen Hund, stellte mich auf eine Stufe mit den Menschen, die sie liebte. Wie gesagt, sie bewahrte mich vor dem Tod, bewahrte mich aber auch vor Schlimmerem – ihr wisst schon. (Und hier wende ich mich ganz speziell an meine Brüder: vor dem Schnippschnapp. Dem großen *K*. Dem kleinen *n*. Den Wörtern, die wir alle kennen und auf die wir lauern, wenn sie über ihre Pläne sprechen.) Immer wenn ihre Mama mich zum Tierarzt schleifen wollte, versteckte Cally mich. So rettete sie meine Männlichkeit und mein uneingeschränktes Hundsein. Dank ihres Mutes habe ich die Ehre gehabt, unser Hundegeschlecht über Generationen hinweg fortzuführen. Wie könnte ich ihr allein dafür je genug danken? Und dann wurde sie, wie schon gesagt, krank.

Eines Nachts, als weit draußen im Busch ein Schneesturm tobte, bekam sie Fieber und Husten, und es wurde schlimmer und schlimmer, bis ich wahrhaftig die Anwesenheit des schwarzen Hundes spürte. Wir alle kennen den großen schwarzen Hund. Den Tod. Er riecht nach eiserner Kälte. Aus seinem Fell stieben Funken. Er ist es, der den quietschenden, aus Stöcken gebauten Karren zieht. Wir haben alle gehört, wie die Räder sich ächzend drehten, und gehofft, sie möchten an unserem Haus vorbeifahren. Doch in dieser kalten Spätwinternacht, droben im Norden, hielt er an. Ich hörte seinen Jagdhundatem, spürte die Hitze seiner Lungen aus Dampf und Feuer.

9
FAULER STICH

Beinah Suppe

Wenn man zusammengerollt neben unbeschuhten Frauenfüßen unter dem Sticktisch liegt, hört man manchmal Dinge, die man gar nicht hat wissen wollen. Andere wiederum doch. Vielleicht sind es die Nadeln, Poney Nummer zwölf, so gerade und dünn, dass sie mühelos durch das dickste Leder gleiten. Vielleicht meine großen Ohren, die alles mitkriegen, und noch mehr. Vielleicht auch die Farben der Samenperlen, die sich in ganz engen kleinen Stichen konzentrieren – sammeln, sammeln –, bis sich ein Muster für den Schmerz ergibt.

Wir Hunde wissen, was die Frauen wirklich tun, wenn sie ihre Perlenstickerei machen. Sie sticken uns alle in ein Muster ein, in ein Leben unter ihren Händen. Wir sind die Perlen auf dem gewachsten Faden, aufgespießt von ihren spitzen Nadeln. Wir sind die winzigen Bestandteile des riesigen Bildes, das sie entwerfen – der Seele der Welt.

«Schaut mal», sagt Rozin, während sie mit zitternder Hand ihre Arbeit zeigt. Wir Hunde wissen bereits, was unten in Gakahbekong passiert ist und warum sie dort weg und zum Haus ihrer Mütter ging. Ihrer Zwillingsmütter. Im Ernst, sie weiß nicht, welche von ihnen tatsächlich ihre leibliche Mutter ist. Sie werden es ihr nicht verraten. Aber sie war auch ein Zwilling, am Anfang jedenfalls, und deshalb wundert es sie nicht, dass es ihre Mutter in zwei Exemplaren gibt.

Sie verließ die Stadt, weil ihr Kind Gift eingeatmet hatte und den Geistern auf die andere Seite der Welt gefolgt war. Deanna durchschritt das westliche Tor. Ihr Vater nicht. Er schlief seinen Whiskyrausch aus und ging am nächsten Morgen in die Garage. Der Pick-up lief nicht mehr. Richard musste den Sprit aus dem Kanister einfüllen, der eigentlich für den Rasenmäher gedacht war. Wütend auf sich selbst fuhr er in die Stadt, um Aspirin zu holen oder seinen Kater mit Alkohol zu vertreiben. Entschied sich gegen die zweite Medizin. Kaufte Lebensmittel ein. Beim Einladen in den Pick-up zog er die Jacken von seinem kleinen Mädchen. Zuerst dachte er, sie schlafe.

Rozin. Sie badete in ihrem Kummer, sie kochte ihn, füllte ihn in einen Beutel und fror ihn ein. Sie machte Eintopf aus ihm, verbrannte ihn draußen im Hof, grub ein Loch und warf ihn hinein, steckte ihn in den Müllsack, legte ihn oben ins Regal, brachte ihn zu den Bäumen, die sie liebte, und ließ ihn in den Blättern frei. Sie verehrte ihn, schmiegte sich um ihn wie ein zutraulicher Hund, strich mit der Hand das Haar der Tochter, die ihr geblieben war, glatt und beschloss, dass sie nichts mehr mit Männern zu tun haben wollte. Rozin verließ ihren Ehemann und ihren Geliebten. Nahm ihre Tochter Cally und kam in den Norden, um wieder bei Zosie, Mary und mir, Beinah Suppe, zu leben.

Ich will euch von dieser Blume erzählen, sagt sie nun zu ihren Müttern, von diesem Blatt, diesem Herz-im-Herzen, dieser Wildrose, diesem meinem Kind.
 Sie weiß alles über mich.
 Was denn, zum Beispiel?
 Lächerliches Zeug!
 Rozin lässt ihren Samt sinken, und die Augen der alten Zwillinge gleiten herüber zu den schwimmenden Reben, dem Ahornblatt aus Perlen in drei Grünabstufungen, der kraftvollen Windung der Weinranke und ihren vier Herzrosen, die sie

gerade in einer Explosion gefährlicher Rottöne vollendet. Rozin weicht zurück in die Mauer des Kummers, wird winzig klein und vogelzart. Sie hat ein hängendes Augenlid bekommen. Man könnte meinen, dieses Auge verwünsche einen. Oder es mache einem eindeutige Angebote.
Wieso lächerlich?
Hört gut zu!
Meine Tochter Cally, sie und ich, wir verwirren einander. Das passiert zwischen Müttern und Töchtern, das wisst ihr. Deanna. Warum ist sie nicht hereingekommen und hat ihren Körper gegen meinen gewechselt? Warum haben wir nicht unseren Verstand getauscht? Warum hat sie nicht eine Zeit lang meinen Körper benutzt, um sich auszuruhen und diese Sache verstehen zu können?
Eyah, n'dawnis.
Unter gesenkten Wimpern werfen sie sich einen kurzen Blick zu. Rozin spricht schnell, sei es, um der Unmenge von Antidepressiva, die sie einnimmt, davonzulaufen, oder um den Schmerz, den sie nicht beseitigen werden, zu besiegen. Wie auch immer, Zosie und Mary nicken ihr beide aufmunternd zu und lauschen.
Elf Jahre war sie erst alt! Das ist zu jung, klagt Rozin eine Million, zwei Millionen Mal. Außerdem sind wir unseren Töchtern in diesem Alter so nah. Näher, als wenn sie im selben Körper steckten. Sie schaute mir tief in die Augen und sah ihre Mama in allen Einzelheiten, doch ich stieß bei ihr nie bis auf den Grund vor. Sie hielt mich umfasst, und sie war gerade so groß, dass auch ich ihr nach Gras duftendes Haar halten konnte.
Rozin sticht sich mit der Nadel in den Finger und sticht sich gleich noch einmal absichtlich.
«So», sagt sie, «manchmal muss ich diese traurigen Gedanken unterbrechen.»

Nächsten Monat ist es ein Jahr her seit dem späten Märzschnee. Ein Jahr. In dieser Nacht im Mond des verharschten Schnees sinkt die Temperatur massiv. Den ganzen Tag über tut Cally genau das, was die Bäume in diesem launischen Monat des ständigen Wechsels zwischen Wärme und Kälteeinbrüchen tun. An manchen Tagen scheint die Sonne so heiß auf die Rinde, dass sie den Baum täuscht und den Saft aufsteigen lässt, der dann anschließend gefriert. Der Saft dehnt sich aus, die Adern zerbersten, die Bäume platzen auf und werden, wenn sie noch jung sind, krank. Cally macht es genauso. Und ich ziehe mit. In ihren Schneestiefeln trampelt sie große Flächen frei und wirft ihre Jacke, ihren Hut weg, damit ich hinterherrennen und damit spielen kann. Wir sehen einen Mink vorbeiflitzen. Sie verliert ihre Fausthandschuhe und ich soll sie suchen. Dann verliert sie ihr Indis, ihre mit Perlen eingefasste Nabelschnur, an einer Stelle, wo ich sie niemals wieder finden kann. Das Gesicht dunkel vor Freude, die Wangen rot glühend und die Haare von der rauen Kälte und der Feuchtigkeit eisiger Winde gekräuselt, stürmt sie ins Haus.

Der Kummer über ihren einen Zwilling macht Rozin so konfus, dass sie es an Aufmerksamkeit für den anderen fehlen lässt. Jedenfalls sehen ihre Mütter es so. Sie lässt Cally verwildern, und wenn sie sie darauf ansprechen, zuckt sie die Achseln und erwidert: «Was hat Deanna meine ganze Sorge genützt? Hat ihr bloß den Spaß verdorben, sie in ihrer Lebensfreude beeinträchtigt. Cally kann jetzt Spaß haben, soviel sie möchte.» Nein, Rozin achtet nicht immer auf ihre einzige Tochter. Aber andererseits war Rozin auch die einzige Tochter und daran gewöhnt, von zwei Müttern umsorgt zu werden. Rozin lackiert sich die Fingernägel in einem golden glänzenden Rot, während Cally sich hinter ihrem Rücken den Mund an einem heißen Brot verbrennt.

Cally ...!

Au, Großmama!

Doch Cally lacht, fächelt ihrer Zungenspitze Luft zu und nimmt schon das nächste Stück Teig, das ihre Großmutter diesmal vorsichtiger backt. Statt es aber nach dem Abkühlen aufzuessen, legt sie die goldbraune Kruste angebissen hin. Sie hustet kräftig, nicht kräftig genug, um wieder aufzuhören, und dann ist sie müde. Dicht bei Zosie, die einen Stapel alter Zeitungen neben ihrem Sessel liegen hat, rollt sie sich zusammen. Ich verkrieche mich hinter den Fransen der Sofadecke. Normalerweise lassen sie mich nicht ins Haus – nur wenn Cally mich hereinschmuggelt.

An den langen Winterabenden liest Zosie alles, was im Sommer passiert ist. Hin und wieder ruft sie Mary, ereifert sich über einen Besuch des Papstes, eine weitere Schießerei, das Treiben von Sekten und Filmstars. Jetzt schirmt sie Cally, die sich in eine gestrickte Wolldecke einwickelt, vom Licht der Lampe ab. Erst später, als mein Mädchen mit qualvoll gerötetem Kopf erwacht, merken die anderen außer mir, dass sie krank ist.

Ihr Fieber schießt ganz plötzlich hoch. Rozin nimmt die Edelstahlschüssel und den Waschlappen. Widerstrebend und lässig wringt sie den Lappen aus und wäscht das Fieber herunter, indem sie ihrer Tochter langsam über Arme und Kehle fährt. Schneller, schneller!, denke ich verzweifelt, winselnd. Sie berührt den Bauch des Kindes, und Cally weint. Mit einem Mal verzerrt sich ihr Gesicht.

«Mama!»

Rozin wickelt das Bündel aus gestrickten Wolldecken auf, holt frische Laken und bezieht das Sofa neu. Die ganze Nacht über sind sie mal auf, mal im Bett. Ich bin ausdauernd. Unter dem Sofa halte ich Wache und ihr die Treue. Rozin schläft im Nebenzimmer auf dem schmalen Behelfsbett ein, und Mary schlummert, zugedeckt mit einem alten Jagdrock und einer geschenkten Steppdecke, in dem Sessel neben

Callys Sofa. Alle Stunde schreit Cally auf und erbricht sich, obwohl sie nichts im Magen hat, wobei ihr ganzer Körper sich bis zum Äußersten anstrengt und ihr Gesicht wieder vor Hitze glüht.

Am nächsten Morgen liegen fast fünfzehn Zentimeter Neuschnee, und als Rozin wach wird, herrscht in dem bitterkalten, winzigen Raum, in dem sie als Kind schlief, eine friedliche, ruhige Helligkeit. Für einen Moment rollt sie sich noch tiefer in ihrem Schlafsack zusammen, um sich dann, als Cally wimmernd um Hilfe ruft, ermattet auf die andere Seite zu drehen. Sie schließt die Augen, sehnt sich wieder nach der Wärme und wartet darauf, dass Zosie oder Mary reagieren. Cally weint immer noch leise. Mit einer fast wütenden Geste schlägt Rozin die Decken zur Seite, springt auf und streckt sich. Mist, murmelt sie auf dem Weg nach nebenan. Dennoch senkt sich ihre Hand ganz sanft auf Stirn und Wangen ihrer Tochter, während sie sie streichelt. Sie füllt die Schüssel wieder neu und wischt über die golden glühende Stirn und die Kehle ihrer Tochter. Sie hebt ihr den Kopf an und legt ihr den Lappen in den Nacken; und wieder reibt sie ihrer Tochter die Brust, wieder wartet sie auf das Ende des trockenen Erbrechens.

Eine Stunde vergeht, dann gießt sie etwas Gingerale in eine Tasse und setzt sich hin, sorgsam bemüht, Cally nicht zu schubsen. Teelöffel für Teelöffel flößt sie ihrer Tochter ein, wobei sie jedes Mal wartet, bis die Flüssigkeit hinuntergelaufen ist. Callys Lippen sind trocken. Rozin nimmt ein bisschen Vaseline auf den Finger und massiert sie in das dunkle, geschundene Rot ein. Cally liegt völlig reglos in den Kissen.

Als Mary zur Tür hereinkommt, dreht Rozin sich um.

Es hat keinen Zweck, sagt Marys Blick. Die Telefonverbindungen waren sowieso unzuverlässig, jetzt sind sie ganz unterbrochen.

Nicht einmal diese wertvollen kleinen Schlückchen Gingerale kann Cally bei sich behalten, und das ganze Elend beginnt von vorne. «Sie wird austrocknen», sagt Rozin, als ihre Mutter von draußen hereinkommt, aus dem Schuppen, wo sie zwischen Ballen und Säcken mit Baumrinde nach der besten Rotulme, dem stärksten Salbei gesucht hat, um sie abzukochen und einen heilenden Dampf zu erzeugen. Zosie geht wieder hinaus und den ganzen Morgen über hören sie das regelmäßige Niedersausen ihrer Axt, während sie den Holzstoß aufschichtet. Ich geselle mich zu ihr, um sie aufzumuntern und zu beschützen. Schlüpfe wieder hinein, flitze unters Sofa. Fresse kaum etwas. Am späten Nachmittag verengen sich Marys Augen, ihre Lippen bekommen sorgenvolle Falten. Cally wird vom Kochgeruch übel. Es schneit noch mehr und den ganzen Tag wechseln sie sich mit Schlafen ab und essen kalt.

Cally wird kleiner, dünner, ist nur noch Haut und Knochen, und ihre explosionsartigen Hustenanfälle bringen die Sofafedern über mir zum Vibrieren. Sie wimmert müde. Ist reizbar. Schließlich hat sie nicht mehr genug Energie zum Kämpfen und wird ganz sanft. Ich lecke die Hand, die über den Sofarand herabhängt, bis Mary schreit: «*Gego!*» Ich kugle mich zusammen, ziehe mich zurück, rufe meine Ahnen und deren Vorfahren um Hilfe an. In dieser Nacht scheint es ihr noch schlechter zu gehen. Ausdruckslos starrt sie Rozin an, die den Schlafsack nimmt, um im Sessel zu schlafen, und Zosie zu Bett schickt. Nach diesem eigenartigen Blick bringt Rozin ihre Tochter durch gutes Zureden wieder zur Besinnung, und als ich gleich darauf einschlafe, träume ich von zischenden Katzen.

Schlechtes Omen! Üble Sache! Ich erwache von Callys Schrei und Rozin ist sofort bei ihr. Cally fuchtelt mit Armen und Beinen, allerdings leise und rhythmisch. Die regelmäßige Bewegung des Anfalls lässt uns in wortlosem Schrecken erstarren. Rozin hält Cally fest, so gut sie kann, bis die

Kletterbewegungen ihrer Arme und Beine aufhören. Ohne etwas davon zu merken, sackt Cally in sich zusammen, das Gesicht an der Brust ihrer Mutter, während ihre Augen aus der weiß gewordenen Maske ihrer Gesichtszüge herausstarren.

Cally!

Rozins Stimme klingt tief, dringt aus einer Stelle in ihrem Körper, die ich noch nie gehört habe. Cally! Sie ruft ihre Tochter aus einem langen Tunnel zurück. Callys Mund geht auf, und sie spuckt Blut in Rozins Hände, in deren Hemd, das sie ihrer Tochter unter das Gesicht hält. Sie ruft, bis ihre Tochter aufhört, durch sie hindurchzusehen, und ihren verwirrten Blick wieder unter Kontrolle hat. Cally schaut ihre Mutter wie aus der Ferne an, dann mit weich gewordenem Blick, in dem das Mitgefühl einer erwachsenen Frau liegt.

Rozin wischt ihrer Tochter über den Mund, die Stirn, die zerbrechlichen Handgelenke, die Waden, so zart, brennend, trocken. Über die Fußsohlen. Sie wischt und wringt und wischt wieder, bis Cally aufhört, die Decke anzustarren. Rozin streicht weiter mit dem Lappen, merkt, dass sie dabei summt. Eine langsame Melodie singend, wischt sie Callys spindeldürre Ärmchen hinauf und hinunter. Die Stirn, die pochende Kehle ihrer Tochter. Sie wischt, bis Cally mit normaler Stimme sagt: Ich habe Durst, ich habe solchen Durst.

Du musst warten. Warte nur ein wenig. Rozins Stimme bebt.

Cally lässt sich zurücksinken. Die Augen geschlossen. Ihre Lippen sind dunkler geworden, aufgesprungen in feine blutige Linien, und ihre Haut trocknet den Lappen aus. Rozin wischt weiter das Fieber weg. Ich weiß, dass sie es unter ihren Händen spürt, wie es wirbelt, verschwindet, aber immer wieder zurückkommt. Nach einer Weile kann ich das Fieber sogar sehen, ein ungesunder rotgelber Schimmer, der hinter dem Blau des wischenden Lappens herkriecht. Sie löscht das Feuer, die ganze Nacht löscht sie das Feuer, indem sie wischt, bis das süße Blau in ihrer Tochter zittert und sie selbst, Rozin, leicht ist, leichter; sie steht auf, um noch einmal den Teelöffel zu holen, streift das blutige Hemd ab, nimmt das Gingerale, die Tasse. Sie gießt noch mehr Wasser in den Kessel, der auf dem Herd kocht, fügt noch mehr Rinde hinzu. Die Luft ist voller Dampf, die Fenster sind kräftig schwarz vom Frost, blau wie ein zerrissenes Herz, blassgrau, dann weiß, als Mary aufsteht, um ihren Platz einzunehmen.

Rozin schläft, aber ihre Nerven sind vom Adrenalin durchlöchert. Eine Stunde hält sie es aus, dann steht sie, von Angst getrieben, wieder auf. Sie wäscht sich das Gesicht – das Wasser aus dem Hahn ist eisig –, putzt sich die Zähne. Ihre Augen im Spiegel sind starr, jung und rund. Sie streicht sich das Haar glatt nach hinten, rafft es zu einem Pferdeschwanz und kaut ungeduldig an einem Nagel.

Geh ins Bett.

Mary schickt sie zurück, grimmig, beinahe handgreiflich. Und so vergeht ein Tag. Ein weiterer Abend. Eine weitere Nacht, in der Rozin und Cally dasselbe tun wie zuvor, dieselbe Abfolge, ohne Veränderung, außer dass Cally schwächer ist und Rozin in ihrer Erschöpfung stärker.

Wenn du zu müde wirst, dann wirst du auch noch krank.

Mit scharfen Worten schicken die Zwillinge Rozin zu Bett, doch ihre Augen sind warm und ruhig mit einer Mischung aus Sorge, Sympathie und etwas, was Rozin bisher nie in ihren Gesichtern gesehen hat. Während sie dahindämmert, wundert sie sich noch darüber, doch dann öffnet sich der dunkle Schacht, und sie fällt in eine so tiefe Bewusstlosigkeit, dass sie gar nicht hört, wie der Winterkrankenwagen mit Vierradantrieb die Straße, die Zosie aus Leibeskräften freizuschaufeln versucht, herunterächzt und -stöhnt.

Die Fahrt zum Indian Hospital Service wird durch neue Schneeverwehungen und starkes Schneegestöber erschwert.

Gerade als sie mit einem Schlenker losfahren, springe ich hinten auf und verstecke mich. Hier bleiben werde ich unter keinen Umständen, obwohl es nur ein paar Jutesäcke gibt, auf denen ich mich zusammenkauern kann, um nicht zu frieren. Die Dunkelheit bricht rasch herein, während wir wortlos dahinfahren. Hinten hält Rozin unser Mädchen im Schlafsack umschlungen. Schneelicht blitzt durchs Geäst, während die knirschenden Räder sich rasch drehen und die Ambulanz geduldig dahinschaukelt. Rozin starrt in das Gesicht ihrer Tochter und spricht im Flüsterton. Callys Haut nimmt die weiße Farbe von Wachs an, ihre dunklen Augen durchbohren, aufmerksam und fremd, das Gesicht ihrer Mutter. Solange ihre Haut kalt ist, ist sie rau wie Bast und nimmt, als sie heiß wird, die seifige Glätte von Wachs an. Endlich sind sie da, tragen sie in die Notaufnahme, in die Hände der Schwestern und des Arztes.

Ein Blick auf ihren Blutdruck, und der Doktor ordnet eine Infusion an. Cally hat eine erstaunliche Kraft. Ich schaue durch das Krankenhausfenster. Höre ihr Schreien und Rufen. Sehe, wie sie sich entwindet, es zumindest versucht, Rozin sie jedoch mit festem, liebevollem Griff umfasst und dabei beruhigend auf sie einredet, beruhigend, obwohl sie angesichts der Schwäche und Panik ihrer Tochter selbst ganz aufgewühlt ist. Gleich neben ihr stellen sie in dem Krankenzimmer ein Feldbett auf, und während Zosie unten telefoniert, Papiere unterschreibt und Verschiedenes klärt und Cally, plötzlich nicht mehr so hohlwangig und mit gesunder Hautfarbe, an ihrem Tropf zu Kräften kommt und einschläft, liegt Rozin still und ruhig atmend da.

Genau in diesem Augenblick fühlt Rozin, im Krankenzimmer und bereits halb eingeschlafen, wie ich ihrer Tochter das Leben zurückgebe. Ohne dass sie es gemerkt hat, habe ich es an mich genommen, um es sicher zu verwahren. Während sie auf die Rückkehr ihrer Tochter wartet, verspürt Rozin eine gewisse Verwirrung, ein silbernes Geriesel, einen mit Schnee beladenen Ast, den Schnee, der durch ihre Arme kracht, und dann ist Cally wieder in ihrem eigenen Bett und sie sind getrennt, dämmern unter verschiedenen Baumwolldecken ein, zwischen sterilisierten Laken, in immer tieferes Zwielicht, und gelangen in neue Schluchten.

Rozin ist dabei, die Rosen auf ein Umhängetuch aus schwarzem Samt zu nähen, eine Borte aus krapprosafarbenen und purpurnen Blumen, sich emporrankenden Stielen, Phantasieblättern, die außer in ihrem Kopf nie auf einem Baum gewachsen sind. Sie hat eine sonderbare Idee: Die ganze Welt mit faulen Stichen überziehen! Dann kommt Cally zur Tür herein und sagt: Das hat doch nichts mit Faulheit zu tun! Rozin reibt sich den Winkel ihres einen Auges mit dem Hängelid, erwidert aber nichts. Sie ist nicht außergewöhnlich, diese Gedankenleserei, die Cally in letzter Zeit mit ihr praktiziert, und sie ist harmlos, abgesehen davon, dass ihre Tochter manchmal starke Gefühle mitbekommt, auf die sie noch nicht vorbereitet ist. Die alte, tote, zornige Liebe zwischen ihr und Richard, eine noch nicht abgeschlossene Trauer, die so groß und verzehrend ist, dass sie es selbst nicht verstehen kann. Der Kummer über das, was aus ihm geworden ist. Der einsame Wunsch, wieder als kleines Kind zwischen ihrer Mutter und ihrer Tante zu laufen, über sich deren Arme wie gewölbte Äste, die einen ebenen, im Halbdunkel liegenden Pfad bilden, auf dem sie dahinwandern kann.

Sie ringt mit ihren Stichen. Benutzt quälendes Orange. Fast sprühen sie Funken in den dunklen Raum, diese Rottöne. In der alten Sprache lautet das Wort für Perlen *manidominenz*, kleine Geistsaat. Obwohl ich das Leben eines Hundes lebe und Sünden von den Menschen übernehme, bin ich mit der Perlenstickerei verbunden. Auch ich lebe in der Perlenarbeit. Die Blumen, die kraftvollen Stämme wachsen. Das Muster der wilden Seele ihrer Tochter kommt zum Vorschein. Mit jeder Perle, die sie in die Spirale setzt, fügt Rozin ein winziges Körnchen hinzu.

10
NIBI

Von der Familienflasche Listerine-Mundwasser, die sie gerade tranken, hatten Klaus und Richard einen antiseptischen Atem. Halb eingedöst saßen sie in der Mittagshitze am Kunstmuseum. Die Luft war stickig. Auf der anderen Seite der Bank rauschte der Verkehr vorbei.

«Nett, dass die Autos uns dieses Lüftchen bescheren!», meinte Richard. «Dieses Kohlenmonoxid. Aah!» Er holte tief Luft, richtete sich auf und schlug sich an die Brust. Ein rotes Halstuch um den Kopf gewunden und in einem zerrissenen T-Shirt lag Klaus zusammengerollt da, abgemagert vom Alkohol, die Beine ordentlich gefaltet wie die einer Katze, die Arme ein Kopfkissen. Er schlug die Augen auf und krächzte:

«*Nibi. Nibi.*»

«Ach, halt den Mund. Ich hab kein Wasser, Klaus. Geh zum Trinkbrunnen.»

«Wo ist einer?»

«Da drüben.»

Sie wussten beide, dass er, wie immer, trocken war. In diesem Teil der Stadt war kein einziger Trinkbrunnen intakt. Sie teilten sich den letzten Schluck Listerine. Sorgfältig schraubte Richard den schwarzen Deckel auf die leere Flasche. Die stellte er an den Rand der Wiese neben der Museumstreppe.

Klaus fand, dass die Bank sich gut anfühlte, hart, aber breit genug, um mit angezogenen Beinen darauf zu liegen. Er hatte es so bequem, dass er sich nicht bewegte und beschloss, seinen Durst zu ertragen. Er machte die Augen zu.

Eine Frau kam aus dem Museum. An einem Schulterriemen trug sie eine riesige orangefarbene Stofftasche, die beim Gehen wie ein großer weicher Kürbis an ihr abprallte. Richard rief ihr zu: «He, weiße Lady!»

Sie runzelte die Stirn.

Die Frau war nicht richtig weiß. Sie war irgendetwas anderes. Schwer zu sagen, was sie wirklich war. Vielleicht Koreanerin oder Mexikanerin, dachte Richard, oder vielleicht, wahrscheinlich aber nicht, eine Indianerin von irgendwo anders. Sie nahm Geld aus ihrer Tasche und legte es ihm in die Hand. Scheine.

«Oh», sagte Richard, «das ist sehr nett von Ihnen. Möchten Sie nicht meinen Freund kennen lernen?»

Die Frau ging weiter.

«Trotzdem», rief Richard hinter ihr her, «ich danke Ihnen. Ich werde Tabak für Sie niederlegen.» Sie drehte sich nicht um. «Das ist ein heiliges Ritual. Wir sind immer noch Indianer.»

«Hast du denn was zu rauchen?» Klaus starrte Richard an und streckte die Finger aus.

Richard gab ihm eine Zigarette. «Das ist meine letzte», erklärte er. Klaus hielt sie leicht in seiner Handfläche, dann wieder in den Fingern. Er rauchte die Zigarette nicht.

«Wie viel hat die Lady gegeben?», fragte er.

«Vier haben wir hier», erwiderte Richard, während er die Scheine zweimal durchzählte.

Die Zigarette in der Hand, schloss Klaus die Augen und lauschte. Da war Musik. Ein Liebeslied, das zwischen seinen Ohren gespielt wurde. Von einer längst vergangenen Nacht her tanzte er noch, wie er es in seinen Träumen immer tat. Selbst jetzt, wo ihr Bild sich verzerrte, als entwiche Luft daraus, stellte er sich seine Frau, ihre sechsundzwanzig Schwestern und ihre Töchter in Tüchern aus flatterndem Haar vor. Immer und immer wieder sprangen sie in seine

Träume. Galoppierten auf ihn zu. Schwangen ihre Hufe wie polierte Nägel. Er schlug sie alle in die Flucht. Sie war wieder allein. Wieder für ihn da. Er konnte jedoch nichts dagegen machen, dass seine Phantasie seinen Schatz in eine Disney-Figur verwandelte. Die Blaue Fee. Ihr Licht wurde stärker. Ihr Lächeln verbreiterte sich langsam zu zackengezähnter Barmherzigkeit, und dann begann ihre Stimme zu fließen, die Kühle eines Flusses. Einmal hatte er sich, völlig betrunken, acht- oder zehnmal hintereinander zunächst mit verschiedenen Nichten und Neffen, dann mit deren Freunden, den Cousins von deren Freunden und schließlich den Cousins und Freunden dieser Cousins den Film *Pinocchio* angeschaut. Bis es dann Nacht wurde und die Kinder in Schlaf gehüllt auf dem Boden, auf Kissen und auf Bergen von Decken und Kleidern lagen, hatte er sich in die Blaue Fee verliebt.

«Was sollen wir mit dem Geld machen?», fragte Richard.

«Mir ist schlecht.»

Klaus streckte seinen zu schweren Arm aus und ließ ihn fallen. Wieder bewusstlos. Zwei Männer kamen aus dem Kunstmuseum. Erstaunlicherweise – was war das für ein Tag? – gab einer von ihnen Richard ebenfalls Geld. Münzen. Dann drängte eine Gruppe von Leuten durch die großen Türen heraus; im Vorbeigehen wichen sie den Männern aus, während sie sich laut darüber unterhielten, wo sie zu Mittag essen sollten. Es folgten noch mehr Menschen, die zwei Männer waren nicht mehr zu sehen. Eine vom Museum geförderte Veranstaltung war zu Ende. Vorbei mit dem Glück. Die Menschenströme verschwanden bald in ihren Autos.

«Das war aufregend», meinte Richard.

«Mir ist schlecht», wiederholte Klaus. «Wasser.»

«Ob die mich hineinlassen würden, damit ich mir die Bilder anschauen kann? Vielleicht sollten wir etwas spenden.»

«Mach das bloß nicht!»

Jäh wurde Klaus munter und stützte sich, eine große männliche Schlenkerpuppe, an den Stufen ab. Im Geist sah er noch immer seine Liebste vor sich, undeutlich und in einem Ball aus blauem Licht.

«Ich hätte gerne ein Glas Wasser», sagte er zu ihr. Sie hielt tatsächlich ein Glas Wasser in der Hand, Sweatheart Calico, goss es aber vor seinen Augen aus. Um ihn herum lösten sich die Moleküle auf, ohne seinen Durst gelindert zu haben.

«Hat sie dir das auch angetan? Ja?» Klaus war enttäuscht, außer sich vor Wut.

«Was?»

«Dass sie das Wasser vor deinen Augen ausgegossen hat!»

«Nein.»

«Was hat sie denn dann getan, meine Sweetheart?», fragte Klaus eifersüchtig. «Erzähl mir alles haargenau oder ich bring dich auf der Stelle um.»

«Womit?»

«Mit meinen bloßen Händen», erwiderte Klaus träge.

«Klaus», sagte Richard in väterlichem Ton, «du bist krank.» Behutsam nahm er ihm die Zigarette aus den Fingern. Er zog das Papier ab und fing an, den Tabak auf dem kurz geschorenen Rasen auszustreuen. Schweigend beobachteten Klaus und Richard, wie die Tabakkrümel zu Boden fielen. Über ihnen in den Bäumen stimmte eine Zikade ihr lang gezogenes surrendes Gejammer an. Der Tag wurde unerträglich heiß. Nachdem der ganze Tabak verstreut war, standen sie auf. Klaus fand festen Halt. Seine Knie schlotterten. Als sie langsam am Museum vorbei die Straße hinuntertrotteten, spritzten auf dem Rasen zu beiden Seiten des Bürgersteigs die Sprinkler los und versprühten einen kegelförmigen Dunstschwall. Klaus beugte sich vor, legte seinen Mund an die kleinen Löcher im Boden, die Leitungshähne, und versuchte zu trinken.

Eine Museumswärterin in dunkler Uniform, eine korpulente, gleichgültige und gelangweilte Frau, kam die Stufen herunter und befahl ihnen, zu verschwinden.

«Eigentlich sollten Sie sagen», ermahnte Richard sie, «verlassen Sie das Gelände. Oder noch besser, räumen Sie es.»

Die Frau zuckte die Schultern und stieg wieder die Treppe hoch.

«Räumen», wiederholte Klaus, im Gesicht lauter Perlen aus Sprühnebel, «ich habe immer noch Durst. Man kriegt kaum was ab. Dieser Sprühnebel ist so dünn.»

«Komm, lass uns gehen.» Während sie sich zur Straße zurückschleppten, beschlossen sie, ein Wendy's Hamburger-Restaurant ausfindig zu machen. Sich durch eine Seitentür in die Toilette zu schleichen. Ihr Geld vorzuzeigen, falls irgendwer ihnen Schwierigkeiten machte.

«Wo ist denn dieses angebliche Wendy's?», fragte Richard, nachdem sie in der brütenden Hitze bis auf die andere Seite von Minneapolis gewandert waren.

«Ich hab Durst», sagte Klaus.

Sie standen auf der Hennepin Avenue vor einem Lebensmittelgeschäft, neben dem eine Spirituosenhandlung lag, und waren guter Dinge, lachten, trafen ihre Wahl.

«Mad Dog oder Evian?», fragte Richard Klaus.

«Ich geh da rein», entgegnete Klaus und deutete nach oben auf das Ladenschild. «Ich bitte um ein Glas Wasser.»

Innerhalb von Sekunden war er zur Tür hinein und wieder heraus, und ein Aufpasser brüllte unter zufriedenem Kopfnicken: «Und viel Glück bei der Suche nach einem Trinkbrunnen!»

«Eigentlich wollte er das gar nicht», erklärte Klaus. Sie betraten die Spirituosenhandlung. «Er hat nur seinen Job erledigt.»

«Genau wie die Nazis», hielt Richard ihm entgegen. «Ich bin für einen leichten Weißen.» Er wandte sich an den Verkäufer. «Etwas mit Volumen. Auf das Bouquet bin ich nicht sonderlich scharf.»

«Das ist gut», erwiderte der Verkäufer.

«Meine Verhältnisse würden es mir nicht gestatten.» Richard nickte. «Allerdings kenne ich sehr wohl den Unterschied zwischen einer Flasche weißem Portwein zu einem Dollar neunundneunzig und einer zu zwei Dollar neunundfünfzig; Sie können mich also nicht bescheißen. Versuchen Sie's erst gar nicht.»

«Würde ich nie tun.»

Der Verkäufer kratzte ihr Geld von der Theke, packte drei Flaschen ein, jede in eine eigene Tüte, und stellte sie den Männern auf die Theke.

«Sie hätten nicht zufällig einen Schluck Wasser zur Hand?», fragte Klaus.

«Nicht wirklich», antwortete der Mann.

«Hat er gemeint, nicht in Wirklichkeit oder wirklich nicht?», fragte Richard, als sie zur Tür hinausgingen.

«Er hat gemeint, sie haben kein Glas mit wirklichem Wasser», erwiderte Klaus mit einem sehnsüchtigen Blick zurück ins Schaufenster, «bloß diese Pappbilder an den Wänden.»

«Das ist alles, was du brauchst», hauchte die Blaue Fee und hielt ihm die Flasche unter die Nase. Zweimal schlug sie mit ihrem Glashuf auf den hohlen Boden. «Auf geht's!»

«Zum großen Wasser. Misi sippi.»

Howah.

Sie wanderten. Heißer. Heißer. Ein paar Mal tranken sie aus ihren Flaschen, hatten aber vor allem den Wunsch, an ihr Ziel zu kommen, also trotteten sie weiter. Ein bisschen wackelig, hungrig. Gingen zum Hintereingang einer Pizzeria, wo der Geschäftsführer hin und wieder nicht abgeholte Bestellungen stehen ließ. Vorbei an den Déjà Vue Showgirls. SexWorld. Dem Müllcontainer eines schicken Nachtclubs samt Straßencafé. Nichts zu holen. Eine Frau, die aus einem Antiquitätengeschäft kam, hielt ihnen einen Dollar hin, und kaum hatte Richard den Schein berührt, ließ sie ihn fallen, als hätte Richard ihren Arm unter Strom gesetzt. Sie stürzte davon.

«Das ist die Sache mit dem Sex», äußerte Richard mit weisem Blick. «Ich habe eben eine besondere Wirkung auf Frauen.»

«Sie rennen wie der Teufel.»

Klaus lachte zu bemüht, wütend beim Gedanken daran, wie sein Antilopenmädchen aufspringen und losrennen konnte.

Sie erreichten die breiten Rasenstreifen und Pfade längs des Flusses, liefen die Böschung hinunter und am Ufer entlang bis zu einem Gebüsch, vertrautem Schatten.

«Hier waren wir vor einer Weile schon mal. Ich erinnere mich an diesen Ort», meinte Richard. «Wir sollten Tabak ausstreuen.»

«Oder rauchen.»

«Wir haben nur noch zwei Zigaretten.»

«Dann sollten wir sie wie eine Opfergabe rauchen.»

«Das passt nicht zu Wein, wenn man aus religiösen Gründen raucht.»

«Das stimmt», räumte Richard ein. Langsam traf er seine Entscheidung und verkündete sie dann: «Heute Nachmittag sollten wir unseren Tabak einfach als Suchtmittel betrachten.»

Klaus fiel taumelnd auf die Knie und quälte sich dann zentimeterweise zum Flussufer vor, beugte sich über die Kante, wo das Wasser anfing. An dieser Stelle senkte er wie ein Pferd den Kopf. Er tauchte das Gesicht ins Wasser, sog den Fluss in sich auf, trank ihn und trank ihn.

«Das ist verseuchtes Wasser von Prairie Island», schrie Richard.

Klaus trank weiter.

«Er kann mich nicht hören», sagte Richard zu sich selbst. «Im Übrigen liegt das Atomkraftwerk weiter stromabwärts.»

Richard zündete sich eine Zigarette an, nahm einen Schluck Portwein.

«Oben bei Itasca könnte ein Biber reingepisst haben.»

Klaus trank immer weiter.

«Jedenfalls», fuhr Richard besorgt fort, «schmeißen sie oben bei Little Falls die Steakhouseabfälle rein.»

Klaus hörte nicht auf.

«Donnerwetter», entfuhr es Richard, als er einen Schluck von dem Wein nahm und auf der Zunge schwenkte, «schwer wie meine griesgrämige Alte.»

«Was ist mit dir?», rief er zum Fluss hinüber. «Klaus?»

Klaus hatte immer noch das Gesicht im Wasser und trank, trank den Fluss aus wie ein Riese.

«Was meinst du, was er sieht?», fragte Richard, der ohne Publikum ganz hilflos war und wünschte, er könnte Klaus' Weinflasche schon aufmachen. «Was schaut er da eigentlich an? Was meinst du, was er sieht?»

Nach einem weiteren Schluck gab er sich selbst die Antwort.

«Er sieht auf den Grund.»

Und er hatte Recht, und dort unten war sie. Klaus beobachtete, wie sie auf ihn zuschwamm – seine ganz besondere Frau –, die Blaue Fee, eine Meerjungfrau – eine zitternde Schönheit, erfüllt von wackelpuddingartigem Licht, umgeben von einem strahlenden Glanz aus gefilterter Sonne, atomarem Staub und zersplitterten Fischschuppen. Es war ein heilkräftiges Wasser, sprudelnd, leuchtend türkis. Einen Augenblick hielt sie inne, flog im kräftigen Sog der südwärts gerichteten Strömung wieder zurück. Wurde an den Haaren mitgeschleift. Sie musste gehen, das wusste Klaus. Das brennende Verlangen nach ihr verzehrte ihn vollkommen. Mit seiner ganzen Seele reckte er sich nach ihr, doch sie warf ihm aus ihren hungrigen schwarzen Augen nur einen Blick über die Schulter zu. Wedelte einmal mit der weißen Fahne ihres Schwanzes.

Dritter Teil: NISWEY

In einem Sud, den sie aus ihrer eigenen Pisse und Kupferspänen kochte, färbte Klingende Feder, die Urgroßmutter des ersten Shawano, ihre Federn blau und grün. Dabei kam nie zweimal dieselbe Färbung heraus. Immer eine andere, je nachdem, was sie selbst beisteuerte. Die endgültige Farbe war das Ergebnis dessen, was sie gegessen und getrunken, was für Sex sie gehabt und was sie tags zuvor zu ihrer Mutter oder ihrem Kind gesagt hatte. Sie wusste nie, ob sie am Ende eine blaue oder grüne Farbe oder eine fade Mischung aus beidem erhalten würde. Etwas machte ihr jedoch Angst: Eines Morgens, nachdem sie ihre Kämpfe verloren, in der Nacht gesündigt, sich über ihre Schwestern geärgert und Rache an ihnen genommen, ihren Mann geschlagen und ihr Kind angeschrien hatte, pinkelte sie flüchtig und vollendete ihre gewohnte Färbearbeit. Als sie die weißen Federn in die Mischung tauchte, stellte sie fest, dass das Blau, das sie an diesem Tag gemacht hatte, von außergewöhnlicher Unschuld, Schönheit, Tiefe und Klarheit war.

11
GAKAHBEKONG

Cally

Mit getrocknetem Salbei und Süßgras nähte meine Mutter meine Nabelschnur in eine Schildkröte aus weichem weißem Wildleder ein. Diese kleine Schildkröte verzierte sie mit einem akkuraten Muster aus wertvollen alten Perlen in Kobaltblau, Gelb, Cheyennerosa und Grün. Ich erinnere mich an jede Einzelheit, denn die Schildkröte hing neben meiner Wiege, dann an meinem Gürtel und war mein allererstes Spielzeug. Eigentlich hatte ich sie mein ganzes Leben lang bei mir haben, sie mit in mein Grab in der Reservation nehmen sollen, aber eines Tages kam ich vom Spielen nach Hause und mein Indis war weg. Zuerst und über viele Jahre hinweg dachte ich mir nichts dabei, doch allmählich fing sein Fehlen an … es wird sich bemerkbar machen. Ich begann, mich von zu Hause fortzubewegen, zunächst in Gedanken, dann zogen meine Füße nach, sodass ich schließlich im Alter von achtzehn Jahren die Straße hinunterging, die von der Vorderfront unseres Hauses ins offene Gelände führte und dann in das Land jenseits davon, wo diese eine Straße sich zu zwei Fahrstreifen verbreiterte, dann zu vier, schließlich sechs, vorbei an den Farmen und Tankstellen-Inseln, hinein in die tote Mauer der Vororte und am Ende auch daran vorbei ins blutige Herz der Stadt.

Ich heiße Cally Roy. Die Geister nennen mich *Ozhawashkwamashkodeykway*. Mein ganzes Leben lang habe ich mich gefragt, was dieser Name bedeutet, aber niemand hat meine vorbeifliegende Geschichte erzählt, gesehen, zu fassen bekommen. Mama hat Fragen gestellt, sie hat Tabak, sogar Wolldecken geopfert, aber meine Großmütter, Mrs. Zosie Roy und Mrs. Mary Shawano, nicken einander nur zu, vage und wissend, und halten ihre Zunge im Zaum, während sie ihre Blicke schweifen lassen. Als meine Mutter von meinen Plänen, von zu Hause fortzugehen, erfahren hatte, versuchte sie in ihrer Panik, meine Großmütter anzurufen, um zu fragen, ob ich in ihre Wohnung in der Stadt ziehen könnte. Sind sie aber erst einmal in der Stadt, stellt sich heraus, dass sie ständig etwas vorhaben. Sie sind fortwährend unterwegs. Unmöglich, sie zu erwischen. Sie sind wirklich ausgesprochen rührige Frauen.

Also schickt meine Mama mich zu Frank.

Frank Shawano. Dem berühmten indianischen Bäckermeister. Dem ewigen Liebsten meiner Mutter, dem Mann, den sie zu sehr liebt, um mit ihm zusammenleben zu können.

Erschöpft, schmutzig und gereizt komme ich bei Franks Bäckerei an; kaum bin ich jedoch unter dem fröhlichen Gebimmel der Glocke eingetreten, steigen mir die leckeren Bäckereidüfte von Hefebrot und Makronen in die Nase. Hinter der Theke fällt zitronenhelles Licht auf Frank. Er ist groß, kräftig, blassbraun wie ein Laib helles Roggenbrot, das zum Aufgehen unter einem Handtuch liegt. Seine Stimme ist gedämpft und schwach, als würde sie aus dem verstopften Ende einer Teigspritze herausgequetscht. Er begrüßt mich mit leiser Freude, löst den dünnen dunklen Pferdeschwanz, den er in einem Netz hochbindet, und schüttelt seine Haare aus.

«Gerade, wo ich zumache.» Sein Lächeln ist sehr ruhig. Er wischt sich an einem Handtuch die Hände ab und winkt mich in den hinteren Teil des Bäckereigeschäftes, zwischen stählernen Schwingtüren hindurch. In meiner Erinnerung ist er ein lustiger Mann, der Schabernack trieb und Fingerspiele machte, der uns Grimassen schnitt und seine rosafarbenen Kekshunde bellen und Elefanten trompeten ließ. Jetzt aber ist er ernst und runzelt leicht die Stirn, als ich ihm die Hintertreppe hinauf und in die große Wohnung im Obergeschoss mit den knarrenden Böden, den ächzenden Rohren und vereinzelten Fenstern mit Blick auf den Hof voller Gerümpel und sich wiegender Bäume folge. Von meinem kleinen Hinterzimmer aus, das nicht größer als ein begehbarer Kleiderschrank ist, überblickt man diesen Platz. Als ich hinunterschaue, kann ich durch die hübschen Fächer aus ovalen Blättern hindurch unten einen alten braunen Autositz, eine zum Tisch umfunktionierte Kabeltrommel, Liegestühle mit Federrosten und eine Christbaumlichterkette erkennen.

Ich bin jedoch so erschossen, dass ich mich nur in meine Ecke verkriechen und schlafen möchte.

«Nicht zu klein hier?» Seine Stimme klingt besorgt.

Ich schüttle den Kopf. Das Zimmer wirkt heimelig, die Matratze auf dem Boden, die Decken, die Regale für meine Sachen und der irgendwie vertraute Anblick des Hofes.

«Willst du nicht mal deine Mutter anrufen?» Frank gibt Anweisungen in Form von Fragen. Er handelt völlig zielgerichtet, so als ginge er wieder hinunter, um das Geschäft abzuschließen, aber als ich an dem Wandapparat in der Küche die Nummer wähle, trödelt er herum. Aus dem Kraftfeld der Stimme meiner Mutter, die gedämpft, weit entfernt, aber am anderen Ende der Leitung ist, kann er sich nicht lösen. Er bleibt in der Tür stehen, in der Hand das Tuch, das er von unten mit heraufgebracht hat und jetzt immer wieder neu faltet.

«Mama», sage ich, und plötzlich tut ihre Stimme am Telefon weh. Am liebsten würde ich mich an sie schmiegen und wieder ein kleines Mädchen sein. Mein Körper fühlt sich zu groß an, elektrisch, wie ein Frankensteinkörper, der die Seele eines Kleinkindes umschließt.

Wir lachen über einen abgedroschenen Witz, worauf Frank mir einen flüchtigen Blick zuwirft und dann stirnrunzelnd auf seine Füße schaut. Den Pausen, die meine Mutter am Telefon macht, entnehme ich, dass sie hofft, ich möge das wahre Land und sie selbst vermissen, nach Hause kommen und meine viel versprechende Laufbahn am Stammescollege fortsetzen. Obwohl ich mich danach sehne, mich in meine Stadtecke zurückzuziehen, habe ich alles zu Hause genau vor Augen. An der Wand meines Zimmers oben im Norden hängen ein Büschel Salbei und die Singende Trommel von Großmama Roy. An die gegenüberliegende Wand habe ich ein Hundeposter geklebt, außerdem Fotos von Jimi Hendrix und den Indigo Girls, von diesem Freund, den ich mal hatte, aber jetzt nicht mehr habe, von Bären, von Indigenous, meiner Lieblingsband, und noch eins mit einem Regenbogen, unter dem ein Büffel dahintrottet. Seit meiner frühesten Kindheit hatte ich einen abgewetzten Bären und einen neuen braunen Hund mit drahtigem, gelblichem Fell und roter Filzzunge im Bett. Und manchmal auch, wenn Mama uns nicht erwischte, meinen echten Hund, der sich zu meinen Füßen einrollte. Puppen habe ich nie gemocht. Ich war gut in Mathematik. Ich vermisse mein Zimmer und meinen Hund und blende die Stimme meiner Mutter aus. Wieder auf Empfang, höre ich einen wehmütig scherzenden Ton, als sie sich nach Frank erkundigt. «Ihm geht's gut. Alles in Ordnung. Willst du ihn sprechen?»

Die Antwort kenne ich bereits. Seit Deanna spricht sie nur selten mit ihm. Jetzt möchte sie nicht mit ihm reden, muss aber ihre Distanz wahren.

«Sag einfach hallo», dränge ich sie. «Davon geht die Welt doch nicht unter.»

Ich weiß allerdings, dass sie das genauso wenig glaubt wie irgendjemand anders. Sie sind das berühmteste getrennte Liebespaar, das ich je kennen gelernt habe. Die Leute reden über sie. Spekulieren. Alle Welt fragt sich, was wohl passieren würde, wenn sie je wieder zusammenkämen. Mama ist sich jedenfalls sicher, dass sie es weiß. Ihre Liebe sei zu mächtig, sagt sie, um an einem Ort Platz zu finden. Ihre Liebe würde Mauern zum Explodieren bringen. Fenster zum Schmelzen. Beton zum Gelieren. Sie wird es zwar nie sagen, denkt aber, dass ihre Liebe meine Schwester getötet hat. Sie fürchtet, ihre Liebe könnte jemand anderem zum Verhängnis werden. Deshalb bleibt sie im Reservat und Frank hat die Stadt. Seit ihre Zukunft als Liebespaar mit meiner Schwester starb, ist Frank ein Getriebener geworden. Er arbeitet zu viel, ist konkurrenzneidisch, heimlichtuerisch mit seinen Rezepten, vielleicht ein wenig sonderbar.

Ich habe ihn, wann immer er zu uns kam, anders in Erinnerung. Vor allem als gutmütigen Menschen. Zuckerbäcker. Sieger über den Krebs. Freund kleiner Kinder. Bis zu Deannas Tod saß ich immer auf seinem Schoß wie auf einem Sofa. Sie kehrte nicht einmal zu ihm zurück, als er krank wurde, sich einer Strahlentherapie unterzog und sagte, er brauche die Anwesenheit meiner Mutter, um zu überleben.

Mein Zweig der Ojibwa hält an seinem *Anokee* fest. Dieses Wort, das Arbeit bedeutet, steckt in unseren Wochentagen. Montag ist der Erste Arbeitstag, Dienstag der Zweite Arbeitstag und so fort bis zum *Ishkwaa Anokii Wug*. Kein Tag zum Faulenzen. Und unser Samstag ist der Schrubbe-den-Fußboden-Tag. Ich lege sofort los, lerne den Umgang mit der Registrierkasse, die Preise und das Anfassen der Ware mit einem Plastikhandschuh oder einem Wachspapiertuch. Schon am ersten Morgen verkaufe ich Donuts. Außerdem Long Johns mit Ahornsirup, heiße Pasteten, Hefebrot und Crullers, eine Art Krapfen. Alles läuft bestens, außer dass Klaus' Frau mich nervös macht.

Ich stehe mit einer Sprühflasche Zitronenglasreiniger hinter der Auslage, als mich dieses kitzlige, unangenehme, durchdringende Gefühl, beobachtet zu werden, überkommt. Zu dieser ruhigen Stunde unmittelbar nach dem Mittagessen ist das Geschäft leer. Die Luft ist still, obwohl auf der Straße Motorengeräusche heranrollen und sich wieder entfernen. Ein paar Passanten werfen einen flüchtigen Blick herein, indifferent, satt, ohne sich für die Brote oder Kuchen in der Auslage zu interessieren, ja nicht einmal für den Duft von gebackenem Teig, den Frank mit Absicht dort austreten lässt, wo er am ehesten die Laufkundschaft anzieht. Ich höre das Kratzen von Fingernägeln auf Lack, wirble herum. Niemand. Ich wende mich wieder meiner Arbeit zu, und dann ist da das Tapptapptapp von Absätzen. Ich lasse meinen Putzlappen fallen und mache einen Satz zu der Tür, die nach hinten zu den Backöfen führt. Eigentlich soll ich auf die Kasse Acht geben und die Ladentheke nicht verlassen, aber die leisen Geräusche und meine statisch aufgeladenen Nackenhaare machen mich kribbelig. Es ist niemand da und ich will schon wieder zu meiner Kuchenauslage zurückkehren, als eine leichte Berührung an meiner Schulter mich herumfahren lässt und ich auf ihren Blick treffe.

Sweetheart Calico. Tante Klaus. Sie selbst hat keinen Namen, und deshalb rufen wir sie beim Namen ihres Mannes. Klaus. Oder dem des Gewebes, Kaliko, mit dem sie einst an sein Handgelenk gebunden war. Er brachte sie von einem Powwow draußen im Westen mit, als er noch eine Stelle bei einer großen Firma hatte und an Wochenenden und so weiter ein erfolgreicher Händler war. Das ist Jahre her. Von Anfang an, heißt es, habe sie unruhig gewirkt. Kein Mensch wusste ganz genau, was passierte, da die beiden für eine Weile verschwanden, sich von allem absonderten, fortgingen. Als sie dann wieder da waren, sagt Frank, sei sein Bruder nicht mehr derselbe gewesen. Das Ende vom Lied ist, dass Klaus jetzt mit Flasche und Plastiktüte durch die Straßen zieht. Im Obdachlosenasyl lebt und in städtischen Parks übernachtet. Frank sorgt unterdessen für seine Frau.

Sie spricht nie. Ich habe gehört, sie sei wunderschön, und das stimmt. Ihr schmales Gesicht, rein und glatt und von der blassen Farbe eines Milchbonbons, zart wie ein Hühnerei, ihre teebraunen Augen, ihr Haar, das sich als mächtige Schwinge über ihren schmalen Rücken zieht. Sie hat schlanke, vorspringende Hüften, lange Beine, an den Füßen schwarze Pfennigabsätze wie glänzende Gabelzinken. Perfekt ausgefeilte Gesichtszüge. Ich lächle ihr zu und mache den Mund auf, um zu sprechen. Ein Fehler. Denn in dem Moment lächelt sie zurück.

Als sie den Mund aufmacht, werden ihre Augen schwarz. Ihr Grinsen ist gezackt, die Zähne sind abgebrochen und scharf wie Nägel. Ihr Lächeln ist starr, grässlich. Ihr Blick lässt mich erschauern. Am unheimlichsten ist jedoch etwas anderes: Ich spüre, wie froh sie darüber ist, dass ich hier bin. Wie erregt. Sie will mich in ihrer Nähe haben, und als ich still vor ihr stehe, spüre ich alles – ihre hasserfüllte Not, ihr Fremdsein und ihr begieriges heimliches Sehnen schwappen wie eine ölige schwarze Welle zu mir herüber. Sie möchte mich in ihrem Haus haben, in der Wohnung oben, in ihrem Teil der Welt, in Gakahbekong.

Sie will mich stehlen. Wie aus heiterem Himmel kommt mir dieser Gedanke. Dann weicht die Welle wieder zurück. Ebenso plötzlich, wie sie kam, ist sie auch verschwunden.

Ungeschickt wische ich die Glasscheibe der Auslage ab, mache sie nur noch schmieriger. Ich bin nicht mehr dieselbe wie vorher und werde es so lange nicht sein, wie ich das Muster nicht verstehe. Ich weiß nicht, wie ich das ertragen, was ich davon halten soll, habe nie zuvor jemanden wie Sweetheart Calico kennen gelernt und möchte es auch nie wieder tun. Denn sie verändert die Gestalt von Dingen um sie herum und ebenso von solchen, die in der Zukunft liegen. Sie bringt mich aus dem Gleichgewicht, dann erleuchtet sie mich mit ihrem unwirklichen Blick. Sie raubt mir den Verstand.

Sweetheart Calico wohnt oben in ihrem eigenen Zimmer, das sich kaum von meinem unterscheidet. Sie summt im Schlaf, ist mir aufgefallen, und liebt den Geruch von brennendem Salbei. Unser Haushalt besteht aus ihr, Frank, mir und Franks jüngerer Schwester Cecille. Wir vier treffen jedoch nie zusammen und befinden uns nie am selben Ort, weil wir alle verschiedene Zeiten haben. Frank ist die ganze Nacht in der Backstube und schläft den Vormittag über. Ich stehe morgens auf und schlafe nachts. Cecille ist den ganzen Tag in ihrem Kung-Fu-Studio und danach im Kino. Sie ist selten irgendwo erreichbar, was auch auf Klaus' Frau zutrifft, obwohl man wahrscheinlich sagen könnte, dass sie ohnehin nicht erreichbar ist, weil sie nicht spricht.

Wenn sie da ist, sitzt Sweetheart unten im Hof in einer Ecke, stöbert zwischen den Sachen im Erdgeschoss herum oder erledigt mehr schlecht als recht die Hausarbeit – indem sie zwischen einzelnen Zügen an ihrer Zigarette den Dreck zusammenfegt, dann aber vergisst, ihn aufzukehren. Indem sie das Geschirr wäscht, es aber nicht noch einmal abspült, sodass eine Woche lang alles, was wir essen, nach Spülmittel schmeckt. Indem sie Kleinkram auf den Boden fegt und einfach dort liegen lässt. Oder Spiegel mit Toilettenpapier abwischt, sodass sie anschließend mit kleinen Papierflusen übersät sind. Sie braucht Stunden, um ihr Make-up aufzulegen, und Stunden, um es abzunehmen. Sie cremt sich das Gesicht ein. Sitzt in der Badewanne. Oft versucht sie, unmittelbar bevor sie ausgeht, mich zum Mitgehen zu bewegen. Versucht, mich die Treppe hinunter- und zur Tür hinauszuziehen. Ich bleibe, trotz ihres verzweifelten Gesichtsausdrucks. Wenn sie dann tatsächlich fortgeht, läuft sie und läuft, manchmal tagelang, an Orte, die niemand kennt. Schweigend und mit verwirrter, Mitleid erregender Miene kehrt sie zurück und schläft eine Woche lang.

Sie sitzt gerne in der Küche, hört Radio und behält in der Erwartung, dass es klingelt, das Telefon im Auge. Jeden Abend, wenn ich meine Mama anrufe, ist sie da. Jeden Abend erstatte ich Bericht über jedes Mitglied des Haushalts.

«Frank geht's gut.»

«Fein.» Ich bin sicher, dass Mama gerne weiterfragen würde. Solange sie aber nicht bereit ist, den Preis zu zahlen und seinen Namen zu nennen, lasse ich sie zappeln. Meistens ist sie es nicht.

«Cecille, die sehe ich nie.»

«Und Klaus?»

«Den auch nicht.»

Unterdessen sitzt seine Frau in der Küchenecke, lächelt ihr Haifischzahnlächeln und raucht eine Marlboro. Sie beobachtet mich beim Telefonieren, zwinkert langsam mit ihren Hexenaugen und starrt mich unverwandt an. Fasziniert von jedem meiner Worte.

«Was ist mit ihr?», fragt Mama, womit sie natürlich Tante Klaus meint.

«Ja», antworte ich.

«Sie ist wieder da?»

«*Geget*», erwidere ich und mir fällt ein, dass Sweetheart Calico mit ihren dünnen, empfindlichen Ohren womöglich Anishinabe registriert und versteht. Ich will ihre Aufmerksamkeit nicht erregen, sie nicht zum Grinsen bringen. Das jagt mir nämlich Angst ein. Mit einem flüchtigen Lächeln wende ich mich ab und spüre im selben Augenblick das Kribbeln ihres gelassenen Blickes im Kreuz.

Oft, wenn ich am Telefon bin und nicht weg kann, schlängelt Tante Klaus sich heran und umarmt mich. Es ist ein sonderbarer, knochiger, unangenehmer, anhaltender Würgegriff, der mich in die Telefonschnur verwickelt und mich am Sprechen hindert. Bevor ich mich herauswinden kann, ist sie schon weg. Alles, was an mir hängen bleibt, ist der Duft ihres Parfums, und ich merke, dass ich, auch nachdem ich aufgelegt habe, den Geruch nicht loswerde. Ich kann ihn nicht abschütteln. Ich muss dauernd an sie denken und sehe alles Mögliche. In meinen intensivsten Gedanken sehe ich sie. Ich träume. Ihr Parfum riecht nach Gras und Wind. Erinnert mich daran, wie ich im Sommer mit flatternden Haaren dahinrannte. Ihr Duft ist wie Sonne auf meinem Rücken, wie kühler Regen, wie Staub, der von einer trockenen, gottverlassenen Straße, die ins Nichts führt, aufwirbelt.

«Ich könnte etwas Unterstützung gebrauchen», sage ich eines Abends am Telefon zu meiner Mama, «mit ihr. Du weißt schon. Sie macht mir Angst, wenn sie mich anschaut.»
 «Rufst du Großmama an?»
 «Ich rufe jeden Tag bei ihr an. Sie ist nie zu Hause.»
 Mama brummt verärgert. Sie ist sauer auf meine beiden Großmütter Mary und Zosie.
 «Sie tingeln herum wie Showstars», brummt sie. «Nicht einmal für ihr eigenes Enkelkind haben sie Zeit.»
 Eine Beerdigung hier, Bingo dort, ein Workshop oben im Norden oder in einem aufregenden kanadischen Reservat. Vom Traditionellen bis hin zum ganz Gewöhnlichen, sie sind ständig unterwegs. Meine Großmütter geben sich im Übrigen auch gerne etwas geheimnisvoll. Ihre Vergangenheit als mutmaßliche Mörderinnen verfolgt sie und sie verschleiern gern ihren jeweiligen Aufenthaltsort. Führen die Leute, selbst ihre Tochter und Enkeltochter, mit Vorliebe an der Nase herum. Das letzte Jahr über haben sie sich einen Spaß daraus gemacht, uns Postkarten aus verschiedenen Bundesstaaten, Reservationen, sogar Städten zu schicken.
 Jedenfalls ist es ganz schön schwierig, diese Damen zu besuchen.

Ich beschließe, mehr über sie herauszufinden, indem ich alle Kunden frage, ob sie die Roy-Schwestern Zosie und Mary kennen. Ich frage höflich. Frage nett. In freundlichem Ton. Ich frage eine Menge Leute, nicht nur Verwandte oder Indianer, und was mich überrascht, ist, wie viele Leute sie kennen oder gesehen haben. Wie viele dauernd mit ihnen reden.

Wie ich höre, wohnen sie weiter unten in unserer Straße, wo allerdings genau, unter welcher Adresse, daran kann sich niemand erinnern. Wie ich erfahre, wohnen sie in einer Wohnung, in einer Altenmietskaserne, mit ihrer Tochter. Diese alten Damen? Selbstverständlich! Sie sind Heilerinnen, Perlenstickerinnen, Fellgerberinnen. Sie stellen Kistchen aus Zedernholz her. Oder arbeiten als Sprachenberaterinnen in Schulen. Eine ist möglicherweise Haushälterin eines Pfarrers. Die andere tanzt. Wie ich höre, hat sie zwölf Jahre hintereinander das Senior Ladies Traditional gewonnen. Landstreicherinnen, die durch die Gegend ziehen. Windigos, die einen Ehemann aufgegessen haben. Ach, zu dumm, die eine oder die andere ist gestorben und vor einem Monat beerdigt worden. So ein Pech, ich habe sie verpasst. Doch als ich dann ihren Tod betrauere, steht tags darauf in der Zeitung, dass Mrs. Zosie Roy oder Mary Shawano beim Bingo gerade einen dicken Jackpot gewonnen hat. Es ist erstaunlich, wie viele Informationen es gibt und wie wenige davon brauchbar sind.

Eines Abends bekomme ich von meiner Mama noch eine andere Nummer und rufe bei den Großmüttern an.

Schreck lass nach, es hebt jemand ab!

«*Boozhoo*», Zosie oder Mary, mit einer Stimme, so hart wie eine Nuss.

«Ich bin's, Cally.»

«Oh.»

«*Indah be izah inah?*»

«Wenn du willst.»

Nicht gerade eine begeisterte Begrüßung. Mich beschleicht

ein Unbehagen, das ich in solchen Momenten immer verspüre. Da sie Zwillinge sind, teilen sie sich die Großmutterschaft – die Mütter meiner Mutter wollen einfach nicht verraten, wer tatsächlich ihre Mutter ist. Eigentlich dürfte es auch kaum etwas ausmachen, so ähnlich wie sie sich sind. Aber mir macht es etwas aus. Jetzt zum Beispiel, wo sie so schlecht gelaunt ist, frage ich mich, ob die Großmama am anderen Ende der Leitung womöglich nicht die echte ist.

Bei meiner Namengebung haben mich allerdings beide, Großmama Zosie und Großmama Mary, gesegnet. Sie hoben ihre Fächer aus Federn weiblicher Steinadler und hüllten mich in den Rauch von Süßgras. Ich erinnere mich noch an den heiligen Duft und den Klang ihrer knarrenden, listigen Stimmen. Nacheinander hielten Großmama Mary, dann Zosie lange Reden in unserer alten Sprache; danach trug Mama ein Festmahl aus Torten mit Ahornzuckerglasur, Platten mit Sandwiches und gebratenem Hecht auf. An dieses Festmahl denke ich, als ich, ziemlich verwirrt, auflege.

Mrs. Zosie Roy. Mary Shawano. Alle die Menschen, die sie gesehen, alle die Namen, die sie gegeben haben. Es sind immer nur wenige Leute gleichzeitig dazu geboren, Namen zu geben. Sie müssen bestimmte Träume haben, müssen sie im Wind hören, müssen genauso ihre Anweisungen bekommen. Ich weiß, dass die Träume meiner Großmamas äußerst kraftvoll waren. Sie empfingen eine Menge Namen, die man noch nie gehört hatte, und auch solche, die ihnen als Geschenke der Geister gebracht wurden. Neue Namen. Alte. Zosie fiel der Name meiner Schwester zu. Mary hörte Namen, die ihr von kleinen Froschfrauen zugeflüstert wurden. Namen, die von Sonne und Wetter kamen. Aus dem Mund von Tieren. Dünner Luft. Am Tag unserer Namengebung aß ich, bis ich nicht mehr konnte, und schaute dann meiner Schwester zu, wie sie im Bann ihres neuen Namens, den die Geister ihr gegeben hatten, umherging.

Es ist ein Name, den ich nicht ausspreche. Dieser Name vermochte sie nicht zu retten. Dieser Name starb mit ihr. Ich vermisse meine Schwester so sehr. Sie ging mir voraus, erschloss Neuland für mich, probierte den Körper meiner Mutter aus. Dann ebnete sie mir den Weg in die nächste Welt, hinterließ ihre Fußstapfen für meine Schuhe.

Was wir mit unseren Namen machen, ist eine Sache. Woher wir sie bekommen, eine andere. Ich bin eine Roy, eine Whiteheart Beads, durch die Nähe zwischen den Roys und den Shawanos auch eine Shawano – alles in allem sind wir eine riesige alte Familie, die zusammengewürfelt ist wie eine von diesen Partynussmischungen: Die hoch dotierten Professoren und grimmigen Tanten und Stammespolitiker sind die Cashewnüsse. Dann gibt es die Erdnüsse, die Kinder, ich eingeschlossen. Die Penner, die Cousins und Onkel von der Straße sind die bittern Walnüsse. Ich habe einen Cousin in der Blechverarbeitung und ein paar im öffentlichen Gesundheitswesen. Dann ist da noch ein Onkel, der Künstler ist, und eine Art Tante, die studiert, um beim Rundfunk groß rauszukommen, und außerdem Kampfsport betreibt.

Wenn ich ihr begegne, werde ich regelmäßig wachgerüttelt. Baby Cecille. Sie putscht mich auf wie Koffein. Ihr eigenes Kung-Fu-Studio liegt gleich neben der Bäckerei. Dank ihm und der Wirkung von Wasserstoffsuperoxyd hat sie sich in eine muskelbepackte blonde Indianerin verwandelt, mit schmalen Hüften und wohlgeformten Beinen, die sie in den kürzesten Shorts zur Schau trägt. Außerdem hat sie die funkelndsten, wachsamsten Augen. Grüne Schimmer verraten den irischen Einschlag, Generationen zuvor in der Shawano-Linie. Sie ist eine stolze Frau, die im Gegensatz zu Tante Klaus gerne redet.

Das Blut mancher Stämme mischt sich mit dem anderer wie Wasser: Bei den französischen Ojibwa gehen aus solchen Verbindungen Menschen hervor, die mit sich selbst eins sind. So wie ich. Bei anderen ist das Ergebnis nicht so leicht vorhersagbar. Fließt zum Beispiel deutsches mit indianischem Blut zusammen, entsteht daraus ein Krieger mit zwei Seelen, die sich ständig bekämpfen. Ich bin eher unscheinbar, glaube ich. Ein durchschnittlich aussehendes Mädchen, würde ich sagen – olivfarbene Haut, braunes Haar, da und dort leichte Rundungen. Auch schwedische und norwegische Indianer gibt es viele hier in der Gegend und mittlerweile Hmong-Ojibwa, die so schön sind, dass man ihnen nachgehen möchte, um festzustellen, ob sie wirklich existieren. Bei einer Indianerin dagegen, die, wie Cecille, ihr irisches Blut nicht verhehlt, hat man es mit hochexplosivem Sprengstoff zu tun.

Ich glaube, es ist das Salz.

Cecille setzte sich mit mir zum Essen hin. Als Allererstes greift sie zum Salzstreuer. Sie salzt, bevor sie probiert. Ich habe gelesen, dass das eine Angewohnheit ist, die einen bei einem Bewerbungsessen die Stelle kosten kann. Angeblich deutet dieses Salzen vor dem Probieren auf einen gewissen Mangel an vorausschauendem Denken hin. Eine Schwäche. Ich sehe das allerdings anders. Meiner Meinung nach bedeutet das Vorwegsalzen, dass die Welt Cecille unbewusst zu fad erscheint. Irgendetwas muss geschehen, im Großen wie im Kleinen, damit die Dinge Farbe annehmen und die verborgenen Geschmacksnuancen allesamt zutage treten. Irgendwie muss man aus dem Alltagstrott herauskommen, muss Zeit darauf verwenden, jede Stunde zu einem spannenden Erlebnis zu machen und besondere Reize zu setzen.

Was das Salz dem Essen, ist das Lügen der Erfahrung.

Oder vielleicht nicht Lügen, das klingt so krass. Wie wär's mit «die Realität herausputzen, ausschmücken, verschönern»? Das klingt besser. Am Anfang, als ich Cecille kennen lernte, bekam ich das gar nicht mit. Bei allem, was geschah, dachte ich, es sei so *geschehen*, wie es sich tatsächlich zugetragen hatte. Doch selbst nach dem Mittagessen, einem sehr einfachen – für Cecille Gesundheitskost mit Nüssen, Karotten und einem Flöckchen Erdnussbutter –, lehnt sie sich zurück und erzählt mir Geschichten über ihre Schüler und deren Fortschritte, woran sich Vorträge über all die Aminosäuren anschließen, die sie in sich hineinschüttet. Über die sagenhaften Eigenschaften geschälter Mandeln und das noch nicht enthüllte Geheimnis des Ginkgo.

«Mein Gedächtnis», erzählt sie mir, «war immer nur ein leeres Klicken. Jetzt erinnere ich mich an jede Einzelheit, die Stunde um Stunde, Minute um Minute passiert. Dinge, die ich gelesen habe, sogar Autonummern. Mein Gedächtnis wird nahezu fotografisch.» Worauf sie noch mehr körnige, gepresste ovale Pillen schluckt und zur Reinigung ihrer Leber literweise Wasser aus dem Thermoskanister trinkt.

«Ich bin auf dem besten Weg, hundert Jahre alt zu werden», teilt sie mir mit. «Ich möchte noch etwas von meinen Enkelkindern mitkriegen.»

Bis jetzt hat sie noch keine Kinder. Leicht entgeistert starre ich sie an, erstaunt, dass sie darüber noch nicht hinaus ist. Oder hat sie von irgendjemandem ein Kind? Die Antwort auf meine unausgesprochene Frage gibt sie mir selbst.

«Wir Shawanos», erklärt sie, «kommen im Gegensatz zu euch Roy-Frauen erst in den Fünfzigern in die Wechseljahre. Wenn wir dann mit einem Zweijährigen auf der Hüfte herumlaufen, achten wir gar nicht darauf. Für Hitzewallungen und so haben wir keine Zeit. Wir sind Spätgebärende.»

«Ohne Rücksicht auf Verluste», erwidere ich. Sie bedenkt mich mit einem kurzen neugierigen Blick.

«Wie kommt es überhaupt, dass du hier bist?», fragt sie. «Versteh das bitte nicht als Kritik, aber müsstest du nicht eigentlich in der Schule sein?»

«Also, das ist so», fange ich an.

Ich bin froh über ihre Frage. Freue mich, dass das Drama

meiner Identität etwas ist, worüber wir uns unterhalten können. Alle meine Beweggründe. Ich zähle sie rasch auf, bevor sie sich wieder einem anderen Thema zuwenden kann.

«Ich war nie mehr in der Stadt, seit meiner Kindheit. Sehr behütet. Noch nicht ganz erholt vom Verlust meiner Schwester. Und mein Name. Ich glaube, ich möchte einen neuen haben oder wenigstens meine Großmütter finden, um ihnen ein paar Fragen über den, den ich habe, zu stellen. Und noch eins. Ich weiß nicht, wo mein Vater ist.»

«Whiteheart Beads?»

«Wer sonst?»

Sie schaut mich viel sagend an.

«Ich weiß, wo er ist», antwortet sie.

Ich dränge sie nicht. Ich sage nichts, denn im Grunde genommen will ich gar nicht wissen, wo mein Vater ist, oder ihn sehen. Mir geht es vor allem darum, sicherzustellen, dass ich genug Gründe habe, zu tun, was ich tun möchte, nämlich einfach hier bleiben, in der Stadt, eine Zeit lang arbeiten und sehen, was passiert.

«Hast du denn kein Ziel?» Ihre Frage kommt aus heiterem Himmel, mit der Schnelligkeit des Kung-Fu, auf die ich nicht vorbereitet bin. Es ist wieder, als könnte sie meine Gedanken lesen und sehen, wie oberflächlich sie sind.

«Doch. Ja.» Ich richte mich kerzengerade auf.

«Was ist es denn?», fragt sie.

Ich mache den Mund auf, um es ihr zu erklären, kann es aber nicht in Worte fassen. In meinem Inneren lagert dieses große Ding, von dem ich jedoch nicht weiß, was es ist. Ein glattes, rundes wichtiges Stück Information. Daten. Immer wieder klopfe ich an die Kugel, ohne herauszubekommen, was drin ist. Sie ist riesig, gelb, zuweilen veränderlich in Gestalt und Masse. Ein Wetterballon, den ich, wenn er an der Oberfläche meines Alltags auftaucht, kräftig wegschubsen muss, dieses Ding, diesen erzwungenen Schmerz, dieses Ziel. Mit einem hilflosen Achselzucken schaue ich Cecille jetzt an, unfähig, das Gewicht dieser hüpfenden Kugel zu beschreiben.

Die Backstube hat gewaltige stählerne Hexenöfen und einen Betonboden, der vom Fett schlüpfrig ist. Darauf steht ein Arbeitstisch aus klobigem Holz, das mit glänzendem Linoleum bedeckt ist. Die hoch oben in die Wand eingelassenen Fenster, auf denen sich im Laufe der Jahre eine Schicht aus Mehlstaub gebildet hat, kommen mir mit ihren winzigen Glasbausteinen vor wie aus einem Märchen oder einem Film. Auf der Scheibe springt eine knallrote Tulpe mit Stängel und Blättern in Gold auf. Es ist eine alte Bäckerei, heiß geliebt und unterhöhlt von Ratten, die Fußböden knarrend von Schatten und sämtliche Türen schief eingehängt oder festgeklemmt. Dann gibt es da noch diese eingebaute Fritteuse, die man auf sprudelnd hochfahren oder auf glasieren einstellen kann. Sie nimmt eine ganze Ecke der Backstube ein. Wenn das Fett frisch ist, steigt daraus ein wunderbarer Duft auf. Frank lässt die kleinen Teigscheiben hineingleiten, wo sie im sprudelnden Fett auf und ab tanzen und mich an die Powwows zu Hause erinnern, an schwitzende Frauen, die lachend an den Brotröst-Buden stehen und einem diese goldenen Scheiben, heiß und wohltuend, herüberschieben.

Wenn es möglich ist, arbeite ich Seite an Seite mit Frank und schwelge in der ungewohnten männlichen Aura. Er ist vollauf damit beschäftigt, in seiner kupfernen Lieblingspfanne eine durchsichtige Masse schmelzen zu lassen und zu schlagen. Ich stelle ihm Fragen. Ich kann nicht anders. Ich stelle ihm Fragen, obwohl er so lange für die Antwort braucht, dass mir schon zwanzig weitere eingefallen sind, bevor es mir gelingt, seine Zerstreutheit zu durchdringen.

«Woraus ist diese Pfanne gemacht?» Eine einfache Frage zum Aufwärmen, deren Antwort ich bereits kenne. Aber selbst dafür braucht er eine ganze Weile.

«Diese Pfanne ist aus Geistmetall», erwidert er schließlich.
«Was ist das?», schiebe ich sofort nach, damit er nicht den Faden verliert.
«*Miskwa Wabic*», murmelt er, in seine Arbeit vertieft. «Es heißt, das Donnervolk habe dieses rote Zeug heruntergeschickt, es in die Erde gelegt.»
«Warum ist das deine Lieblingspfanne?»
«Leitet die Wärme wirklich gut.»
«Was ist mit den Schüsseln da?»
«Machen den Rührteig glatt.»
Die Antworten kommen schneller, in kürzeren Abständen.
«Was machst du da?», frage ich, obwohl ich auch einen Blick in Franks handgeschriebenes, mit Schweiß- und Butterflecken besudeltes Rezeptbuch, ein zerfleddertes Spiralheft, werfen könnte. Allerdings antwortet er lange Zeit nicht, und das macht mich natürlich neugierig. Also spähe ich über seine Schulter in das Heft und sehe dieses Wort, das ich noch nie gesehen, von dem ich aber bereits gehört habe. Blitzkuchen. Mit verblasster Tinte oben auf das linierte Papier geschrieben.

Blitzkuchen! Mit einem Mal wird er gesprächig. Er versucht, das Rezept zu rekonstruieren. Um auf dem Kunst- und Handwerksmarkt die höchste Auszeichnung zu erringen. Der Kuchen sei eine Legende, erklärt er mir. Er sei heilig. Außergewöhnlich, mit enormen Kräften von einer Art, wie niemand sie kenne. Er nennt ihn den Kuchen des Friedens. Den Kuchen der liebevollen Aufrichtigkeit. Seit Jahren, erzählt er mir, suche er nach dem genauen Rezept und probiere herum. Im Grunde könnte man die Jagd nach diesem Rezept als Suche seines Lebens bezeichnen. Immer wenn er zwischen anderen Erfindungen, selbst Kreationen wie seinen beliebten Rharbarberpuddingriegeln, einen Moment für sich hat, backt Frank Shawano einen Testkuchen. Versucht es mit einer Veränderung der Rührzeit. Der Menge an gemahlenen Haselnüssen. Der Zucker- und Buttersorte. Was auch immer.

«Äußerst wichtig», sagt er zu mir, während er, das grobknochige, freundliche Gesicht unnahbar und konzentriert, eine dunkel verpackte Tafel Schokolade schwenkt. «Kakaogehalt siebenundsiebzig Prozent. Stark und dunkel.» Das hält er in seinem Notizheft fest, kritzelt es hinein und seufzt über dem Teig, den er jetzt in der Schüssel schaumig schlägt.

«Vielleicht», gebe ich zu bedenken, «kommt es aufs Rühren an.»

Er runzelt verärgert die Stirn und verharrt jetzt noch länger als vorher in seinem Schweigen.

«Frank», fange ich an, bemüht, das Eis zwischen uns zu brechen und das Gespräch auf ein anderes Thema zu lenken, «warum machst du nicht mal den Nasentrick?»

Verblüfft schaut er mich an. «Ach, du erinnerst dich daran?»

«Na klar.»

Frank konnte seine Nase ganz nach einer Seite biegen und sie dort festkleben. Ein lächerlicher Anblick. Außerdem konnte er seine Gelenke knacken lassen, mit den Ohren wackeln und seine Augenlider hochklappen. Ja, Frank war wie dieser große Highschool-Clown. Immer ironisch und vergnügt, besaß er einen durchtriebenen Humor und eine derbe Trotteligkeit, die wir Kinder liebten, bis er sich der Strahlenbehandlung unterzog. Soviel ich verstanden habe, zerstörten die Strahlen nicht nur den Tumor, sondern gleichzeitig auch sein heiteres Gemüt. Geschmacks-, Tast-, Geruchssinn und dergleichen blieben ihm erhalten, aber nicht der siebte Sinn eines Indianers: Er verlor seinen Sinn für Humor. Jetzt ist er der einzige lebende Indianer, der keinen hat.

Das ist eine schreckliche Bürde.

Humor oder besser die Andeutung davon erinnert ihn daran, dass er nicht lachen kann. Späße machen ihn nervös. Verwirren und erschrecken ihn. Treiben ihm den Angstschweiß auf die Stirn. So wie er jetzt allein bei dem Gedanken an einen dummen, lustigen alten Trick, der ihn wie einen Dorftrottel wirken ließ, aus der Fassung gerät. Er steckt seine weichen Hände tief in das Mehlfass. Sieht aus, als würde er gleich weinen, bis sich rund um seine Finger ein tränennasser Teig bildet. Vielleicht, denke ich, wie ich ihm so beim Kneten und Zuckern und Geschmeidigmachen zuschaue, ist das seine Art, den Verlust zu verarbeiten. Langsam, mit großer Entschlossenheit, wandelt er den Kern seiner Angst mit Hefe und Süßmittel in einen persönlichen Triumph um. Einfache Dinge – Kuchen, Brot, Pasteten. Aber auch komplizierte europäische Torten. So wird die Welt für Frank begreifbar. Wenn er verwirrt oder in Schwierigkeiten ist, backt er, als würde die Reihenfolge, in die er seine Zutaten bringt, seine Gedanken ordnen.

«Gehen wir meine Großmamas besuchen», schlage ich Cecille am nächsten Tag vor. Wenn überhaupt jemand sie finden kann, dann sie. «Ich habe einen Hinweis auf ihre Adresse bekommen. Machen wir uns auf die Suche.»

Meine Mutter hat mir erzählt, sie lebten bei einer Dame, die über einer Kombination aus Lebensmittelgeschäft und Reformhaus wohne. Cecille ist einverstanden. Ein Reformhaus ist genau das Richtige für sie. Als begeisterte Kampfsportlerin isst und trinkt Cecille nichts, was nicht gesund ist. Außer hin und wieder ein Kräuterbier. Allein das Wort *Bier*, sagt sie, verhelfe ihr irgendwie zu der Vorstellung, immer noch selbstzerstörerisch zu sein, was sie vermisse. Tatsächlich lässt Cecille in ihrer körperlichen und geistigen Disziplin nie locker. Sie ist fest davon überzeugt, dass wir sind, was wir essen, und versucht, wie sie sagt, der ernsten Art ihres Bruders dadurch beizukommen, dass sie ihm ausgewogene Mengen an glutenfreien Lebensmitteln und Sojaprodukten zu essen gibt. Grundlage dafür ist die Theorie, nach der sein Mangel an Humor auf eine Allergie zurückzuführen ist. Mein Vorschlag, ihm Lebensmittel zu geben, die lustig aussehen oder lustig riechen, findet dagegen keinen Anklang.

Wir machen uns auf den Weg zu dem Lebensmittel-/Gesundheitsladen, über dem meine Namengeberin wohnen soll, wobei ich fast joggen muss, um mit Cecilles kurzem, aber energischem Schritt mitzuhalten.

«Wozu die Eile?», frage ich immer wieder.

«Mein Gott, bist du langsam», gibt sie zurück.

Wir erreichen den kleinen Supermarkt im Einkaufszentrum mitten in der Stadt, gehen die Hintertreppe hinauf, klopfen an die Tür ohne Namensschild. Anstelle meiner Großmama öffnet uns jedoch eine verschleierte junge Frau, zerbrechlich und mit dunklen Samtaugen, aus Äthiopien, vermute ich. Sie macht die Tür auf und streckt in einer anmutigen Geste ihre winzigen dünnen Hände heraus.

«Wohnt hier Mrs. Zosie Roy?», frage ich.

«Fon Boy?», erwidert sie hoffnungsfroh.

«Verstehe kein Wort. Was will sie denn?», fragt Cecille.

«Fon Boy», wiederholt die Frau, wobei sie den Finger kreisen lässt und sich einen imaginären Telefonhörer an die Lippen hält.

«Ach, sie meint, wir wären von der Telefongesellschaft.»

Cecille erklärt ihr, dass wir nicht von US West kommen. Mittlerweile sind wir uns sicher, dass Mrs. Roy nicht bei dieser Dame wohnt. Wir gehen. Das war's. Das war alles. Wir gehen hinunter in den Supermarkt und holen uns ein paar Flaschen Kräuterbier und Tofu-Wiener, die wir in Bohnenchili zu dünsten und mit einem nahrhaften Salat aus Mais und Rosinen zu essen gedenken.

Wieder zu Hause in unserer Obergeschosswohnung, machen wir das Abendessen, decken den Tisch, und dann kommt Frank, der Ernste, die Hintertreppe herauf und stellt die Eieruhr. Er stellt andauernd die Uhr – für dies, für das –, weil es im Backofen natürlich immer etwas gibt, das man rechtzeitig herausholen oder nach dem man schauen muss. An diesem Tag arbeitet Frank jedenfalls wieder an seinem Lebenswerk. Dieser Kuchen geht auf ein altes deutsches Rezept zurück, das Franks Vater von einem echten Kriegsgefangenen bekommen hat. Der Kuchen aller Kuchen. Der Blitzkuchen. Als er noch ganz klein war, hat er ihn einmal probiert – leicht wie Luft mit einem Geschmack von Pfirsich. Einem Hauch von Schokolade. Citrussaft. Aufgelösten Tränen. Süßer Zitrone. Einem Mandelkuss.

«Er explodiert in deinem Gaumen», sinniert er mit starrem, feierlichem Blick.

«Jetzt hör aber auf!», entfährt es Cecille, die das nicht zum ersten Mal hört. «Bleib bei unserem täglichen Brot.»

Frank überlegt. Eine Aura heftigster Anstrengung. Die konzentrierte Umwandlung von Wärme, Licht und Energie durch einen Bäcker.

«Ich sorge für Nahrung», erklärt Frank Shawano in würdevollem, bedächtigem Ton. «Das ist meine Berufung. Ich werde jedoch nie aufhören, mich am Blitzkuchen zu versuchen.»

Cecille zieht achselzuckend die Augenbrauen hoch.

«Nimm's nicht so schwer», ist alles, was sie sagt, aber ihre Stimme ist traurig. Ich glaube, sie wünscht sich den großen Bruder von früher, den netten, lustigen Kerl, zurück.

Frank wischt sich übers Gesicht, das von der Anstrengung seiner heiklen Entscheidungen ganz feucht ist, und setzt sich an den Tisch. Sein Blick fällt auf den Topf mit den Tofu-Wienern, dann auf die Schüssel mit dem Mais-Rosinen-Salat; mit nachdenklicher Distanziertheit lässt er ihn hin und her wandern. Er wägt ab, wie er vorgehen, wie er das alles in seinem Magen unterbringen soll. Zuerst nimmt er sich eine Scheibe Roggenbrot aus seiner eigenen Bäckerei. «Muss eine gute Grundlage haben», erklärt er. Anschließend macht er sich wie immer daran, mit Ruhe und Bedacht alles zu essen, was ihm in die Finger kommt.

Immer wieder versucht Cecille, ihren Bruder aus der Reserve zu locken. Sein Lachen ist ihre Lebensaufgabe, so wie der Kuchen seine. Sie wünscht sich so sehr, dass er sich vor Lachen biegt, oder wenigstens lächelt. Ich vermute, dass auch das eine Lügnerin aus ihr gemacht hat. Ihr Bericht von unserem Tag lautet jedenfalls so: «Frank, o Frank! Uns ist etwas Merkwürdiges passiert.» Sie wisse gar nicht, was sie davon halten solle. Ich werde selbst ganz neugierig. Cecille weiht uns in die Ereignisse ein: Eine fremdländisch gekleidete Frau habe bei Mrs. Roy die Tür geöffnet und Cecille, offenbar weil sie so wohlhabend ausgesehen habe, gefragt, ob sie die Telefonrechnung für sie bezahlen würde.

«Sie bezahlen!», höhnt Cecille. «Einfach so! Ich weiß nicht, was ich von diesen seltsamen Leuten mit ihren Schleiern halten soll, die einen nur anhauen, weil man zufällig ein gewisses Selbstvertrauen oder Selbstbewusstsein oder was immer ich habe ausstrahlt, und dann bitten sie einen, ihre Verpflichtungen zu übernehmen! Also hab ich zu ihr gesagt: ‹Warum sollte ich Ihre Telefonrechnung zahlen?›, und sie zu mir: ‹Weil Sie eine reiche Amerikanerin sind.› Darauf ich zu ihr: ‹Haben Sie das noch nicht gehört, Schätzchen? Wir haben's auch nicht gerade leicht hier. Schauen Sie sich um. Reiche Arschlöcher in den Vororten. Wir hier, wir haben kein Kabelfernsehen und keine Klimaanlage.› Und diese Frau sagt in ihrer Sprache vermutlich so was Ähnliches wie ‹Irre!› zu mir und verschwindet im Nebel.»

«Nebel?» Frank starrt sie an und nickt mehrmals sachte. Ja natürlich, er ist den ganzen Tag im Haus gewesen, entweder schlafend oder mit den Öfen beschäftigt, sodass Cecille sich alle Arten von Wetter ausdenken kann (und es, wie ich bald erfahre, auch tut). Frank weiß zum Beispiel nicht, dass es ein mittelmäßig warmer Tag mit leicht bewölktem Himmel war. Anscheinend herrschte draußen erbsensuppendicker Nebel.

«Zusammenprall eines Tief- und eines Hochdrucksystems», erläutert Cecille mit angespanntem Gesicht und schüttelt ihr blondes Haar, «was die Bildung einer gewaltigen Menge von Kondensat bedeutet.»

Sie schaut mich nicht einmal an, um mich zum Schweigen zu verdonnern oder mich davor zu warnen, die Wahrheit preiszugeben: dass es wetter- und begegnungsmäßig ein ganz normaler Tag war. Nein. Cecille hat das nicht nötig, denn Cecilles Realität steht felsenfest. Dass sie sich von meiner oder der anderer Leute unterscheidet, ist egal. Ihre gilt. Das verunsichert mich ein wenig. In dieser Nacht liege ich wach. Ich überlege. Mir kommt sogar der Gedanke, die Nachtausgabe des Wetterberichts einzuschalten, für den Fall, dass ich in die andere Richtung geschaut habe, als dieser Nebel aufzog und die Äthiopierin einhüllte. Ich muss mir sagen, dass das, was ich erlebt habe, die Realität war. Ich muss mir sagen, dass ich weiß, was was ist.

Je heißer die Tage werden, desto früher stehen wir auf. Mit Muffins vom Vortag kann man schnell in die Breite gehen, weshalb ich manchmal mit Cecille jogge. Dieser hellgelbe Jogginganzug, den sie trägt, aus demselben Seidenstoff wie ein Fallschirm, leuchtet die Straße hinauf und hinunter und hinüber zum Fluss, ihre Route. Mit ihrem Haar, das von einem hübschen schwarzen Band zu einem Pferdeschwanz zusammengefasst wird, sieht sie aus wie eine angriffsbereite Kung-Fu-Biene. Schattenboxend. Hüpfend. Mit hochgehaltenen Händen und festem Blick. Männer fressenden Tigeraugen. Einer Irisch-Anishinabe-Mädchen-Wing-Chun-Jackie-Chan-Fliegender-Affe-Haltung. Während sie sich in ihrem Studio noch mehr von ihrem Frühstück abtrainiert, bediene ich meine Kunden und reinige die Glastheke und die Auslage von deren ewigen Fingerabdrücken.

Manchmal, wenn ich in diesen blauen Morgenstunden noch früher aufstehe, bringt Frank mir alles bei, was er über die Wirkung von Mehlen auf Hefen und Fette weiß. Er erklärt mir die Temperaturen, bei denen die Teige braun werden und aufgehen. Ich lerne, mit konzentriertem Geschick die schwarz gewordenen Teigbröckchen aus der whirlpoolgroßen Fritteuse mit brodelndem Fett zu fischen und am Mixer genau die Geschwindigkeit einzustellen, mit der man Fett und Zucker schaumig rührt. Am liebsten träufle ich die Lebensmittelfarbe ein. Sofort lösliches Rot, Blau, Lavendel. Ein Wahnsinnszuckerguss, ganz steif geschlagen.

Von Cecilles Training erschöpft und nach Butterfettglasur und reflexverzögernden Karamell-Beignets lechzend, wanken den ganzen Tag Leute aus dem Kung-Fu-Studio nebenan herein. Sie müssen die Vitrinen, in denen diese Sachen auf kleinen Servietten ausgestellt sind, berühren. Sie quetschen sich an die Köstlichkeiten, schnaufen, beschmieren das Glas und husten die Luft mit beutegierigen Mikroorganismen voll. Ich sehe auch deutlich, wie erleichtert sie sind, sobald sie bezahlt haben. Wenn sie dann die knisternde weiße Tüte aufmachen und süße ausgebackene Brotscheiben hervorholen oder mitten in den Spritzer Kirschmarmelade auf dem mit Puderzucker bestreuten Bismark beißen, geben sie manchmal unwillkürlich ein leises, genussvolles Stöhnen von sich.

Normalerweise stelle ich ihnen, während sie mit rollenden Augen kauen, meine Frage: «Wissen Sie, wo Mrs. Zosie Roy oder Mrs. Mary Shawano zurzeit wohnen?» Meistens verharrt das Gebäck reglos vor ihrem Mund und oft gibt es einen winzigen Informationshappen. Einen Hinweis nur. Sie hätten einen Kunstgewerbeladen. Wohnten drüben in der Wohnsiedlung. Unterrichteten an einem alternativen College. Berieten Alkoholiker. Nähmen selbst Drogen. Vollzögen Rituale. Trainierten die Kinderbaseballmannschaft. Hätten zusammen sechs Doktortitel. Und was nicht noch alles. Ich nicke und schlucke das neue Häppchen. Füge es der allgemeinen Verwirrung hinzu.

Eines Tages jedoch, als im Laufe des späten Vormittags eine

meiner Großmütter endlich den Laden betritt, wird die Verwirrung noch größer.

Ich weiß, dass es Großmama Zosie ist, weil sie noch immer ein Paar Ohrringe aus pinkfarbenen Perlen trägt, die ich ihr einmal geschenkt habe. Die beiden unterscheiden sich mittlerweile auch in anderem, und ich könnte sie vermutlich ohnehin an ihrem unerbittlichen Zug um den Mund erkennen, ganz zu schweigen von ihrem Lippenstift, denn Mary benutzt keinen. Jetzt, wo kein anderer Zwilling zum Vergleich da ist, nehme ich Zosie ganz für sich allein wahr. Sie ist klein wie immer und ihr Gesicht erinnert mich an einen dieser verknautschten kleinen Hunde. Weiche, runde, flache Wangen, kräftiges Kinn, ein grimmiger breiter Mund. Ihre Stupsnase ist braun wie ein Knäuel Tabak, und ihre Augen sind dunkel und nachgiebig und von einer Art flüssiger Traurigkeit. Weit geöffnet wandern sie jetzt über die Kuchen und Plätzchen. Der Inhalt der beleuchteten Vitrine scheint Zosie in große Verlegenheit zu stürzen. Sie seufzt über diese Riesenauswahl. Langsam öffnet sie ihr Portemonnaie. Und mir wird augenblicklich klar, dass ich in Schwierigkeiten stecke, bevor ein einziges Wort gefallen ist. Ihre kleine Plastikgeldbörse mit Schnappverschluss wird von einem Gummiband zusammengehalten.

Diese Schnappverschlussgeldbörsen mit Gummiband. Nimm dich in Acht! Wenn du siehst, wie eine alte Dame langsam eine hervorzieht, weißt du, dass du für ihr Mittagessen aufkommen und dazu noch in anderer Form als nur mit Geld und Zeit zahlen wirst. Eine alte Dame. Eine Schnappverschlussbörse mit kaputtem Schnappverschluss. Ein Gummiband. Denk dran. Du wirst es nie mit deinem Gewissen vereinbaren können, Geld von einer betagten Dame mit einer kaputten, alten Schnappverschlussgeldbörse aus grünem Plastik zu verlangen, die in ihrem Stolz ein blaues Gummiband von einem Bund Broccoli, der ihre träge Verdauung ankurbeln soll, aufgehoben hat, um die Börse damit zusammenzuhalten. Nicht einen Cent kannst du von ihr verlangen. Nicht einmal, wenn sie auf das größte, am schönsten aufgegangene, cremigste, teuerste Stück Kuchen in der Auslage zeigt, kannst du etwas von ihr verlangen.

«Bitte», sage ich, während ich ihr das Kuchenstück, bereits mit Plastikgabel und Serviette auf einem Fünfzehn-Zentimeter-Pappteller angerichtet, über die Theke zuschiebe. «Geht auf Kosten des Hauses.» Als wäre sie misstrauisch, weicht sie zurück.

«Cally», sagt sie, als fiele es ihr erst jetzt auf, aber ich sehe, dass ihre Schnappverschlussbörse schon verschwunden ist.

«Ich habe überall nach dir gesucht.» Fest entschlossen, sie nicht aus den Augen zu lassen, komme ich um die Theke herum, um mich zu ihr zu setzen.

«*Megwitch*, mein Kind», brummt sie. «Was ist das für ein Kuchen?»

Ich erzähle es ihr, während ich einen Stuhl hervorziehe und die Ecke sauber mache, aus der ich sie möglichst nicht hinauslassen will. «Das ist Franks Versuch mit dem weltberühmten Blitzkuchen.»

Sofort beißt sie hinein.

«Irgendwas fehlt.»

«Was?», frage ich in der Hoffnung, Frank einen Tipp geben zu können.

Während sie herauszufinden versucht, welches Gewürz oder welche sonstige Zutat dem Kuchen fehlt, wird ihr Gesicht vom Nachdenken ganz angespannt. Ich beobachte, wie sie sich zurücklehnt, fest wie graues Seegestein, und bedächtig kaut. Als sie, langsam die Schlagsahne von ihrer Plastikgabel leckend, zum Fenster hinausschaut, lächelt sie verstohlen. Ein von früher im Norden her vertrauter Gesichtsausdruck. Jetzt bin ich diejenige, die ihr gegenüber misstrauisch ist. Sie spielt mit mir, diese sture, alte Dame.

Sie weiß es, verrät es aber nicht.

«Also, Großmama, ich habe überall nach dir gesucht», fange ich wieder an.

«Ja?» In vielleicht sogar echtem Erstaunen reißt sie die Augen auf. Sie liebt mich, jedenfalls glaube ich das. «Da ist es ja gut, dass ich hier reingekommen bin. Was wolltest du denn?»

Da fragt sie mich ins Gesicht, was ich von ihr will. Einfach so. Und einfach so, vor diese Frage gestellt, bin ich sprachlos. Mein Mund geht auf. Ich suche und taste. Es gibt so vieles, was ich fragen möchte: Was bedeutet mein Name? Wo ist meine Schwester? Was ist mit meinem Vater? Und Mama, wird sie jemals aufhören, Frank aus dem Weg zu gehen und ihn zu ihrem Schicksal zu machen? Und was ist mit dieser schrecklichen Frau von Klaus? Was will sie? Und du, Großmama, du und Mary – ich schaue in ihre zu jungen braunen Augen und verliere mich in all dem, was ich nicht weiß.

Statt ihr irgendeine aus diesem verworrenen Knäuel von Fragen zu stellen, werde ich unsicher. Ich habe einen Zug von deprimierender Schüchternheit, der sich jetzt stark bemerkbar macht. Ich weiß nicht, wo ich anfangen soll mit all den Dingen, die ich zu sagen habe, und meine Großmama mit ihrer herrischen Art ermutigt mich auch nicht gerade. Immerhin scheint es ihr nichts auszumachen, dass ich ihr nicht sage, was ich wollte. Sie selbst greift aus der Bürde unseres Familienlebens ein nahe liegendes Problem heraus und kommt sofort und ohne Umschweife zur Sache.

«Du wirst vielleicht wissen wollen, warum ich hier bin», sagt sie. «Ich habe deinen Vater mit dem Jungen des Cousins meines Vaters, Franks Bruder Klaus, auf der Straße gesehen, und es wird wirklich immer schlimmer.»

Sie schaut mir bedeutungsvoll in die Augen und führt behutsam eine imaginäre Flasche an ihre Lippen.

«Weiß deine Mama das?», fragt sie.

Natürlich wissen wir irgendwie davon, aber nur sehr allgemein. Das heißt, wir haben oben im Norden zwar dies und das gehört, Richard jedoch nie selbst gesehen. Wir wissen also nur über andere Leute, wie es ihm geht. Und es ist mir gleichgültig; diesen Teil meines Herzens, den ich nach Deannas Tod fest verschlossen habe, will ich, ehrlich gesagt, gar nicht öffnen. Alles seine Schuld, sagt mein Herz, alles seine und nur seine Schuld. Wie oft spüre ich, dass meine Zwillingsschwester bei mir ist! Sie spricht mit ihrer Klein-Mädchen-Stimme, mit meiner eigenen Stimme, im Rascheln des Laubs.

«Nie, nie im Leben will ich ihn wieder sehen», stoße ich mit einer Entschiedenheit hervor, die mich selbst überrascht.

«Dann verschwinde jetzt besser», entgegnet meine Großmama ruhig. «Geh lieber nach oben.»

Denn gerade als sie einen weiteren Bissen von ihrem Kuchen nimmt, kommt mein Vater herein. Mit Klaus. Die beiden lassen die kleine Glocke an der Tür bimmeln.

Richard Whiteheart. Ich kann nicht behaupten, dass ich meinen Vater sofort erkenne; mit seiner schlaffen Haut und seiner schlechten Haltung sieht er aus wie ein acht Tage alter heliumgefüllter Luftballon, und krank ist er, mit einem Bluterguss auf der Wange, der so grün ist wie alte gekochte Leber, und geschwollenen Augenlidern. Um seinen Kopf ein verschlissenes Taschentuch geknotet. Ein Georgetown-Hoyas-Sweatshirt von der Heilsarmee mit abgetrennten Ärmeln, die Bulldogge auf der Brust schon ganz verblichen. Shorts, die unter einer prallen Wassermelonenwampe hängen. Von einem Seil gehalten. Schlackernde Tennisschuhe ohne Socken. Vor der Theke stehend, kann er sich kaum aufrecht halten; dann dreht er sich um und fixiert mich im selben Moment – weiß er Bescheid? – mit einem Blick, als starrte er auf den Grund eines ausgetrockneten Brunnens. Sein Mund geht auf. Eine mächtige Welle übel riechenden Entsetzens schlägt mir entgegen, als er dreimal wie ein Rabe kräht: «Krah ... krah ... krah ...», dann innehält, trocken rülpst, mich noch schärfer ansieht und in einem schrecklichen Flüsterton kräht:

«Deanna ...»

Mit einer Rückwärtsdrehung, bei der er wie eine plötzlich schwerelos gewordene Vogelscheuche, die ein Windstoß in die Luft geschleudert hat, mit den Armen rudert, verzieht er sich torkelnd in Richtung Tür, und gerade als ich mich in einem verzweifelten Widerstreit der Gefühle zu ihm hin beuge, ist er schon draußen auf der Straße. Durchs Fenster beobachten wir drei, wie die Gestalt des Flüchtenden um die Ecke herum verschwindet.

«Das ging schnell.» Großmama wendet sich wieder ihrem Kuchen zu, sammelt zwischen den Zinken ihrer Gabel die restlichen Krümel auf.

«Aaah ...» Klaus steht noch immer mitten im Laden. Er hat dieselbe brüchige Stimme wie mein Vater, knochentrocken und schrecklich. Ich kann mich nicht rühren, stehe wie angewurzelt da und schaue zu, wie Klaus versucht zu sprechen und sich dabei auf die Kehle klopft. Er ist sogar in einem noch schlimmeren Zustand als Richard, und die Geräusche, die er macht, während er vor und zurück schwankt, sind erbarmungswürdig.

Als wären Franks Ohren hinten bei den Öfen auf die Frequenz seines Bruders eingestellt, ist er plötzlich da, fängt Klaus mit starken, stützenden Armen auf, bevor der andere hinfallen kann, und zieht ihn, einen seiner Arme über die eigene Schulter geschwungen, nach hinten in die Backstube. Dort legt er ihn behutsam auf einen Edelstahlarbeitstisch. Dreht das Licht herunter. Nimmt eine oder zwei Schürzen von den Haken an der Wand und breitet sie über Arme, Brust und nackte Beine seines Bruders.

«Du», sagt Frank mit unbewegter Miene zu mir, «kommst jetzt mit nach vorne und kümmerst dich um die Kunden. Dein Onkel Klaus muss schlafen.»

Ich schaue mich um. Großmama ist weg.

Ungefähr eine Stunde lang arbeitet Frank vorne bei mir; in

der Backstube überprüft er nur die Öfen, vor allem den einen, in dem er den nächsten Blitzkuchen hat. Von Zeit zu Zeit sieht er nach, ob sein Bruder noch immer friedlich schlummert. Wir putzen und wienern die Vitrinen von oben bis unten, setzen eine neue Papierrolle in die Registrierkasse ein und vergewissern uns, dass das ganze Geld gezählt ist und alle Scheine geglättet und mit dem Bild nach oben auf einem Stapel liegen. Für ihn ungewöhnlich, wischt Frank den Eingangsbereich und geht sogar nach draußen, um den blitzsauberen Gehsteig zu kehren. Ich beobachte ihn, wie er dasteht und das Leben auf der Straße betrachtet, von hinten gesehen eine wuchtige Gestalt, die um ihre Füße einen Schatten wie eine kleine schwarze Lache wirft. Ein Hund tritt, nur für einen Augenblick, aus der sengenden Mittagssonne heraus. Der heiße, stickige Tag mit seinen über dreißig Grad im Schatten ist höchstwahrscheinlich der Grund dafür, dass Klaus sich mit dem Mut der Verzweiflung in den Eingang der Bäckerei warf.

«Sie kommen nicht oft hierher», erklärt Frank, als er wieder in den Laden tritt. «Sie schämen sich.»

«Was ist passiert, mit Klaus, meine ich?»

Über den Absturz meines Vaters weiß ich genug.

«So ganz genau wissen wir es noch nicht», antwortet Frank leise. «Sagen wir, er war hier», mit der flachen Hand macht er eine Andeutung in die Luft, «ein paar Drinks vielleicht, aber alles noch im Rahmen. Dann mehr und in kürzeren Abständen. Die beiden ziehen zusammen weg. Wir sehen sie nicht. Ungefähr drei, vier Jahre vergehen und sie kommen zurück. Sie spricht nicht. Aber das hat sie ja nie getan. Und Klaus, der ist seitdem so wie jetzt.»

Frank schüttelt den Kopf, und gerade als wir beide die nur angelehnte große Tür zur Backstube anstarren, kommt von drinnen ein Geräusch. Rascheln, Stöhnen. Frank macht einen Schritt darauf zu, doch die Tür fliegt auf, Klaus hat sie weit aufgestoßen. Er starrt uns an wie ein verwirrter, klapperdürrer

Hund, der nicht weiß, wie er in diesen Körper geraten ist. Nicht versteht, warum seine Kleider mit Scheiße und Erbrochenem besudelt sind oder was er mit den Füßen machen soll, die ihn nicht im Gleichgewicht halten können. Zitternd fahren seine Hände in die Luft, sein Gesicht verknautscht wie ein Putzlumpen.

«*Nibi*», schreit er und torkelt vorwärts.

Sweetheart Calico kommt die Treppe herunter. Sie steht hinter Klaus, als er vorwärts taumelt, und in ihrem Blick liegt etwas, wofür ich zunächst kein Wort finde. Nicht Freundlichkeit, nicht Liebe. Im Nachhinein kann ich es nur grausames Mitleid nennen. Sie packt ihn am Arm. Dreht ihn herum. Sie hält ihm eine Plastiktasse mit Wasser hin, die er schwankend und torkelnd anzunehmen versucht. Seine Hand will nicht mitmachen. Er schlägt nach der Tasse, verfehlt sie. Hält mit der anderen Hand seinen Ellbogen fest und konzentriert sich. Wankt. Frank, der ihm hilft, sich auf den Boden zu setzen, sich neben ihn kauert und ihm die Tasse zum Mund führt, muss ihm langsam, einen deliriösen Schluck nach dem anderen, das Wasser einflößen.

Und die ganze Zeit sitzt sie ihm gegenüber, blickt ihm starr in die Augen, während ihre Herzen zu einer Art stillschweigendem Einverständnis zusammengefügt sind. Jetzt weiß ich, dass sie auf ihre Weise miteinander reden. Sie erheben sich gleichzeitig. Irgendwie verleiht sie ihm Grazie, und obwohl Frank jetzt nach einem Arzt oder sonst wem telefoniert und zum hundertsten Mal versucht, seinen Bruder in eine Entgiftung zu bekommen, entschwinden die beiden eng umschlungen zur Tür hinaus. Hand in Hand, die Augen ineinander versunken. Zwischen ihnen, mattblau und stetig, die Zündflamme des Alkohols.

Gakahbekong. Für unsere Alten ist das der Name der Stadt, seit sie damals als Handelsplatz entstand. Das Stadtbild ist zwar von Straßen und Gebäuden, Betonparkhäusern und Einkaufszentren geprägt, doch darunter duckt sich das eigentliche Land. Es gibt Momente, so wie jetzt, da bekomme ich ein Gespür für das Vergängliche. Alles könnte in die Luft gehen. Doch das bloße Land darunter würde übrig bleiben. Sand, Felsen, die indianische Erde mit ihren schwarzen Muscheln.

12
WINDIGO-HUND

Wieder stand der Hund auf seiner Brust, schaute ihm ins Gesicht und verzog seine Schnauze zu demselben merkwürdigen, zutraulichen Hundegrinsen, das Klaus zum Trinken gebracht hatte. Der Hund war ein aufgedunsenes weißes Tier mit gespenstischen gelbbraunen Augen und einer großen, herabhängenden rosaroten Zunge. Das verdammte Vieh hatte die gespreizten Pfoten eines Wolfs, die wachsamen, frei beweglichen Ohren eines Hirschs und nicht das geringste Mitleid mit Klaus.

«*Boozhoo*, Klaus, du bist der kaputteste, traurigste, beschissenste, vergiftetste, unverbesserlichste Säufer, mit dem ich heute gesprochen habe», sagte der Hund, den Klaus Windigo-Hund nannte.

«Geh runter von mir», erwiderte Klaus.

Erschöpft. Müde. Klaus hatte gedacht, Windigos seien ausschließlich Menschenwesen, bis dieser Hund ihm an einem regnerischen Nachmittag, nicht lange nachdem er völlig zu Recht gefeuert worden war, einen Besuch abstattete. Sweetheart Calico hatte ihn natürlich auch verlassen. War zurückgekommen. Und wieder gegangen. Hatte ihm an ihrer Stelle diesen Hund geschickt. Windigo. Ein böser Geist des Hungers, und zwar nicht eines normalen, sondern eines hemmungslosen Hungers. Eines unglaublich gierigen Hungers. Eines ausgesprochen tierischen Hungers, der nicht danach fragte, ob man nüchtern war oder tapfer oder ob man sein sauer verdientes Schulabschlusszeugnis bekommen oder gar einen akademischen Grad errungen hatte. Ganz egal. Einfach Futter. Für den Windigo war Klaus nichts als Futter. Und der Windigo lachte.

«Breit wie immer.» Der Hund gähnte. Sein schwarzes Zahnfleisch glänzte und seine Ohren zeigten genau auf Klaus.

«Sollten wir nicht eine unserer kleinen Sitzungen abhalten?»

«Nein!», entgegnete Klaus entschieden. «Nein!» Lauter. «Neiiiiin ...»

Doch der Windigo-Hund fuhr Klaus mit seiner dicken, grellroten Killerzunge über Gesicht, Füße, Hände, den ganzen Körper. Bei jedem Schlabbern seiner Zunge quietschte Klaus und erstickte fast vor Lachen, bis er in einem hysterischen Anfall von Schluckauf losheulte, woraufhin der Windigo sich tief zu Klaus herabbeugte und ihm seinen Hundeatem, der nach vergammeltem Fisch stank, ins Gesicht blies.

Als Klaus sich überhaupt nicht mehr regte, beugte der Windigo sich zu ihm hinunter und erzählte ihm seinen neuesten schmutzigen Hundewitz.

«Also, Klaus, vor nicht allzu langer Zeit bekomme ich zufällig ein Gespräch zwischen folgenden drei Hunden mit: einem Ho-Chunk-Hund, einem Sioux-Hund und einem Ojibwa-Hund. Sie sitzen im Wartezimmer des Tierarztes und unterhalten sich darüber, warum sie da sind. Der Ho-Chunk-Winnebago-Hund erzählt: ‹Neulich haben sie sich direkt vor meinen Augen ihren leckeren Eintopf schmecken lassen. In der Nacht deckten sie den Topf zwar zu, vergaßen aber, ihn wegzustellen. Und so stahl ich mich in die Küche, nahm den Deckel des Topfes zwischen die Zähne, zog ihn vorsichtig herunter und fraß den ganzen restlichen Eintopf auf. Dann wühlte ich im Abfall und fraß die Knochen und Innereien von allem, was in den Eintopf gewandert war. Danach wollte ich schlafen, hatte aber mittlerweile die übelsten Bauchschmerzen. Ich musste einfach raus. Ich bellte, aber die Winnebago haben einen gesunden Schlaf. Sie rührten sich nicht einmal, sodass ich, na ja, im ganzen Haus Kaka machte. Jetzt sind sie wohl so wütend, dass sie mich einschläfern lassen. Und was ist mit euch?›

‹Meine Geschichte›, antwortete der Sioux-Hund, ‹ist ganz ähnlich. Ihr habt sicher von dem Schmorgericht gehört, das die Dakota aus Eingeweiden zubereiten? Es ist unglaublich gut, und eines Tages hatte mein Herrchen eine große Schüssel davon und sämtliche Zutaten für indianische Tacos in seinem Pick-up. Er war auf dem Heimweg, und ich saß stolz im Führerhaus des Lieferwagens, als er anhielt. Er stieg aus und ließ mich mit dem ganzen leckeren Zeug da sitzen, und ich konnte einfach nicht anders: Ich schlang alles hinunter. Bis zum letzten Bissen. Mann, war das lecker! Doch dann wartete ich und wartete, während mein Herrchen sich ein paar schöne Stunden machte. Lange versuchte ich, es zu halten, bis ich am Ende einfach nicht mehr konnte. Ich machte das ganze Führerhaus seines Pick-ups voll. War der vielleicht sauer, als er zurückkam! Erst wollte er mich aufessen, fand aber dann, dass das ein zu gnädiges Los für mich wäre. Er brachte mich hierher. Ich soll auch eingeschläfert werden. Und du, was ist mit dir?›

‹Ich›, erwiderte der Ojibwa-Hund, ‹saß eines Tages vor mich hin dösend auf dem Sofa. Ich war schon halb eingeschlafen und meine Besitzerin, die gerne nackt staubsaugt, ging ihrer gewohnten Tätigkeit nach. Sie bearbeitete gerade den Teppich unmittelbar vor mir, und obwohl ich nicht kastriert bin, kann ich mich normalerweise ganz gut beherrschen. Doch damit war es vorbei, als sie sich direkt vor mir bückte. Ich machte mich über sie her.›

‹Sexuell?›, wollten die anderen wissen.

‹Ja›, bekannte der Ojibwa-Hund.

‹Mensch›, riefen die anderen Hunde kopfschüttelnd, ‹so was Dummes. Jetzt lässt sie dich also auch einschläfern.›

‹*Gaween*›, widersprach der Ojibwa-Hund bescheiden. ‹Ihr wisst, dass wir Chippewa-Hunde den Liebeszauber haben. Ich werde hier schamponiert und bekomme die Krallen geschnitten.›»

«Du bist ein durch und durch kranker Hund», sagte Klaus.

«Und du das blühende Inbild der Gesundheit», gab der Windigo-Hund zurück. «Ich muss sehen, dass ich hier wegkomme.»

«Hör zu.» Klaus versuchte, Mitleid erregend zu wirken. «Geh sie holen, ja? Bring sie zu mir zurück.»

«Wen holen?»

«Das weißt du doch», erwiderte Klaus sehr schüchtern, «bitte. Meinen Schatz.»

«Auf Wiedersehen», sagte der Hund.

«Geh jetzt nicht», bat Klaus. «Gerade wo wir anfangen, uns nett zu unterhalten.»

«Dann musst du was erzählen», bestimmte der Hund, während er sich gähnend auf die Seite legte, um sich den Bauch kraulen zu lassen. «Du erzählst mir eine Geschichte.»

«Was für eine Geschichte?»

«Liebesgeschichte. Kriegsgeschichte. Futtergeschichte. Irgendeine Geschichte.»

Klaus drehte sich auf die andere Seite, starrte in die Büsche, in die geöffneten Blätter, in tiefes, undurchdringliches Grün.

«Also gut», willigte er ein. «Mir wird immer wieder diese eine Frage gestellt: ‹Klaus. Klaus. Was ist denn das für ein Name für einen Indianer?› Wie diese Geschichte geht, habe ich von Onkeln, von den Alten und von meiner Mutter, die dabei war, gehört. Pass auf, durchgedrehtes Hündchen. Hier kommt deine Geschichte. Hier kommt die Geschichte meiner Namengebung.»

13
DER BLITZKUCHEN

Klaus Shawano

Als der *Ogitchida* aus dem Land des Froschvolks zurückkam, benahm er sich sonderbar, aber so sind Krieger oft bei ihrer Rückkehr. 1945. Ende des Krieges. So viele ungebundene, umherziehende Geister. Zudem hatte der *Ogitchida*, das ist mein Vater Shawano, seinen Cousin verloren, der in der Blutsverwandtschaft eines Kriegers fast ein zweites Ich darstellte und nicht angemessen gerächt werden konnte.

«*Owah*», rief mein Vater plötzlich. Sie saßen im Haus seines Onkels. «Ich hab's versucht. Ich hab jedem deutschen Soldaten, den ich getötet habe, sein Mal eingeritzt!»

«War es ein tiefes Mal?», zischte der alte, runzlige und halb verwirrte Asinigwesance, nach dessen Meinung die einzig richtige Reaktion der USA darin bestanden hätte, alle Deutschen zu Sklaven zu machen. Das ganze Volk hierher zu verfrachten und ihm beizubringen, was Demut ist. So hätten sie es in den alten Zeiten gemacht. Die Nachricht, dass unsere Regierung ihnen Geld, Hilfsgüter und Rote-Kreuz-Kisten mit Lebensmitteln und Seife schickte, machte ihn völlig fassungslos.

Als mein Vater fortging, war er ein schlanker, gut aussehender junger Mann, doch bei seiner Rückkehr war sein Blick unstet und leichenhaft. Sein Gesicht war aufgedunsen und seine Augen wirkten darin wie Löcher. Er hatte einen tausend Jahre alten Blick.

«Meinen Cousin hatte es in den Magen getroffen», berichtete Shawano. «Ich musste ihm die Eingeweide und Darmschlingen in den Körper zurückstopfen, und dabei ließ er mich die ganze Zeit nicht aus den Augen. Er konnte den Blick nicht senken. Als ich alles wieder drin hatte, klapperte er mit den Zähnen und stieß hervor: ‹Bist du sicher, dass alles in der richtigen Reihenfolge liegt?› Ich beteuerte, mein Bestes getan zu haben. ‹Ich hab nämlich keine Lust, aus den Ohren zu pissen›, erklärte er. Seine Stimme klang ganz ernst und ich fügte hinzu: ‹Ich hab nachgeschaut. Dein Pisser hat's heil überstanden. Alles in Ordnung, Cousin.› Diese Aussage schien ihn richtig glücklich zu machen. Um uns herum bebte die Erde. Ganz in der Nähe schlug es ein. Ich verlor den Halt, und alles quoll wieder aus ihm heraus.»

Shawano war erschöpft. Sie ließen meine Mutter Regina in den Raum kommen, in dem die Männer sich aufhielten, damit sie Shawano schlafen legte. Sie war schwanger, schwanger mit mir. Beruhigend. Auf sie hörte mein Vater immer. Bevor er jedoch einschlief, warf er Asinigwesance einen merkwürdigen Blick zu und wiederholte noch einmal: «Ich hab getan, was du mir gesagt hast. Habe so viele wie ich konnte hinter ihm hergeschickt, damit sie ihm im Land der Geister als Sklaven dienen. Hat aber nichts geholfen.»

Der alte Asin schaute ihn lange, durchdringend, aufmerksam an.

«Vielleicht», erwiderte Asinigwesance schließlich, «musst du auch den nächsten Schritt tun.»

«Nämlich?»

Asinigwesance krümmte seinen knorrigen Körper zusammen und tippte sich dann mit einem ledernen, knochigen Finger auf die Hemdtasche direkt über seinem Herzen.

«Ersetze deinen Cousin durch einen Sklavenbruder.»

Shawano dachte darüber nach, machte sich langsam mit der Vorstellung vertraut.

«Wo kriege ich denn einen her, einen Deutschen?», wollte er am Ende wissen.

«Ach, die gibt es hier doch überall», antwortete Asinigwesance und fuhr dabei mit der flachen Hand in einem weiten Bogen durch die Luft. «So zahlreich wie Frösche.»

Warum wir sie *Omakakayininiwug* nennen, weiß ich eigentlich gar nicht, es sei denn, weil sie plötzlich aus dem Nichts auftauchten. Am Anfang wurden die Bewohner ganzer Dörfer aus *Omakakayakeeng* hierher verschifft, wie wir hörten, um unser Land aufzuteilen. Sie übernahmen es. Zerstörten es. Der größte Teil des Landes ist jetzt halb tot. Umgepflügt. Dennoch hegten wir keinen Groll gegenüber Einzelnen. Nicht einmal gegenüber den Deutschen, die den Krieg begonnen hatten.

Und verloren. Berichten zufolge gab es eine ganze Menge von Gefangenen, die gleich zu Beginn hierher gebracht worden waren und später unser Land gar nicht mehr verlassen wollten. Sie zogen weiter nordwärts und arbeiteten, immer zu zweit an einer Zweimannsäge, als Holzfäller. Legten Holzstraßen an. Lernten von der englischen Sprache nur die Flüche. Stießen beim Gehen spitze Eisenstangen in die Erde und stampften mit ihren Schuhen Sämlinge ein. Erst vor kurzem hatte Shawano von den Gefangenen erfahren. Während sie auf die Entmobilisierung warteten, lebten sie in einem umzäunten Arbeitslager. Ja, sie schufteten wie Sklaven, aber keiner gehörte irgendjemandem persönlich. Das hätte man Shawano sagen sollen. Bevor nämlich irgendwer ihm diese Information geben konnte, befolgte er Asins Worte. Überwältigt von der räumlichen Nähe der Deutschen, ermunterte der alte Krieger meinen Vater, ihm einen zu holen. So knipste Shawano in einer mondlosen Nacht ein Loch in den Drahtzaun und stahl sich in das Lager.

Am nächsten Morgen wurden die Männer in seinem Haus zusammengerufen.

«Natürlich habe ich den Deutschen nachts gestohlen», erklärte Shawano. «Ich bin bis zu den Baracken gekrochen, ohne entdeckt zu werden.»

«Ohne entdeckt zu werden.» Asinigwesance triumphierte. Er war von diesem klassischen Beispiel einer Rache nach alter Sitte begeistert und erfreut darüber, dass der junge Shawano seinen Rat befolgt hatte. Grinsend nickte er all den Männern in der Runde zu. Ich erinnere mich, dass die Zähne des alten Mannes kleine schwarze Stummel waren – alle außer dem goldenen. Dieser Zahn strahlte einen leicht irren Glanz aus.

«Als der Deutsche rauskam, um zu schiffen, habe ich ihm den Jutesack über den Kopf gestülpt», fuhr Shawano fort. «Ihm die Arme auf den Rücken gefesselt. Ihn im Stechschritt marschieren lassen. Durch das Loch im Zaun rausgeschafft und von dort hierher gebracht.»

Schweigend schauten sie die Gestalt an, die gefesselt in der Ecke saß. Barfuß. Mit einem sackartigen Hemd und Hosen von undefinierbarer Farbe. Und der Mann, dessen Kopf unter dem Jutesack steckte, war ganz still, wobei seine eigentümliche Ruhe nicht unbedingt bedeutete, dass er Angst hatte. Noch, dass er schlief. Er war wach da drinnen. Die Männer spürten, dass er sich bemühte, durch das lockere Gewebe vor seinen Augen etwas zu sehen.

Meinen Onkel Pugweyan machte es wahnsinnig, wie der Bursche sich beherrschte, und plötzlich hielt er es einfach nicht mehr aus. Er ging zu ihm hin und riss ihm die Jutehaube herunter. Vielleicht hatten einige erwartet, einen verrückten Adler zu sehen – wie sie aus ihren eiskalten Kriegerherzen wild in die Luft starren –, aber sie sahen keinen Adler. Stattdessen ein rundliches pausbäckiges Jungengesicht und warme, funkelnde braune Augen, die uns unter stachligen Haarbüscheln hervor zublinzelten. Vor dem unerwarteten Gefühl von Wärme und Freundlichkeit, das von dem liebenswürdigen Lächeln des Deutschen ausging, wichen die Männer allesamt zurück.

«*Owah!*» Etwas Beeindruckenderes als einen Stachelschweinmann hatte man schon erwartet! Seine Hände waren fleischig, seine Haut fast so braun wie unsere. Um seine runden Augen prangten Stoppelhaare wie ein Kopfschmuck aus Stacheln. Seine Ausdünstungen – die uns jetzt auch in die Nase stiegen – rochen feucht und angsterfüllt, wie der Schweiß eines ausgewachsenen Stachelschweins. Genau wie diese Kreatur bewegte er sich ziemlich langsam, wobei seine dunklen Augen tränennass schimmerten, betrachtete uns einen nach dem anderen und senkte dann scheu den Blick, als wäre er am liebsten unter der Veranda oder in seinem eigenen Erdloch.

«Zieh ihm den Sack wieder über», drängte Asin.

«Nein», erwiderte Shawano, den die Unterwürfigkeit seiner Beute kränkte und erstaunte.

«*Grüß Gott!*», sagte der Gefangene mit einer Verbeugung. Seine Stimme klang butterweich und beflissen. «*Was ist los? Wo sind wir?*»

Niemand gab ihm eine Antwort, obwohl er beim zweiten Mal die Bedeutung seiner Worte durch Gesten unterstrich: eine imaginäre Schöpfkelle, die er zum Mund führte, eine Hand, die kreisend über seinen rundlichen Bauch strich.

«*Haben Sie Hunger?*», fragte er hoffnungsvoll. «*Ich bin ein sehr guter Koch.*»

«*Mashkimood, mashkimood.*» Asin befand sich in fast panischer Aufregung. Er wollte dem Jungen den Sack wieder überstülpen. Da er früher als vernünftiger und besonnener alter Mann gegolten hatte, mussten die anderen sich fragen, ob es irgendetwas an dieser Situation gab, was sie noch nicht bedacht hatten. Die Küche, ein Fenster, durch das schwaches

Licht auf einen alten Holztisch fiel, der Ofen im Hintergrund des Raumes, der blinzelnde Gefangene.

«*Skimood!*», schrie Asin erneut, und Shawano hob unsicher den Jutesack auf, bereit, ihn dem Stachelschweinmann wieder über den Kopf zu ziehen.

«Schlagt ihn! Schlagt ihn!» Jetzt sprach Asin mit leiser, bedrohlicher Stimme. Auf seinen Befehl hin verstummten alle nachdenklich. Es war aber auch klar, dass dieses extreme Verhalten eigentlich nicht zu dem alten Mann passte.

«Warum denn?», fragte Pugweyan.

«Nur so können wir die Geister zufrieden stellen», antwortete Asin.

«*Haben Sie alle Hunger, ja? Wenn Sie Hunger haben, werde ich Ihnen einen Kuchen backen. Bitte, versuchen Sie es.*» Als er diese Frage stellte und sich als Bäcker anbot, sprach der Gefangene in bescheidenem, freundlichem Ton, wenngleich er in seiner bedächtigen Gefasstheit mittlerweile begriffen zu haben schien, wie folgenschwer Asins Verhalten sein konnte. Er schien tatsächlich zu wissen, dass sein Leben auf Messers Schneide stand, obwohl Asin seinen grausamen Befehl in der alten Sprache gegeben hatte. Damit nicht genug, versuchte er in einem gewaltigen Energieschub noch einmal, ihnen sein Angebot schmackhaft zu machen, indem er noch schwungvollere Essensbewegungen vollführte und sich noch kräftiger den Bauch rieb.

Einer der Männer, einer vom Bärenclan, deren Mitglieder immer sehr aufs Essen erpicht waren, nickte schließlich.

«Warum eigentlich nicht?», meinte Bootch. «Soll er doch seinen Kuchen backen. Wir werden ihn probieren und sehen, ob er ihm das Leben retten kann.»

Er hatte das als Scherz gemeint, doch Asins funkelnde Augen und sein Nicken verrieten, dass es ihm mit dem Backtest ernst war und er sich darauf freute, den Deutschen scheitern zu sehen.

Für alles, was er brauchte, malte der Stachelschweinmann ein winziges Bild oder Symbol auf. Kleine ovale Eier, Mehl in einem Mehlsack, Nüsse von eigenwilliger Form, Zucker und so weiter. Obwohl die Männer kein Geld für sich hatten, mussten sie jetzt mitziehen, und so wühlten sie alle nach irgendwelchem Essensgeld, das ihre *we'ewug* ihnen zugesteckt hatte – in ihren Socken, dem Futter ihrer Schuhe und dem Hasenfell in ihren Mokassins. Sie schickten meinen Bruder Frank, die Sachen einzukaufen, und er kam mit mürrisch verzogenem Mund und Feuer in den Augen zurück. Er war gerade in einem Alter, in dem er es hasste, herumkommandiert zu werden, zugleich aber die Zuwendung seiner Verwandten genoss.

Der Ofen. Damit schien der Deutsche nicht zurechtzukommen. Ebenso wenig wie meine Mutter, die sich weigerte, den Namen meines Vaters anzunehmen oder ihn zu heiraten, und der Meinung war, sie habe genug damit getan, seine Söhne zu gebären und uns ihr Bärentotem zu geben, da ja die Windigo-Familie der Shawanos ihres verloren hatte. Und das stimmte. Allerdings hatte sie diese roten Beeren für uns gepflückt, Odaemin, die Herzbeere von den Lichtungen. So frisch und taufeucht und zart, dass das Rote einem im Mund zerfloss. Sie reichte ihren randvollen Makuk dem Gefangenen und war erstaunt über die Gefühlsregungen, die diese Gabe bei ihm auslöste. Er hob den Behälter hoch, inhalierte das Aroma der Beeren. Wieder füllten sich seine runden, dunklen Augen mit Tränen, und diesmal flossen sie über.

«*Erdbeeren*», sagte er leise und dann mit missverstandener, aber ernsthafter Aufrichtigkeit: «Vielen Dank, Scheiße.»

Die Männer standen in der Küche vor dem Ofen herum und starrten auf ihre Füße, auf den Boden, irgendwohin, und wussten nicht, was sie sagen sollten. Regina streckte die Hand aus, und in diesem Moment wurde ihnen ihre Liebenswürdigkeit, eine ganz andere Seite an ihr, bewusst. Sie schüttelte dem

Deutschen die Hand, ober besser die Pranke, deren Rücken, wie wir mit einiger Sorge feststellten, behaart war.

«*Gaween gego*», entgegnete sie, was bedeutete, es sei nichts Besonderes.

Mit ihrer Freundlichkeit goss sie Öl in das schwelende Feuer von Asins Wut, das jetzt wieder aufflammte; er behauptete, Klaus habe soeben unter dem Deckmantel der Unwissenheit eine äußerst gemeine Beleidigung von sich gegeben, fixierte den Deutschen mit einem vernichtenden Blick, bleckte seine schwarzen Zähne und gab die bloße Andeutung eines Knurrens von sich, worauf die Männer den Ort der Auseinandersetzung räumen und sich vor die Tür begeben mussten; zurück blieb nur der erste Klaus, der die Beobachter mit einer Handbewegung ganz unvermittelt von dem rauchenden Holzofen wegschickte, um mit seinen Bemühungen zu beginnen.

Aus dem Inneren der Küche, wo Frank sich dickköpfig niedergelassen hatte und Regina, schwer wie der Ofen selbst, nicht weichen wollte, bekamen sie von der Geschichte so viel wie möglich mit, so viel jedenfalls, wie ich jemals erfahren sollte.

Zuerst zerstampfte der Gefangene zwischen zwei Steinen aus dem See Mandeln zu einer feinen Paste. Gab die Eier, aber nur den Dotter, in eine kleine Blechtasse. Im Haus meiner Mutter gab es ein langes Stück Draht, das er geschickt zu einer Art Schneebesen zurechtbog. Dann fing er an, die Zutaten zu vermischen, indem er mit dem Boden der eisernen Bratpfanne Maiskörner, Bohnen und Gewürze in die Nüsse hinein zerstieß und dann langsam Zucker hinzufügte.

Als er damit fertig war, nahm er den dicken, sirupartigen Teig und füllte ihn um, so als enthielte er, was in seinen Augen auch zutraf, das eigentliche Geheimnis des Lebens. Er verteilte die dunkle Masse auf vier runde Backformen. Feierlich und mit äußerster Sorgfalt trug er sie zum Ofen, der vom darunter liegenden Feuerraum aus aufs Beste mit glühenden Kohlen angeheizt, weit offen stand. Mit mütterlicher Fürsorge beugte er sich vor und stellte eine der Formen in die dunkle Öffnung. Einen Moment lang schauten die Männer, die, von der beherrschten Inbrunst seiner Verrichtungen angezogen, allmählich zurückgekommen waren, auf die Worte, die in erhabenen Buchstaben auf der Ofentür standen. The Range Eternal. Dann wichen sie alle langsam zurück, ließen sich nieder und zündeten ihre Pfeifen an, um zu rauchen und zu warten.

Sie zollten dem Osten Achtung. In ihren Gedanken, ihren Gebeten. Sie ehrten den Großen Geist, der über dem Süden wacht. Mit demütigen Bitten bedachten sie die Himmelsrichtung unseres Todes, den Westen. Der Norden kam zuletzt. Und jetzt fragt man sich vielleicht, wo Shawano, mein Vater, während all dieser Zeit war?

Er saß bei ihnen und saß doch allein. Er saß in tiefer innerer Verwirrung. Saß verwundert, entsetzt, in Erinnerung vertieft. Er saß genauso da wie der Rest, abwartend, was als Nächstes passieren würde.

Meine Mutter wartete natürlich nicht. Sie war eine Frau. Welche Frau setzt sich schon hin und wartet, bis im Ofen etwas fertig ist? Angewidert von der Geheimniskrämerei und der Anwesenheit von Männern in ihrer Küche, machte sie sich demonstrativ an die Arbeit. Eilte hinein und eilte hinaus. Begleitete ihr Kommen und Gehen mit lautem Krach. Klapperte mit ihrem Waschbrett und mit Töpfen. Klapperte mit allem, was ihr in die Finger kam, einschließlich der Köpfe ihrer Kinder und der Stühle der Männer, die zusammenzuckten. Einmal, aber wirklich nur einmal, schlug sie auch gegen den Ofen. Woraufhin Klaus hochfuhr und Regina mit einem Schrei, der uns noch heute in den Ohren gellt, an den Schürzenbändern packte und auf die Tür zuschleuderte. Wie von einem Bogen abgeschossen flog sie dahin. Mit dem schnellen, geschmeidigen Schwung einer gelenkigen Wildkatze hielt Klaus sich, leicht auf den Fußballen tänzelnd, im Gleichgewicht und brachte die Anwesenden mit einer Handbewegung allesamt zum Verstummen.

Wieder saßen die Männer da, jetzt aber mit erstaunten Blicken und in Bann gehalten von dem Geschehen, das der Gefangene hinter dem erhabenen «Range Eternal»-Schriftzug und dem blauen Email der Ofentür wahrzunehmen schien.

Das Licht im Fenster wurde ein klein wenig goldener. Klaus stellte Näpfe mit Wasser wie Opfergaben in den Ofen. Eine leichte Brise kam auf. Angenehm. Blätter raschelten. Niemand von den Anwesenden sagte ein Wort. Ihr Inneres war ganz bei dem Ofen, ihr äußeres Selbst rauchte nicht einmal. Asins Augen wurden blutunterlaufen. Seine Hände zitterten und die Luft pfiff zwischen seinen Zähnen hindurch. Sie saßen da, bis Klaus sich schließlich erhob und wie ein Bräutigam, der in Trance auf seine Braut zuschreitet, zum Ofen ging. Vor der Ofentür schloss er die Augen, neigte den Kopf zur Seite, als würde er lauschen, und beugte sich dann, die Hände in zwei dicke Lumpen gehüllt, mit einer langsamen, geschmeidigen Bewegung vor. Behutsam, aber entschlossen zog er an dem Griff, bis die Tür aufging, und als dann der Duft von gerösteten Nüssen, Honig, Vanille, Zucker und innig vermischtem Öl und Mehl aus dem Backofen strömte und zitternd in der Luft hing, verloren die Männer, nur für einen Augenblick, die Fassung.

Mehr als köstlich, dieser Wohlgeruch, der im Raum schwebte. Unmöglich. Vielleicht könnte man einen Anishinabe-Begriff für Vision benutzen, vielleicht gibt es aber auch gar keine Worte, um die Vorahnung zu beschreiben, die sie alle erfasste, als er liebevoll die Backform über den Rost zog, bis sie sicher zwischen seinen dicken, behaarten, stoffumwickelten Pranken ruhte.

Und wieder sitzen, während der braune Kuchen abkühlte. Asin senkte seinen Blick, der sich jetzt verdüsterte. Mit seinem hektischen Atem machte er alle nervös, und in der Stille des Raumes, in der die Kreation abkühlte, erinnerten sich die Beobachter an etwas, das sie lieber vergessen hätten: Wie Asinigwesance von Zeit zu Zeit unter namenlosen Zornesausbrüchen gelitten hatte, die jetzt in der Person des Stachelschweinmannes einen Namen und eine Form angenommen hatten: Klaus.

Der erste Klaus. Mein Namenspate.

Luft kam durch die Fliegengittertür herein, kühlend und heilend. Dämmrige Luft. Reine Luft. Zog zu Shawano. Pugweyan nahm seinen Fächer, einen Adlerflügel, und fächelte die Luft mit äußerster Sorgfalt Asin zu, dessen Gesicht sich jetzt wie das eines Lurches aufblies und zusammenzog und der uns scheeläugig fixierte und mit einem Ausdruck absoluter Macht zischend hervorstieß:

«Übergeben wir ihn dem Westen. Wir sind Ojibwa-Männer – der Name bedeutet auch Krieger. Wir rösten unsere Feinde, bis sie schrumplig sind! Früher waren wir einmal gefürchtet. Unsere Männer brachten Trauer. Was haben wir hier? Weiße Memmen? Frauen? Unser Feind ist in unserer Hand, und wir lassen ihn nicht leiden, um die Geister unserer Brüder zu trösten. Wir lassen ihn für uns kochen. Diesen ... Klaus», er zwang sich den Namen regelrecht von der Zunge ab, «sollten wir zu Tode braten!»

In dem langen Augenblick der Stille, der auf seine Worte folgte, wurde jedem der Männer klar, dass Asinigwesance verloren war.

Sie sprachen zu dem verbitterten Geist des alten Mannes.

«Oh, Ishte, mein Großvater», begann Pugweyan, wobei er den Adlerflügel in einer besänftigenden, kraftvollen Bewegung durch die Luft zog. «Gut, dass du uns das gesagt hast.» Er warf uns anderen einen bedeutungsvollen Blick zu und fuhr, an Asinigwesance gewandt, in ruhigem Ton fort: «Wir achten deine Wünsche, Großvater. Dennoch frage ich» – und jetzt deutete Pugweyan mit dem Adlerflügel direkt auf den Kuchen –, «wären wir ehrenhafte Männer, wenn wir nicht auch unserem Feind gegenüber unser Versprechen hielten? Bevor wir den Gefangenen rösten, sollten wir sein Werk probieren.»

Und Klaus, den das, was er von ihren Absichten zu verstehen glaubte, nur wenig zu schrecken schien, nahm ein kleines Päckchen weißes, süßes Pulver vom Stapel seiner Zutaten, streute den magischen Staub mit einer Ernsthaftigkeit, die der Pugweyans gleichkam, über den Kuchen und gab den Männern pantomimisch zu verstehen, dass sie die Hände hohl machen sollten, jeder von ihnen, auch Asin, während er selbst für alle, auch für Regina und meinen Shawano-Bruder Frank, der sich in den Kreis drängte, ein Stück abschnitt. Als sie alle den Kuchen in der Hand hatten, schauten sie ihn hungrig an und warteten darauf, dass die Ältesten ihn probierten. Asin war jedoch zu langsam und Frank der Versuchung nicht gewachsen. Er nahm den ersten Bissen von dem Kuchen. Bevor er aber anfing zu kauen, gab er ein verblüfftes, sonderbares Quieken von sich und riss die Augen weit auf. Das war für die anderen zu viel. Alle bissen sie in ihr Stück. Oder knabberten. Probierten. Und soweit meine Mutter sich erinnern konnte, stießen sie allesamt irgendeinen ungewöhnlichen, unverfälschten Laut aus. Nicht einer von ihnen hatte je diesen Geschmack auf der Zunge gehabt oder war auch nur in die Nähe einer so dezent extremen Geschmacksempfindung gekommen.

Wir ernähren uns einfach, unmittelbar von dem, was Erde, Seen und Wälder uns geben. Manomin. Weyass. Baloney. Hin und wieder ein bisschen Ahornzucker. Dann plötzlich das: eine mächtige Süße, die das Ohr dem Klang öffnete. Umarmung von gerösteten Nusskernen und eine kitzlige Empfindung von Kummer. Ein herber Beerengeschmack. Freude. Klaus hatte in dünnen Schichten Marmelade eingearbeitet. Und Beutel voller Gewürze, die weder in unserer Sprache noch in unserer Erfahrung oder in der Zhaginash-Sprache existieren, und deshalb gab es auch keine Erklärung für das, was dann passierte.

Zusammen saßen sie da, verschlangen die letzten Krümel, nahmen mit den Fingerspitzen die pulvrige Süße auf. Als sie das letzte Körnchen aufgeschleckt hatten, saßen sie, benommen von den angenehmen Gefühlen, da, und dann beschlich eine süße Wehmut die Gruppe. Manche sahen im schwächer werdenden Licht die Schatten geliebter Menschen, die uns auf der Straße vorausgegangen waren und deren Geister sie, so gut sie konnten, mit Totenspeisen gefüttert hatten. Nun kehrten sie neugierig zurück. Andere hörten, wie in den Wäldern die hohe Violinsaite erklang, das Lied des Sperlings mit dem weißen Kehlfleck. Regina sprach mit mir, wusste meinen Namen und ich glaube, ich hörte ihre Stimme. Manche sahen, wie die Hände ihrer Mutter in Mehl ein- und wieder auftauchten, und manche spürten die heiße Sonne auf ihrem Gesicht und atmeten warmen, dicken Sommerbeerenduft ein und das leise Seufzen des schwankenden, tanzenden weißen Grases, das überall entlang der Straße zu der anderen Welt wächst.

Sie atmeten gemeinsam. Sie dachten wie ein Mensch. Für einen langen, hartnäckigen Augenblick hatten sie denselben Herzschlag, dasselbe Blut in den Adern, denselben Geschmack im Mund. Wie sollten sie, wenn sie alle ein einziges Wesen waren, den Deutschen töten? Wie sollten sie, da sie diese süße Intensität des Lebens miteinander teilten, leugnen, dass sie auch ihren Feinden innewohnte? Und wenn es ein Ende der Dinge gibt und ich plötzlich im großen Zufallsentwurf aufgehe, werde ich, so glaube ich, genau denselben wahren Geschmack im Mund und Barmherzigkeit auf der Zunge haben. Und ich werde genauso lachen, wie sie es alle mit einem Mal taten, überrascht und über denselben süßen Witz, sogar der alte Asin.

So wurde der Deutsche in den Shawano-Clan aufgenommen und Frank dazu auserkoren, diese süße Stunde noch einmal herbeizuführen. Und so bekam ich meinen Namen.

14
DAS ROUND-UP

Cally

Bei McDonald's verschenken sie in der Junior-Tüte Figuren von Göttern aus der Unterwelt. Als wir zum Fenster des Drive-in vorfahren, bekomme ich Hades, einen finsteren blauen Typen mit dünnen Ärmchen, und Mama bekommt zwei Plastikhälften des dreiköpfigen Hundes Zerberus, bei dessen Anblick ich mich sofort frage, ob Hades, wenn er mit ihm in einen Hundesalon geht, um den Hund für den Sommer scheren zu lassen, den dreifachen Preis zahlen muss.

«Zerberus hat nur einen Körper. Daran gibt's nichts zu deuten.»

«Zusammengenommen machen die Köpfe aber ganz schön was aus.»

«Nur werden die eigentlich nicht geschoren», wendet sie ein.

«Und Sorgen haben wir auch so schon genug», erwidere ich.

Sie lacht kurz auf und stimmt mir zu, obwohl sie jetzt in Abendkursen Jura studiert.

In der Stadt sieht man zu, wie die Äste der Bäume wogen. Ich habe doch dieses klappernde alte Fenster. Meine Aussicht auf die Welt. Und die Bäume sind dunkle Robinien und chinesische Götterbäume, wie sie überall wachsen, kräftig, mit kleinen, ovalen, zeigefingerförmigen Blättern, die sich bei leichtem Wind drehen. Manchmal sehe ich zu, wie die matte Unterseite hochgewirbelt wird, und bade mein Gehirn in langen Strömen von Vier-Uhr-Gold, die von Westen her kommen. Dann wieder bäumt ein Ast sich auf wie ein Pferd gegen die Trense, und ich stelle mir vor, wie er sich da draußen gegen den Wind stemmt; allein der Gedanke, dass ein und derselbe Wind meine Blätter schüttelt und ohne den Highway zu benutzen nach Norden stürmt, um die Blätter vor dem Haus meiner Mutter zu schütteln, erfüllt mich mit einer unbeschreiblichen Sehnsucht.

An manchen Tagen spüre ich das Heimweh stärker als an anderen. Wenigstens ist sie jetzt hier. Es ist immer noch August, aber an den trockensten Bäumen wechseln die Blätter bereits die Farbe. Erst hell, dann immer dunkler. Es geht ein leichter Wind, der im steifen Gras zittert und meine Schritte entspannt und verlangsamt. Die Schwerkraft zieht stärker. Bleiinstinkt. Schwere Seele. Und dann verfalle ich, aufgeschreckt, für kurze Zeit in Laufschritt. Was ist, wenn? Was ist, wenn wir genauso sicher, wie wir zur Erde hingezogen werden und dazu bestimmt sind, am Ende unter ihr zu liegen, mit derselben Kraft auch zum Himmel gezogen werden?

Kein Wunder, dass wir durchweg zwischen den beiden Enden unseres Daseins hin- und hergerissen sind. Kein Wunder, dass unsere Seele sich nicht entscheiden kann, wo sie ankern soll. Natürlich gibt es auch Menschen, die sich über solche Dinge gar keine Gedanken machen, meine Mutter zum Beispiel. Wie schon erwähnt, hat sie beschlossen, Jura zu studieren. Sie ist hierher gezogen, um bei Großmama Zosie und Großmama Mary zu wohnen und Abendkurse zu besuchen. Tagsüber arbeitet sie als Kassiererin in einem Lebensmittelsupermarkt. Dabei, vermute ich, hat sie gelernt, nichts in Frage zu stellen. Sie weiß, dass die Preise sich ständig ändern und doch genau festgelegt sind. Während ich jeden Abend um den See im Stadtpark renne, spaziert sie in aller Seelenruhe den gewundenen Strand entlang. An der Brücke treffen wir uns. Wenn ich dort ihr Profil gegen den Himmel betrachte, habe ich das Gefühl, meine Mutter wird gleichermaßen von Himmel und Erde, Heimat und Stadt getragen. An manchen Tagen, wenn ich mit ihr zusammen bin, spüre ich den vollkommenen Schwebezustand, die Balance. An anderen Tagen weiß ich, dass es nur eine Kleinigkeit braucht, um uns aus dem Gleis zu werfen.

Frank, zum Beispiel.

Als ich eines Abends um acht Uhr komme, um meine Mutter von der Arbeit abzuholen, ist er plötzlich da. Frank steht an der Kasse, groß und ruhig, ein bisschen wie ein Dakota, mit Zöpfen, Brille und einem schiefen Lächeln über den sechs Netzmelonen, die er in einem roten Plastikkorb am Arm trägt.

Netzmelonen, die meine Mutter sich einzutippen weigert.

«Bring die wieder zurück.» Ihr glattes Gesicht verzieht sich zu einer grimmigen Miene, voller Verärgerung und Unmut über den Mann, den sie liebt. «Ich warte. Die sind nicht reif. Du musst zur Probe an ihnen riechen.»

Dann überrascht er uns beide mit seiner unverblümten Art. Seinem Liebesangriff, bei dem er so direkt ist, dass wir ihn anfangs gar nicht verstehen.

«Ich brauche dich.»

«Cally kann dir helfen. Sie weiß, wie man Melonen aussucht.»

«Ich meine, ich *brauche dich*.»

«Gehen Sie bitte aus dem Weg, Sir», fordert meine Mutter den Geliebten, den sie jahrelang nicht gesehen oder richtig gesprochen hat, auf. «Nächster Kunde!»

Voller Respekt, ja sogar Bewunderung, tritt er von der Kasse zurück. Dreht sich leichtfüßig um und geht mit den Melonen den Gang hinunter. Mama starrt zornig vor sich hin und ihre

Augen funkeln in Strichcodierungen, während sie Katzenfutter und Käsepäckchen über ihren Scanner zieht. Dosenbohnen. Flaschen. Lose Ware. Teilzeitarbeit, aber sie mag die Abwechslung vom Studium. Der Laden, ihr Laden, ist ein genossenschaftlicher Betrieb im Besitz der Belegschaft. INHABER prangt auf dem Schild an ihrem Kittel. Rozina Roy, in Druckbuchstaben. Sie hat ihren eigenen Namen wieder angenommen. Gleich darunter hat sie in schwarzer, an den Rändern verlaufener Schrift Waubanikway, Frau der Dämmerung, geschrieben. Das hat sie getan, weil sie bei jeder sich bietenden Gelegenheit ihren indianischen Namen benutzt; sie besteht nämlich darauf, dass die Chimookomanug sich ebenso an ihre Sprache gewöhnen, wie sie sich an deren Sprache gewöhnen musste.

Ich gehe zurück zu Frank, der die Luft über den Melonen inhaliert.

Mit gesenktem Kopf schaut er mich an und zieht die Augenbrauen hoch. Seine Augen strahlen, undurchsichtig. Er klopft auf die Melone. «So hat man es mir beigebracht. Das ist vermutlich falsch. Und ich mag sie tatsächlich am liebsten reif.» Er hält sein Gesicht an den Stielansatz. Plötzlich grinst er in das Niemandsland des Ganges, ein freundliches Lächeln, bescheiden, aber viel sagend.

Als ich mit Mama den Parkplatz überquere, komme ich zu dem Schluss, dass ich eine Anomalität in der Generationenfolge bin. Irgendwie das fünfte Rad am Wagen. In alter Zeit hätte Mama sich mittlerweile durch das Kauen von Tierhäuten die Zähne abgewetzt. Die Sonne hätte ihre Haut runzlig gebraten. Sie würde als alt gelten, eine der Stammesältesten, jenseits aller Hoffnung oder Sehnsucht, zufrieden damit, den Jungen und Leidenschaftlichen ihren Rat zu geben. Doch jetzt, mit einer Melone zum Wiegen in jeder Hand, ihren Wegwerfkontaktlinsen in den Augen und ihrem geschnittenen, frisierten, gebürsteten und gesprayten Haar ist sie Antimaterie. Alterslos. Gelassen und schrecklich tüchtig. Obwohl sie die Sturm-und-Drangzeit ihrer Jugend durchlebt hat, die Zeit mit ihrem Ehemann, auch mit Frank, ist jetzt anscheinend kein Interesse mehr vorhanden.

«Er liebt dich noch immer», sage ich auf dem Heimweg, am Steuer des Wagens.

Gereizt haut sie gegen das Fenster, ist aber zu clever und zu desillusioniert, um die Verschämte zu spielen.

«Das weiß ich. Als er später wieder in der Schlange stand, mit diesen Melonen bis unters Kinn, hat er mich sogar eingeladen.»

Ich kann nichts dafür. Seltsame Hoffnung und Angst vor Verlust zerreißen mir das Herz. Meine Vernunft will, dass meine Mutter glücklich ist. Mein Herz will sie ganz für sich.

«Einfach so? Jetzt schon?»

Verzweifelt und resigniert hebt sie die Hände. «Seinen Sinn für Humor hat er offensichtlich auch verloren.»

«Was hat er gesagt?»

«Dass seine biologische Uhr tickt. Darauf habe ich ihm gesagt, meine braucht neue Batterien. ‹Ich würde sie gerne aufladen›, hat er erwidert. Und als ich mir gerade eine passende Antwort zurechtgelegt habe, überreicht er mir natürlich seine Kreditkarte, damit ich sie durch den Schlitz ziehe.»

«Hat wahrscheinlich ganz unschuldig getan. ‹Ich würde sie gerne aufladen.› Schwach.»

«Pah! Seit ich dort bin, ist er ein- oder zweimal aufgetaucht.»

«Erzähl keinen Scheiß!»

«Ich habe dir verboten, in Gegenwart deiner Mutter so etwas zu sagen.»

«Ich bin zwanzig.»

«Umso mehr Grund.»

«Zwanzig ist das Alter der Vernunft», seufze ich resigniert. «Das ist mein Problem. Zu viel Vernunft.»

«Zu viele Gründe. Ausreden.» Meine Mutter knufft mich. «Warum gehst du nicht mit jemandem?»

«Laut Frank mögen die Männer sie gerne reif», antworte ich, und dann fangen wir beide an zu lachen und können nicht mehr aufhören, lachen uns beide kaputt, im Auto auf dem Weg nach Hause, wo er sie wieder und wieder anrufen wird, bis sie mir schließlich anvertraut, sie habe keine Lust mehr, sich gegen die magnetische Anziehung zu sträuben, und ja, sie werde es tun. Der Jahrmarkt hat begonnen. Sie werde hingehen.

Ende August. Es ist Nacht, die Käsebruch-Stände, an denen Dickmilch gebraten wird, die australischen Kartoffeln im Backteig, die im Belagerungszustand befindlichen Chili-con-carne-Buden, die Waffeltüten mit Dips und die Biergärten. Während wir etwas länglich Gewundenes, Blaues essen, schauen wir den Show-Pferden zu, die außerhalb der Arena in einem Sägemehlzirkel üben. So grazil. So zerbrechlich. Mit Hufen wie Nähmaschinennadeln, die an den Seiten des Metallzauns auf und ab sausen, fabrizieren sie Phantasiestickereien. Sie kommen so nah an uns vorbei, dass wir den Atem aus ihren samtenen Nüstern fühlen, die Wärme ihrer glänzend gebürsteten Felle und geflochtenen Mähnen riechen und die Entschlossenheit ihrer zähen kleinen Reiter spüren können.

Mama verhält sich Frank Shawano gegenüber verkrampft, ja distanziert. Es kann aber auch sein, dass die Vergangenheit sie festhält. Sie meint, sie sei damit fertig, ein für alle Mal, mit der Liebe und all den Komplikationen. Aus und vorbei. Eine Erleichterung. Ich verstehe sie und es klingt plausibel. Aber dann ist da Frank, so liebenswürdig, wie er mit den Fingern Zuckerwatte aus einer Papiertüte zupft, um sie erst ihr, dann mir zu geben. Und so bescheiden. Er bewundert die prämierten Kaninchen in allen Formen und Größen, die Skulpturen aus Brotteig, die Elvisgesichter aus Bohnen und Samenkörnern, und er reißt keine Witze über die Maße dessen, was der preisgekrönte Eber zwischen den Beinen hängen hat. Er sieht auch nicht aus, als fühlte er sich in dieser Hinsicht deklassiert, so wie manche Männer, die dem Schwein über die Schulter ebenso neidische wie faszinierte Blicke zuwerfen. Frank täte ihr gut, denke ich, während ich hinter den beiden hergehe. Ich möchte aber auch nicht zu plump sein. Ich halte mich im Hintergrund, stehe abseits, folge ihnen einfach, während sie sich im Zickzack einen Weg zwischen den knisternden, versetzt leuchtenden Lichtern des Hauptdurchgangs bahnen. Wir gehen an den lärmenden Bungee-Springern vorbei, über die chinesische Brücke, immer weiter, bis unmittelbar vor uns das Round-up aufragt.

Zwanzig ist der Dreh- und Angelpunkt, der Sägebock unter der Wippschaukel zwischen jung und verantwortlich. Zwanzig ist die Schwebe. Mit Entschuldigungen meint meine Mutter, dass ich immer sage, ich sei zwanzig, als würde mich das von der Notwendigkeit befreien, die Entscheidungen entweder eines Kindes oder einer Erwachsenen zu treffen. Ich war nie mitten im Leben, nie mitten unter den Menschen. Während ich zwischen Frank und meiner Mutter in dieser aufgekratzten Atmosphäre von Licht, Musik und Jahrmarktgeräuschen stehe, wird mir klar, dass die Mitte gar kein so unsichtbarer Ort ist, wie ich mir das gewünscht habe. Ich beobachte die Leute, wie sie, glücklichen Zombies gleich, zum Eingang des Round-up vorrücken, eine große Menschenmenge. Direkt über ihren Köpfen sehe ich den Ein- und Ausgang für eine weitere Traube von Menschen, die leicht nervös sind und schwatzen, während sie von gelangweilten Helfern festgeschnallt werden. Der Mann, der das Round-up bedient, sieht viel zu jung aus – ein pinselstrichartiger, weicher gelber Bart, das Haar in einem Zopf, ein Ohrring. Geistesabwesend.

Für eine Minute verschwindet er unter der Maschine, dann springt er an sein Musik-Monitor-Schaltpult und fängt an, irgendein merkwürdiges Wolfman-Jack-Geschwalle ins Mikrophon zu leiern.

Mit dem Summen eines gewaltigen Motors und dem Rucken des Getriebes läuft das Round-up langsam an. Hämmernd setzt der tiefe Bass ein, dröhnender Hardrock, ein Aufheulen von Gitarren. Im Stehen festgeschnallt, die Hände seitlich am Körper, werden die Fahrgäste durch angeschweißte Stangen von innen an die Wand einer gigantischen Tortenplatte gedrückt, die sich jetzt zu drehen beginnt, sich gegen die Nacht dreht. Bänder aus grünem, gebrochenem Licht. Wogendes Blau. Rosa. Eine ausgeflippte Kuchenplatte, die auf ihrem Sockel rotiert! Während sie von einer Seite zur anderen kippt, dreht sie sich immer schneller, die Schwerkraft eine Hand, die die Gesichter der Kreischenden zu einer einzigen grünen Dimension platt drückt ...

«Scheint Spaß zu machen», sagt meine Mutter.

Habe ich richtig gehört? Sie wiederholt es. Und zwar in so trockenem Ton, dass ich meine, sie mache Witze, aber das tut sie keineswegs. Und so stehe ich, völlig perplex über Frank und meine Mutter, vor der nächsten Fahrt alleine da und schaue zu, wie sie die Treppe hinauf und in die Käfige steigen, die sich wie die Klauen von Außerirdischen über ihnen schließen. Wieder läuft das Round-up an, diesmal mit Frank und meiner Mutter, die sich an den Stangen und Gurten festklammern und, als die Fahrt richtig beginnt, zu einer Einheit verschwimmen. Da ich das bereits gesehen habe, wende ich mich einen Augenblick ab. Als ich mich in die andere Richtung wieder umdrehe, fange ich zufällig den Blick des Bedienungsmannes auf, das heißt weniger seinen Blick als vielmehr das sonderbare erstarrte Grinsen, das er von seinem Kabuff neben Motor und Getriebe aus durch mich hindurch schickt.

Er starrt mich an und ich starre zurück, bis ich merke, dass er mich gar nicht sieht. Er stiert durch mich hindurch, als wäre er geisteskrank, sein ganzer Körper steif und erstarrt, wie der einer Schaufensterpuppe.

Stoned, fällt es mir wie Schuppen von den Augen. Was ich da sehe, ist die reine Droge, die menschlich-chemische Konfiguration.

«He, Sie da!» Ich gestikuliere in seine Richtung, schreie. Daraufhin wendet er sich ruckartig ab, und mit einem gellenden Wolfman-Gelächter, nur noch verrückter und gehässiger, dreht er die Maschine hoch. Schneller. Höher. Die Fahrgäste, denen von diesem rasenden Auf und Ab regelrecht Flammen aus den Augen schießen, kreischen laut auf. Der Bedienungsmann bekommt allmählich Schaum vor dem Mund. Tollwut! Eine Überdosis! Und er ist konfus, wie von Sinnen. Nur sein alles übertönendes manisches Gelächter dringt durch das hingerotzte Gitarrenriff von Hendrix' «Purple Haze». Der ist total zugedröhnt! Ich stürze los. Andere, ebenso besorgt, tun dasselbe. Wir umringen sein erleuchtetes Kabuff und fangen an zu klopfen, stellen aber fest, dass seine Tür verkeilt ist. Wir, die wir vorher normal waren, zerren und hämmern und jammern jetzt wie die blaugesichtigen Untoten in den Geisterbahnen. Er gibt ein unheimliches Geträller von sich und deklamiert, während er das Innenleben des Round-up auf Hochtouren bringt.

Was von oben folgt, ist schauerlich: Den Fahrgästen dämmert, dass hier irgendetwas ganz entsetzlich schief gelaufen ist, und die ohnehin schon mörderische Fahrt, jetzt ins Unerträgliche gesteigert, schleudert sie erbarmungslos durch Zeit und Raum. Sie brüllen. Kotzen. Verschwimmen. Sie sind wie diese zu Butter geschlagenen Tiger. Ein einziges Gesicht des Grauens, an die innere Wandung des Round-up geschmiert. Sie werden sterben. Hirnschaden, innere Organe zu Brei gequetscht. Ich habe so schreckliche Angst, dass ich nach einem Geländer greife und anfange, zusammen mit einem anderen verzweifelten, auf dem Boden zurückgebliebenen geliebten Menschen die Stange aus dem Laufsteg zu reißen. Damit werden wir das Plexiglasfenster einschlagen, auf die Tür eindreschen, irgendwie den Mechanismus blockieren. Doch halt, eine Frau ist uns zuvorgekommen. Mit einem eisernen Reifenheber drischt sie immer wieder auf das Fenster ein, bis es zerspringt. Leute stürzen zu den markierten Schalthebeln und jetzt, endlich, verlangsamt sich die Fahrt. Alle Fahrgäste sind, als man sie wieder deutlich erkennen kann, die Verkörperung des blassen, geblendeten Schreckens, alle, bis auf eine.

Meine Mutter. Sie tritt aus ihrem Käfig, kein Schwanken, kein einziger Fehltritt. Sie hilft einem wackligen, schlaffen, graugrüngesichtigen, schwitzenden Frank heraus und führt ihn zu einem Platz im Gras, wo er sich in dankbarem Staunen, mit Augen, die sich immer noch drehen, niederlässt. Sie streichelt seine Hand. Sie stützt ihn an der Schulter, legt ihren Arm um ihn und hält ihn liebevoll fest, auf eine Art und Weise, wie sie meinen Vater, soweit ich mich erinnern kann, nie im Arm gehalten hat. Ihr Verhalten ist so anders, so natürlich, so real, so warm und direkt, dass ich plötzlich bildlich vor Augen habe, was soeben mit ihr passiert ist.

Meine Mutter ist geschält worden. Sämtliche Schichten von Konvention und ironischer Distanz sind abgekratzt. Der ganze Knochenpanzer, den sie der Welt vortäuscht. Durch die Fliehkraft ist sie entblößt und innerlich durcheinander gewirbelt worden. Die Wucht der Schwerkraft hat alle ihre Vorbehalte zunichte gemacht.

An diesem Abend ruft er an. Ich höre sie lange telefonieren. Sie geht fort, kommt zurück, legt sich schlafen. Am nächsten Tag ruft er wieder an. Sie schießt hoch, geht auf und ab. Übersät mit den Sprengstücken einer emotionalen Last. Ich kann Gefühlswallungen spüren, wie Banner mit scharfen Rändern, gewaltige Empfindungen, die, mit einem Mal freigesetzt, von ihr ausgehen. Sie ist angezogen, aber unordentlich, und als ich versuche, ihren nach innen geschlagenen Kragen umzudrehen, haut sie mir auf die Hand. Geht in eine Ecke des Raums. In diesem Augenblick, wo ich sehe, wie ihr Rücken und ihre Schultern zittern, wird mir klar, dass es zu groß, zu viel für sie ist. Bleischwer zieht es sie hinunter. Sie fällt hinein. Schwerkraft. Sie kann ihre Gefühle nicht mehr beherrschen. Und was mich betrifft, ich bin leer, hungrig, mir ist kalt. Es ist schrecklich, die eigene Mutter verliebt zu sehen.

Wir haben diese irdischen Körper. Wir wissen nicht, was sie wollen. Die halbe Zeit tun wir so, als hätte unser Verstand sie unter Kontrolle, aber das ist die Illusion der Gesunden und Behüteten. Der abgeklärten Liebenden. Nicht so meine Mutter. Denn der Körper hat Empfindungen, die er ohne Rücksicht auf irgendjemanden oder irgendetwas hervorbringt und durchlebt. Liebe ist vermutlich eine davon. Die Rückkehr zu etwas sehr Altem, das, während wir heranwuchsen, in unser Gehirn eingearbeitet wurde. Hoffnungslos. Glühend heiß. Gewöhnlich. Er spürt es auch, sonst würde sie bestimmt verrückt. Schon klingelt im anderen Zimmer das Telefon, und als meine Mutter mit ausgestreckter Hand zum Hörer geht, scheint sie zu schrumpfen und in den ständigen Sog hineinzufallen.

15
TRÄNEN

Klaus Shawano

Richard weinte wieder. Wir waren es leid, ihn heulen zu hören, da wir nie wussten, ob er aufhören würde. Meine Kleider waren schmutzig; also lieh ich mir Hosen von meinem Mentor, zog sie an, verließ unser Wohnheim und ging sechs Straßen weiter zum Haus des Priesters, einer grünen Holzkonstruktion mit Veranda. Wartete auf der Veranda. Der Pater kam an die Tür und ich sagte zu ihm: «Richard weint wieder.» Der Pater sah mich an, als wollte er sagen: He, ich war gerade mit etwas anderem beschäftigt, und jetzt das! Dennoch machte er, zum Zeichen seines Einverständnisses, eine schwungvolle Bewegung mit Kopf und Armen und nahm seine alte braune Jacke vom Haken. Er drehte den Schlüssel im Türschloss um und ging neben mir her die Straße zurück.
«Wie lange geht's denn diesmal schon?»
«Zwei Tage.»

Manchmal bewirken Drogen, ärztlich verordnete, meine ich, überhaupt nichts. Es gibt Schmerzen, bei denen sogar die erlaubte Höchstdosis nicht ausreicht. Richards Rolle bei dem, was mit seinem kleinen Mädchen passiert war, gehörte zu dieser Art unfassbarem Leid, das man nicht einmal aus der Welt trinken konnte, egal, wie lange und wie hartnäckig man es versuchte. Ich weiß Bescheid. Ich habe auch solche Leiden. Jetzt, wo er nüchtern wurde, erinnerte sich Richard wieder einmal an den Verlust, und immer, wenn er das tat, fing er an, die falsche Tragödie zu erzählen, verheddert sich in irgendeinem falschen Szenario von Tod und Verlust, schob einer Frau die Schuld zu, verfiel wieder in diese Heulerei. Und wir anderen fünf in diesem Haus, die wir versuchten, nüchtern zu bleiben, hätten am liebsten zur Flasche gegriffen, nur um uns dem Geräusch seines Männerschluchzens, das spät in der Nacht zu einem befremdlichen Bellen, zu Wörtern in einer Hundesprache wurde, zu entziehen. Manchmal, wenn er um sich schlug, hörte es sich an, als wäre eine ganze Horde von Hunden im Raum, als würde darüber gejammert und diskutiert, was es hieß, Hund zu sein und ein Leben in der Haut eines Hundes zu führen.

Wir schliefen alle mit dem Kissen über dem Kopf.

An diesem Nachmittag allerdings war ich gekommen, um den Pater zu holen, weil Richard sein Innerstes nach außen kehrte. Eine defekte Wasserleitung. Man konnte das schmerzhafte Bersten von Luftbläschen in seinen Lungen hören, ihr blaues Knistern wie das von Plastikschutzhüllen aus der Reinigung. Seine Rippen knarrten. Der Druck stieg bis hinauf in die Nackenwirbel. Bei dieser Art zu weinen war er jetzt angelangt und sein Schmerz nahm das ganze Haus ein. Und er weigerte sich, sein Zimmer zu verlassen und herunterzukommen, was natürlich wesentlich war. Konnte nicht essen. Ganze Bissen blieben ihm im Hals stecken, würgten ihn. Kleine Schlucke aus einer Tasse Milch – das war alles, was er zu sich nehmen konnte.

«Ich kann ihn nicht dazu bringen, herunterzukommen, Pater; würde es Ihnen wohl etwas ausmachen, hochzugehen?»

Da er sich nun schon darauf eingelassen hatte, ging der Pater.

In seinem Zimmer, dessen Tür nicht verriegelt oder sonst wie versperrt war, weinte Richard leise. Ich ließ mich nicht davon täuschen, dass alles still war, als ich eintrat. Ich wusste, dass er vielleicht eine Stunde lang auf seinem Bett liegen und wie ein kaputter Rasensprinkler Tränen aus seinen Augen pumpen würde, und die Tränen würden langsam seitlich an seinem Gesicht herunterlaufen und das Bett, die Rückseite seines Hemdes, seine Nackenhaare und Schultern durchnässen. Als der Pater eintrat, richtete er sich auf. Sein Gesicht tropfte. Es war, als hätte jemand einen Eimer Wasser über ihn gekippt. Ich stand hinter dem Priester. Ein paar Mal hatte das bloße Eintreten des Paters geholfen, die Tränen, die Richard vergoss, unter Kontrolle zu bekommen.

«Pater», sagte Richard, einen Moment lang sehr ernst und aufrichtig. «Dass meine Kinder tot sind, macht mir jetzt gar nicht mehr so viel aus. Das habe ich akzeptiert. Aber dass sie noch Zeit hatten, Angst zu bekommen.»

Das war eine alte Masche – unfähig zu sagen, was wirklich passiert war, übernahm Richard andere Geschichten, die er nur bruchstückhaft gehört hatte, und machte sie sich so gründlich zu Eigen, dass er sich darüber in den Schlaf weinte. Je schlimmer, desto besser. Der Pater wusste natürlich nie genau, welche von all den Geschichten stimmte. Dies war, nehme ich an, die mit dem Wohnungsbrand, bei dem alle seine Kinder – manchmal vier, fünf, aber niemals nur eins – verbrannt waren.

«Das wissen Sie gar nicht, Richard», wandte der Pater ein.

«Leider doch», erwiderte Richard, wobei sein Gesicht rot anlief. «Leider doch.»

Der Pater schwieg. Seine Hände umfassten die Knie. Er ist ein großer, blasser, grob gebauter Mann mit einem runden, flachen Pfannkuchengesicht, schlaffer Haut und dem trägen Körper eines Golfspielers. Schwer und schlaksig ließ er sich auf Richards Stuhl nieder, einem Klappstuhl, der von knarrenden Bolzen zusammengehalten wurde. Ich wusste, dass der Pater fieberhaft überlegte, was er als Nächstes sagen könnte und was ich wiederum aufzuschnappen hoffte. Schließlich war er Profi. Ihm fiel jedoch auch nichts sonderlich Kluges ein, zunächst jedenfalls. Richard streckte sich wieder auf dem feuchten Bett aus, und aus seinem ganzen Gesicht quollen die Tränen wie Schweißperlen.

«Sie haben sie sehr geliebt», stellte der Pater schließlich fest.

Als Antwort entströmte Richard ein gewaltiges, heiseres Brüllen, wie von einem Zootier. Er drehte sich im Bett um. Dann drückte er seine Stirn an die Wand und verharrte in dieser Position – reine Effekthascherei, dachte ich unwillkürlich. In mir zog sich etwas zusammen. Genervt von achtundvierzig Stunden ununterbrochenem Weinen, setzte ich diese Geschichte fort, so, wie er es sich immer wünschte, nur ließ ich Richard Whiteheart Beads nicht so leicht davonkommen.

«Du hast deine Kinder so sehr geliebt, dass du saufen gegangen bist und ihre Mutter unten hast feiern lassen. Sie war im ersten Stock bei eurem Vermieter. Wenigstens», bemerkte ich, «hat sie für die Miete gesorgt, den Lastwagen verkauft.»

Da hatte ich etwas Reales erwähnt, seinen Lastwagen. So was Blödes, dachte ich. Ich wunderte mich über meinen Ausrutscher, aber ich war müde. Richards Luftblasenschluchzer hielten mich wach. Anfangs schien es, als hätte er den Ausrutscher gar nicht gehört; er machte einfach weiter mit seinem Phantasiegespinst aus Selbstmitleid und Vorwürfen. Eifrig nickend nahm er den Faden auf.

«Hätte sie bloß nach einem Monat aufgehört! Und nicht versucht, die ganze Miete ranzuschaffen! Offensichtlich, Pater, hat sie ihre Sache bei unserem Vermieter so gut gemacht, dass er mit der uralten Zigarette in der Hand umkippte, während sie, in vieler Hinsicht kein schlechter Mensch, meine Frau Rozin, auf jeden Fall sauber, seine funktionierende warme Dusche am Ende des Korridors ausnutzte. Sich mühsam durchs Badezimmerfenster zwängte. Als seine Vorhänge Feuer gefangen hatten, haben sie wie ein Docht zum Stockwerk darüber gewirkt. Und dann flog irgendeine Gasleitung in die Luft.»

«Ich glaube nicht, dass sie noch Zeit hatten, aufzuwachen», sagte ich zu Richard, bemüht, meinen dummen Ausrutscher mit dem Lastwagen wieder gutzumachen; ich merkte aber auch, dass das, was ich sagte, den Pater auf falsche Gedanken brachte. Und wie!

«Es gab eine Explosion, erinnern Sie sich?» Der Pater, dessen bebende Stimme seine Emotion verriet, stieg jetzt richtig ein. «Das haben Sie gesagt.»

«Ich wollte das glauben. Ich habe es mir so vorgestellt», rief Richard hinter einem Kissen hervor, «was mir aber heute Schwierigkeiten macht, ist eine Erkenntnis, von der ich später erfahren habe. Dass sie nämlich unter ihren Betten gefunden wurden. Sie müssen darunter gekrochen sein, oder? In Panik. Aneinander gedrängt.»

«Richard», widersprach der Pater, «Kinder schlafen dauernd unter ihren Betten.»

«Nein, tun sie nicht», gab Richard zurück. «Sie kriechen nur unters Bett, um sich zu verstecken, das ist alles. Ich war auch mal ein Kind.»

«Ich auch», entgegnete der Priester. «Ich habe gerne unterm Bett geschlafen. Meine Brüder und ich haben unsere Kissen mitgenommen.»

«Keine Kissen», konterte Richard streitlustig. «Man hat keine Kissen gefunden. Was beweist, dass sie aus Angst darunter gekrochen sind.»

«Ach wirklich? Vorhin haben Sie doch gesagt, dass die Kissen in Flammen aufgegangen sind. Sich in nichts aufgelöst haben. Bei einer solchen Hitze. Es war eine Sache von Sekunden, Richard. Sie sind nicht einmal aufgewacht.»

«Hatten gar keine Chance», erwiderte Richard, als sei das sein Stichwort. «O Gott, o Gott, sie hatten gar keine Chance.»

Halt's Maul, dachte ich. Du warst Deannas Chance.

Er verging vor Selbstmitleid. Er war damals ein Arschloch gewesen und war heute ein Arschloch, mit dem einzigen Unterschied, dass ihm jetzt, wo er ein Arschloch im Entzug war, die Leute zuhörten; ich fragte mich wirklich langsam, warum eigentlich, denn als Mensch würde Richard nicht einmal in stocknüchternem Zustand etwas von Bedeutung leisten. Wenn überhaupt, würde er höchstens das Niveau einer sozialen Molluske erreichen.

Das erinnerte mich an die Nahrungskette und an die Frage, warum dieser Typ es verdiente, an deren Spitze zu stehen. Theoretisch konnte er alles verschlingen, was auf der Erde graste, pickte, krabbelte und wurzelte oder im Meer schwamm. Und womit hatte er sich diesen Status verdient?

«Eine Cheeseburger-Junior-Tüte», sagte ich, so als gäbe ich, in den weitaus besseren Tagen der Jugend von jemand anderem, aus einem Autofenster heraus eine Bestellung auf. «Verdienst du den Neunzig-Gramm-Hamburger? Ich sage weder ja noch nein. Egal.» Dann fügte ich hinzu: «Vermutlich hast du seit Deannas Tod gar keinen mehr gesehen.»

Mit einem rätselhaften Gesichtsausdruck starrte Richard mich an. Dass ich seine Tochter in einem so nüchternen und sachlichen Zusammenhang erwähnte. Seine Deanna war selbstverständlich tabu. Aber ich war mit meiner Geduld und meinem Mitleid am Ende, weshalb ich auch den Pater geholt hatte. Ich habe einen Job bei einer Reinigungsfirma, für den ich wach sein muss, außerdem zwei Wecker; mein eigentlicher Job besteht allerdings darin, die Folgen meiner Versäumnisse irgendwie in den Griff zu kriegen. Schon mein eigenes Leben unter Kontrolle zu behalten ist schwierig. Als ich hier ankam und zusammen mit meinem Kumpel Richard einzog, besaß ich absolut nichts. Müllsäcke dienten uns als Kleidung, Schlafsack und Wetterschutz. Immerhin, pflegte ich zu sagen, waren es Designer-Müllsäcke. Qualität. Für mich bitte kein Billigplastik! Mein ölig glatter schwarzer Smoking von Hefty. Ich habe mein ganzes Zeug in meinem indianischen Koffer mitgebracht. Hefty. Ich habe im Freien übernachtet. Hefty. Zehnlagig. Robust. Eigentlich gehört da Müll rein – das heißt ich. So dachte ich damals.

«Gott produziert keinen Abfall, Richard», sagte ich, mehr zu mir selbst. «Vielleicht kannst du schlafen.» Was so viel bedeutete wie: Vielleicht kannst du wenigstens *mir* eine Chance geben zu schlafen. «Jetzt, wo du mit dem Pater gesprochen hast, findest du vielleicht eher Frieden oder so was.»

Ich vermute jedoch, dass mir ins Gesicht geschrieben stand, was ich wirklich von Richard hielt, denn er warf mir nur einen Blick zu, und seine Augen wurden kalt und klein, so braun wie bitterer Kaffeesatz. Seine wie geohrfeigt wirkenden roten Wangen spannten sich an, wölbten sich nach innen und außen. Ungeduld. Verrat. Zu meinem Leidwesen bauten sich schon wieder Schluchzer auf, Monsun-Schluchzer, aber als er sprach, klang seine Stimme kühl und gehässig.

«Deinen hast du verschenkt», wandte er sich jetzt an mich. «Sie Whisky picheln zu lassen. Immerhin hast du die Frau gekidnappt, oder etwa nicht?»

«Sie wollte mitgehen.» Ich brachte es heraus, wenn auch mit ganz schwacher Stimme.

Mein Gesicht wurde ausdruckslos, wie betäubt, vor den Kopf geschlagen.

«Klar.» Verachtung in seiner Stimme. «Logisch. Du hast sie entführt, und dann hast du sie zusammengeschlagen und betrunken gemacht. Ihre Töchter sind immer noch irgendwo da draußen. Sie kriegen dich, Klaus, sie wissen, dass du ein mieser Betrüger bist. Du hast deine Frau kaputtgemacht, Klaus. Ich habe gesehen, wie hübsch sie war, als du sie hergebracht hast, und was für eine verkommene Säuferin sie durch deine Schuld geworden ist.»

Aus unserer Gruppentherapie wusste er alles, jede Einzelheit.

«Du bist ein toter Mann. Mit dir ist es aus!», schrie ich.

Doch Richard lachte, lachte mich aus. Alle meine Ausreden

sind jetzt und in Zukunft nutzlos. Die Hand des Paters lag auf meinem Rücken. Ich schüttelte sie ab. Nichts an diesen Behauptungen, nicht einmal das mit dem Betrüger, war so gemein wie das, was ich mir selbst sagte. Dennoch war es so, wie wenn ein Hund, der auf dem Boden schläft, einem nach der Ferse schnappt. Wie betäubt, und dann, o Gott. Einfach so. Plötzlich fühlt man seine Zähne auf dem Knochen.

«Pater» – mit einer Kopfbewegung zur Seite wies ich auf Richard –, «er gehört Ihnen. Ich halte das nicht mehr aus. Wirklich.»

Draußen, am Ende der Straße, steht auf einem von Hunden voll geschissenen Rasendreieck eine Bank. Ein paar eingeschnürte, dunkelrot und ambrosiafarbene Löwenmäulchen sind dort von wer weiß wem gepflanzt worden. *Geh lieber dahin*, sagt eine Stimme. Ich schätze, es ist mein Hund, Windigo. *Verschwinde. Schau dich nicht um. Komm erst zurück, wenn dieser Spinner von Richard aufhört zu heulen.* Kümmere dich hier und jetzt nur um dich selbst und konzentriere dich auf die nächsten fünfzehn Minuten deines Lebens. Das habe ich nämlich nie auch nur einen Tag lang geschafft, ich nicht. Mal eine Stunde. Zwei Stunden. Vielleicht einen halben Tag. Oder auch nicht.

Und ich denke an sie. Hin und wieder fragen sie mich, die anderen, was an ihr denn eigentlich so toll gewesen sei? Was sie gemacht habe, im Bett zum Beispiel, oder was sie gekocht habe? Ob es etwas gewesen sei, was sie mit ihren Händen oder ihrem Gesicht gemacht habe, irgendetwas Besonderes vielleicht? Eine Art zu lieben. Ein Essen. Nichts Bestimmtes, antworte ich. Sie hat nie nach Rezept gekocht. Kartoffel- oder Nudelauflauf, solche Sachen. Das war es nicht. Sie fragen, ob sie Kinder von mir gehabt habe. Nein, sage ich. Keine Kinder. War sie mit dir verwandt? Gehörte sie zu deinem Klan?

Manchmal denke ich, ja.

Wenn ich am tiefsten unten bin, hole ich mir Trost bei der

Vorstellung, dass sie nur ein Teil meiner Phantasie war, meine hübsche Antilopenfrau. Ich weiß aber, dass sie in jeder Beziehung real ist. Am meisten Angst macht mir die simple Tatsache, dass meine Sweetheart Calico eine andere Person ist als ich. In einem anderen Körper lebt, sich in einer anderen Haut bewegt. Andere Gedanken denkt, von denen ich nichts wissen kann. Eine Freiheit will, die ich ihr nicht geben kann.

Sie hat mich da hineingezogen, sage ich voller Gier, kann sie das jetzt nicht auch in Ordnung bringen?

Ich weiß jedoch und es erfüllt mich mit düsterer Scham, dass ich nur Entschuldigungen für meine Trappergelüste suche. Ich bin in einem Netz aus Löchern gefangen. Ich weiß nicht, wie ich mich von dem Wunsch befreien soll, sie möge in mir sein, bei mir, ein Teil von mir, in meinem Essen, dem Wasser und dem Alkohol, den ich getrunken habe. Ich weiß nicht, wie ich den Teufelskreis meiner Gedanken durchbrechen soll.

Früher hat man sich von der Stirn bis zum Kinn den roten Streifen der Trommel ins Gesicht gemalt. Jetzt sitze ich auf der geschnitzten Bank in dem verheißungsvollen, hässlichen kleinen Park und schließe die Augen. Ich stelle mir den aufgemalten Streifen vor. Versuche, mich gleichmäßig aufzuteilen – in zwei Teile. *Sende in jede Richtung eine Hälfte deiner selbst.* Westen, Osten. Lass sie mit der westlichen Hälfte gehen, frei. Doch der Teil von mir, der nach Westen geht, streckt die Hand aus und klammert sich an meine Liebe wie ein Baby, folgt ihr in die himmelverhangene Weite.

16
KAMIKAZE-HOCHZEIT

«Es gibt eine Sorte von Problemen, nach denen Frauen schmachten und seufzen und die sie verfluchen, wenn sie sie erst einmal haben, wie ein zu teures Kleid, das man nicht zurückgeben kann. Diese Probleme nennt man Ehe», erklärte Cecille. Da sie eine Ausbildung zur Radiokommentatorin absolvierte, trainierte sie ständig ihre leise, weiche, cremige Stimme. «Es passiert nicht automatisch. Es gibt keine großartige Verbesserung. Status. Zufriedenheit. Nicht einmal Sex, wann immer du willst. Es *interessieren* sich nämlich gar nicht alle Männer für Sex. Diese weißen Satin-Pumps, für die meine reizende neue Schwägerin einen Haufen Geld bezahlt hat, sind womöglich Schuhe aus rot glühendem Eisen, die mit ihren Füßen verschmelzen! Ich habe versucht, es ihr zu sagen! Aber die Wünschelrute deutet nun einmal auf das Alter, in dem wir uns zum Gebären bestimmt fühlen, und ich konnte sie nicht wegdrehen.»

«Zufälligerweise», versetzte Cally mit einer Spur von Wichtigtuerei in der Stimme, «hat meine Mutter bereits geboren – nämlich mich. Und ich möchte zu behaupten wagen, dass sie aus anderem Holz geschnitzt ist und aus den richtigen Beweggründen heraus den richtigen Ehemann gewählt hat.»

«Das sagst du. Das sagen sie alle.» Cecille Shawano zeigte ein sparsames, unverhohlenes Grinsen, und beim Lachen schimmerten ihre langen Schneidezähne. «Wir werden sehen.» Sie war dabei, Brot zu braten. Während sie mit der Zange eine goldene Scheibe herausholte, ließ sie vorsichtig ein weiteres flaches Stück Teig von ihrem glänzenden Spatel in den Teich aus zischendem Öl gleiten.

Hinter den verschlossenen Türen der Bäckerei zeigte sich in der Hochzeitsküche der sanfte Wahnsinn von Frauen. Jede einzelne glühte vor Eifer, erweckte den Eindruck, wichtige Entscheidungen treffen und Gefahren abwenden zu müssen, gebärdete sich, als wäre die Fertigstellung von gedünsteten Nudeln, gebratenem Brot, Buttergemüse, einem Reisring oder Kartoffelsalat mit Senf und Mayo eine kaum zu ertragende Bürde. Dass etwas misslingen könnte, wurde nicht in Betracht gezogen, obwohl hin und wieder durchaus etwas danebenging, eine von ihnen den Löffel hinlegte und ihr Kinn auf die Hand stützte. Hier bewährte sich die unerschütterliche Nervenstärke aller Shawano- und Roy-Frauen, in der sich das innige Zusammenspiel der verschiedenen Temperamente – französisch, deutsch, Ojibwa und sicher auch etwas Cree – offenbarte. Schäumend vor Wut kippte eine Köchin den Teig aus, den sie, ohne es zu merken, mit einem faulen Ei verdorben hatte, spülte eine geronnene Sauce, die nicht mehr aufgeschlagen werden konnte, den Ausguss hinunter, machte sich dann verbissen daran, von neuem zu formen und abzumessen, bis das wiederhergestellte Präsent unter Alu- oder Klarsichtfolie im voll gestopften Kühlschrank verstaut war.

Diese Frauen waren zwar pedantische Köchinnen, hatten aber eigentlich andere, sehr anspruchsvolle Berufe, genau wie die Roy- und Shawano-Männer (die auch kochten).

Bei den Männern in dem kleinen Garten hinterm Haus, wo die Zeltplane für den Hochzeitsempfang aufgespannt war, ging es dagegen entspannter zu. Die Pflichten, die sie zu diesem Zeitpunkt zu erfüllen hatten, waren nicht von so elementarer Bedeutung. Für einen Herbsttag war das Wetter prächtig, klar und einigermaßen warm. Brüder und Cousins, Arbeits- und Angelkollegen stellten lässig Stühle und Tische für das Fest auf, das später stattfinden sollte. Die Roy- und Shawano-Männer waren Sprücheklopfer, Angelphilosophen, Witzeerzähler, aber auch Abfallentsorgungstechniker, Bäcker, Juristen, Lehrer, genau wie die Frauen. Rozins neuer Schwager Puffy Shawano war Stammesrichter. Frank, der Bräutigam, arbeitete am Hochzeitskuchen. Klaus bemühte sich, dem Bierkühler fernzubleiben, schaffte es jedoch nicht. Er versuchte, an dem Bier, das auf wundersame Weise in seiner Hand gelandet war, zu nippen, nur zu nippen. Trank hastig. Stellte das Bier hin, nahm es wieder. Und immer wieder, wobei er gelegentlich innehielt, um Leinenbeutel zu falten oder die Zeltschnüre aus Nylon wegzupacken oder den Zellophanstreifen von einer Zigarettenschachtel abzureißen und sich eine herauszuklopfen.

«Nichts auf dieser Welt ist ohne Risiko.» Puffy setzte sich rittlings auf einen weißen Stuhl, um Klaus dabei zu beobachten, wie er der im Gras leuchtenden Dose widerstand, von der goldene Schweißperlen herabtröpfelten.

«Wir sind alle Raubtiere.» Darrell, ein Cousin des Bräutigams. «Deshalb ist so was wie das hier auch so bedeutungsvoll. Diese beiden, die sind anständig. Er ist ein Mann, mein Cousin. Und verhält sich auch so. Mr. Frank Shawano. Er ist kein Jammerlappen.»

«Das war Whiteheart Beads auch nicht. Allerdings war er Stammespolitiker.»

«Er ist heruntergekommen.»

«Wie weit kann man denn noch herunterkommen?»

«Zum Reporter», antwortete Puffy. Sein Fuß schnellte vor und schubste die Bierdose um. Klaus sah ihn an. «Im richtigen Leben ist Richard, glaube ich, ein Säufer.»

«Mit anderen Worten», sinnierte Klaus, während er versuchte, das überlaufende Bier, den Schwindel erregenden Duft von Hopfen und Schaum zu ignorieren, «er hat es zu etwas gebracht.»

«Rozin wird bald Anwältin sein!», schwärmte eine der Cousinen der Braut.

«Langsam. Es besteht noch immer die Möglichkeit, dass sie zu ihren menschlichen Ursprüngen zurückkehrt.»

«Mach dir nichts vor, sie wird die Prüfung schaffen. Sie wird eine gute Anwältin.»

«Staatsanwältin.»

«Nicht nur. Sie hofft darauf, Leiterin der Staatsanwaltschaft zu werden. Oder schwankt sie noch immer?»

«Nein, mein Freund, jetzt nicht mehr. ‹Sympathy for the devil› ist abgehakt.»

«Weil der Teufel seine Klauen in uns allen hat.»

«Sie sind alle gleich – der Polizist, der Kriminelle, der Verteidiger, der Staatsanwalt; alle haben sie ein unerschütterliches Vertrauen in die Formbarkeit der Wahrheit», meinte Puffy.

«Die Wahrheit ist, dass es viele Wahrheiten gibt», erwiderte Klaus. Die Nähe von noch mehr eisgekühlten Dosen und Flaschen brachte ihn völlig durcheinander. Er fand, dass er vielleicht einen kleinen Spaziergang machen sollte, um seinen Kopf klar zu bekommen. Er fuhr mit der Hand in die Kühlwanne und griff diesmal, obwohl seine Finger sehnsüchtig über ein Schlitz strichen, nach einem Sodawasser.

Nachdem die Männer skeptisch den Himmel beäugt und mit zufriedenem Nicken festgestellt hatten, dass weit und breit kein Wölkchen zu sehen war, gaben sie einander wortlos ihr gegenseitiges Einverständnis zu erkennen und wechselten das Thema.

«Sie werden schon klarkommen.»

«Keine Frage.»

«Wie auch nicht?»

Die Männer hielten inne und wandten ihre Blicke der Braut zu, die in abgeschnittenen Jeans und einem eng anliegenden purpurnen T-Shirt über den Hof schoss, um irgendetwas Lebenswichtiges zu erledigen. Rozin. In der Küche waren die Frauen sogar jetzt noch damit beschäftigt, Vergleiche zwischen Ehemann eins und Ehemann zwei anzustellen. Frank hatten sie bereits durchgehechelt. Er war anscheinend normal. Besaß Leidenschaft, die sie alle übereinstimmend für nötig hielten. Bisher jedoch keine Tendenzen zu selbstzerstörerischer Verrücktheit. Jedenfalls soviel sie bis jetzt mitbekommen hatten. Eine Wohltat.

Jetzt dachten sie über diese Katastrophe – Richard Whiteheart Beads – nach.

«Er war schlank, fand sich aber immer zu dick.»
«Und gut kleiden konnte sich der Mann.»
«Elegant.»
«Genau. Elegant war er.»

Doch das Wort klang düster in ihren Ohren. Mit Richard Whiteheart Beads, der in seiner Jugend ein Kandidat für das Amt des Stammesoberhauptes gewesen war, ging es immer mehr bergab. Noch am Abend zuvor hatte er Cally angerufen, um zu fragen, warum er nicht zu der Hochzeit eingeladen war.

«Er wollte Trauzeuge sein!» Sie lächelte gezwungen, um nicht zu zeigen, wie sehr sie sich für ihren Vater schämte, und verdrehte die Augen. «Versager!»

Der Anruf hatte sie verwirrt. Richard kannte alle Einzelheiten der Hochzeitszeremonie, die in einem nahe gelegenen Park stattfinden sollte, und des anschließenden Empfangs zu Hause. Gespenstisch, aber typisch. Entzug hin oder her, er war nach wie vor abhängig, die innere Droge war immer da. Als er gefragt hatte, warum er nicht eingeladen war, hatte gekränkte Eitelkeit in seiner Stimme mitgeschwungen. Daraufhin hatte Cally versucht, eine höfliche Entschuldigung zu stammeln, doch er hatte mitten im Satz abrupt den Hörer aufgeknallt.

Durch diesen Gegensatz wurde Franks solide Art noch augenfälliger und der Stolz der Familie über die Verbindung zwischen Braut und Bräutigam kannte keine Grenzen. Die Männer glaubten, die Liebe des Bräutigams beruhe auf elementarster Anziehung und sei offensichtlich durch nichts zu erschüttern. Natürlich wusste nur Frank selbst Bescheid, und nicht einmal er wusste die ganze Wahrheit. Die Frauen kannten zwar die Geschichte dieser tiefen Liebe, wussten aber auch nicht alles.

Frank hatte Rozin mit einer gewissen Andacht erzählt, dass er sie wegen ihres praktischen Wesens und ihrer Willensstärke liebte. In Wirklichkeit war er verrückt nach ihr, weil sie für ihn genauso roch wie das rohseidene Kleid seiner Mutter in seiner Kindheit und der romantische Schrecken eines Gewitters an einem heißen Sommertag. Sie roch nach den Radieschen, die seine Mutter heimlich aß, während sie im Heuschober historische Romane las. Sie schmeckte nach gerösteten Zwiebeln. Nach zerlaufenem Eis. Nach der Süße von Zibet. Nach heißer Himbeergrütze und Hefebrot. Mit anderen Worten, sie hatte seine Seele auf einer unterbewussten Ebene, auf der jede Rettung ausgeschlossen war, gefangen genommen.

Diese Liebe sprach, wie alle übereinstimmend feststellten, aus dem Blick, mit dem er sie anschaute, wenn sie vorbeiging, so flott und strahlend in ihrem professionellen Auftreten, oder sich wie eine Marionette, der die Fäden durchgeschnitten wurden, in plötzlicher Erschöpfung aufreizend auf einen Stuhl fallen ließ.

Rozins Liebe beruhte auf einer ähnlichen Botschaft, die sie erhalten hatte, als ihre Welt noch jung war: Franks ungezwungenes Benehmen, die kräftigen geschwungenen Schultern und lang gestreckten, bärenhaften Muskeln eines guten Schwimmers und der nachdenkliche Zug um seinen Mund waren ihr zutiefst vertraut. Seine Stimme, die über den Köpfen anderer Menschen erklang wie die eines Eisenbahnschaffners, offen und mit dem Aplomb eines Küchenchefs, ließ Rozin vor Stolz erschauern. Wenn seine gebieterischen Gesten ihr hin und wieder auf die Nerven gingen, sagte sie ihm das. Die Ehrlichkeit in ihrer Beziehung erstaunte sie beide.

Das Problem an diesem Tag der Tage entstammte der Vergangenheit. Der Geschichte. Richard Whiteheart Beads. Geschichte bedeutet Schmerz, und eine Leidenschaft ohne Eifersucht im Hintergrund ist unvollständig.

Rozins zwei älteste Cousinen waren Knaus-Ogino-Zwillinge, kaum mehr als ein Jahr auseinander. Ruby und Jackie. Ihre Eifersucht auf Rozin hatten sie schon vor langer Zeit abgelegt, zusammen mit dem größten Teil ihrer langen dunklen Haare, die ihre Mutter mit grimmiger Entschlossenheit frisiert, gekämmt und vor dem heiß ersehnten Pagenschnitt bewahrt hatte. Nun waren die beiden Schwestern zusammen mit Cally und Cecille als kurzhaarige Organisatorinnen für den äußeren Rahmen des Ereignisses zuständig, während ihre langmähnigen Mütter und Tanten über die bedeutenderen Dinge wie Essen und Kleiderordnung wachten und es sich zur Aufgabe machten, Männer mit Aufträgen loszuschicken. Aufträge gab es zuhauf, Männer auch. Irgendwo zwischen diesen Autoritätsebenen hing Frank Shawanos Schwester Cecille.

Ruby und Jackie waren stämmige Brünette, ganz im Gegensatz zu Cecille, die klein und, was sie mit besonderem Stolz erfüllte, gertenschlank war, steife, frisch gefärbte blonde Haare mit roten Strähnen und grell pinkfarbene Lippen hatte. Sie war eine furchtbare Egoistin, die bei jeder Gelegenheit das Gespräch an sich riss, um ihre eigenen Erfahrungen zum Besten zu geben. Sie reagierte nie auf andere, sondern stellte sich über sie. Wertschätzung kannte sie nicht; sie überrumpelte, besiegte und beherrschte jeden um sich herum, indem sie in unerbittlicher, aggressiver Manier einfach nicht zuhörte – das heißt, wenn ihr danach war, hörte sie schon zu, aber nur, um sich ein Stichwort für ihre eigene komplizierte, ichbezogene Geschichte liefern zu lassen.

Cecilles Wesensart vertrieb zwar nach und nach alle Freunde, aber innerhalb ihrer Familie besaß sie einen unseligen Einfluss, den sie geschickt ausspielte. Sie hatte sich noch nicht fortgepflanzt, was ihr eine gewisse Macht verlieh. Jede Einzelheit ihres Lebens erschien ihr entscheidend und folglich mitteilenswert. Während einer Krise konnte sie ihre Mitmenschen an den Rand der Verzweiflung bringen.

In diesem Augenblick, als die Hochzeitsgesellschaft sich anschickte, zu dem von Frank vorgeschlagenen Ort der Trauung an einem wunderschönen Steilhang zu fahren, überzeugten die Frauen sich davon, dass jedes Detail für das Fest in genau der richtigen Reihenfolge organisiert war. Vor lauter Spannung lag ein magnetisches Summen in der Luft. Cally fragte sich nervös, wie der spektakuläre Hochzeitskuchen, den Frank zauberte, geschnitten und jedem einzelnen Gast serviert werden sollte. Ihr war gerade aufgegangen, dass Hochzeitskuchenteller aus silbern beschichteter Pappe eine absolute Notwendigkeit waren. Vor einem halben Jahr hatte sie sie gekauft. Und ausgerechnet an diesem Morgen verlegt.

«Würdet ihr bitte, könntet ihr ... oh.» Ihre Stimme kam von ganz tief unten. Sie stand da, hielt sich die Hände an den Kopf und versuchte sich zu besinnen. «Ich kann die Pappteller für den Hochzeitskuchen nicht finden. O nein. Sie müssen hier sein. In irgendeiner Tüte, einer Plastiktüte, glaube ich!»

«Ich habe auch einmal ein paar Teller verloren. Jedenfalls *dachte* ich das.» Cecille nutzte die Krise sofort, um sich selbst in den Mittelpunkt zu stellen. Sie berührte Cally an der Schulter, als hätte sie Mitleid mit ihr. «Hör zu ...» Und wurde gar nicht beachtet.

«Hat vielleicht irgendjemand ...» Callys Stimme wurde lauter und schärfer, während sie hastig unter einem Spülbecken kramte.

«Auf dem Privatflohmarkt einer Nachbarin tauchten sie dann wieder auf», fuhr Cecille fort. «Könnt ihr euch das vorstellen?» Wütend starrte sie auf einen Punkt in mittlerer Entfernung, während Cally einem jungen Cousin, der ihr jetzt bei der Suche half, Anweisungen gab.

«Nein, unter der Spüle sind sie nicht. Das da sind Kuchenbrötchen! Die brauchen wir morgen für die ...»
«Das Witzige daran war, Cally, hörst du mir zu? Jackie, das Witzige war ...» Doch Cecille konnte sich kein Gehör verschaffen.
«Wenn wir die Teller für den Hochzeitskuchen nicht bald finden, werde ich jemanden losschicken müssen, um neue zu kaufen.» Ihre volltönende Stimme verriet Nervosität und Argwohn.
«Schick doch Chook.»
«Er war schon unterwegs, wir haben ihn sogar *zweimal* weggeschickt.»
«Na und, er und Janice haben bis jetzt den Truthahnaufschnitt noch nicht gebracht, den sie holen sollten. Nur das Elchfleisch hat er besorgt.»
«Ja, den zähen Elch.»
«Und jetzt sitzt er schon wieder dahinten und raucht.»
«Sein Lastwagen ist zugeparkt.»
«Dann hol Puffy! Oder Klaus! Hol irgendjemanden!»
Als Cally sich, in Gedanken ganz bei ihrer Aufgabe, zum Kühlschrank umdrehte, stieß sie fast mit Cecille zusammen, die sah, wie ihre Geschichte, ungeformt und unbeachtet, unterzugehen drohte, und wild entschlossen den Faden ihrer Erzählung wieder aufnahm.
«Also, ich konnte es einfach nicht ertragen. Ich wusste nicht, ob es meine Teller waren. Ich hatte sie nicht markiert, wisst ihr, nichts drauf geschrieben! So zwanghaft bin ich nicht. Ich konnte mich aber erinnern, dass ich einen von ihnen angeschlagen und das abgesprungene Stück wieder angeklebt hatte. Jetzt frage ich euch, Cally, Jackie, wie viele Leute würden das tun?» Mit wiedergewonnener Energie fuchtelte sie vor ihnen herum.
Cally legte Cecille die Hände auf die Schultern, um sie beiseite zu schieben, als wäre sie eine Schaufensterpuppe.

«Entschuldige.»

«Nicht viele.» Cecille gab sich selbst mit beherzter Stimme die Antwort. «Nicht viele!»

«Ich muss meine Handtasche suchen!» Jackie stürzte in die entgegengesetzte Richtung. «Wenn wir zurückkommen, müssen die Kuchenteller hier sein!»

«Und wisst ihr was? Er war tatsächlich da, der gesprungene Teller, den ich repariert hatte. Die nächste Frage lautete also...» Es folgte eine deutliche, wenn auch unbemerkte dramaturgische Pause, in der sie ganz tief Luft holte, um dann fortzufahren: «Sage ich es ihr ins Gesicht oder kaufe ich meine Teller einfach zurück?»

«Wir müssen sie unbedingt finden ...» Cally wirbelte im Kreis herum und inspizierte jeden einzelnen Schrank. «Sie sind hier irgendwo drin, ich weiß es genau.»

«Könnt ihr euch vorstellen, wie es ist, vor einer solchen Frage zu stehen?» Cecille brüllte fast vor Angst, ihre unterbrochene Geschichte nicht mehr zusammenzubekommen.

«Herrgott, vermutlich sind sie auch noch sündhaft teuer, aber hier. Fünfzig Dollar. Mist! Sag ihm, er soll sich beeilen.»

«Hab ich *sowieso* schon. *Mein Gott!*»

«Cally, Cally, hast du gesagt, eine braune Tüte?»

«Nein. Doch, ja! Oben umgeschlagen! Das ist sie!»

«Sag Chook, er soll nicht gehen! Wir haben die Kuchenteller!»

«Er ist schon weg.»

«Ach du je, wegen der ...»

Cecilles Stimme fing sich wieder, als hätte eine Macht außerhalb ihrer selbst sie gestärkt.

«Also gut, Cally, Jackie, ihr Leute. Passt auf! Ich musste mich also fragen, was für eine Art Mensch ich bin. Darauf lief es wahrhaftig hinaus! War ich der Typ, der so was anspricht, der Unannehmlichkeiten riskiert und so? Ihr wisst schon. Mit meiner Nachbarin, die – das hab ich ganz vergessen zu sagen –

mein Haus hütet und einen Schlüssel von mir hat? Ich konnte doch nicht wissen, ob sie die Möglichkeit hätte oder überhaupt auf den Gedanken käme, den Schlüssel nachmachen zu lassen, bevor sie ihn mir zurückgäbe, versteht ihr? Ich hätte es also nie erfahren und ernsthaft überlegen müssen, die Schlösser auszuwechseln oder ...»

«Also, für den Fall, dass wir je wieder eine Hochzeit organisieren», rief Jackie. «Oh, ich werd noch hysterisch!»

Cecille beugte sich vor und sagte leise und eindringlich: «... oder, Jackie, war ich vielleicht der Mensch, der einfach seine eigenen Teller zurückkauft?»

«Das macht einen solchen Spaß.» Jackie umarmte die anderen Frauen. «Wir sollten uns selbständig machen. Ich krieg keine Luft mehr!»

«Hör auf, hör auf damit. Sonst zerreißt es mich!» Sie lachten sich kaputt, wobei sie Cecille direkt ins Gesicht schauten, ohne jedoch zu hören, was sie sagte.

«Was für ein Mensch war ich? Bin ich? Was meint ihr? Was glaubt ihr, was ich gemacht habe? Jackie? Ruby?»

«Ich hab nicht die blasseste Ahnung!» Jackie kreischte regelrecht, aber Cecille war zu sehr in ihre Geschichte vertieft, um beleidigt zu sein. Sie war nicht mehr zu bremsen.

«Also, ich verrate es euch, ich bin ein Mensch, der beides tut! Ich habe sie zurückgekauft. Fünf Dollar. Und beim Bezahlen hab ich zu ihr gesagt: ‹Die sehen genauso aus wie ein Satz Teller, den ich mal hatte.› Worauf sie mich mit diesem merkwürdigen – genau genommen *abschätzenden* Blick bedachte und wörtlich zu mir sagte: ‹Das hier sind deine Teller.›

Mir hat's die Sprache verschlagen. Dass sie es auch noch zugab! Jedenfalls sage ich zu ihr: ‹Das *sind* meine Teller?› Und sie antwortet: ‹Ja.› Natürlich hab ich sie gefragt: ‹Woher hast du sie? Dazu noch den ganzen Satz?› Mir war, als verlöre ich den Boden unter den Füßen; womöglich war sie ja Tag für Tag in mein Haus gekommen, hatte jedes Mal einen Teller mitgenommen, und ich hatte es nie bemerkt! Mir ging das alles viel zu schnell. Und dann erklärt sie: ‹Cecille, ich hab diese Teller bei deinem Hofflohmarkt von dir gekauft. Vor zwei Jahren. Ich habe dir zehn Dollar für den Satz gezahlt, aber Kerry ist gestolpert und hat zwei Teller zerbrochen, sodass er jetzt nicht mehr vollständig ist.›

Ich zählte. Zwei Teller weniger. Sie hatte Recht. Ich sage euch, ich habe zugehört. Angestrengt auf etwas gelauscht, das jenseits ihrer Worte lag. Ich war völlig verwirrt. Denn bis zum heutigen Tag kann ich mich nicht erinnern, das schwöre ich, jemals diese Teller verkauft zu haben.»

Cecilles Stimme verstummte, sie keuchte, holte mehrmals tief Luft und sah sich Bestätigung heischend um; einen Moment lang erwiderten die anderen Frauen ausdruckslos ihren erschöpften Blick, denn keine von ihnen hatte Cecilles Geschichte bis zu diesem Punkt verfolgt. Sie war allein mit ihr. Zum Glück klingelte das Telefon. Cecille griff danach wie nach einem Rettungsanker. Hörte zu, während ihr Mund immer weiter aufging. Niemand beachtete sie; dennoch formte sie hinter ihren Rücken und Profilen mit den Lippen den Namen Richard. Sie legte auf.

«Richard» – vor dem zweiten Wort fügte Cecille eine spannungsreiche Pause ein – «droht ...»

«Wartet mal. Chook ist wieder da. Er hat etwas vergessen.» Die anderen waren noch immer mit dem Kuchentellerdrama beschäftigt.

«Sagt ihm zuallererst, dass er nicht fahren soll!», rief Jackie.

«Mach ich! Mach ich!» Cally, die auf glühenden Kohlen saß, wandte Cecille den Rücken zu.

Nur eine Sekunde lang konnte Cecille die anderen aufhalten, indem sie ihnen laut und verzweifelt zurief:

«Hört doch zu! Er wird hier aufkreuzen! Kapiert ihr denn nicht? Richard!»

Jackie schaute ihr schließlich in die Augen und sagte ihr mit der Gereiztheit einer Hochzeitsorganisatorin und der Erschöpfung von jemandem, der die Grenze seiner Belastbarkeit erreicht hat, was sie dachte:

«Mit dieser dämlichen Tellergeschichte bist du nicht gelandet, und deshalb denkst du dir jetzt eine neue aus. Richard und hier aufkreuzen. Dass ich nicht lache!»

«Er hat ...» Für einen Augenblick war Cecille perplex. «Er hat gerade angerufen. Er war am Telefon.»

«Okay, okay, okay.»

Gönnerhaft klopfte Jackie ihr auf die Schulter. Cecille schüttelte sie ab, erst schockiert, dann entrüstet und plötzlich gekränkt. Ihre wohlinszenierte Gefühlsskala fand jedoch keine Beachtung.

«Gebt mir bloß nicht die Schuld, wenn er doch auftaucht», sagte sie mit schwacher Stimme. Aber niemand hörte oder reagierte auf sie, außer Cally, die an die verschleierte Äthiopierin und Cecilles unrealistische Wahrnehmung von Gesprächen denken musste.

«Ich hoffe, er tut es nicht», sagte Cally nervös. Dann fiel ihr etwas ein, und sie fuhr hoch. «Wartet! Sehen wir zu, dass wir alles haben, was wir brauchen, bevor wir Chook aufhalten. Brauchen wir noch was aus dem Geschäft?»

«Reis!»

«Wir haben Reis, wilden Reis, hier ...»

«Zum Werfen.»

«Machst du Witze? Wir werden doch wohl nicht ernsthaft weißen Reis werfen?»

«Es ist ein Brauch.»

«Wieso?»

«Wo er herkommt», antwortete Cecille irritiert, «weiß ich auch nicht genau. Ich möchte aber behaupten, dass er einen tieferen Sinn hat, wenn man sich näher damit beschäftigt. Es würde mich wundern, wenn er nicht mit irgendeiner Tradition aus dem christlichen Mittelalter zusammenhinge.»

«Damals gab's aber keinen weißen Reis.»
«Reis ist Tausende von Jahren alt!»
«Er wird aber im Fernen Osten angebaut.»
«Stimmt. Was meinst du, wie dieser Brauch dann zustande gekommen ist?»
«He du!»
«Chook!»
«Zu spät. Jetzt hat er seinen Lastwagen geparkt und wird nirgendwo mehr hinfahren. Er wird es nicht riskieren, das Ding nochmal in Gang zu setzen. Dazu ist es zu spät.»
«Im Übrigen bringt Reis Vögel um. Wusstest du das nicht? Sie picken ihn auf, trinken Wasser und platzen!»

Sie zwängten sich in ihre Autos, fuhren los und erreichten bald den geschmückten Platz oberhalb der Felswand, wo Frank seine Absichten kundgetan hatte. Unterhalb der Felsnase tat sich ein wildromantischer Blick auf: Flüsse, Wälder, Inseln, der glitzernde Dunstschleier eines warmen Herbsthimmels. Unter einem kuppelförmig gewölbten Zeltdach waren weiße Stühle aufgestellt. Die Schwester und die Cousinen beruhigten sich; den unerfreulichen Anruf erwähnten sie kaum, ja vergaßen ihn sogar. Doch Richard Whiteheart Beads kam tatsächlich. Gerade als das Hochzeitspaar durch den Gang auf die Geistliche, eine Frau in einem glänzenden, handgenähten Talar in Stahlgrau und Magenta, zuschritt, tauchte er ganz hinten in der Menge auf.

Richard Whiteheart Beads trug einen Smoking aus der Zeit vor seiner Alkoholsucht, maßgeschneidert für seinen damals noch kräftigeren Körper, und hielt einen riesigen Rosenstrauß im Arm. Die samtenen Blumen waren rosa-gelb und erfüllten die Luft um ihn herum mit einem solchen Wohlgeruch, dass ihre Süße ihm in die versammelte Menge vorauseilte, deren Aufmerksamkeit – gefangen von dem schulterfreien Kleid der Braut und der mit einem Tuch verhängten Orientierungstafel, die als Altar diente – leicht über ihn hinwegging. Die gesamte Hochzeitsgesellschaft strömte herbei und die Geistliche sammelte sich in aller Ruhe, um die Gäste zu dem Gottesdienst willkommen zu heißen.

Vor dem Altar, der in gleißender Sonne lag, waren in lockerer Fächerform Stühle aufgestellt, und bei den ersten Worten der Geistlichen lächelte alles.

«Heute», rief sie sanft und gefühlvoll aus, «sind wir hier, um die Liebe zwischen Rozina und Frank zu würdigen, zu bezeugen, zu bekräftigen. Lasst uns nun auch die Freude mit ihnen teilen!»

Eine bunte Mischung von Menschen hatte sich eingefunden – die Mitglieder der jeweiligen Familien hatten nämlich nicht nur in die benachbarten Stämme der Winnebago und Lakota eingeheiratet, sondern zur angeheirateten Verwandtschaft zählte auch mindestens ein Afrikaner von südlich der Sahara und eine Austauschstudentin aus Brasilien. Doch trotz ihrer Weltlichkeit waren alle überrascht, als der ausgezehrte Mann mit dem Blumenstrauß in ein krächzendes, falsches Gelächter ausbrach. Köpfe flogen herum, reckten sich, und von den beschützenden Müttern und Tanten war das entsetzte Zischen beschwichtigender Laute zu hören. Dennoch schwoll das vernichtende Lachen des merkwürdigen Gastes an. Ließ sich nicht beschwichtigen. Und dann kam Richard Whiteheart Beads zu ihrem völligen Entsetzen von hinten durch die Menge nach vorne.

«Entschuldigung, Entschuldigung!», rief er nach beiden Seiten. «Eigentlich müsste ich derjenige sein, der diese beiden in den unheiligen Stand der Ehe führt. Immerhin war die Braut ja zuerst die meine, und ihr wisst, wovon ich rede» – seine Stimme schnappte über –, «im biblischen Sinne!»

Cecille flüsterte: «Ich hab's euch gesagt!», während Cally «Haltet ihn auf!» keuchte und die Arme ausstreckte, als könnte sie mit gekrümmten Fingern genau das tun, aber

Whiteheart Beads war bereits am Altar. Im selben Moment packte der Bräutigam ihn an der Kehle und ließ, indem er ihn halb erwürgte und erdrosselte, das Gelächter abrupt verstummen. Doch Richard Whiteheart Beads war von einer wahnsinnigen Energie besessen. Mit den dornigen Rosen schlug er wütend auf den Bräutigam ein, und dann sah man das Wirbeln von weißer Gaze, die alles verhüllte, als die Braut vorwärts stürzte, um die Männer auseinander zu drängen. In der allgemeinen Verwirrung kam Richard frei. Er tauchte aus dem Gewirr von duftigem Stoff und wild fuchtelnden Armen auf, krabbelte auf die steinerne Abgrenzung des Aussichtspunktes zu und erklomm mühelos die Mauer – unter der die Steilwand natürlich fast senkrecht abfiel. Dort blieb er wippend stehen.

Die Geistliche, die an allerhand Hochzeitsüberraschungen wie auch an den Umgang mit Selbstmordkandidaten gewöhnt war, besann sich auf ihre Ausbildung, nahm ihre ganze Intuition zusammen – wozu sie nicht lange brauchte – und hob dann in einer Geste würdevoller Macht, verstärkt durch die Autorität ihrer wallenden Gewänder, die Arme. Sie bat die anderen, zurückzutreten, was diese äußerst bereitwillig taten. Sie und Richard blieben in einem Kreis der Stille zurück, er auf der Mauer, sie unmittelbar davor. Und dann fragte sie ihn, obwohl ihr Magen rebellierte, in ganz normalem Ton, wo er diese wunderschönen Blumen denn herhabe.

«Ich weiß, dass Sie daran denken, über diese Klippe zu springen», fuhr sie gelassen fort, «aber Sie müssen es nicht jetzt gleich tun. Glauben Sie mir, sie werden alle warten.»

Ein leichter Wind kam auf, und die beiden, Richard auf der Steinmauer balancierend und sie in ihren wehenden Gewändern unmittelbar unterhalb von ihm, blickten auf die Menge der Hochzeitsgäste, die sich die flatternden Haare zurückstrichen und gafften, sich zusammendrängten und einander beruhigten, auf Rozin, die mit gerötetem Gesicht dastand und weinte, und auf den Bräutigam, der von seinen Brüdern davor zurückgehalten wurde, loszustürzen und Richard selbst über den Rand zu schubsen.

«Mr. Whiteheart Beads», sagte die Geistliche sehr höflich, «gestatten Sie mir, eine Ankündigung zu machen, damit ich Sie ganz ungestört etwas fragen kann?»

«Machen Sie.» Verzweifelt und misstrauisch, atmete er schwer. Die Sonne ließ die Luft flimmern. Weiße Wölkchen. Ein hellblauer, klarer Himmel.

Die Geistliche hielt ihre Hände wie einen Trichter, durch den sie rief: «Die Trauung wird etwas später stattfinden. Sie können sich gerne ein wenig die Füße vertreten. Und nehmen Sie sich ein Glas Sekt, wenn Sie möchten!»

Darauf folgte ein allgemeiner Ansturm auf den Alkohol.

«Jetzt», wandte sie sich ihm wieder zu, «haben wir ein paar Minuten für uns. Also diese Rosen.» In dem Bewusstsein, dass er sein Publikum verlor, schob Richard sich rückwärts, und das Herz der Geistlichen löste sich vom Rest ihres Körpers. Sie spürte es unangenehm pochen und griff mit beiden Händen nach Richards Fußgelenk.

«Moment mal.» Ihre Stimme klang mütterlich, verärgert. Er wand sich, versuchte sich loszureißen. Das Papier um seinen Blumenstrauß zerriss, und Blütenblätter flogen um sie beide herum. Ihre Stimme blieb ruhig und sie hielt seinen Fuß so fest umklammert wie der Deckel das Einmachglas. «Sie haben mir noch nicht gesagt, woher Sie diese wunderschönen Rosen haben, und es sind meine Lieblingsblumen. Richard?»

In diesem Augenblick schaute Whiteheart Beads in ihr Gesicht, ein überaus freundliches furchtloses, mütterlich gerundetes Gesicht, und ihm wurde klar, dass sie seinen Fuß nicht loslassen würde.

«Ich habe sie im Supermarkt gekauft», flüsterte er.

Traurig, als hätte man ihn verraten, schüttelte er den Kopf. «Lassen Sie mich los.» Sein Gesicht war sorgen- und gramzerfurcht, und er roch nach tagelangem Alkoholkonsum, der seine Haut so durchtränkt hatte, als würde er alten Wodka ausschwitzen. Und doch klang echtes Leid aus seiner Stimme. «Das ist kein Flachs, Reverend, kein Flachs. Und Gott kann mir nicht helfen. Wo ich bin, ist Finsternis.»

«Da war ich auch einmal», versicherte sie mit Schwermut in der Stimme. «Ich war auch einmal da, wo Sie jetzt sind.»

Er antwortete nicht. Irrtümlicherweise fühlte sie sich gedrängt, mehr zu sagen.

«So schrecklich Ihnen das erscheinen mag ...», fing sie behutsam an. Der Trost, den sie ihm bot, machte ihn wütend.

Mit aller Kraft stürzte er sich über den steinernen Rand. Einen Augenblick lang hing er, kerzengerade wie eine Statue, in der Luft und krachte dann mit dem Kopf zuerst an die andere Seite der Mauer. Denn obwohl die Geistliche gegen und fast über den rauen Stein gerissen worden war, hatte sie nicht losgelassen, sondern hielt Richard, das ganze Gewicht eines Bewusstlosen, mit beiden Händen am Fußgelenk fest. Und Klaus' Frau, die den Blick nicht von Richard gelassen hatte, war plötzlich auch da. In einem Anflug von Tatkraft stürzte sie zu der Mauer und schnappte sich Richards anderes Bein. Sonst hätte die Geistliche ihn in ihrer Verzweiflung niemals halten können. Die Arme angespannt, schrie sie neben Sweetheart Calico im Anblick des Abgrunds um Hilfe. Während die Männer herbeigerannt kamen, bemerkte sie etwas Merkwürdiges: Die andere Retterin lächelte. Ihre Lippen gaben ihre schrecklichen Zähne frei, sie lächelte verträumt in die klare Luft und sah zu, wie die Rosenblätter in rosafarbener Stille ruhig in die Tiefe hinabrieselten.

Zum ersten Mal in ihrem Leben trank die Geistliche ein Glas Sekt vor der Trauung, genau genommen zwei Gläser, während die blau uniformierte Besatzung des Rettungswagens Richard abholte, ihm mit einer winzigen Taschenlampe in die Pupillen leuchtete und ihn mit geschäftsmäßiger Eile auf eine fahrbare

Trage schnallte. Die Männer hüllten ihn in leichte, warme Decken und rollten die Trage zu ihrem Fahrzeug. Nachdem sie die Türen verriegelt hatten, nickten sie allen höflich zu und fuhren davon. Als die Sirene schließlich in der Ferne verhallte, kam die Hochzeitsgesellschaft, erschüttert, aber auch aufgeregt vor Erleichterung und von dem perlenden Sekt und der warmen Herbstsonne leicht benebelt, wieder zusammen. Dann begann in ihrer ganzen ergreifenden Feierlichkeit die bezeugte Vereinigung zweier komplexer Herzen mittleren Alters.

Die winzigen Blätter der Robinien, die sich nicht gelb verfärbt hatten, zitterten und drehten sich in der leichten Brise. Bebend, stammelnd, golden und klar fiel das Vieruhrlicht in dottergelben Strahlen quer über den Hof. In der Wohnung und der Küche im Erdgeschoss warfen die Schatten Bilder in einer geschmeidigen Sprache, rastlos und veränderlich, auf die Innenseite der Jalousien. Die Köche wirbelten umher, trugen Schüsseln mit Deckeln, Löffel und Teller zur Tür hinaus. Ständig fuhren Autos mit Leuten vor, die zum Abendessen und zum Hochzeitskuchen kamen.

Das Fleisch für diesen Tag war ausnahmslos Wild, das die Brüder und Onkel erlegt und nach ihren eigenen besonderen Methoden zubereitet hatten. Der Elch wurde aus einem Erdofen hinten im Garten ausgegraben. Von dem Fisch, der in locker geschlagenen Bierteig getunkt und ausgebacken worden war, tropfte köstliches Fett auf eine Unterlage aus Küchenkrepp. Hirschwürste zischten in hellgoldenem Bratfett. Der Kühlschrank war vorsichtig geleert worden. Ambrosia kam zum Vorschein. Wilder Reis mit Zwiebeln. Nochmal wilder Reis mit Schinkenstreifen. Makkaroni. Das von Cecille selbst angepriesene geschnitzte Melonenboot, das mit exotischen Früchten gefüllt und mit dicken Trauben und gerösteten Kokosraspeln bestreut war. Sechs Sorten Kartoffelsalat. Ausgebackenes Brot in einer Pappschachtel. Später würden noch Torten mit eingemachtem und frisch gepflücktem Obst folgen. Marshmallow Krispy Bars, übersät mit gefärbten Schokoladenstückchen. Süßer Fondant.

Und natürlich Franks Kuchen. Hoch aufragend. Glänzend. Der Blitzkuchen. Kringel aus weißer Schokolade. Himbeeren. Steif geschlagene Sahne.

Und noch immer keine Teller.

«Da ist ja endlich mein Portemonnaie! Was kosten sie pro Dutzend? Diese kleinen Teller? Wie viele Dutzend brauchen wir?»

«Sechs Dutzend bei einhundert und zur Sicherheit sagen wir zweihundert, also ein Dutzend Dutzend.»

Die Gäste saßen und standen in wechselnden Gruppen beisammen, Familien von Stammesältesten der Ojibwa mit Kindern und Enkeln in verschiedenen Tönen vom hellsten lachenden Blond bis zu ocker- und obsidianfarbenen Wirbeln, alle mit Herumsuchen, Essen, Probieren, Organisieren beschäftigt. In einer Ecke hatten sich die älteren Damen zusammengefunden und wurden rundherum von Teenagern bedient, die sich vorübergehend von ihrer besten Seite zeigen mussten. Die Damen ließen sich randvolle Teller reichen und gaben zu jedem Gericht ihren Kommentar ab, wobei sie Anerkennung in Englisch und Kritik in Ojibwa äußerten, um die jüngeren Köche nicht in Verlegenheit zu bringen.

«Dieser Elch ist zäh!»
«*Dagho chimookoman makazin!*»
«*Magizha gaytay mooz.*»
«*Die ältesten sind allerdings die zartesten. Wirklich!*»
«*Magizha oshkay.*»
«Oder sie haben das Fleisch quer zur Faser geschnitten.»
«Wahrscheinlich.»
«Chook hat die Steaks gleich merkwürdig gefunden, als ich sie ausgepackt habe.»

«Ich vermute, Puffy hat das Fleisch weggegeben, weil er es nicht mochte.»

«Er hat es gewildert!»

«*Owah!*»

«Nein, hat er nicht. Der Elch hatte die Reviergrenze überschritten.»

«Sagt er.»

«Sein *weh'ehn* ist der Jagdaufseher.»

Cecille beherrschte genug Ojibwa, um zu wissen, dass sie über Fleisch und Jagd sprachen, verstand aber nicht, dass die Großmütter meinten, das Fleisch sei zäh wie der Schuh eines weißen Mannes, wahrscheinlich von einem alten, klapprigen Bullen, der mitten im Winter gewildert worden war und schon Gefrierbrand bekommen hatte, bevor Puffy ihn Chook gab, weil er in seiner Tiefkühltruhe Platz machen wollte. Sie lächelte ihnen allen zu und zog sich einen Stuhl heran. Mit den alten Damen kam sie besser aus, denn sie hatten keine Geduld mit ihr und unterbrachen sie mit ihren eigenen fortlaufenden Kommentaren. Deshalb hielten sie sie allesamt für eine umgängliche, wohlerzogene junge Frau, bedachten sie mit ihrem vereinten wohlwollenden Lächeln und schnalzten und zischten vor Empörung, als sie ihnen erzählte, wie ihr unmittelbar nach Richards Anruf niemand hatte zuhören wollen.

«Ich habe sie gewarnt. Ich habe sie gewarnt.»

Die Großmütter schenkten ihr ein Lächeln voller Mitgefühl, doch untereinander sprachen sie ganz anders. Sie habe doch so viele Männer, wunderten sie sich, ob sie denn *da unten* nicht ganz ausgeleiert sei? Heutzutage hätten so viele von ihnen nur ein oder zwei, hielten sich aber ihr Leben lang wie junge Mädchen.

«Dehnübungen *da unten*», warf eine Tante der Braut in Ojibwa ein, und alle Frauen lachten.

Mit ernster Miene schüttelte Cecille ihre mit roten Strähnen durchzogene Haarpracht und fragte, ob sie schon etwas von dem Wassergymnastikprogramm für Senioren gehört hätten, an dem sie teilnehmen könnten, um körperlich fit zu bleiben, ihre nachlassende Muskelkraft wieder aufzubauen und sich vor Osteoporose zu schützen.

«Es wird vom YWCA gesponsert.» Sie legte es ihnen wärmstens ans Herz.

«Womöglich ist ihr Verstand auch ausgeleiert», bemerkte eine alte Cousine des Bräutigamvaters.

«Lass sie doch», entgegnete eine Großmama von der anderen Seite der Familie. «Sie möchte doch bloß, dass wir lange leben.»

«Manchmal denke ich, ich bin schon zu lange hier.»

«Du bist ein nettes Mädchen», beschloss eine andere, während sie Cecilles Hand tätschelte.

«Zuerst habe ich das Loch ausgehoben», erklärte Chook in bescheidenem Ton. «Den Boden habe ich mit Vulkangestein ausgelegt, dann die Drahtgitter, zwei Schichten Drahtgitter, dann, in dünne Folie eingewickelt, das ganze Büffel- und Elchfleisch. Darüber Erde. Dann Grassoden. Dann noch mehr Steine. Und darüber noch Holz.»

«Und alte Reifen? Benutzt du keine alten Reifen?»

«Sei still, Puffy, das ist gut so. Chook ist der oberste Küchenchef.»

«Aaay. Dein Pick-up. Puffy. Acht-Ply-Reifen?»

«Keine Ahnung, wie viele Ply ich habe.»

«Wie viel Luft pumpst du denn rein?»

«Weiß ich nicht mehr. Versuchst du, mich abzulenken?»

«Kann sein. Bei diesen Sechs-Ply fünfundvierzig ohne Ladung.»

«Ich weiß aber doch gar nicht, wie viele Ply.»

«Dieser Exehemann hatte ein paar Ply zu wenig.»

«Kannst du wohl sagen.»

«Heiliger ...»

«Was?»

«Da ist er!»

Und tatsächlich näherte sich Richard Whiteheart Beads, der soeben aus der Notfallambulanz entwischt war, mit vorsichtigen kleinen Schritten, den Kopf in einen weißen Helm aus Verbandmull gewickelt, von der Mitte des unter einem Laubdach liegenden Gartenweges aus der essenden Menge. Sein Smoking hatte unter dem Gerangel nicht gelitten, nur die Rose in seinem Knopfloch hatte zwei blutrote Blütenblätter verloren, die an seinem Revers hängen geblieben waren. Der Verband um seinen Kopf war riesig und schien auf seinen Schultern auf und ab zu hüpfen. Wie eine Mauer standen die Männer auf, näherten sich ihm, gingen mit unbewegten Gesichtern den hinteren Gartenweg hinunter, eine Phalanx aus schweren Leibern. Sie blieben stehen. Unversöhnlich standen sie mit verschränkten Armen da. Richard blieb auch stehen, vor ihnen auf dem Gartenweg, und schob seine Hand langsam in die Brusttasche seiner Smokingjacke.

«Warte.» Puffy streckte seine breite Hand aus und legte sie auf Richards.

«Hast du eine Knarre da drin?»

«Nein!» Richard tat zutiefst empört. «Nein! Ich habe einen Brief.»

«Dann gib ihn her, ich werde ihn überbringen», sagte Chook. «Und du verziehst dich.»

«Ich habe sie geliebt», erwiderte Richard mit rauer Stimme.

Die Männer rückten näher zusammen. Ein Arm legte sich um seine Schultern und drehte ihn zur Straße um.

«Wir haben alle unser Päckchen zu tragen», erklärte ein Onkel ruhig. «Das ist die Liebe.»

«Und du gehst jetzt schön vorsichtig. Gib Acht.»

Die Männer standen schweigend beieinander und sahen zu, wie Whiteheart Beads sich verbittert und langsam die Straße hinunterschleppte. Und in einer Seitengasse verschwand.

«Meint ihr, den haben wir zum letzten Mal gesehen?»
«Den hat's wirklich übel erwischt.» Chook rollte sich die Ärmel wieder herunter. «Der könnte auch aus dem Hochzeitskuchen auftauchen.»
«Ich habe schon andere Burschen wie den gesehen», sagte Puffy. «Er hält sich für was Besonderes, aber das ist er nicht.»
«Geh deinen Elch tranchieren.»
«Sie brauchen noch eine Ladung Fisch.»
«Vielleicht sollte ich hinter ihm hergehen und zusehen, dass er heil nach Hause kommt», meinte Chook.
«Vielleicht auch nicht.»
«Er hat ja auch seinen Stolz.»
«Oder so was.»
Zwei der Männer blieben stehen und behielten die Stelle im Auge, wo Whiteheart Beads verschwunden war.

Als Chook sich gemessenen Schrittes mit einem steifen weißen Briefumschlag in der Hand der Braut näherte, unterbrach die Geistliche sofort das Gespräch, das sie gerade führte. Seine Ernsthaftigkeit weckte ihr Interesse und außerdem der Brief selbst, den Rozin mit einem Ausdruck der Verachtung aufriss und las, wobei sie ihn an den Rändern festhielt, als wäre das Papier mit einem gefährlichen Virus behaftet.

Eine ganze Zeit lang starrte sie die Wörter an, lange genug, um die anderen in ihrer Nähe in Aufregung zu versetzen – Chook, der drauf und dran war, ihr den Brief wieder wegzunehmen, und schon bedauerte, ihn ihr überhaupt gegeben zu haben, und ihre Cousins, die jetzt endlich den Kuchen aufschneiden wollten. Erwartungsvoll standen sie neben dem Fotografen und dem Kuchen und gaben Rozin Zeichen, den Brief wegzulegen und mit Frank herzukommen, um ihren Pflichten als Gastgeber Genüge zu tun.

Entschlossen kehrte Rozin der Gesellschaft den Rücken, zerknüllte den Brief in der geballten Faust und begann, nachdem sie den Rand ihres Kleides gelupft und ihre feinen, hochhackigen Satinpumps von sich geschleudert hatte, geradewegs die Straße hinunter zu marschieren, weg von der Festgesellschaft, schneller, immer schneller, bis sie in barfüßigem Geschwindschritt vorwärts eilte. Mit energisch rudernden Ellbogen schritt sie aus, in wohl überlegter Absicht und rasend vor Zorn. Einer der Hochzeitsgäste, dann ein zweiter und zum Schluss eine ganze Gruppe schwärmte aus und heftete sich ihr neugierig und besorgt an die Fersen.

Als sie anfing zu laufen und dann mit voller Kraft zu rennen, fiel manch einer zurück. Andere rannten ebenfalls. Wenn der Bräutigam nicht so spät erst losgekommen wäre, hätte er sie vielleicht noch erwischt, bevor sie den Supermarkt an der Ecke erreichte, wo sie zur Tür hineinstürmte und vor Wut schäumend durch den Gang mit dem Gefrierfleisch raste, an dessen Ende natürlich Richard Whiteheart stand und angestrengt das beleuchtete Sortiment an panierten Fischkoteletts unmittelbar vor ihm studierte.

«Du!» Sie blieb stehen, holte Luft. Ihr Blick wanderte von dem Brief in ihrer Hand zu Richard. «Was heißt das, du hast den Kuchen vergiftet? Was meinst du damit? Was ist das hier?»

Sie fuchtelte ihm mit dem Papier vor der Nase herum.

Unter dem Summen der Kühltruhen trat Richard, die Stimme glatt wie Eiscreme, mit seinem schief hängenden Kopfschmuck auf sie zu.

«Es tut mir Leid, Rozin, aber da du wahrscheinlich nicht mit mir hättest reden wollen, musste ich so tun, als hätte ich etwas wirklich Schlimmes getan.»

«Aber, der Kuchen ist also nicht...»

«Vergiftet? Nicht dass ich wüsste. Ich meine, es könnte schon sein, allerdings nicht von mir, aber soviel ich *weiß* nicht. Es tut mir so Leid! Ich habe das nicht sofort klargestellt.» Richard gab sich ungezwungen, beruhigend, professionell. «Das war natürlich nur ein Trick, um dich herzulocken.» Sein gewohnt gelassenes, gewinnendes, sympathisches Lächeln, dessen Charme etwas Einstudiertes hatte, erstrahlte grotesk unter seinem Turban aus Verbandsmull. «Erzähl mir nicht, du hättest Frank Shawano heiraten können, ohne dass wir beide noch einmal unter vier Augen miteinander reden.»

«Doch.» Festen Schrittes trat Rozin zurück. «Habe ich. Konnte ich. Geschäftsführer!»

Richard beugte sich vor, streckte steif wie eine Puppe die Arme von sich, sprach doppelt so schnell wie vorher.

«Ich habe mit dir geschlafen, als wärst du das Einzigartigste auf der ganzen Welt. Ein Engel. Ich habe deine Möse geküsst, und du hast wie ein Engel deine Flügel ausgebreitet und mein Gesicht zwischen deinen Schenkeln gehalten und mir gesagt, du liebst mich und gehst nie von mir fort, und dann hast du mich, sooft ich wollte und solange ich wollte, in dich eindringen lassen, und jetzt» – er suchte nach einem passenden Schluss für den Satz und die Geschichte, fand ihn, hob die Stimme – «erzählst du mir, du hast einen anderen Mann geheiratet und es ist dir Ernst damit und du willst ihn genauso, wie du mich gewollt hast?»

Richard trat auf Rozin zu und nickte dabei mit dem Kopf, als parodiere er einen tadelnden Onkel. Er bog die Arme, als wollte er sie umfassen, doch Klaus hatte sich von hinten angeschlichen, in seinen beiden mit Flaschen trainierten, aber seit vier Monaten trockenen Händen einen hart gefrorenen Zwanzig-Pfund-Truthahn. Den ließ er auf Richard Whiteheart Beads' Kopf niedersausen. Richard ging zu Boden. Eine ganze Weile starrten Rozin und Klaus auf ihn hinunter und warteten auf die Wirkung des Schlages. Richard blinzelte sie an, blieb bei Bewusstsein. Er stand auf, schwankte, allerdings nur leicht desorientiert, als er durch den Personaleingang an der Rückseite des Supermarktes hinausging, um dort gedankenverloren auf dem Parkplatz zu hocken. Klaus legte den

Truthahn in die Kühltruhe zurück und rieb die Hände aneinander. Als er der Braut die Tür des Supermarkteingangs aufhielt, murmelte er bedächtige und hilfreiche Worte, die nicht einmal für ihn selbst Sinn ergaben.

Hinter dem Gebäude saß Richard auf einem schweren wachsbeschichteten Pappkarton. Der Karton brach nicht zusammen, aber als die Pappe anfing nachzugeben, stand Richard auf und taumelte durch verschiedene Gassen, bis er auf einen verlassenen Hinterhof stieß, in dem unter einer Weinlaube eine kleine Bank stand. Dort legte er sich hin. Trotz des Schmerzmittels, das er im Krankenhaus bekommen hatte, pochte es nun wie wild in seinem Kopf, und gleichzeitig fühlte sein Schädel sich dünn und zerbrechlich wie ein Ei an. Er versuchte, sich seinen nächsten Schritt zurechtzulegen, verwarf dabei ein Szenario nach dem anderen, bis er im Schnellvorlauf die flimmernden, dehnbaren Bilder eines alten japanischen Kriegsfilms vor sich sah.

Woher, fragte er sich, würde er ein Samuraischwert bekommen? Ein Bajonett? Eine Machete? Oder würde ein Küchenmesser es auch tun? Harakiri. Er würde in der Hotelhalle am Zielort ihrer Hochzeitsreise knien. Nein, noch besser, im Gang unmittelbar vor ihrer Hochzeitssuite. Auf einer weißen Tischdecke knien, das Küchenmesser herausziehen, an ihre Tür klopfen, und wenn sie öffneten ... Andererseits hatte er das Wort *Harakiri* nie gemocht und gehört, dass es bei den Japanern sogar als ordinär galt, während Kamikaze, was «göttlicher Wind» bedeutete, viel eher zu einem Mann passte, dessen Vorfahren aus der Linie Whiteheart Beads' imstande gewesen waren, das Wetter zu beeinflussen. Ja, er sah sich schon über den romantischen Balkon durch die verglaste Schiebetür in ihr Zimmer krachen. Die spitze Nase teilte ihr Bett in zwei Teile. Aus der metallenen Haut schlugen Flammen. Eine Explosion.

Woher ein kleines Flugzeug nehmen?

«Die perfekte Mordwaffe», sagte Puffy bewundernd zu Klaus. «Du schlägst jemanden mit einem gefrorenen Truthahn bewusstlos, lässt ihn auftauen, brätst ihn, isst ihn. Presto. Außer dem Brustbein keine Spuren.»

«Das wird sogar mir zu unheimlich», gestand Cecille, die jetzt mit ihren Cousins und Cousinen ein Bier trank, nachdem sie alles, was ihr durch den unbeachtet gebliebenen Telefonanruf an Status und Respekt verloren gegangen war, durch eine Unterredung mit der Polizei zurückgewonnen hatte. Dennoch hatte die Echtheit von Richards Schmerz sie sichtlich erschüttert.

«Sie wissen nicht genau, wie er es geschafft hat, aus der Ambulanz zu entwischen. Aber die Türen sind ja wohl kaum abgeschlossen, oder?»

«Als sie angekommen sind, war er schon nicht mehr da.»

«Ach du je!»

In der Gruppe herrschte eine angespannte Stimmung, die Paranoia von Leuten, die mit einer fast übernatürlichen, eigenartigen Macht konfrontiert sind, etwas Unsichtbarem, Gespenstischem. Gerissenem. Nach der Großtat im Supermarkt war Whiteheart Beads spurlos verschwunden. Unter hysterischem Geschluchze hatte Rozin der Polizei den Brief übergeben, der auf detaillierte, ja überzeugende Weise erläuterte, wie es ihm, Richard, gelungen war, eines von Franks Lieblingsgewürzen durch ein geschmackloses, nicht nachweisbares Gift mit sofortiger tödlicher Wirkung, für das es kein Gegenmittel gab, zu ersetzen. Der Polizist glättete das Papier, untersuchte es auf Fingerabdrücke und steckte es in einen durchsichtigen Reißverschlussbeutel. Zum zweiten Mal an diesem Tag verabschiedete sich eine Gruppe nüchtern und berufsmäßig handelnder Menschen in Uniform von der Hochzeitsgesellschaft.

Die als murmelnder Haufen, den Blick starr auf den Blitzkuchen gerichtet, zurückblieb. Der Kuchen, der von frischen Blumen und Schnörkeln aus weißer und dunkler Schokolade umgeben war, ragte in abgestuften Lagen aus makelloser Zuckerglasur in die Höhe. Die Aufmerksamkeit der Hochzeitsgäste verweilte nicht bei dem eigentlichen Kuchen, sondern erklomm ihn in seiner ganzen Höhe, kehrte zurück, kletterte abermals über die umwerfende Präzision der Glasur und die Symmetrie jeder einzelnen Schicht nach oben. Die im Flüsterton geführten Unterhaltungen hörten auf und es kehrte Stille ein. Schweigend betrachtete die Festgesellschaft die titelbildverdächtige Vollkommenheit des Kuchens, der jetzt, das konnte niemand leugnen, etwas Unheilvolles an sich hatte.

Frank erfasste die Stimmung und handelte instinktiv.

«Lasst uns den Kuchen anschneiden!»

Darauf gab es Gescharre, schwaches Lächeln, Achselzucken und halbherziges Suchen und Herumfragen unter den Frauen, die schließlich feststellten, dass immer noch keine Teller da waren.

«Dann haltet eben eure Hände hin!» Frank schwang das glänzende Messer und schnitt, Rozins Hand fest umklammernd, eine deftige Kerbe in die unterste Schicht. Dann begann er mit der geübten Schnelligkeit seines Metiers den ganzen Kuchen aufzuschneiden, breitete die Stücke vor der immer unruhiger werdenden Menge der Gäste aus und forderte alle mit großer Geste und einer Überschwänglichkeit, die sonst gar nicht seine Art war, auf, sich ein Stück zu nehmen. Was er selbst mit einem lächelnden Blick zu Rozin tat. Nachdem er das wohlduftende Stück erst in die Höhe gehalten hatte, senkte er es wie ein Sakrament und nahm einen gewaltigen Bissen davon. Seine Reaktion auf den Geschmack ließ die Menge abrupt verstummen. Sein Gesicht, sein ganzer Ausdruck verrieten ein ungeheuer starkes Gefühl. Erstaunen überkam ihn. Er machte den Mund weit auf und biss noch einmal ab. Noch bevor er ein Eckchen von seinem Stück abbrach und Rozin in den Mund steckte, jauchzte er bereits.

Die Hochzeitsgäste fingen an, den Kuchen zu probieren,

schrien dabei auf und zitterten nervös, konnten jedoch dem nächsten Bissen nicht widerstehen, ebenso wenig jedem weiteren delikaten und doch kompakten Stückchen des Blitzkuchens. Und so geschah es, so wurde das Geheimnis entdeckt. Die letzte Zutat, die noch gefehlt hatte, war – Angst. Und alle aßen sie zusammen, alle sahen sie ihre Lieben in der Gegenwart wandeln, mitten unter ihnen, und Kinder im Gras tollen. Die Alten opferten ein Eckchen des Kuchens zusammen mit Tabak den Geistern. Die, die ihnen vorausgegangen waren, die Toten, sogar sie kamen für eine kleine Kostprobe zurück.

Zu unbekümmert legte Frank seinen Arm um Rozins bebende Schultern. «Du hast also wirklich gedacht, ich wäre einer von den Bäckern, die ihren Kuchenteig so lange aus den Augen lassen, dass irgendein Idiot Gift hineinträufeln kann?»

Rozin wurde steif und entzog sich seiner vereinnahmenden Umarmung. «Nicht alles denkt über *deinen Kuchen* nach», versetzte sie, wobei sie jedes Wort einzeln betonte. «*Dein Kuchen* ist nicht der Nabel der Welt.» Sie drehte sich um. Ihr weit geschnittener Rock blähte sich hinter ihr, als sie die Stufen ins Haus hinaufrannte. Sie nahm auch noch die nächste knarrende Treppenflucht, lief bis ans Ende des Flurs und stürzte ins Bad, verriegelte die Tür, trocknete sich die Tränen, streifte sich das Brautkleid ab. Nur für ein paar Minuten, sagte sie sich, um durchzuatmen. Das hielt doch niemand aus! Allmählich beruhigte sich ihr Atem. Sie saß auf dem Rand der Badewanne, wischte sich das Make-up vom Gesicht und starrte dann aus dem kleinen Obergeschossfenster in belaubtes, goldenes Licht.

Das Hauptmotiv des Hotelzimmers waren Blumen, vor allem Lilien, auf der Tapete ein ruhiges Weinrebenmuster, und gelbbraune Schlünde mit blassroten Staubgefäßen auf der gesteppten Bettdecke. Ein paar riesige, stilisierte, Georgia

O'Keeffe nachempfundene Blütenblätter und gewundene knorrige Aralien, Drucke, die in goldenen Metallrahmen steckten. Langweilige Lampenschirme in einer groben Eierschalenfarbe. Helles Holz. Ein Fernsehschrank und darunter ein kleiner, mit Flaschen gefüllter Kühlschrank. In einem Sektkübel Champagner. Vor Erschöpfung überdreht, ließ Rozin den Korken in ein Hotelhandtuch knallen und goss sich ein Wasserglas voll. Eisiger Dunst wirbelte von dem dicken grünen Rand des Flaschenhalses empor, und sie trank. Sie trank. Aus ihren mit Haarspray fixierten Haaren fielen Nadeln. Frank öffnete das Oberteil ihres Hochzeitskleides und fing an, die Unterseite ihrer Brüste, ihre Brustwarzen und die weiche Haut an der Innenseite ihrer Arme zu lecken.

«Was ist das?»
«Nichts.»
«Wahrscheinlich der Zimmerservice.»
Wieder klopfte es.
«Wer ist da?»
«Zimmerservice.»
«Siehst du?»
«Jemand schickt uns etwas.»
«Vermutlich.»
«Willst du's holen?»
«Nein.»
Wieder das Klopfen.
«Gehen Sie!»
Es klopfte abermals, lauter.
«Das gibt's doch nicht!» Frank explodierte, sprang aus dem Bett, wobei er sich ein Laken um die Hüfte wand, und riss die Tür weit auf. Im Türrahmen stand Richard Whiteheart Beads. Um den Kopf trug er jetzt einen festeren Verband und er stand stramm und ordentlich da wie ein Junge, der Soldat spielt. In der Hand hielt er ein Gewehr.

Als er es mit großer Geste hochhob und den Lauf an seine

Augenbraue drückte, befreite Rozin sich schwungvoll aus den Laken und lief nackt zur Tür; seine braunen Augen waren tiefschwarz geworden und zogen sie an, bis ihre Blicke sich in bedrohlichem Wissen ineinander verhakten. In dem sicheren Gefühl, dass er es nicht tun würde, wenn sie ihn nur rechtzeitig physisch erreichen und festhalten könnte, stürzte sie auf ihn zu. Als sie, ihren Blick noch immer auf ihn geheftet, schon fast bei ihm war, bemerkte sie aus dem Augenwinkel, dass sein Zeigefinger abdrückte. Gerade als sie ihn am Ellbogen anstieß, gab es einen lauten Knall. Sie machte einen Satz nach vorne und flog hinter ihm her an die entgegengesetzte Wand des Korridors. Als sie ihn mit ihrem ganzen Gewicht quer auf ihm liegend zu fassen bekam, überwältigte sie die Erinnerung daran, wie sein Körper auf ihrem gelegen, wie sie sich zusammen, leicht wie Tänzer, auf sinnliche Weise bewegt hatten, und sie dachte an sein Entzücken über ihre Ungezwungenheit und sein Erstaunen über die Wonnen seines eigenen Körpers und es war, als strömte die ganze noch ungelesene Substanz seiner Liebe rein und blutig in sie hinein. Ohne sich darum zu kümmern, dass immer mehr Leute um sie herumstanden, lag sie da und hielt ihn nackt an sich gedrückt.

Zunächst war unklar, ob die Kugel ihn nur gestreift hatte oder ob er sterben würde, und während Rozin ihn wiegte und ihm dabei in die Augen sah, verspürte sie die alte hoffnungslose Mischung aus Zärtlichkeit, Hass und Erschöpfung. Nachdem die mittlerweile schon vertrauten Krankenwagenfahrer und Polizisten gekommen waren und ihn mitgenommen hatten, saß Frank, den Kopf in die Hände gestützt, auf dem Bett und weigerte sich zu sprechen oder irgendjemanden anzuschauen. Deshalb brachten die Cousinen Rozin ins Bad, stellten sie unter die Dusche und ließen das Wasser so lange laufen, bis das Blut von ihr abgewaschen war. Währenddessen musste sie unaufhörlich nachdenken.

Sie erinnerte sich an die Zeit, als Richard sie umsorgt hatte.

In jenen ersten Tagen nach Deanna hatte er einfach alles getan. Trotzdem hatte sie ihm nicht verzeihen können. Sie hatte es nicht fertig gebracht. Er hatte ihr das Haar gekämmt und geflochten, ihr die Fingernägel lackiert und Fußcreme in die Füße massiert. Er hatte alles versucht, um sie zu trösten, und tatsächlich hatte niemand Deanna so geliebt wie er. Er hatte sie verrückt gemacht. Seine verzweifelte Liebe, vor langer Zeit, ganz am Anfang ihrer Ehe. Damals, als er auf ihr zum Orgasmus kam, sich auf sie ergoss, seinen ganzen Samen in ihre Haut knetete und behauptete, jetzt sei sie mit ihm schwanger. Seine Zunge eine feuchte Flamme, hatte er sie voll tief empfundener und verzweifelter Gefühle immer und immer wieder geküsst. Und schon damals, in jenem ersten Jahr, hatte sie angefangen, Pläne zu schmieden, wie um alles in der Welt sie von ihm loskommen könnte. Und jetzt erkannte sie, dass die Fäden all ihrer Pläne in einer einzigen Naht zusammengelaufen waren. Dick, schwarz, aus Unversöhnlichkeit genäht. Wie ein roter Schal lief sein Blut von ihr ab. Es war, als wäre sie mit Rot voll gesogen. Es dauerte sehr, sehr lange, bis das Wasser schließlich wieder klar war.

Vierter Teil: NEEWIN

Die roten Perlen waren schwer zu bekommen und teuer, denn ihre klare, an Kronsbeeren erinnernde Tiefe war nur dadurch zu erreichen, dass man zu dem flüssigen Glas vierundzwanzigkarätiges Gold hinzufügte. Da die zweite Zwillingsschwester sie für den Mittelpunkt ihres Stickbildes brauchte, fing sie an zu spielen, verlor, verzweifelte, setzte alles aufs Spiel. Zum Schluss sogar die Decken ihrer Kinder.

Sie gewann gerade genug für die Perlen. Und dann begann es zu schneien. Den Blick auf das geschmolzene Innere der rubinroten herzblumenartigen Perlen geheftet, bibberten die Kinder, drängten sich aneinander, kauten auf dem Saum des hirschledernen Rocks ihrer Mutter. Von den Perlen hinter ihrer Hand nahm erst nur das eine, dann auch das andere Kind. Obwohl sie wussten, dass sie nicht essbar waren, weckte deren Aussehen, hell wie Sommerbeeren, ihren Heißhunger. Als die Finger der Mutter ins Leere griffen, wandte sie sich um und sah, wie ihre Jüngste rasch die letzte Perle hinunterschluckte. Mit verwirrtem Blick, geschwollenen Fingern und einem rasenden Verlangen im Kopf schaute sie ihre Kinder an. Sie konnte an nichts anderes denken als daran, ihre Perlenstickerei zu vollenden. Sie tastete nach dem Messer.

Erschrocken rannten die Kinder davon.

Sie musste ihnen folgen, die Fährte ihres Entsetzens aufnehmen, an den dunklen und den hellen Orten nach ihnen rufen, im Blau, im Weiß, in den unvollendeten Details und der allgemeineren Bedeutung ihres Bildes.

17
TOTENSPEISE

Eine kühle Herbstnacht in einer Sackgasse in der Stadt. Das Laub der Pappeln raschelt und der Verkehr ist als schwaches Knurren in Richtung Westen zu hören. In der Nacht nach ihrer Hochzeit schläft Rozin in der Wohnung ihrer Mütter, allein. Sie schläft mit dem Rücken zum offenen Fenster. Später muss sie an dieses Fenster denken. Ist der Geist ihrer Tochter vielleicht auf diesem Weg hereingekommen, indem er an den spindeldürren Ranken emporkletterte? Oder durch den Ventilator im Nebenzimmer, der durch seine Muffen Feuer ansaugte. Durch die Fassung ohne Glühbirne. Gedanken. Vom durchdringenden Läuten des Telefons wird sie wach. Unten im gelblich verwaschenen Licht über der Küchenspüle nimmt sie den Hörer ab, aus dem die Stimme ihrer Mutter Zosie an ihr Ohr dringt.

«Ich rufe aus dem Krankenhaus an, Rozin. Er ist nicht mehr zu Bewusstsein gekommen, Richard. Er hat's nicht überlebt. Frank ist hier. Er möchte dich sprechen.»

«Nein.»

Rozin lässt den Hörer auf die Gabel sinken. Sie fährt sich übers Gesicht, drückt eine Faust auf ihren Mund und fragt sich, was sie jetzt fühlen wird. Es kommt nichts. Gar nichts, obwohl ihr Blut in Wallung gerät und ihr Schädel sich plötzlich eng anfühlt. Wie ein Helm. Ihr Kopf ist zum Bersten voll mit Gedanken. Gerade als sie den Hörer wieder abnehmen und irgendjemanden, egal wen, anrufen will, schwebt Deannas Stimme von der obersten Treppenstufe herab.

«Mama ...»

Rozin tritt wieder in die Diele, wo sie, die Hand am abgegriffenen Bogen des Treppengeländers, stehen bleibt.

«Mama?», fragt Deanna. «Kommst du auch?»

Rozin erstarrt. Eine Entschuldigung, ein kleines Lachen schießt in ihr hoch, und dann verschließt sich ihre Kehle. Wenn sie ihre Tochter weiterreden lässt, wird Deanna nie mehr aufhören. Sie wird ununterbrochen reden. Morgens und abends wird sie auf ihre Mutter einreden, und am Ende werden sie Rozin wegbringen. Andererseits möchte sie so gerne etwas hören. Nur ein paar Worte. Geh einfach näher ran, denkt sie absurderweise, sprich nicht mit ihr, sei einfach in ihrer *Nähe*. Wo ist sie jetzt? Sie muss sie finden. Sie muss! Die Luft am oberen Ende der Treppe ist dick wie schwarze Baumwolle, und sie kann nicht sehen, wohin Deanna gegangen ist. Ihre Knie geben nach. Versteckt sie sich im begehbaren Kleiderschrank? In der Sitztruhe?

«Geh nicht», flüstert sie. Ein ungewisser Schauer setzt sich in ihrer Mitte fest, schießt nach oben über ihre Schultern und breitet sich wie ein Umhang aus Eis nach unten aus. Stille, Schweigen. Die Furcht vergeht wieder und ein leichteres Gefühl überkommt sie. Ihr Herz hüpft und die Sehnsucht ist ein Stechen in der Seite. Sie keucht vor Schmerz.

«Komm zurück», ruft sie, voller Hoffnung und Angst. Doch es kommt keine Antwort. Wächsernes Laub schlägt raschelnd gegen die Hauswand. Zusammengekauert hockt sie auf der untersten Treppenstufe, reglos.

Die Erde neigt der Sonne ihren äußersten Zipfel zu und die Dunkelheit wird kompakter. Ein kalter Luftzug fährt an den Scheuerleisten entlang. Sie sitzt da, wartet darauf, dass Deanna ihr sagt, warum sie gekommen ist, was sie will, was sie selbst tun kann. Die winzigen Bestandteile der Dunkelheit gehen nach und nach in ein helleres Grau über. Die Luft vibriert im kalten Waschküchennebel der Morgendämmerung. Sie rührt sich keinen Millimeter. Dehnt und streckt sich nicht einmal, um wieder locker zu werden, bis die Stare in den zerfetzten Zedern zu streiten beginnen.

Als der Tag vollends angebrochen ist, steht Rozin auf und schlüpft in ein altes Hemd. Eins von Richard mit einem schwarzweißen Schachbrettmuster, das sie aufgehoben hat und das ihr fast bis zu den Knien geht. Er war nämlich ein großer Mann, während sie eher die Statur ihrer Mutter hat. Sie nimmt den schweren Eisentopf von seinem Platz im Schrank und trägt ihn hinüber zur Spüle. Sie zieht die Aufrollschnur aus der Telefonbuchse, damit sie das, was sie tun muss, ganz ungestört tun kann. In den Topf schüttet sie ungefähr zwei Zentimeter hoch Wilden Reis. Daraus steigt wie Rauch ein feiner süßer Staub auf, der nach dem Grund des Sees riecht, unkrautbewachsen und frisch. Als Nächstes lässt sie Wasser in den Topf laufen und wirbelt mit der Hand die klickenden Körner auf. Schwarzgrün, braungrün, blass gesprenkelt und sehr fein. Wild gewachsen. Nicht das künstliche Zeug. Letzten Herbst auf dem Boden von Zosies zerbeultem Aluminiumkanu ausgedroschen. Ein paar kleine Spelzen, scharf und papierartig, schwimmen an der Oberfläche. Als Rozin das Wasser abgießt, nimmt es grünen Lehm und pulvrigen Schlamm mit. Noch einmal neues Wasser. Insgesamt fünf Mal, bis es beim letzten Mal sauber abfließt, dann stellt sie den Topf beiseite. Jetzt sind die Zwiebeln dran. Sie klemmt sich ein Streichholz fest zwischen die Zähne, damit der Saft ihr nicht die Tränen in die Augen treibt, dann hackt sie die Zwiebel vom Wurzelende her schräg in beide Richtungen, sodass ein Häufchen von kleinen Würfeln entsteht, das sie mit der Schneide des Messers zu einem ordentlichen Dreieck zusammenschiebt.

In der kochenden Brühe werden die Zwiebeln langsam im Reis aufgehen. Bevor Rozin den Deckel auf den Topf legt, fügt sie noch eine winzige Prise weißen Pfeffer hinzu, mehr hat Deanna nie gemocht – einfache Speisen, ohne Gewürze. Seltsamerweise besaß sie, was das Essen anging, nie die hohen Ansprüche ihres Vaters, so wenig wie ihre Schwester. Grundnahrungsmittel. Kartoffeln, Käse. Rozin erinnert sich an die sture Genialität von Richards Eigenarten, und plötzlich sieht sie ihn vor sich. Braunes Haar und braune Augen mit einem geschwungenen Lächeln und hohlen Wangen. Verschließt die Augen vor dem Bild. Er ist ein Magnet, Richard Whiteheart Beads, mit einer kribbelnden, unerschöpflichen Energie, über die manche Leute in Zorn und andere in Verzückung geraten. In seiner Nähe war sie selbst genauso, machte nie etwas möglichst einfach, sondern suchte immer den Weg des größten Widerstands. Auch jetzt zieht sie es vor, etwas zu kochen, was sie die nächsten vier Stunden in der Küche festhalten wird. Einen cremigen Vanillepudding aus einzeln abgewogenen Zutaten. Truthahnragout. Weißmais, noch am Kolben. Sie streift die gekochten Körner ab, gibt Butter dazu, schüttet sie wieder in eine Plastikschüssel. Im Grunde ist sie nur gut, die Sorgfalt, die sie auf alles verwendet, denn so wird sie nachmittags hoffentlich müde genug sein, um einschlafen zu können.

Den Tisch an der westlichen Wand, der Himmelsrichtung des Todes, deckt sie sorgfältig für zwei Personen. Geistteller, mit Tabak. Eine einmal gefaltete Papierserviette. Messer, Gabel und Löffel alle auf einer Seite. Auf den Tellern häuft sie den Wildreis neben den Truthahn, den gebutterten Weißmais, etwas Obstsalat mit Erdbeeren, und daneben stellt sie eine große Schüssel Vanillepudding.

Esst, esst jetzt alles auf, denkt sie voller Leidenschaft, voller Heimweh, während sie für ihre Tochter einen weiteren kleineren Teller oben an die Treppe stellt; dann geht sie schlafen.

Bestürzt über die Inbrunst, mit der sie, wenn auch nicht laut, so doch in Gedanken, gesprochen hat, geht Rozin nach oben und lässt sich auf die Bettkante plumpsen. Sie wälzt sich herum, rollt sich auf der Seite zusammen und versinkt, bevor sie bewusst die Augen schließen kann, in einen Traum. Lang, zerrissen, kompliziert, angespannt, so verlebt sie einen Tag mit dem Vater ihrer Töchter.

Sie befinden sich wieder in der alten Verwaltungszentrale des Bureau of Indian Affairs, wo sie die knarrenden Flure entlang zum rückwärtigen Teil des Gebäudes gehen. Alles läuft schief. An seiner Seite ist sie unbeholfen. Er gibt ihr einen Klaps oder explodiert. Sie versucht, den Klebstreifen richtig anzukleben. Ihre Schnürsenkel gehen auf. Ihr Haar hängt ihr in verfilzten Knoten wirr um den Kopf. Sie gehen nach Hause. Ihr Magen verkrampft sich vor Angst, als sie merkt, dass sie den Ring, den er ihr geschenkt hat, dann die Uhr, dann alles andere verloren hat. Der Toast für sein Sandwich verbrennt. Ameisen krabbeln über die Türschwelle und sie kann sie nicht wegfegen. Ihre Perlenstickerei löst sich auf und fällt in seinen Händen auseinander. Ihr Weihnachtsgeschenk für ihn. Er will ihr Geschenk, das gewebte Uhrarmband, nicht haben, das sieht sie ganz deutlich. Wo soll er damit hin? Wie soll sie ihm erklären, dass die Perlen an den Enden des Armbands sich lösen und prasselnd zu Boden fallen? Die Kartoffeln, die sie ihm vorsetzt, sind kalt, außerdem hat sie ein Auge oder zwei übersehen, die nun, unpüriert, auf seinem Löffel liegen. Und sie anstarren. Nicht genug Butter. Zu viel.

Jetzt liegt sie da, in einem Schwebezustand zwischen ihrem Traum und dem neuen Morgen. Als sie in ihren alten rosafarbenen Flanellmorgenmantel schlüpft, fällt ihr das Essen wieder ein und auf dem Weg in die Küche nimmt sie den Teller mit, den sie auf die Treppe gestellt hat. Auch das Geschirr vom Tisch räumt sie weg, kippt alles Essen in eine Schüssel mit Deckel und stellt mit peinlicher Genauigkeit ein neues Gericht zusammen, das sie auf einem Teller kochend heiß serviert. Dann tritt sie vom Tisch zurück.

«Iss», flüstert sie mit demselben Stirnrunzeln, mit dem sie Deanna bedachte, wenn sie in ihrem Essen stocherte. Sie sehnt sich nach ihr, spürt aber zugleich, wie in ihrem Inneren ein kompliziertes Etwas entsteht, eine gewundene Konstruktion aus schweren, abenteuerlichen, störrischen Röhren, Fäden und Drähten, einem furchtbaren wissenschaftlichen Projekt gleich, ein unkontrollierbarer Fehlschlag, der ihr ein Ungenügend einbringen wird.

Hass auf Richard. Sehnsucht. Dieses Gewirr aus Schuld, mörderischer Wut und verwelkter Liebe.

In dieser Nacht erscheint ihr ein Fremder im Schlaf. Sie kann ihn genau erkennen. Sein lang gestrecktes Gesicht, die gerade Nase, geblähte Nasenlöcher, Augenbrauen wie zwei dünne Flügel. Tiefe, weit auseinander liegende Augen. Ein trauriger, dünnlippiger, verhärteter Mund. Er spricht nicht, öffnet aber, während er so dasteht, den Reißverschluss seines Körpers. Wie ein fürchterlicher Anzug geht er auf. Innen ist er glatt wie eine von eisigem Flusswasser ausgewaschene Höhle. Aus dem Hohlraum zwischen seinen Rippen sieht sie ganz schwach ein phosphoreszierendes Leuchten hervorschimmern. Der Tod hat sein Inneres ausgehöhlt und blank gescheuert und auf diese Weise Platz geschaffen, damit sie, wie der Fremde ihr winkend zu verstehen gibt, eintreten kann.

An diesem Morgen stöpselt sie das Telefon wieder ein, meldet sich an ihrer Arbeitsstelle krank und verkriecht sich unter ihren Decken, voller Angst vor dem, was ihr angetragen wurde. Ein Windigo hat sie besucht. Sie fürchtet sich, verspürt aber auch Hoffnung. Vielleicht spricht ihre Tochter wieder zu ihr. Sie ignoriert das Klingeln des Telefons, von dem sie weiß, dass es Frank ist, der sie bitten will, ihn hereinzulassen. Rozin hat sich bereits entschieden, dass sie unmöglich mit ihm zusammenleben kann, bevor sie dem Windigo nicht einmal richtig begegnet ist. Bevor sie diese Geister nicht mit Essen versorgt hat, damit sie aufhören, hungrig um sie herumzustreichen. Zosie ist hinauf in den Norden gegangen, um Mary zu holen. Vielleicht werden sie sie zum Arzt bringen. Rozin kann nicht einmal aus dem Bett aufstehen. Sie wird hier bei ihrer Tochter bleiben müssen. Sie schläft den ganzen Tag, die ganze Nacht. Im Morgengrauen räumt sie die Teller wieder weg und bringt das Essen hinaus in den Garten, wo die Eichhörnchen sich darüber hermachen werden, zusammen mit den Stadt-Waschbären und den Raben mit ihrer schimmernden Arroganz.

Vier Tage vergehen, das Essen, das sie gekocht hat, ist aufgebraucht und die Eichhörnchen und Raben kommen regelmäßig zu dem Baumstumpf im Garten hinter dem Haus. Fünf Tage. Sechs. Am siebten Tag klopft es an der Tür.

Ihr Körper fühlt sich leicht und langsam an, dahinschwebend, ein Ballon. Wer immer es ist, er wird wieder gehen. Vermutlich Frank. Sie findet eine Schachtel Cheerios. Rozin fängt an, sie Stück für Stück zu essen, aber in ihrem Mund werden sie trocken wie Sägemehl und erzeugen einen Würgereiz. Bleiben ihr in der Kehle stecken. Sie kann nicht schlucken, so als wäre an dieser Stelle plötzlich eine Geschwulst gewachsen. Sie isst nichts. Und dann wackeln die Wände und Fingerhüte aus rotem Feuer schwirren durch die Luft. Sie beginnt zu weinen, und die Tränen strömen aus ihr heraus.

Deanna liegt sicher in ihren Armen.

Der Körper einer Frau ist das Tor zu diesem Leben. Der Körper eines Mannes das zum nächsten. Laut ruft sie nach dem Fremden, verlangt, er möge noch einmal vor ihr stehen und sich öffnen. Sie weiß jetzt, wer er ist, dieser Windigo. Er ist der ursprüngliche Shawano aus jener fernen Zeit, der Windigo-Mann, den die Shawano-Brüder damals, lange ist es her, in ihre Familie aufnahmen. Und so hat man es ihr erzählt. Sie jagten gemeinsam oben im Norden, diese Brüder und ihre Familien. Als dieser Eisriese mit seinem fürchterlichen Hunger sie aufsuchte, ließen sie ihn herein. Das hätten sie nicht tun sollen. Sein Inneres war nichts als Kälte, nichts als gieriger Schnee. Dennoch möchte sie, dass er zu ihr zurückkommt. Diesmal wird sie eintreten. An dem glänzenden Eis hängen bleiben. Seine kalte Haut von der Farbe des Himmels wie ein Grab um sich herumziehen.

Obwohl sie die ganze Zeit nichts gegessen hat, fühlt sie sich am achten Tag kräftiger, eigentlich ganz normal. Nur Wasser. Ihr einziges körperliches Bedürfnis. Lauwarmes Wasser. Kein kaltes. Ihr Körper hat offensichtlich beschlossen, kein Essen zu brauchen. Sie verspürt ein Drücken im Magen, sternförmig ausstrahlende Schmerzen schießen ihr durch die Brust, doch innerlich ist sie ruhig und schläft und schläft. Ihr Bett ist weich, breit, gemütlich warm und sicher. Für Rozin vergehen zwei weitere Tage, und bis dahin ist sie ein Wald. Ihr wachsen kleine Bäume. Lichthungrige Schösslinge stoßen durch ihre Arme und Brüste. Ihre Haut ist ein schützendes Geflecht, unter dem sie kleine Sämlinge beherbergt, und über ihr ragen bereits mächtige Kiefern empor.

Nacht für Nacht geht sie den bewaldeten Pfad ihrer selbst entlang und wartet auf den Fremden. Sie sitzt, am Ende ihres Traumpfades, auf einem Stuhl an einem seichten Fluss, als sie seine Berührung an ihrer Schulter spürt, die kaltblütige Bedrohung durch seine Anwesenheit. Sie dreht sich um, aber es ist Frank. Er schließt sie in die Arme, und sie wird an den männlichen Geruch seines Körpers, den Geruch von Wäschestärke, Öl, Gras, Hitze und Schweiß, gepresst. Die kleinen Knöpfe seines Hemdes bohren sich in ihre Wange. Er steht und sie sitzt, sodass sie ihre Arme um seine Taille geschlungen hat und ihr Gesicht an seinem kräftigen Rumpf platt gedrückt wird.

Plötzlich sackt er in sich zusammen, schlaff und schwer in ihren Armen, ein Lederanzug, und ihr fällt wieder ein, dass sie sich in einem Traum befindet. Braunes Leder. Warm. Ein blasses Braun ist die Farbe seiner Haut. Sie streift ihn über wie eine Rüstung. Trägt ihn wie Schild und Brustharnisch. Er hat ihr seinen großen, warmen, starken Körper geschenkt, damit sie sich von nun an in ihm verstecken kann, während sie in der Welt voranschreitet.

Am liebsten hätte Richard Whiteheart Beads – verrückt, aber durchaus verständlich – den ganzen gelben Lieferwagen begraben. Rozin beschloss damals, ihre Tochter nach alter Sitte unter einem Grabhaus zu bestatten, das niedrig und lang gebaut war, mit einem kleinen Regal an einem Ende, wo Speisen und Tabak für sie hingestellt werden konnten. Am Wochenende fährt Rozin manchmal hinauf in die Reservation, legt ein oder zwei Kupfermünzen hin, denn manche glauben immer noch, dass der Fährmann an den roten Steintoren seinen Preis verlangt. Wenn dem so ist, denkt sie, wird Deanna genug haben, um immer wieder ihren Wegezoll zu zahlen. Sie kann den Kassierer bestechen und ein und aus gehen, um weiterhin die Wälder zu durchstreifen und zu erforschen, wie sie es mit Cally so gern getan hat. Sich rittlings auf das Weidetor im Zaun zwischen Erde und Himmel setzen. Beeren pflücken. Von einem mit Keksen voll beladenen Tisch essen.

Sie stellt aber noch immer Essen an ihr Grab.

Eine Tüte Erdnüsse aus dem Flugzeug. Eine Schüssel Haferbrei. Sie legt einen Satz Spielkarten hin. Einen Apfel. Was sie gerade in ihrer Handtasche hat.

Eines Nachts, als sie an ihrem Schreibtisch sitzt, hört sie Frank hereinkommen. Sie antwortet nicht auf sein Rufen, und seine Schritte kommen die Treppenstufen herauf. Plötzlich ist er an ihrer Schulter und sie sagt ihm, er solle gehen. Er sagt nein, er werde sie nicht allein lassen. Er werde dableiben, da er dummerweise zurückgekehrt und nicht bereit sei, wieder zu gehen, auch wenn sie bei Licht schlafe und mit dem Geist ihrer Tochter spreche.

«Ich sehe Dinge», erklärt sie ihm.

Mit diesem Leben, diesem Geist müsse sie fertig werden. Sie macht ihn darauf aufmerksam, dass sie voller Hass sei, dass sie in den Norden gehen und Richards Beinhaus zerhacken werde, dass sie, wenn er sie nicht in Frieden lasse, seine Gebeine verbrennen werde. Sie sagt ihm, Richard sei jetzt ein Teil von ihr, und sie wisse das. Sein Anzug aus Schmerz sei ihr zur eigenen Haut geworden. Seine zu weit in die Ferne blickenden Augen zu ihren eigenen. Auch die Art, wie er sie verachte, habe sie verinnerlicht, so weit, dass sogar das kleine Lob, das sie noch für sich übrig habe, falsch klinge. Sie sagt zu Frank, dass sie sich manchmal als Wirtspflanze wider Willen sehe und Richards Persönlichkeit als so etwas wie Kudzu oder Zebramuscheln oder Igelgurken, ein Unkraut, das Tag für Tag weiterwuchere, oder ein Neunauge, sodass sie, wenn sie sich von ihm reinigen wolle, die Gewässer vergiften müsse. Mit dem Tod könnte es klappen. Allerdings fällt ihr auch dazu etwas ein: Er werde am Tor zum Westen stehen. Und wenn sie dort ankomme, nachdem sie sich erschossen oder genügend Tabletten geschluckt habe, dann nur, um in Richards Armen zu landen.

«Ich gehe nicht», sagt Frank.

Es ist ein kühler Nachmittag. Frank drängt sie, den Kamillentee, den er für sie gekocht hat, zu trinken und ein wenig zu schlafen. Er packt sie warm ein. Die Sonne knallt aufs Fenster, ein sengendes, neues, gelbes, laubverhangenes Licht. Die Schreie von Kindern sind wie weit entfernte Vögel, und als sie in den Schlaf hinübergleitet, dringt ganz unerwartet ein Strahlen der Güte, eine seltsame, angenehme Intensität in ihren

Körper und lässt sie einen knappen Zentimeter über sich selbst schweben.

Als sie hinabschaut, sieht sie, wie nah sie ist, diese Grenze zwischen Leben und Tod, zwei Ländern, die nichts voneinander wissen. Während sie oben schwebt, blickt sie in ihr eigenes Gesicht. Anfangs ist sie beunruhigt wegen ihrer matten Haut, dem widerspenstigen Haar, der Totenblässe ihrer Lippen, der leichten Erschlaffung durch das Alter. Dann wird ihr bewusst, dass Richard so eng in sie hineingewoben ist, dass sie der einzige lebendige Mensch ist, der ihn am Leben erhalten und ihm Sicherheit gewähren kann. Sie fragt sich, ob er wohl verstanden hat, was sie ihm in der Größe des Augenblicks, als sie in dem Hotelkorridor auf ihn zustürzte, zu vermitteln versuchte. Es war ein schlichter Ausdruck des Erstaunens darüber, dass alles, was sie gefühlt und gesagt hatten, all die Riesenkräche und die kleinen Stiche ihrer gewöhnlichen Schwierigkeiten, die aus durchsichtigen Kristallglasperlen gefertigte Stickarbeit ihres Alltags, die verschlungene Art und Weise, wie sie in Cally und Deanna miteinander verwoben waren, dass die ganze mühevolle Anstrengung am Ende auf einen einzigen Augenblick reduziert sein sollte.

«So einfach ist es nicht», sagt sie jetzt, als der Zorn vorbei ist, und sie denkt an Deannas Stimme, an das Tor im Körper des Windigo, an Frank, der in der Küche dabei ist, Rührei zu machen, Brot zu toasten und kalten Saft in einen Tonkrug zu gießen.

18
NORDWESTHÄNDLERBLAU

Cally

Meine Großmütter ziehen das angebrannte Herz des Truthahns dem weißen Brustfleisch vor und Preiselbeersauce akzeptieren sie nur, wenn sie aus frischen Beeren gemacht ist. Zosie bekommt von Hackfleischpastete Durchfall und Mary von Kürbis Verstopfung. Wildreis muss salzlos zubereitet werden und Knoblauch verursacht beiden Krämpfe. Abgesehen davon sind sie für mich die perfekten Weihnachtsgäste. Sie holen aus jedem das Schlimmste heraus, alle seine bösen alten Geschichten. Und manchmal rufen sie überraschenderweise auch Freundlichkeit und Hoffnung hervor.

Dunstiger Schnee, dicke Wolken, hier und da ein Sonnenstrahl. Unter dem weißen Pulver auf den Bürgersteigen glattes und trügerisches Eis. Ich komme gerade von einem Einkaufsmarathon in letzter Minute zurück, als ich sehe, wie Cecille den Shawano-Lieferwagen auf der gegenüberliegenden Straßenseite gekonnt rückwärts einparkt. Im Wagen sitzen vornehm und stolz auf grasblauem Vinyl die beiden Großmütter, deren überwältigende Profile – Miss Amerika der Indianer – sich gegen das nasse Dunkel der Fensterscheibe abheben. Der Lieferwagen ist weiß, ein Campingbus mit eingebauten Regalen. Der Schnee ist sauber und die frisch gefallenen Flocken zeichnen den Gehweg und die Stufen nach. Ich atme die blaue Luft ein, während ich an den Bordstein unterhalb von Franks und Mamas Wohnung trete.

«Hier! Nimm das mal!»

Zosie öffnet die Tür. Auf dem Schoß hält sie einen länglichen, nach Fleisch duftenden Schmortopf, der ihr durch den Mantel aus rotweißem Kaufmannstuch hindurch die Knie wärmt. Behutsam nehme ich ihr das Essen ab, wobei ich wie immer eine Bemerkung über ihr Aussehen mache, denn sie würde es registrieren, wenn ich ihr kein Kompliment machte, und mich später fragen, ob irgendetwas an ihr nicht stimme, ob ihr Lippenstift oder ihr Lidstrich verzogen, ihre Wimperntusche verschmiert oder ihr Haar hinten zerzaust sei. Nachdem ich sie beruhigt habe, kann sie ihre Aufmerksamkeit voll und ganz auf das endlose Geplänkel ihrer Liebe zu Mary richten.

Zusammen sind die beiden eine Strapaze. Sie steigen nicht einmal aus dem Lieferwagen aus, so sehr sind sie damit beschäftigt, mich an die komplizierten Bedürfnisse ihrer Verdauung zu erinnern.

«Mary nimmt kein Salz. Ich esse nur das Weiße vom Ei, Eigelb würde mich umbringen. Außerdem hat Mary diesen Zucker im Blut. Aber sie ist auch ganz wild darauf. Führe sie bloß nicht in Versuchung», flüstert Zosie, «lass die Keksschale nicht offen in der Küche stehen. Sie wird hinter deinem Rücken wie ein Schwein fressen und dann in ein Koma versinken. Ich dagegen esse absolut alles.»

«Tust du nicht», widerspreche ich. «Du bist so mäkelig wie deine ganze Familie zusammengenommen. Mama hat schon Sellerie in die Füllung getan. Den wirst du heraussuchen müssen.»

«Sie hat die Füllung schon gemacht? Das ist doch unsere Aufgabe.»

«Ihr seid spät dran», entgegnet meine Mutter, während sie die Treppe herunterkommt. «Aber es war so erholsam, die ganze Wohnung einmal für uns allein zu haben!»

Sie zieht die Augenbrauen hoch, bis ich die Nebenbedeutung

ihrer Aussage zur Kenntnis nehme. Zum einen ist sie wie gewöhnlich verärgert über Cecille, die gelegentlich bei ihnen wohnt, und in diesem Fall auch über mich. Während Cecille die Großmütter abholte, habe ich die Einkäufe erledigt. Wir haben die beiden allein gelassen. Sie und Frank haben entweder in der stillen Wohnung miteinander geschlafen oder endlich ihre vierteljährlichen Steuererklärungen fertig gemacht oder sie hat sich auf das Juraexamen vorbereitet und es bestanden. Bei Mama weiß man mittlerweile nicht mehr, worum es eigentlich gerade geht – um die Liebe oder den Kontostand. Sie hat eine beunruhigende Ähnlichkeit mit Cecille angenommen, die ohne Punkt und Komma über ihre verbotenen Lüste spricht, und man denkt, sie vergleiche völlig nüchtern die sexuellen Fertigkeiten von Männern verschiedener ethnischer und religiöser Herkunft, bis man plötzlich merkt, dass sie in Wirklichkeit buchhalterische Fähigkeiten meint und sich fachmännisch über den Wertzuwachs ihrer bevorzugten Kleinaktien, ihre Gewinne beim Blackjack und ihre neuen wissenschaftlichen Lotteriespielmethoden verbreitet.

«Ja», sage ich, «sie haben eine Füllung aus irgendwelchen Geflügelinnereien gemacht, aber keine Sorge: Es sind noch genügend Zutaten für eine ganz neue Füllung da.»

Ich drücke den Schmortopf an mich, während Cecille um das Auto herum zur Seitentür geht, um Zosie herauszuhelfen, die, kaum dass sie den Boden berührt, ausrutscht und lacht. Die beiden gehen zur Haustür und lassen mich in ihrer Aufregung mit dem Schmortopf zurück, als es passiert. Den Topf in der Hand, fange ich an zu schliddern. In einer ersten Schreckreaktion will ich mich selbst schützen und lasse fast den Schmortopf fallen, lenke jedoch in letzter Minute mit einer Pirouette die Energie der Fallbewegung in meine Füße und gewinne so das Gleichgewicht zurück. Gerade als ich wieder fest auf den Beinen stehe, dreht Cecille sich um, legt mir den Arm um die Schultern und zieht mich weiter.

In einer Anwandlung von Erleichterung und Schwindel klammere ich mich an ihr fest. Und dann erlebe ich in Gedanken einen unvermuteten, beinahe erschreckenden Bruch.

Es ist, als sähe ich zwei Programme gleichzeitig, als zappte ich hin und her zwischen uns, die wir zusammen den Bürgersteig entlanggehen, und mir, die ich immer und immer wieder ein Wort in Ojibwa höre, während das Eis wandert, der Schnee Risse bekommt und die seltsame Weihnachtssonne ihren Glanz verliert. Ich habe keine Ahnung, warum, aber das Wort heftet sich an mich. Hängt fest. Es ist an meine Schläfen geklebt und kommt in Schwingungen aus meinen Ohren, sodass ich es im Flüsterton den ganzen Gehweg entlang wiederhole.

Daashikaa, daashikaa, daashikaa. Ich weiß nicht, was es bedeutet. Dann übernimmt Cecille die Regie.

«Und, Cally, ist deine Mama für uns alle gerüstet? Du bist ein tapferes Mädchen. Wo ist mein Schatz? Wo ist mein Schatz? Ah, da!»

Cecille fuchtelt mit beiden Armen in der Luft herum und springt den Rest des Weges auf gestiefelten Zehenspitzen. Gleich hinter der Haustür hüpft rufend die spindeldürre sechsjährige Tochter meines Cousins Chook auf und ab. Die beiden stoßen lärmend zusammen und die Großmütter und ich stürmen hinterher und drängen ihren Überschwang durch den Eingang zurück in die Wärme.

Die Zwillinge sind die einzigen der sechs Kinder ihrer Familie, die die Grippeepidemie überlebt haben. Auch Tuberkulose, Flöhe, Hundebisse, von Würmern befallenes Kaninchenfleisch und die bitterkalten Winter ihrer Kindheit konnten ihnen nichts anhaben. Genau genommen scheinen sie es sogar genossen zu haben, die schlimmsten Widrigkeiten durchzustehen, sogar Zosies tragische Ehe. Genau diese Begeisterung macht einen Teil ihres Charmes aus. Dieser Gefallen, den sie an

Schicksalsschlägen finden. Diese Dankbarkeit für alles, was keiner ist. Natürlich sind sie in so vieler Hinsicht schwierig im Umgang, dass ich gerade diese dankbare Seite besonders zu pflegen versuche, wenn sie bei Mama aufkreuzen.

In unser aller Leben schleicht sich eine große Unsicherheit ein, die uns lähmt. Dann ziehen wir uns entweder, wie es oft der Fall ist, ängstlich zurück, um zu hüten, was wir wissen, oder streifen diese abgetragenen Häute ab und schreiten voran. Mary und Zosie zum Beispiel, die beiden resoluten Zwillinge, haben komplizierterweise ein und denselben verstorbenen Mann geliebt. Sie marschieren geradewegs in die Küche. Mein Cousin Chook, der Neffe meines Vaters, ist unter heftigen Krächen geschieden worden und hat seine Tochter für den Tag bei sich. Die Wohnung kommt einem klein vor, aber nicht, weil sie sonderlich klein wäre, ja nicht einmal, weil so viele Leute da sind, sondern weil hier Geschichten und Schicksale aufeinander prallen. Verlust, Dunkelheit. Eine bei der Roy-Sippe stark ausgeprägte Neugier. Es ist stickig und man bekommt kaum Luft. Dann legt Chook mir den Arm um die Schultern – eine jungenhafte, freundschaftliche Geste unter Cousins.

Er ist groß und schmal, hat einen dünnen braunen Pferdeschwanz, ein introvertiertes, nachdenkliches Gesicht und ein fast übertrieben erwartungsvolles Lächeln. Von uns allen sieht er am ehesten aus wie Richard, nur kräftiger, wie eine frisch gedruckte Briefmarke. Durch die jahrelange Alkoholabhängigkeit war von Richards Stimme nur noch ein Flüstern übrig geblieben, auf seine Augen hatte sich ein trübes Schielen gelegt, und sein braunes Haar hatte eine immer blasser werdende, undefinierbare Farbe angenommen. Nur sein Händedruck war bis zum Schluss erstaunlich kräftig geblieben. Es war schwierig gewesen, ihm die Flasche zu entreißen. Wie es überhaupt schwierig gewesen war, ihm irgendetwas wegzunehmen.

Manchmal heißt es ja, eine Menge Wasser sei unter der Brücke hindurchgeflossen – man könne lang oder kurz darauf stehen: Es hänge nur davon ab, wie schnell das eigene Leben darunterhin fließe. Kurz nachdem mein Vater sich umgebracht hatte, stand ich da. Es kam mir vor, als sei es ein ganzes Jahr her, aber es war nur die rasch dahineilende Strömung, die die Zeit mit sich fortriss, sodass, als ich auf der anderen Seite ankam, eine Woche, ein Jahr oder der Rest meines Lebens vergangen sein konnte.

Wegen ihres Klangs nennen Mary und Zosie die Stadt Minneapolis *Mishimin Odaynang*, was in Ojibwa so viel wie «Appelstadt» heißt. Den Sommer verbringen sie meistens in der Reservation, auf der alten Parzelle, die ihrer Mutter gehört hat, einem bewirtschafteten Stück Land mit Wäldern und *Mashkeeg*, auf dem sie ihre Tees sammeln und Rinde für ihre Körbe schneiden. Mary kann ein flaches Reissieb oder einen Makuk falten und nähen, ohne hinzusehen; allerdings entwerfen und falten sie beide lieber Phantasieschachteln mit Darstellungen von Tieren – Bären, Seetauchern, Hirschen. Sie sind robuste Frauen mit flinken, geübten Fingern, schweren Fußgelenken und Beinen, die wie Zaunpfähle kerzengerade in ihren Schuhen stehen. Ihre Gesichter haben dieselbe breite, offene, weiche Schönheit, doch obwohl sie Zwillinge sind, haben sie sich mit der Zeit unterschiedlich entwickelt. Zwei Kuchenformen, denke ich. Marys ist die neuere, noch verhältnismäßig intakte Form, während Zosies bereits benutzt, angebrannt und durch ihre Ehe mit dem Mann, den ihre Schwester liebte, in einer bestimmten Richtung geprägt ist.

Windigo-Geschichte
I

Er hatte Augustus Roy geheißen und sie beide gleichermaßen geliebt. Als er um Zosies Hand anhielt, versprach er ihrer alten Urgroßmutter Midass, auch für Mary zu sorgen, falls irgendetwas passieren sollte. Für eine Frau mit einem zahnlosen Lächeln schaute sie ihn sonderbar grimmig an. Und schon bald passierte etwas. Die alte Frau starb und ließ Mary allein in ihrer alten Hütte zurück; das war der Moment, als Zosie und Augustus bei ihr einzogen und sich mit ihren Sachen in dem hinteren Raum, den einst ihre Urgroßmutter bewohnt hatte, niederließen. Das knarrende Bett mit dem groben Matratzenbezug und den ausgeleierten Federn übernahmen. Sich damit neben dem Eichenschreibtisch und unter dem besten Fenster einrichteten. Die Küche zu einem Ort machten, wo sie sich fortan jeden Abend am Tisch versammelten, Augustus mit seinen Papieren, der runden Nickelbrille und Büchern aus der Bücherei, Mary und Zosie mit ihren Kästchen und Dosen voller Samenkapseln in allen erdenklichen Farben, ihren rauchgegerbten Hirschhäuten und den spitzen Stacheln von Stachelschweinen.

≈≈≈≈

Franks Küche ist ein lang gestreckter, sonniger Raum mit drei Fenstern über der Spüle und einem Hackbrett, das gegenüber dem Herd unter den Hängeschränken fürs Geschirr eingebaut ist. In dem anderen Zimmer deckt Cecille den Tisch mit Mamas Festtagsdecke – Weihnachtssterne und goldäugige Hirsche – und Tellern, deren Ränder mit rankenden grünen Blättern verziert sind. Sie hat ihre eigenen speziellen Wassergläser mitgebracht, im Ausverkauf erstandene geschliffene Gläser von einem unnachahmlich einfachen Blau.

Sieht ihr ähnlich, denke ich, verärgert, aber irgendwie auch erfreut. Alles andere auf dem Tisch ist rot, grün oder golden. Ich habe ihn sorgfältig vorbereitet, Mama hat die einzelnen Teile Mitte Januar auf Auktionen gesammelt, und dann kommt Cecille daher und besteht auf ihren blauen Wasserkelchen. Allerdings wollte ich nie die Art von Frau sein, die den perfekten Tisch deckt. Ich sehe mich selbst lieber als jemanden, der nicht so leicht auszumachen ist, mehr wie Cecille.

Sie hat den kompakten Körper der Shawanos, nur schmaler, wie eine Tänzerin. Ihre Tops aus Trikotstoff betonen ihre Brüste und Schultern. Ihre Augen sind groß, rehbraun, karamellpuddingfarben, und ihr Haar hat sie länger, dicker, wilder wachsen lassen. Sie strähnt es gerne mit Henna. Ich bin stolz auf sie. Manchmal nervt mich ihre ernsthafte, pedantische Art, wenn sie über ihre asiatischen Kampfsportarten spricht, aber sie hilft mir, die Lücke zu füllen, die meine Schwester, meine erste Erinnerung, hinterlassen hat. Deanna. Der andere Geist und Körper meiner Kindheit. Noch immer habe ich die Umrisse von Deannas flügelförmig abstehenden Schulterblättern unter meinen kratzenden Händen und jeden Ausdruck auf ihrem Gesicht deutlich vor Augen, und manchmal fahre ich über ihre schlanken Waden oder halte die Fingernägel, die ich lackiere, irrtümlich für ihre, die ich so oft rot angemalt habe.

Ich zuckere den Rhabarber vom letzten Juni, den Mary tiefgefroren mitgebracht hat. Getreu Franks Rezept breite ich ihn zusammen mit Erdbeeren auf dem Boden einer Backform aus und vermische dann Butter, Hafermehl, braunen Zucker und gehackte Walnüsse für den Überzug. Verteile das süße Zeug gleichmäßig. Ich schiebe die Form auf den Rost unter dem Truthahn, der fast fertig ist; der kleine rote Plastikknopf des Küchenweckers lugt schon zur Hälfte heraus. Als ich vom Ofen zurücktrete, steht Mama plötzlich mit einem Löffel in der Hand hinter mir, um die zarte, knusprige Haut mit Fett zu übergießen. Die Hitze, die uns entgegenschlägt, legt sich uns auf Gesicht und Brust und ihre Hüfte streift meine. Sie dreht sich um. Ich spüre die Stille ihres Atems.

Familiengeschichten wiederholen sich in Mustern und Wellen von Generation zu Generation, über Abstammung und Zeit hinweg. Liegt das Muster einmal fest, kopieren wir es immer wieder. Hier auf dem Griff die Ranken und Blätter von Seitensprüngen. Dort ein Hang zum Selbstmord, ein verhängnisvoller Wunsch. Auf dieser Seite Alkoholismus. Auf jener die Unterdrückung eines Schuldgefühls, das sich am Ende mit Gewalt Bahn bricht. In meinen Kursen beschäftige ich mich jetzt mit diesem Phänomen und studiere zu Hause seine praktischen Auswirkungen. Unsere Schicksale haben sich vor Urzeiten herausgebildet. Ich versuche, die alten Muster in mir selbst und den Menschen, die ich liebe, zu entdecken. Franks Blick begegnet dem meiner Mutter, als sie sich vom Ofen wegdreht. Als wäre der Schwall der Ofenhitze meiner Mutter gefolgt, ziehe ich mich behutsam zurück. Sie nimmt seine Hand und geht mit ihm in das Zimmer mit den Tellern und goldenen Blättern und Reben und festlich geschmückten Tassen.

«Er war dickköpfig bis zum Schluss, und wenn du glaubst, dass ich aufhöre, über ihn zu reden, nur weil er sich umgebracht hat, dann irrst du dich.»

Chook reicht Frank die Sauciere, wobei er geflissentlich überhört, dass Cecille über seinen Lieblingsonkel spricht, der für ihn wie ein Vater war. Mit gequältem Gesichtsausdruck sucht er nach dem richtigen Ton, spielt auf Zeit. Frank nimmt die Soßenschüssel in beide Hände und beugt sich zu Mama hinüber.

«Hör doch auf», sagt Chook zu Cecille. Sie hält inne, wendet sich ab. Auch ohne dass die Aufmerksamkeit eines heiratsfähigen Mannes auf ihr ruht, bringt sie sich in ihrem kurzen Rock in Positur, verschränkt die Arme vor ihren jungen Brüsten. Ihre Augen sind perfekt mit Lidstrich und Lidschatten geschminkt und über ihrem Nacken liegt der schwüle Duft eines schweren Gardeniaparfüms. Sie zieht einen Mundwinkel zu einem ironischen Lächeln hoch und gibt keinen Millimeter nach. Lässt auch nicht von ihrem Thema ab.

«Ich weiß. Es liegt nicht in der Familie, vielleicht nicht einmal in unserer Kultur, diese traurigen, nüchternen Dinge zu erwähnen, beim Namen zu nennen. Ich weiß das. Aber wie viel besser wäre es, wenn wir alle die Wahrheit akzeptieren und aufrichtig, aus dem Herzen heraus sprechen würden! Unser Chook zum Beispiel ist besonders selbstmordgefährdet, weil sein Rollenvorbild hingeht und sich erschießt. Genau das sage ich. Weil ich will, dass Chook es begreift!»

«Ich bin nicht deprimiert», erwidert Chook, «nur vorübergehend etwas durcheinander.»

Chook steht vor uns und hält krampfhaft eine Salatschüssel aus honigfarbenem Holz fest. Er starrt uns an und beginnt, zunächst unmerklich, dann immer stärker zu zittern, ein leichtes Schlottern von den Füßen aufwärts, vom Boden her, dann heftiger, bis seine Arme flattern, sein Kopf sich zur Seite neigt und seine Augen so verdreht sind, dass man nur noch das Weiße sieht. Die Masse der dunklen Blätter hüpft auf und ab. Er hält die Schüssel noch fester, bis es ihn unter wilden Zuckungen von Kopf bis Fuß schüttelt.

«Chook! Chook!»

Mama stürzt auf ihn zu, wir anderen hinterher. Chook hält inne. Schaut ausdruckslos in die Runde. «Wo bin ich?»

«Chook?»

Cecilles Stimme bekommt sofort einen misstrauischen Unterton. «Was war das denn?»

Zosie, die hinter meiner Mutter steht, fuchtelt mit dem Messer mit Sägeschliff, das sie für das Brot verwendet. «Verschwinde von hier, du Windigo-Junge, oder du kriegst das hier von mir!»

Chooks spöttisches Gelächter ertönt aus dem Nebenzimmer, dazu Elenas aufgeregter Schrei: «Windigo, friss mich nicht. Lass das!»

Mama löst die verschränkten Arme und geht in die Küche zurück, um ihren Reis aufzulockern, deckt den Topf wieder zu, trägt ihn mit zwei Geschirrtüchern, die sie als Topflappen um ihre Hände gewickelt hat, zum Tisch.

«Du stachelst ihn an», sagt sie im Vorbeigehen angelegentlich zu Frank. Er reagiert mit einem zufriedenen Achselzucken. Ich gehe hinaus ins Wohnzimmer, bleibe im Türrahmen stehen und lasse meinen Blick über den Tisch schweifen. Rings um den Rand der Tischdecke das Rennen der goldenen Hirsche mit ihren Geweihen, ihrem Schmuck und ihren Glöckchen. Rote Kerzen. Elfenbeinfarbene Pflanzen. Grüne Papierservietten. Das unerwartete Blau der Gläser.

Der Tisch ist lang; er hat Bretter zum Einlegen und lässt sich an den Enden noch einmal ausziehen. Ein Tisch, der für große Zusammenkünfte und große Taten gemacht ist. Das ist gut so, denn die Themen unserer Tischgespräche spalten uns schnell in zwei Lager. Vor allem das, was meine Großmütter von sich geben. Ab einem bestimmten Alter meinen die Frauen der Roys und Shawanos, sie hätten das Recht, sogar beim Weihnachtsessen über Sex, Geburt, Monatsblutungen, die Größe und Form männlicher Geschlechtsteile und den Zustand ihrer eigenen zu schwadronieren. Frank wusste nie, was ihn bei diesen Müttern erwartete. Den Tisch hatte er selbst gebaut, hatte ihn, einem langen Gebet gleich, gehobelt und zusammengefügt, von Hand geschliffen und mit mehreren Schichten Klarlack versehen, bis die Oberfläche weizenkornartig gemasert und ölig glatt war. Rozin hat er einen lang gestreckten, völlig unsymmetrisch verzweigten Kandelaber gekauft. Die Zweige stellen verschiedene Tiere dar. Einen Fisch. Einen Otter. Einen Bären. Jetzt, wo ich die Kerzen anzünde, flackert der von den einzelnen Tongeschöpfen ausgehende Schein heftig, aber die Flammen gehen nicht aus.

«Auf diesem Tisch sollte kein Salz stehen!», schimpft Großmutter Mary lautstark. «In unserer Jugend hatten wir kein Salz. Wir hatten nie davon gehört. Kannten seinen Geschmack gar nicht.»

«Schaut uns nur an», sagte Zosie, die dank der Medikamente gegen ihren Bluthochdruck immer von einer Schwindel erregenden Lebhaftigkeit ist.

«Ich kann so viel Salz essen, wie ich will ...» Das wird die einzige Feststellung bleiben, die ich auch nur ansatzweise treffe.

«Wenn du schwanger bist ...»

«Bin ich nicht.»

«... iss einen Stinktierkopf», empfiehlt Mary. «Früher benutzte man diese Methode, um sicherzugehen, dass der Kopf des Babys klein blieb und damit leicht hinauszuschieben war.»

«War euch bei Rozin morgens übel?», wendet Chook sich ironisch an beide Schwestern zugleich. Sein Mund schürzt sich in bemühter Belustigung. «Vielleicht lag dieser Stinktierkopf ja nicht so günstig.»

Mit unerbittlicher Genauigkeit fährt Mary fort.

«Ich kannte mal eine Frau, der morgens immer übel war. Am Ende hatte sie zwei Wochen lang Wehen!»

Während Zosie von dem Kartoffelpüree nimmt, greift sie das Thema mit unheilvoll genüsslicher Stimme auf. «Der Schmerz hielt ununterbrochen an, insgesamt vierzehn mal vierundzwanzig Stunden schwere Wehen. Dazu schrie sie auch noch die ganze Zeit. Nein, es war mehr ein Jodeln. So erbarmungswürdig. Und die Leute hörten es – das war noch bevor sie in dem Krankenhaus den schalldichten Raum eingerichtet haben.»

«Ein großes Baby?» Mit wissender Miene schürzt Mary die Lippen.

«Sie konnten sie nicht mehr zusammennähen, aber irgendwie hat sie überlebt.»

«Vermutlich nur, um beim nächsten Mal zu sterben.»

Zosie zuckt die Achseln.

«Nach diesen gesetzten Worten», sagt Chook mit eingefallenem, blass gewordenem Gesicht und stockender Stimme, «sollten wir auf leichte Wehen und einen gesunden Ausgang trinken, oder? Prost!»

«Ich bin nicht schwanger», entgegne ich vergebens. «Ich habe nicht einmal einen Freund.»

Doch Chook hebt verzweifelt seinen Becher mit Apfelwein und leert ihn wie ein Pirat, der einen heißen Grog kippt. Aber die Großmütter sind noch immer nicht fertig.

«Das ist keine schöne Art zu sterben. Und das Baby musste sie in einer kleinen Schuhschachtel begraben. Wenn ich einmal sterbe», prahlt Zosie, während sie langsam mit einer schlenkernden Handbewegung quer über den voll beladenen Teller fährt, «braucht ihr keine Spenden zu sammeln. Meine Beerdigung ist komplett bezahlt.»

«Wessen Beerdigung denn nicht?» Mary tut Zosies Prahlerei mit einem Achselzucken ab. «Diese Geier. Sie ziehen durch die Reservation mit ihren Werbezetteln …»

«Prospekten.»

«Katalogen. Sie machen die Runde, und du sitzt da und blätterst diese Sargbilder durch …»

«Meiner erst!», tönt Zosie. «Meiner ist glasiert, ich sage euch, glasiert!»

«Oh, das ist bestimmt wunderschön.» Mary verdreht die Augen. «Wie ein Kuchen.»

«Bitte», fleht Chook, «müssen wir unbedingt …»

«Falls es euch interessiert», wirft Mary lauthals ein.

«Es interessiert uns nicht», erwidert Chook.

Aber sie ignoriert ihn. «Ich habe auch alles bezahlt, mit Geld von meinen Schecks. Jeden Monat habe ich einen kleinen Betrag beiseite gelegt. Auf meinen Sarg sind Kardinäle, rote Kardinalvögel gemalt und er ist aus echter Eiche, nicht aus billigem Kiefernholz. Vorne eine fröhliche Waldszene drauf. Habe keine Kosten gescheut! Sogar die Rechnung für das Essen ist schon beglichen, aber kein Wackelpeter und keine Erdnussbutter – darauf könnt ihr Gift nehmen, bei mir gibt's keinen Leichenschmaus von der Stange!»

«Drell. Matratzendrell. Eisenbahnbezugsstoff. Als Auskleidung eines Sarges find ich das richtig schön», sinniert Zosie.

«Wirklich gemütlich.»

«Wie wenn man sich in Wirklichkeit schlafen legt oder so was. Und dann die Laken.»

«Meine sind aus Satin.»

«Findest du nicht», unterbricht Mama erneut von ihrem Platz in der Ecke aus, wo sie ihren Teller schon zum zweiten Mal gefüllt hat und sich mit rasender Geschwindigkeit durch ihr Essen wühlt, «dass du dich, wenn du dir schon Satinlaken leistest, wenigstens schon zu Lebzeiten daran erfreuen könntest?»

«Du würdest das tun», erwidert Zosie streng; ihr Versuch, meine Mutter in Verlegenheit zu bringen, schlägt jedoch fehl, denn Mama nickt nur, und dann lächelt sie, als hätte ein ekstatischer Gedanke sie durchzuckt, ganz plötzlich über den Tisch hinweg Frank offen ins Gesicht. Jeder kann sie sehen und ebenso dieses Lächeln, ein neugieriges, verzücktes Lächeln, wie es ein Mädchen im Teenageralter dem ersten Jungen schenkt, dem es auf einem Parkplatz seine Brüste gezeigt hat. Mit ernster, konzentrierter Miene erwidert Frank ihren Blick. So verharren sie, bis er in stiller Aufmerksamkeit zärtlich ein Stück dunkles Fleisch in das Scharlachrot der Preiselbeeren tunkt. Nachdem er sich das säuerliche, rot überzogene Fleisch in den Mund gesteckt hat, schlägt er die Augen nieder und kaut.

«Womit wir wohl wieder beim Thema Selbstmord wären.»

Cecille schon wieder. Sie versucht, das Ganze für sich zu bewältigen, aber ihr Beharren darauf, dass wir auf eine unverklemmte Art darüber sprechen, macht mich rasend.

«Wir sind damit keineswegs unbedingt beim Thema Selbstmord, Cecille.» Ich schlage meinen moderatesten Ton an, bei dem ich die Worte nur ganz leicht überbetone.

Frank geht direkter vor und versucht, ihr eine Unterkeule in den Mund zu schieben. Sie schlägt seine Hand fort.

«Dreht das Radio lauter!»

Cecille lässt sich jedoch nicht bremsen. Sie redet und analysiert ungeniert weiter, füllt sich ihren Teller drei- oder viermal und verschlingt ihr Essen mit der gemächlichen Selbstsicherheit einer Frau von bodenloser Tiefe.

«Strafrechtlich oder politisch verfolgen, wo ist da der Unterschied?», fragt sie. «Sie haben herausgefunden, wo er damals den Giftmüll hingekippt hat. Dass er Bestechungsgeld kassierte und es anschließend ausgegeben hat.»

«Aber nur für Dinge, die unmittelbar dem Stamm zugute kamen.»

«Wie zum Beispiel eine Strandhütte am Seeufer.»

Cecille spricht in vorwurfsvollem Ton. «Das war vor langer, langer Zeit. Bevor er in die Gosse abgerutscht ist. Wir wissen alle, dass er seine Besprechungen dort abhielt. Besprechungen auf höchster Ebene.»

«Hoch ist hier wohl das entscheidende Wort, nämlich hochprozentig», bemerkt Chook. «Sie sind immer in dem – Zitat: stammeseigenen, Zitat Ende – Motorboot hinausgefahren und haben sich betrunken. Entscheidungen getroffen. Einen Korb voller Fische heimgebracht.»

Chook sagt es leichthin, obwohl jeder weiß, dass er Richards langen Sündenfall und zum Schluss seinen Tod so schwer nahm, dass er selbst sich betrank und im stammeseigenen Motorboot losraste, vor den Augen seiner Frau, die vom Ufer aus zusah, wild im Kreis herumdüste, bis ihm das Benzin ausging und er, immer noch schluchzend, zu der Strandhütte zurückpaddelte.

«Die Männer angeln», sagte Zosie sehr ruhig. «Und die Frauen machen am Ende den ganzen Kram sauber.»

«Die verantwortlichen Positionen sollten mit Frauen besetzt sein. Das wäre besser», behauptet Cecille. «Jeder Stamm, der von einer Frau geführt wird, ist stabiler. Daraus folgt für uns, dass die Mütter die Fäden in die Hand nehmen sollten!»

«Es ist interessant», ergänzt Zosie, «wie wenig unehrliche Frauen es in der Politik gibt.»

«Wart's nur ab. Wenn wir erst einmal gleichberechtigt sind, werden wir auch zum Stehlen gleichberechtigt genug sein.»

Großmutter Mary sucht ihre Worte zusammen und erhebt kraftvoll die Stimme, als spräche sie bei einer Zusammenkunft der Stammesältesten: «Halt. Überlegt mal. Wie viel weniger Frauen sitzen im Gefängnis? Ich behaupte, Frauen haben höhere moralische Grundsätze oder einfach nur weniger von diesem männlichen Hormon. Als Spezies sind wir weniger dazu veranlagt, Verbrechen zu begehen.»

«Frauen sind keine Spezies, Großmutter Mary, wir sind ein Geschlecht», doziert Cecille.

«Nein», widerspricht Zosie. «Meine Schwester hat Recht. Frauen sind eine eigene Spezies.»

«Der Meinung bin ich auch», pflichtet Frank ihr bei.

«Politik. Politik.»

«Das ist alles, worüber wir bei Tisch bisher gesprochen haben und je sprechen werden.» Chook nimmt sich die Kartoffelschüssel. «Langsam sollte ich mich daran gewöhnen, mich um irgendein Amt bemühen. Aber mein Herz ist nicht dabei. Ich glaube, ich bin mehr der künstlerische Typ.» Er wirft einen verstohlenen Blick zu Cecille, die ihm eine Grimasse schneidet.

«Du kannst doch keinen geraden Strich zeichnen.»

«Und du kannst nicht gerade laufen.»
«Aufgepasst, Chook holt soeben sein Luftgewehr raus.»
«Seine verbale Steinschleuder.»
«Ich hätte gerne noch eine Portion von diesen Felsenbeeren», sagt Frank zu meiner Mutter. Als sie ihm das Beerenkompott reicht, zittert ihre Hand am Rand der Schüssel so sehr, dass der Löffel klappert.
«Rozin ist verliebt», bemerkt Chook. «Rozin geniert sich vor Frank.» Da fällt uns wie Schuppen von den Augen, dass es immer noch so ist.

Windigo-Geschichte
II

Nächte, nördliche, langsame Winternächte. Die Lampe warf ein pfirsichgelbes Licht auf den Tisch, auf dem Mary und Zosie ihre Untertassen mit den Perlen aufstellten – weiße für den Hintergrund, tschechisches geschliffenes Glas, ganz fein in Größe dreizehn, winzige Schlingen mit alten, fettig glänzenden gelben und blauen, ein Strang malvenfarben, eine Ansammlung von glitzernden herzroten. Mary arbeitete an Mokassins, die von einer Chimookoman-Frau, einer weißen Touristin, im Sommer bereits gekauft und zur Hälfte bezahlt worden waren und ihr mit der Post zugeschickt werden sollten. Während sie gegenüber von Zosie arbeitete, saß deren Ehemann neben ihr. Sie inhalierte den Tabakduft auf seiner ledernen Haut, der von seiner wöchentlichen Zigarre herrührte, die ganz leichte Whiskynote – Augustus war kein Trinker, genehmigte sich aber hin und wieder ein Gläschen – und den Geruch von sauberem Schweiß, denn er badete jeden Morgen im See, auch wenn er ab November wochenlang das Eis aufbrechen musste. Er hatte die Reinlichkeit eines Indianers vergangener Zeiten. Und trug Hosenträger. Dennoch war er ein gebildeter, weltoffener Mann. Las ihnen laut aus Zeitungen vor. Seine leise, vibrierende

Stimme glitt vorne an Marys Kleid hinab. Sie tauschten verstohlene Blicke. Hielten ihre Schäferstündchen geheim. Es war köstlich.

Abend für Abend saßen die Schwestern einander am Tisch gegenüber und arbeiteten flink und geschickt an ihrer Perlenstickerei. Im Schutz seiner Bücher und Stifte und Umschläge und Rechnungen konnte Augustus nicht ahnen, dass die zwei gleichsam die beiden Enden eines langen Fadens beleckt, eingefädelt und gewachst hatten und begannen, damit zu sticken, indem sie zu ihrem jeweiligen eigentümlichen Muster Perle für Perle hinzufügten, bis eines Abends nach einer unfreiwilligen Reaktion zwischen Mary und Augustus der Faden sich spannte, der Zwischenraum kleiner wurde, Zosies und Marys Nadeln innehielten und die beiden einander in die Augen sahen.

≈≈≈≈

«Gebt mir den Wunschknochen», verlangt Mary, «den bekommt Elena. Diesen Wunschknochen sollte ein kleines Mädchen bekommen.»

«Ich will ihn nicht», entgegnete Elena.

«Wir haben immer noch den Erntedankknochen», erklärt Chook. «Er liegt zum Trocknen auf dem Fensterbrett über der Spüle.»

«Gib ihn Cecille», schlägt Elena vor, die auf dem Schoß ihrer Tante sitzt.

«Dieser Brauch», sinniert Frank Shawano plötzlich, «woher kommt der eigentlich?»

«Aus Irland, wo man sich um alles rauft», erläutert Zosie in Anspielung auf die Entstehung der Shawano-Linie aus unterschiedlichem Blut. «Sogar um mickrige kleine Hühnerknochen.»

Mary hat den schmalen Gabelknochen bereits vom Brustfleisch gelöst und gesäubert und reicht ihn Elena, die ihn Großmutter Mary zurückgibt und geistesgegenwärtig vorschlägt: «Teilt ihn euch.» Dabei zeigt sie auf Zosie. Zögernd hält Mary ihr den Wunschknochen hin und Zosie berührt ihn. Der Knochen fühlt sich kühl und leicht glitschig an. Kleine Fleischfasern hängen noch daran. Wie die beiden einander in ihre braunen, kummervollen Augen schauen, wirken sie verloren, schutzlos. Der Knochen schwebt zerbrechlich zwischen ihnen. Aus ihrer Kindheit wissen sie, dass man, um die bessere, größere Hälfte des Wunschknochens abzubrechen, den Daumen höher halten muss als der Gegner, die Schwester.

Das tut Zosie.

Jetzt reden die Männer. Nachdem sie die typischen Frauengespräche überstanden haben, reden sie jetzt über ihre Autos. Wobei sie über deren Innenleben genauso diskutieren wie die Frauen über ihr eigenes. Vorwehen. Nachwehen. Haargenau das Gleiche, außer dass die Männer statt über Ärzte über ihre Mechaniker sprechen. Meinungen, Prognosen, Verordnungen und Wahrscheinlichkeiten werden ausgetauscht, während wir den Tisch für den Obstkuchen und den Rhabarberstreuselkuchen freiräumen. Alle sind mit irgendeiner kleinen Aufgabe beschäftigt, damit ihr Essen sich setzt. Teller klappern. Kaffeeduft liegt in der Luft. Aber im Haus ist es zu warm, sodass ich beschließe, mich an der Hintertür abzukühlen. Ich trete auf die winzig kleine Veranda und schaue von den Stufen aus auf den frostigen grauen Hof und die Garage.

Auch in der Stadt gibt es Momente, seltene Momente, wo der Geräuschvorhang sich hebt. Dann tritt für kurze Zeit Stille ein. Keine Autos. Kein Flugzeuglärm. Keine Busse, kein Autoverkehr in der Ferne. Keine Fernsehberieselung, nicht einmal Menschen, die sich unterhalten. Kaum schickt man sich aber an, den Augenblick so zu beschreiben, wie er ist, statt all das aufzuzählen, was gerade fehlt, hört man jemanden lachen, eine Autotür zuschlagen oder Reifen quietschen, und schon ist er vorbei, der Augenblick unbegründeten Friedens.

Der Lärm, der mich zurückholt, ist das dumpfe Zuschlagen eines städtischen Plastikmüllcontainers, dann knirschende, langsame Schritte. Mama und Frank kommen um die Garagenecke, bemerken mich jedoch nicht, denn ihre Blicke ruhen ineinander. Ich kann das freundliche Halbprofil meiner Mutter erkennen, wie sie ernst zu ihrem Mann aufschaut. Er dreht mir den Rücken zu, aber auch wenn ich ihn nicht sehen kann, weiß ich, welchen Gesichtsausdruck er jetzt hat. Sie schauen einander an, nicht mit romantischen oder filmreif schmachtenden Blicken, nicht töricht oder albern, sondern erfüllt von der wahren, traurigen Autorität sterblicher Liebe. Ich kenne sie, erkenne sie wieder, obwohl ich sie nie verspürt habe. Als die beiden sich umdrehen, zum Gartenweg zurückgehen und bass erstaunt feststellen, dass Mama vergessen hat, das Päckchen mit den Knochen, das ich ihr eine Viertelstunde zuvor in die Hand gedrückt habe, wegzuwerfen, ist ihnen nicht bewusst, dass ich sie beobachtet habe. Sie haben mich überhaupt nicht bemerkt.

«Ich lasse mir den Mund nicht verbieten! Ich nicht!»

Cecille am Kaffeetisch. Ich weiß, dass der Zeitpunkt gekommen ist, wo Frank oder eine der Großmütter oder vielleicht auch Chook den Kampf gegen ihre verbalen Attacken aufgenommen hat. Normalerweise ist es meine Aufgabe, dazwischenzugehen und die Kontrahenten abzulenken, aber als ich mich hinsetze, fällt ein goldener Schleier über meine Augen und in meiner Erstarrung komme ich mir isoliert vor, so als stünde ich noch immer in den Überresten jener großen unmenschlichen Ruhe, die vor der Entstehung der Stadt hier herrschte. Stille. Mittendrin das, was ich sehe und weiß. Völlig versunken lasse ich Cecille einfach weiterreden und das aussprechen, was sie den Großmüttern Zosie und Mary schon immer sagen wollte.

«Ihr beide hört auf. Und zwar sofort! Ihr mit eurer Scheinheiligkeit, hört auf, Frank und Rozin anzustarren, als hätte ihr nie Liebesgedanken gehabt! Ausgerechnet ihr beide und Augustus Roy. Was ist eigentlich mit ihm passiert? *Was habt ihr getan?*»

Windigo-Geschichte
III

Eine Frau, die es gewöhnt ist, enttäuscht zu werden, weiß ihre Stiche zu verbergen. Zosies Perlenarbeit war dicht und exakt. Weder Anfang noch Ende der Stickerei waren zu sehen. Unmöglich, den Anfangsknoten oder die allerletzte Schlaufe zu entdecken. Unsichtbar auch die Stelle, an der die Nadel ein- und austrat. Das unregelmäßig gewachsene Blatt, die Prärierose oder die Reben, die sich skelettartig auf schwarzem Samt wanden, waren mit unsichtbarem Faden gestickt. Solche Fäden benutzte sie auch bei Mary und Augustus Roy. Die beiden sahen nie die Stiche, mit denen sie an ihr festgenäht waren. Nie den Stoff, auf dem ihre Leidenschaft mit Kreide aufgezeichnet war. Oder die Einlegearbeit, eine Perle neben der anderen, das außergewöhnliche Farbzusammenspiel.

Nachdem Zosie erfahren hatte, was zwischen den beiden vorging, ließ sie Augustus Roy erst einmal allein im Bett ihrer Eltern schlafen. Ging zurück in das Bett, das sie zeit ihres Lebens mit ihrer Schwester geteilt hatte. Schlief dort. Ließ Mary sich fortstehlen. Starrte mit offenen Augen die Wand an, während die beiden nebenan lagen. Damals glichen die Zwillinge sich noch so sehr, dass niemand sie auseinander halten konnte, außer man schaute sich die Wirbel an ihren Hinterköpfen an. Der eine drehte sich links-, der andere rechtsherum.

Augustus hatte sich in das Rätsel der Verdopplung seiner Frau verliebt. Die verwirrende Ähnlichkeit zwischen den Zwillingen ließ ihn erzittern wie ein Tier, das in einem elektrischen Feld gefangen ist. Wenn sie alle am Tisch saßen, konnte er die Spannung ihrer Gleichheit spüren. An Dingen, die nicht einmal sie selbst bemerkten. Mary stach sich in den Finger. Zosie murmelte: *Owah!* Zosie fing mit einer Gamasche an und Mary entwarf, ohne auch nur den Versuch der Nachahmung zu machen, eine andere, die ganz genauso aussah. Sie wurden auf die Minute zur selben Zeit hungrig und aßen genau dasselbe in exakt derselben Menge. Begannen plötzlich eine Melodie zu summen, ohne sich durch ein Zeichen verständigt zu haben.

Beim Sex gab es fast nichts, was die eine anders machte als die andere. Nur mit größter Mühe konnte er sie auseinander halten, sogar wenn seine Hände über ihre Nacktheit fuhren, aber dieses Forschen erregte ihn, statt ihn zu beunruhigen. Letztlich konnte er immer feststellen, welche von beiden es war, indem er den Wirbel an ihrem Hinterkopf berührte – allerdings nur so lange, bis sie offenbar plötzlich anfingen, ihre Haare neu zu frisieren. Mal so, mal so. Und ihm damit seinen einzigen sicheren Beweis kaputtmachten.

In Wahrheit hatten die Zwillinge lediglich begonnen, sich bei Augustus Roy abzuwechseln. Nachdem der erste Rausch der Heimlichkeit verflogen war, vermisste Mary die innige Gemeinschaft des Zwillingseins, und als sie einmal der Groll gegen Augustus packte, weil er sie auseinander gebracht hatte, erzählte sie Zosie alles. Sie lagen zusammen im Bett ihrer Kindheit und hielten sich an den Händen, während sie miteinander sprachen. Zosie nickte ganz langsam in die Dunkelheit und sagte, sie wisse es bereits. Sie hatte ihre Knoten eine Weile versteckt. Am nächsten Morgen sah sie den Fortgang ihres Musters ganz deutlich vor sich. Die Zwillinge arbeiteten ruhig in der Küche. Augustus stapelte das Holz, das er gespalten hatte. Als er keuchend wieder zur Tür hereinkam, hatten sie ihre Position vertauscht. Ihm fiel nichts auf. Allerdings wurde die Verwechselbarkeit der beiden, die ihn anfangs so angezogen hatte, zu einer Reihe immer feinerer Unterschiede.

Nachdem sie die Haare ihrer Wirbel durcheinander gebracht hatten, suchte er verzweifelt nach einer anderen Methode, sie zu erkennen. Eine Zeit lang beobachtete er, während sie an ihrer Perlenstickerei arbeiteten, verstohlen ihre Finger. Um die Nadeln gelegt, unterschieden sich die Fingernägel ein ganz kleines bisschen, und er registrierte ihre jeweilige Länge und merkte sich jede Kerbe und jeden Riss. Nachts berührte er als Erstes ihre Finger und war auf diese Weise für einige Zeit sicher, dem richtigen Zwilling den korrekten Namen ins Ohr zu seufzen. Zosie hatte nämlich immer nach ihrem Namen verlangt und Mary tat es jetzt auch. Wenn er nun Zosie den falschen Namen nannte, würde sie sofort Bescheid wissen. Wenn er sie nach ihrem Namen fragte, ebenfalls. Und sollte er ihr Glauben schenken, wenn sie ihm im Scherz erzählte, sie sei ihr Zwilling, wäre seine Treulosigkeit aufgedeckt. Eines Tages ging er so weit, Zosie etwas zu kaufen, was sie sich schon immer gewünscht hatte. Einen goldenen Ehering. Eine Markierung. Als sie ihn sah, verdüsterte sich ihre Miene unmerklich. Sie blickte ihm direkt in die Augen, bis die seinen zuckten. Sie dankte ihm. Steckte sich den Ring an den Finger. Schlief so eine Nacht mit ihm. Trug den Ring danach nie wieder.

Er wurde dazu getrieben, die unscheinbarsten Dinge zu bemerken. Mutierte zum fanatischen Anhänger kleiner Schnitte und Kratzer. Manchmal versuchte er in seiner Verzweiflung selbst, einer von ihnen ein Markierungszeichen beizubringen.

Man könnte sagen, dass er der Auslöser für das war, was dann folgte.

Der Unfall erwies sich als Glücksfall. Augustus stieß eine Bratpfanne mit heißem Fett um, das sich über Zosies Handgelenk ergoss. Einige Wochen lang hatte Augustus ein sicheres

Zeichen für Zosies Identität, und das beruhigte ihn. Er nahm sogar ein paar Pfund zu, denn durch die ständige Unruhe war er schrecklich abgemagert. Doch Zosies Narbe wurde schwächer, um schließlich ganz zu verschwinden, und als er das Zeichen nicht mehr finden konnte, kippte er die heiße Bratpfanne von neuem um, diesmal auf Mary, deren Fuß wegen der schmerzhaften Verbrennungen zweimal täglich neu verbunden werden musste. Doch mit der Zeit erholte auch sie sich und auf ihrer Haut blieb nichts zurück.

Wie konnte man ein beständigeres Zeichen hinterlassen? Eines Tages nahm er ein Messer zur Hand. Beim Durchschneiden eines Seils zog er die Klinge durch die Luft und hätte fast die Spitze von Marys rechtem Ohr abgetrennt. Sie duckte sich noch rechtzeitig, aber das brachte ihn auf eine Idee, und als Zosie sich in dieser Nacht zu ihm legte, entfaltete er seine ganze Leidenschaft und kam mit ihrem Ohrläppchen zwischen den Zähnen zum Höhepunkt.

≈≈≈≈

«Und was habt ihr nun mit ihm gemacht? Wer hat den ersten Bissen gekriegt? Ich hab es gehört. Hab alles gehört.»

Cecille deutet mit den Zinken ihrer Gabel abwechselnd auf die Schwestern. «Es heißt, nachdem ihr beide angefangen hättet, die gleichen Sachen anzuziehen, sei es offensichtlich gewesen. Irgendetwas habe nicht gestimmt, sei merkwürdig gewesen. Vorher hättet ihr das nie getan. Hättet immer Wert darauf gelegt, euch unterschiedlich anzuziehen. Den Leuten war klar, was ihr mit Augustus macht. Ich sehe den armen Mann genau vor mir, wie er zwischen euch saß und nie wusste, wer wer war, während ihr ihn an seinem Stuhl, an euren Betten, euren Herzen festgenäht und in euren ausgeklügelten Plan eingespannt habt! Er ist auf ungeklärte Weise gestorben, aber eine Leiche wurde nie gefunden. Was habt ihr gemacht?

Ihn gekocht? Gegessen? Seine Knochen zermahlen und euren Rhabarber damit gedüngt? Was? Wer hat den ersten Bissen abgekriegt?»

Cecille lässt sich auf ihren Stuhl plumpsen und stopft sich, ganz außer Atem vom triumphalen Schluss ihrer Schmährede, den Mund mit Kuchen voll. Während ich zusehe, wie sie isst, taucht ein heimlicher Gedanke in mir auf, ein merkwürdiger Gedanke, gleichsam ein Traumbild von Cecille als der Zwillingsschwester meiner Mutter, als meine Mutter selbst, eine Fünfjährige, die ihre tote Schwester im Arm hält, und beide beklagen ihr Leben und nehmen es in sich auf, was etwas von der ausgeprägten Furchtlosigkeit und dem Eigensinn erklärt, über die sie verfügt. Die Zwillinge registrieren ihre Anklagen mit Blicken, die von fast bewunderndem verborgenem Humor zeugen, und ich glaube, es ist Mary, die spricht, die sich umdreht, um ihrer Schwester ein Wort in das verstümmelte Ohr zu flüstern: «Er.» Als sie sich uns übrigen Gästen zuwenden und wir sie mit vorsichtigem Entsetzen anstarren, nehmen sie eine Aura gezierter Erregung an. Sie zeigen keinerlei Reaktion auf Cecille, außer vielleicht, dass sie die dunklen Säfte der Obstkuchen in ihren Mund löffeln, anmutig essen und ihr entfernt an einen Windigo erinnerndes Lächeln zeigen.

Alle außer mir und Tante Klaus sind im Wohnzimmer. Die Hände tief in heißer Seifenlauge, spüle ich, während ich meine Gedanken schweifen lasse. Sie sitzt in der düsteren Ecke und blickt ins Leere. *Daashikaa. Daashikaa*, denke ich immerfort. Um uns herum errichte ich eine unsichtbare Mauer und schöpfe Trost aus dem sauberen Geruch des Geschirrspülmittels und dem Dampf, der sich wie Nebel auf den Fenstern niederschlägt. Dennoch bin ich beunruhigt. Ich sehe die blutige Stirn meines Vaters, wie er im Korridor liegt; seine Tränen rinnen unter meinen Händen hervor. Ich sehe Augustus am Ende eines der langen, gleichschenkligen Stahldreiecke aus der

Küchenschublade meiner Großmütter. Desjenigen, das sie zum Ausbeinen von Hühnchen verwenden. An seinem Hals klaffen offene Bisswunden. Ich sehe Cecille, wie sie in rasendem Tempo redet, wie ihre Lippen sich bewegen, rennen, sich bewegen, wie ihre Zunge Wörter aus der Luft grapscht und sie mit unsichtbarer Hand in einen Strom wirft, der überallhin fließt. Die Liebe zieht an uns, unerbittlich, von irgendwo unter der Haut, ich sehe es. Tante Klaus sitzt still an die Wand gelehnt da. Ich werfe ihr über die Schulter eine Frage zu, von der ich weiß, dass sie sie nicht beantworten wird: Ist sie etwas Altes oder etwas Neues? Ist jede Liebe eine schon immer da gewesene Liebe, die aus jener Urbasis unserer stummen Gehirne hervorgeht? Ist jede Liebe wie die, die ich in den Gesichtern von Mutter und Frank Shawano sehe? Du warst am anderen Ende der Welt, Sweetheart Calico. Dort hast du meine Namensschwester getroffen. So erzähl doch. Erzähl.

Großmutter Zosie kommt herein und verlangt brummelnd nach Kuchen. Da ich ihre Angewohnheit, ihren Hang zu Süßigkeiten, kenne, gieße ich ihr, schon bevor sie sich an den Tisch setzt, eine Tasse Kaffee ein und schneide einen zwölflagigen Schokoladen-Himbeer-Kuchen an, bei dessen Fertigstellung Frank sich vor lauter Angst zu versagen fast seinen Pferdeschwanz ausgerissen hätte. Mir selbst gieße ich auch einen Kaffee ein und noch eine Tasse für Sweetheart Calico.

Großmutter schaut mich spöttisch an, mit einer bedächtigen, hundeartigen Ruhe im Blick, die mich nervös macht. Ich nehme einen Schluck von dem brennend heißen Kaffee.

«Großmama», sage ich. «*Daashikaa*. Was bedeutet das?»

«Auseinander gebrochen», antwortet sie mit einem sonderbaren Blick. «Woher kennst du diesen alten Namen?»

«Ist mir so eingefallen.»

Plötzlich zeigt sie großes Interesse. «*Maghiza*, du bist es», sagt sie, «die die Namen bekommt.»

«Was meinst du damit?», frage ich.

«Kommen sie zu dir? Sitzen sie in deinem Kopf? Kommen sie in Träumen? Vielleicht bist du die Namengeberin. Hör weiter zu.»

Ich verharre still, höre aber nur ihr Kauen.

«Ich bin enttäuscht von meinen Altersgenossen», stößt sie nach einer Weile zwischen vor Widerwillen zusammengebissenen Zähnen hervor.

«Wie kommt's?», frage ich.

«Sie tun nichts.»

«Du meinst, sie sind faul?»

«Nein, eher wie Hühner. Angst davor, lebendig zu sein. In der Schule hatten wir so ein Aquarium», fährt sie fort, «ich erinnere mich noch genau daran. In meiner Internatsschule. Ich hatte einen Lehrer, der hat mir gezeigt, dass auf dem Grund ein Fisch schwamm, der das Kaka fraß. Gestern, mein Kind, weißt du, da hatte ich diesen schrecklichen Gedanken – wir Indianer werden zu den Gründlingen der weißen Kultur. Zu viel Sport im Fernsehen. Unser Essen ist mit künstlichen Aromen versetzt, wir haben ständig diese aufgeregten Bilder vor Augen und aus unserem Mund kommt kein echter Humor mehr, sondern ein Lachen wie vom Band.» Sie schüttelt den Kopf.

Dann nimmt sie einen großen Bissen von dem ungesunden, süßen Schokoladen-Himbeer-Kuchen, kaut und genießt den Geschmack. Ihr Lächeln erscheint und es ist wie ein sonniger Augenblick unerwarteten Friedens. Just in dieses sonnige Licht hinein frage ich sie.

«Welche von euch Zwillingsschwestern ist meine Großmutter?»

«Die, der du am ähnlichsten siehst.»

Ihre Antwort kommt wie aus der Pistole geschossen und ich seufze in der Gewissheit, dass ich niemals weiter vordringen werde.

«Und mein Name?»

«Was ist damit?», entgegnet sie.
«Woher kommt er? Von wem? Woher hast du ihn?»
Statt einer Antwort legt sie ihre Gabel hin. Faltet ihre Hände über ihrem kleinen Altedamenbauch, legt den Kopf schräg und starrt erst Sweetheart Calico, dann mich an. Nachdenkend. Abwägend. Atmend. Quälend. Wie ein Hund, der überlegt, wem er vertrauen soll.
«Also gut», sagt sie.
Doch zuerst isst sie ihren Kuchen auf, restlos. Leckt ihre Gabel ab. Faltet ihre Serviette. Stochert in ihren Zähnen. Macht sich die Brille sauber. Und als sie beginnt, Fusseln von ihrem Ärmel zu zupfen, sodass ich mich nur mit Mühe beherrschen kann, um nicht schreiend von meinem Stuhl aufzuspringen, fängt sie an.

«Es gibt Perlen, die ich besonders liebe», beginnt sie. «Tiefe, aus einem speziellen Glas. Tschechische Perlen, deren Farbe man Nordwesthändlerblau nennt. In ihnen siehst du die Tiefe des spirituellen Lebens. Siehst den Himmel wie durch ein Loch in deinem Körper. Wasser. Leben. Blickst in die Haut der kommenden Welt.»
Ungeduldig zu erfahren, was dieses Gerede von Perlen mit meinem Namen zu tun hat, nicke ich, atme tief aus.
«Nur Geduld», sagt sie, «ich muss das alles in meinem Kopf ordnen. Meine Gehirnzellen saugen den Zucker auf. Sie müssen erst voll tanken, bevor ich weitererzählen kann.»
Also warten wir, trinken zusammen unseren Kaffee, bis sie tief Luft holt und fortfährt.
«Als ich ein Kind war», erzählt Zosie Roy, «wünschte ich mir Perlen in diesem Nordwesthändlerblau und tat alles, um sie zu bekommen. Zum ersten Mal hatte ich dieses Blau auf der Brust einer rasch vorbeieilenden Pembinafrau bemerkt. Ich sah, wie ihre Hand sich zu den Perlen hob und dann die blaue Spiegelung an ihrer Kehle berührte. Seitdem wusste ich,

dass ich diese spezielle Bläue, die wie kein anderes Blau war, haben musste. Ich riss mir beim Korbflechten mit den Stacheln von Stachelschweinen die Finger auf, und als die Körbe fertig waren, ging ich zum Händler und verkaufte sie. Ich warf einen Blick auf die Perlenstränge, die an Nägeln hinter seiner Theke aus Glas und Holz hingen. Ich sah Perlen in dem satten, seidenen Rot von Prärierosen. Silberne Perlen, schwarze, kristallweiße. Perlen wie das Fell eines Ponys und grüne, alle Grüntöne dieser Welt. Es gab auch blaue, himmelblaue und wasserblaue, blaue wie die Augen der Menschen, die wir Agongos nannten, Schweden, ein Volk von Höhlenschildkröten, weil sie gerne im Dreck graben. Das Blau alter Hosen und das Blau gemeiner Gedanken. Das Blau einfacher Hitze, die vom fernen Ende einer Straße aufsteigt. Ich legte meine Finger auf das Blau und berührte es. Ich suchte nach dem Blau jener Perlen, die ich an der Pembinafrau gesehen hatte, aber es war anders als alles, was es sonst an Blau auf der Welt gab. Enttäuscht über das Angebot des Händlers, gab ich mein Geld für Süßigkeiten aus. Irgendwann würde ich die ersehnten Perlen finden, aber mir war damals schon klar, dass man sie nicht kaufen konnte.»

Großmama Zosie starrt mich an, durch mich hindurch, hat ein Bild vor Augen.

«Wenn ich in den ersten Wochen meiner Mutterschaft mein Baby wiegte oder nährte», fuhr sie leise fort, wohl wissend, was sie da enthüllte, «hatte ich viel Zeit, über diese Bläue nachzudenken. Ich konnte sie vor mir sehen, wie sie auftauchte und verschwand, das Blau am Grund einer Flamme, das Blau in einer verblassenden Linie, wenn ich die Augen zumachte, das Blau am Horizont in einem ganz bestimmten Moment der Dämmerung. Da. Fort. Ich begriff, dass das Blau meiner Perlen die Bläue der Zeit war. Vielleicht weißt du nicht, dass die Zeit eine Farbe hat. Du hast diese Farbe gesehen, aber nicht richtig hingeschaut, nicht mit Bewusstsein. Zeit ist blau. Oder Zeit ist das Blaue in den Dingen. Mir wurde klar, dass meine Suche nach dem Nordwesthändlerblau der Versuch war, die Zeit festzuhalten.

Nur zweimal in meinem Leben habe ich dieses Blau ganz deutlich gesehen. Ich sah es, als meine Töchter geboren wurden: Als ihr Leben aus meinem Leben hervorging, überflutete diese Farbe mein Denken und Fühlen. Das andere Mal, mein Kind, war der Tag, an dem ich den Namen deiner Schwester fand. Oder träumte. Oder darum spielte. Und das geschah so.

Andere Seite der Erde

Ich war eine frisch gebackene werdende Mutter. Beim Beerenpflücken wurde ich müde und legte mich hin. Der Boden unter dem Baum war so weich, das Gras lang und fein wie Haare. Ich stellte meinen Eimer ab und rollte mich bequem zusammen. Im Schlaf sah ich die Pembinafrau wieder – sie kam auf mich zu. Anfangs nahm ich sie nur als winzigen Fleck wahr, dann wurde sie größer und größer, bis sie mir auf der Straße entgegenkam und schließlich unmittelbar vor mir stand. Hatte immer noch diese Perlen um den Hals hängen. Sie waren von genau dem Blau, das ich dir beschrieben habe, und ich wünschte sie mir immer noch mit jeder Faser meines Herzens.

«Willst du um sie spielen?», fragte die Pembinafrau mich freundlich.

Ich sagte ihr, dass ich die Perlen haben wollte, aber nichts hatte, was ich als Einsatz benutzen konnte. Kein Geld. Keinen Schmuck. Nur Perlen. Sie holte nach Art der Sioux gekennzeichnete Pflaumenkerne aus ihrer Tasche, lächelte und wir ließen uns zusammen auf der Straße nieder, um zu spielen.

«Du hast dein Leben», sagte sie freundlich, «und außerdem noch welche in deinem Bauch. Würdest du drei Leben gegen meine blauen Perlen setzen?»

Ohne zu zögern, willigte ich ein – ist das zu fassen? Drei

Leben für diese Bläue. Diese Verrücktheit. Ich lasse mich schnell auf Wetten ein. Und dann fingen wir mit dem Spiel an, warfen die Pflaumenkerne vor uns hin, sammelten sie wieder auf, kamen immer abwechselnd an die Reihe, bis mir der Schweiß auf die Stirn trat. Ich schlug sie im ersten von drei Spielen, sie mich im zweiten. Ich gewann das dritte Spiel und deutete auf ihre Perlen. Langsam und bedächtig streifte sie sich die Perlenschnur über den Kopf und reichte sie mir, wobei sie mir mit einem Ausdruck bissigen Spotts, der mich beunruhigte, in die Augen schaute.

«Jetzt hast du den einzigen Besitz, der mir etwas bedeutet», sagte sie. «Jetzt hast du meine Perlen, die man Nordwesthändlerblau nennt. Das einzig Wertvolle, was ich noch besitze, sind meine Namen: Andere Seite der Erde und vorher Frau der Blauen Prärie. Du hast dein Leben eingesetzt. Ich werde meine Namen setzen. Lass uns noch einmal spielen, um zu sehen, wer die Perlen behält.»

«Nein», widersprach ich. «Ich habe zu lange auf sie gewartet. Warum sollte ich sie jetzt, wo ich sie habe, wieder aufs Spiel setzen?»

Sie betrachtete mich mit ihren ruhigen, traurigen Augen, legte behutsam ihre Finger auf meinen Handrücken und erklärte es mir genau.

«Unsere Geistnamen sind wie abgelegte Kleider, die früher anderen Besitzern gepasst haben. Man kann die alten Flecken und Falten noch sehen. Die Form des anderen Lebens.»

Ich wartete. «Warum sollte ich das Risiko eingehen?», fragte ich dickköpfig. «Also?»

«Die Namen gehören zu den Perlen, verstehst du», erwiderte sie. «Ohne die Namen wirst du an diesen Perlen zugrunde gehen.»

«Wie denn?»

«Vor Sehnsucht.»

Was mich nicht schreckte.

«Daran bin ich bereits gestorben», versetzte ich langsam und dachte dabei an die Nächte und frühen Morgenstunden, in denen ich wach lag und mich nach Augustus sehnte, nach dem Licht in seinen Armen, nach diesem Blau. «Ich habe keine Angst.»

Und so spielte ich, bar jeder Furcht, ein weiteres Spiel gegen sie und dann noch eins. Auf diese Weise gewann ich die Namen von ihr. Andere Seite der Erde. Deannas Name. Ich ging, wohin Deannas Name mich führte. Kam mit mehr zurück. Das, mein Kind, war also mein Namengebungstraum. Das ist der Name, den ich deiner Schwester gab. Der andere, den ich für dich aufhob, ist ein widerspenstiger, unauslöschlicher und dauerhafter Name. Einer, der nicht untergehen wird.

Ich wollte, dass sie ihn sagte, den alten Namen, das Original.

«Frau der Blauen Prärie», hörte ich, war aber nicht zufrieden.

«Und die Perlen?»

Ich bin erstaunt über die Schärfe in meiner Stimme. Ich habe ihr noch nicht einmal gedankt, und schon überkommt mich dieser Drang. Ich muss wissen, wie das Perlenhalsband aussieht, dieses Blau. Ganz vage sehe ich es vor mir. Wie einen Dunst oder eine Essenz, eine Bläue, die sich ins Herz bohrt wie ein Haken aus Gefühlen.

«Die Perlen.» Zosies ganzes Gesicht wird runzlig, ihre dünnen Lippen verziehen sich langsam zu einem unschuldigen Lächeln. «Du willst sie bereits haben, ich weiß. Aber du wirst mit ihrer Besitzerin, der Frau deines Onkels, Sweetheart Calico, um sie feilschen müssen.»

Und die steht hinter mir, während ihr Blick wie ein Umhang aus den Stacheln eines Stachelschweins auf meinem Rücken liegt.

Ich hatte immer Angst vor ihr. Sie ist nicht irgendeine Frau. Sie ist ein Geschöpf jener Weite, in der die Entfernungen Worte in Luft und Gedanken in Stein verwandeln. Aus der gezackten Stelle in ihrem Lächeln klaubt sie jetzt die erste der blauen Perlen hervor und befördert die übrigen vor meinen Augen an einem Faden Stück für Stück aus ihrem dunklen Mund ans Tageslicht. Sie glänzen an ihrem Handgelenk, eine Bläue von unnatürlicher Dunkelheit. Dort hat sie sie also die ganze Zeit aufbewahrt, ich verstehe. Unter ihrer Zunge. Kein Wunder, dass sie so schweigsam war. Und tatsächlich, jetzt, wo sie sie mir zum Tausch hinhält, spricht sie. Ihre Stimme klingt beschwingt und flötengleich bei den Vokalen, zischend dagegen zwischen den scharfen Kanten ihrer zerbrochenen Zähne.

«Lass mich gehen.»

Dafür bietet sie mir den blauen Urteilsspruch an.

Ich nehme die Perlen, und dann gehe ich mit ihr zur Bäckereitür hinaus, in die Stadt. Ich habe keine Ahnung, wo wir landen werden oder wohin sie gehen will. Wir wandern die Straßen hinauf und wieder hinunter. Während wir umherstreifen, auf den Parkbänken sitzen und einen Abstecher zum Fluss machen, hört sie keine Sekunde mit ihrem endlosen Gefasel auf, sondern redet und redet, bis mir der Kopf brummt. All die Worte, die sie aufgehoben hat. Die Eindrücke. Die Dinge, die sie erstaunt haben. Was sie gesehen hat. Sie sagt:

«Am Pier 1 verkaufen sie den Sarg Christi. Ich habe ihn vor mir gesehen, mitten in der Nacht, eine zerbrechliche Vision, mit Geschichten behaftet wie alte, längst verschütt gegangene Socken. Es war ein Sarg aus Korbgeflecht mit einem gewebten Deckel. Hergestellt aus groben Teakholzrindenstreifen tief in einem Dschungel der Dritten Welt und aus scharfem Bambusrohr von chinesischen Kindern in einem stinkenden, von Kohledämpfen verpesteten Nest und in Borneo aus der feinen, uralten Rinde von Bäumen, die nie wieder auf der Erde wachsen werden, und er war von jungfräulichen Mädchen gemacht, deren Hände wund und blutig sind, sodass ein Amerikaner diese Särge, wenn sie mit dem Schiff ankommen, abspritzen muss, bevor sie ausgestellt werden, und er, Christus, war anscheinend klein, deswegen sind die Särge auch kurz und sie kommen gerade rechtzeitig zu Weihnachten!

Oder sollte es Ostern sein mit handbemalten Osterstühlen und schwammigen Arschkissen und pastellfarbenen Eiern? Ich ertrinke in Zeug hier in *Gakahbekong*. In Unmengen von Obst. In ganzen Warenhäusern voller Werkzeug, Rigips-Nägeln, Klimaanlagen und Geräten aller Art, einheimischen und importierten Stoffen, und in den Supermärkten, in Fischen aus den sieben Meeren und in fettdurchzogenem Fleisch von warmäugigen Kühen, die ihre Jungen liebevoll stupsen. Und Klaus, und Klaus. Ich ertrinke in Klaus.»

Und wir wandern weiter, nach Norden, am Fluss vorbei, wo die Verlorenen sich immer zusammenfinden. Es ist in dem Viertel, wo gärtnernde Stadtbewohner Land pachten und ein Stück schlackige, von Glasscherben und Nägeln übersäte, eisenhaltige Erde bewirtschaften können. Ich höre ihr immer noch zu, wie sie weiterphantasiert, nicke aber immer wieder ein, bis schließlich, matt wie altes Münzgeld, der Morgen anbricht.

Als ich wach werde, ist sie fort.

Vor den ersten Vögeln, als in der morgendlichen Frische das Licht stärker wird, höre ich von meinem Färberbaumzelt aus die Stimmen der Hmong-Großmütter draußen und das Rascheln ihrer Schritte und Kleider, ihre schlurfende Melodie in der Erde und dann die gedämpfteren Geräusche ihrer Hände zwischen den Ranken und Blättern. Ich höre, wie Stiele abgebrochen werden, wie tief verwurzeltes Unkraut mit einem trockenen, leisen Schnalzen aus der Erde gezogen wird. Ich drehe mich um und beobachte, wie gemächlich und zufrieden sie ihrer Tätigkeit nachgehen, gelassen in ihren schwarzen und schlammbraunen Kleidern, konzentriert, mit dem Kopf nickend, sodass mir klar wird, sie necken einander in ihrer Sprache und führen Großmuttergespräche, über Kinder und deren Großtaten. Jedes Mal, wenn ihre Hände die Erde berühren, geht es mir ein bisschen besser. Mit jeder Bewegung, die sie an ihren Tomatenstöcken, ihren Bohnenreihen, ihren Auberginen und Chilies vollführen, jeder Geste in ihrem Leben ohne moderne Annehmlichkeiten fühle ich mich friedlicher. Und wie sie so arbeiten und die Sonne immer heißer auf die Erde brennt, sodass deren Geruch aufsteigt – ja, auch in der Stadt riecht diese Erde –, begreife ich, dass sie für mich graben. Ich spüre allmählich, was mir fehlt und wie sehr er mir fehlt, mein Geburtstalisman, *indis mashkimodenz*, die kleine Schildkröte, die die Verbindung zu meiner Mutter, zu deren Mutter, zu allen Müttern vor ihr schuf, die die Erde bearbeiteten.

Eine Großmutter ruft: «Ha!», lacht, ist ganz aufgeregt, und ich weiß, dass jener Teil meines Lebens, in dem ich umherziehen und beten muss, vorbei ist. Wenn sie früher fasteten, sahen sie die ganze Zukunft ihres Volkes vor sich. Meine Mutter schwärzte sich einmal, als sie ungefähr so alt war wie ich, das Gesicht mit Holzkohle. Dann ging sie für sechs Tage hinaus in die Wälder. Dort hatte sie eine Vision von einem gewaltigen, fremdartigen und unvorstellbaren Ding. Ihr ganzes Leben lang erzählte sie mir, sie frage sich, was das gewesen sei. Es sei aus dem Himmel gekommen, habe sich, schäumend und zitternd, tief in die Erde gebohrt. Ich sehe Folgendes: Ich wurde hierher geschickt, um zu verstehen und zu berichten. Was sie damals sah, war die Welt in ihrem heutigen Zustand, wie sie sich in Trance erhebt und das, was sie ist, selbst zerfrisst und zerstört. Jeden einzelnen Augenblick bis ans Ende der Zeit, falls sie überhaupt ein Ende hat.

Gakahbekong. Das hat sie gesehen. *Gakahbekong.* Die Stadt. Wo wir zerstreut sind wie die Perlen eines zerrissenen Halsbandes und in neuen Mustern, auf neuen Fäden wieder zusammengefügt werden.

19
SWEETHEART CALICO

Ein kleines Boot mit einem Gummiaufziehmotor – das sind die ersten Eindrücke von ihrer Freiheit. Sie fühlt das Schwirren dieses kleinen Gummis beim Abspulen. Dann wickelt das Band sich langsam fester auf. Am Grund ihres Magens zieht es sich zusammen. Löst sich. Sie atmet tief und wartet mit geschlossenen Augen. Durch die dichten Sprünge im Glas, die kleinen Scheiben ihres Fensters fällt die Sonne mit heiterer Wärme. Das Licht senkt sich in sie hinein wie warmer Honig, eine vibrierende Sinnlichkeit, als sammelten sich winzige Bienen in ihren Adern. Ein Schwarm der Wonne zieht sie sanft und in Wellen tiefer in die Weichheit, bis sie sich an den großen fellüberzogenen Mutterbauch des Sonnenlichts schmiegt.

Dort spürt sie, wie die Welt atmet, die Luft, die sich wandelnde Ordnung. Alles ist lebendig, sorgsam um sie herum angeordnet, und in der Matratzenmulde ist sie in Sicherheit. Mit neun Jahren war sie, nachdem ein Auto sie mit hundertzehn Stundenkilometern gestreift und in die Luft geschleudert hatte, unmittelbar vor dem Stacheldrahtzaun einer Pferdekoppel gelandet. Sie kann sich nicht mehr erinnern, wie sie dorthin gekommen war. Geflogen oder geworfen. Sehr wohl erinnert sie sich aber an den tröstlichen Geruch der Pferde – ihren grasigen Kot, den Schweiß und den Staub.

Dann gibt es eine Unterbrechung und die Sonne wird von einer Wolke verschlungen, sodass jetzt graues Licht hereinfällt. Wie hat er es nur geschafft, sie anzubinden, ohne ein Mal zu hinterlassen? Ihr die Freiheit zu nehmen, wo sie ihr doch so wichtig war? Sie hatte etwas so Kraftvolles, ihre Durchquerung des grenzenlosen Raums. Im Herzen, wo Himmel und Erde sich treffen, ist die Zeit endlos. In seinen Augen immer dieser Zaun ohne Tor. In ihren immer dieses Schweigen.

20
WINDIGO-HUND

Im Staat Minnesota war also diese große Hundetollwut ausgebrochen. Dann passierte Folgendes: Der Staat schickte drei Hundefänger aus, die rund um die Uhr Hunde einsammeln sollten. Der erste Hundefänger kam von einer erstklassigen norwegischen Hundefängerschule, der zweite war ein schwedischer und der dritte ein indianischer Hundefänger. Jeder in seinem Lieferwagen, fuhren sie als Gruppe los. Den ganzen Morgen arbeiteten sie ununterbrochen, und bis Mittag hatte jeder der Männer eine ordentliche Wagenladung Hunde eingefangen. Um diese Zeit wurden sie hungrig, also hängten sie Ketten vor die Hecktüren der Lieferwagen. Allerdings vergaßen sie, die Türen selbst zu verriegeln; so schafften es die Hunde, die Türen hinter den losen Ketten durch Drücken und Schieben gerade weit genug aufzustoßen, um sich einer nach dem anderen behutsam hindurchzuzwängen.

Als die Hundefänger vom Mittagessen zurückkamen, warfen sie als Erstes einen Blick in den Laderaum ihrer Lieferwagen. Der des norwegischen Elitehundefängers war gähnend leer, genauso wie der des schwedischen. Nur der Lieferwagen des Ojibwa-Hundefängers, wie die anderen unverriegelt und nur mit einer Kette gesichert, war noch immer voller Hunde.

«Das ist ja ein Ding», wandten sich der Schwede und der Norweger an den Ojibwa. «Wie erklärst du dir, dass unsere Hunde alle weg, deine dagegen immer noch hier sind?»

«Oh», erwiderte der Ojibwa, «meine sind indianische Hunde. Wo sie gerade sind, ist ihre Reservation. Jedes Mal, wenn einer von ihnen versucht, sich davonzumachen, ziehen die anderen ihn zurück.»

«Dieser Witz gefällt mir nicht», sagte Klaus. «Meine Reservation ist für mich etwas ganz Besonderes. Dort finde ich meine Autorität.»

«*Geget*, du elendes Stück Scheiße», entgegnete der Windigo-Hund. «Mir gefällt es dort auch. Komm mir bloß nicht spirituell.»

«Warum gefällt es dir denn da?», wollte Klaus wissen. «Für Spiritualität hast du doch nicht die geringste Ader. Was findest du da für dich?»

«In der Reservation», gab der Windigo zurück, «streunen die Frauen herum. Mach's gut. *Gotta maaj.*»

«Den wär ich los!» Klaus drehte sich um und schlief.

Während er schlief, fiel ihm wieder ein, dass er in Wirklichkeit jemand anderes mit einem Leben und einer Zahnbürste und einem Lohnkonto war. Im Schlaf durchlebte er einen normalen Tag, an dem er morgens aufstand, um hundert Bauchaufzüge und fünfzig Liegestütze zu machen, und sich dann, bevor er unter die Dusche ging, Cornflakes in eine Schale kippte. Das war ein Gefühl! Als Nächstes rasierte er sich, nur die paar Barthaare an seinem stumpfen Kinn. Er verließ sein richtiges Haus. Schloss die Tür zu. Stieg in sein Auto.

Auto! Das war einmal, vor langer, langer Zeit. All diese Dinge hatten ihm gehört. Er hatte sie sich mit seiner Arbeit und seinem Geld verdient. Ihm lief das Wasser im Mund zusammen. Münzen und Scheine. Vor seinem inneren Auge sah er, wie seine Brieftasche als dickes Päckchen in der linken Tasche seiner Jeans steckte. Er war Linkshänder. Aber was spielte das jetzt noch für eine Rolle? Die Flasche beherrschte er ganz und gar beidhändig.

Während Klaus unter den Büschen im Park schlief, schaute nur sein Kopf mit der grünen Baseballmütze heraus. Ein junger Schwarzer, der dicke Kopfhörer trug und auf einem Stück Plastikschnur herumkaute, kurvte um die Büsche und mähte dabei fachmännisch den Rasen der städtischen Parkanlage. Mit lässiger Selbstsicherheit bediente er den Rasenmäher – die mächtige rote Maschine mit ihrem dicken, gemütlichen Sitz und dem breiten, aufdringlichen Protestgeheul lud geradezu zu einem unbekümmerten Fahrstil ein. Genau das war nämlich sein Rasenmäher: ein lang gezogener Protestschrei; die Welt der Grashalme war niemals dazu bestimmt, auf die Länge eines Teppichs gekürzt zu werden, sodass man sich draußen wie auf einem einzigen großen Teppichboden vorkam. Der junge Mann bog um die Ecke und fuhr über Klaus' Kopf.

Natürlich ohne Vorwarnung. Er hatte keine Möglichkeit, sich in seinem Traum darauf vorzubereiten, dass sein Kopf unter einen Rasenmäher geraten würde. Nur das abgehackte, ohrenbetäubende, heisere Kreischen des Schneidmessers, nur das ihn wie ein Helm umgebende metallische Geräusch des Motors, nur die Tatsache, Klaus, du Glückspilz, dass ein kräftiger streunender Hund auf die Maschine zustürmte, mit ihr zusammenstieß und in die Luft geschleudert wurde. Von einem Baum abprallte und verschwand. Die Wucht des Aufpralls bewirkte, dass der Rasenmäher einen Riesensatz machte und der Unfall nichts anderes hinterließ als eine saubere, blutige Falte, die sich von der Stirn zum Kinn mitten durch Klaus' Gesicht zog.

Klaus schien es, als wäre er selbst im Traum eine Trommel gewesen, die schnell und heftig geschlagen wurde. Sein Trommelgesicht hatte den heiligen Mittelstreifen getragen. Klaus blinzelte in den Himmel hinauf. Die Sonne schillernd wie eine Perle. Das Laub glänzend und wogend. Plötzlich wurden seine Ohren aus ihrer Watteumhüllung genommen und seine Gedanken rasten unverfälscht, offen und funkelnd zwischen seinen Schläfen umher. In dem außergewöhnlichen Licht traf Klaus Tausende von Entscheidungen. Zwei davon waren wichtig. Nummer eins, er würde endlich aufhören. Einfach aufhören. Und er wusste, wie schon so oft zuvor, bis hinunter in seinen schmerzenden großen Zeh, die Mitte seiner Seele, dass er mit dem Trinken fertig war. Er konnte es schaffen. Die zweite wichtige Entscheidung wurde nicht so bewusst getroffen. Er wusste, nicht im Detail, aber mit überwältigender Gewissheit, was als Nächstes zu tun war.

Bring sie zurück. Bring sie zu uns zurück, du Dummkopf.

Trocken werden. Sie gehen lassen. Die Vorstellung tat so weh, dass er einen Moment lang wünschte, der Rasenmäher hätte ihn voll getroffen und seinen Kopf, seine Gedanken abgetrennt.

21
SWEETHEART CALICO

Klaus faltete den Stoffstreifen, den er als Stirnband benutzte, zusammen und wieder auseinander und strich mit dem Finger über das Rankenmuster aus zartrosa Knospen und weißen Rosen, den Sweetheart-Kaliko. Schweiß und Schmutz und alkoholschwangerer Schlaf, Eisenbahnbett, Unterführung und Überführung, Staub von den innerstädtischen Volleyballfeldern, gefrorener Schneematsch und Flusswasser, alles das hatte sich eingedrückt in das Stück Stoff, das die Geschichte seines Elends enthielt und das, wenngleich von Sand abgewetzt, von Schmutz verändert und von der Sonne ausgebleicht, seine Dehnbarkeit behalten hatte und aus derselben Zähigkeit gewoben war wie die alte Sehnsucht.

Wir alle haben es in uns. Und wenn nicht, sind wir entweder halb tot oder Glückspilze. Das Verlangen verleitet uns dazu, Dinge zu tun, die wir nicht tun sollten. Sogar das Verlangen nach dem Guten, nach Liebe.

Die Sehnsucht ist die Wonne der Diebe, die mit ihrer Erfüllung stirbt.

Klaus wickelte sich den Kalikostreifen wie einen Verband um das Handgelenk und wartete, wie er schon seit über einer Woche in der Nähe des Kirchenparkplatzes gewartet hatte, bis er selbst zu einem Teil der Szenerie wurde, einem Baum oder zumindest einem Baumstumpf. Da die Sonne am Himmel stand, kam es ihm so vor, als wartete er auf ein Ereignis, das nicht eintreten würde. Und dann, als er immer verbitterter und trauriger wurde und sein Magen zu brennen begann, sah er sie.

Es blitzte rot auf. Ein Vorhang wurde weggezogen. Sie ging über den alten Schlafzimmerteppich, aber es war innerstädtischer Beton. Seine Frau, seine *we'ew*, seine blaue Fee, seine Folter, seine Meerjungfrau, Mitleid und Liebe. Sie war vorsichtig, ging sehr langsam und zögernd, wartete am Bordstein, bis es grün wurde, griff nach ihrer eigenen Hand. Ihre schwarze Mähne hing schmuddelig und leblos herab. Sie atmete klare Luft ein und blies den Rauch aus Nase, Mund, Augen und Ohren. Sie spürte seine Anwesenheit, und als sie ihn über die Schulter hinweg ansah, waren ihre Augen keine lebendigen Achate mehr, sondern hatten das tote Grau des Bodens unter ihren Füßen angenommen.

Klaus trat aus der schmalen Gasse.

«*Boozhoo*», sagte er zu ihr.

Erschrocken fuhr sie zusammen, doch dann zuckte sie mit den Schultern, zündete sich an der Zigarette, die sie gerade rauchte, eine neue an und lief nicht weg. Ruhig schaute sie ihn an, müde, mit durchdringendem Blick. Das Gesicht seiner Liebsten war dünn und straff, die Knochen traten noch immer deutlich hervor und spannten ihre Haut genau an den richtigen Stellen. Die Art, wie er sie immer nachgezeichnet hatte, war tief in seinen Händen verankert, und seine Finger begannen automatisch, über die Risse in seinem T-Shirt zu fahren.

Sie kam näher und er griff nach ihrer feingliedrigen Hand mit den langen Fingern und hielt sie in der seinen. Dann band er, indem er den Stoffstreifen um ihrer beider Gelenke wand, mit dem Sweetheart-Kaliko behutsam ihre und seine Hand zusammen. Auch das hatte er nicht geplant. Ebenso wenig wie das, was dann folgte. Sie machten sich auf den Weg. Gingen los.

Richtung Nordwesten, am Fluss entlang, bis der im Fischgrätenmuster gepflasterte Bürgersteig mit seinen Blumenrabatten in ein gewöhnliches Trottoir und später in einen Teerweg überging, dessen Belag zuerst schwarz wie Lakritze war, dann immer blasser wurde, steiniger und schadhafter, dünner und löchriger, sich langsam wieder mit der Erde vermischte und schließlich bloßer Erde unter ihren Füßen wich, einem ausgetretenen Pfad für Jogger und Radfahrer, anfangs noch frei, dann zunehmend mit Gras bedeckt, kaum noch sichtbar, zugewuchert, vorbei an Hinterhöfen oder Grünflächen oder Parkplätzen hinter Reifenhandlungen oder Lagerhäusern und ein paar Neubausiedlungen inmitten von wildem, mit Blütenstaub übersätem grüngoldenem Senf, vorbei an einer Farm, später noch einer und dann weit in den Tag hinaus; plötzlich jedoch ein dichtes, völlig undurchdringliches Gestrüpp, das sich an den Ufern entlangzog.

Sie verließen den Wasserlauf, der am Rand der Welt entsprang, und hielten sich von nun an genau westlich.

Sie gingen den ganzen Abend über, ruhten sich aus. Schliefen ein in einem graswachsenen alten Hof unmittelbar neben einem verlassenen Schuppen, der noch immer ein metallenes Wrack, ehedem ein Auto, beherbergte. Am Ende einer Kette, die noch an der Tür des Schuppens befestigt war, hing um die Knochen einer Hundewirbelsäule herum ein kaputtes Lederhalsband. Daneben lagen noch mehr Knochen verstreut, dazu ausgedörrte Haut.

Sie gingen weiter. Der nächste Morgen kam und sie gingen immer noch. Tranken aus einem sauberen Höhlensee und zogen weiter, bis der Himmel jenseits einer kleinen Anhöhe jäh ins Unermessliche aufbarst.

«Ninimoshe», sagte er leise.

Er spürte, wie sie zusammenfuhr, sich anspannte, in tieferen Zügen einatmete. Als ihre Anmut sich wie ein fließender, beigefarbener Stoff über sie legte, wusste er: Wenn er sie ansähe, brächte er es nicht fertig. Deshalb mied er ihr Gesicht mit seinem Blick. Langsam, widerstrebend, gegen sein eigenes Bedürfnis ankämpfend, zerrte er benommen an der Schlaufe aus schmutzig grauem Sweetheart-Kaliko und löste den Knoten, der sie an ihn fesselte. Anfangs schien sie nicht zu begreifen, was ihre Freiheit bedeutete. Sie starrte in die Ferne, bis ihre Augen davon erfüllt waren. Dann schüttelte sie ihre Hand und merkte, dass sie nicht mehr an Klaus festgebunden war. Sie streckte ihren Arm vor sich aus, drehte neugierig ihre Finger, betrachtete eingehend ihre leeren braunen Handflächen.

«Geh», flüsterte er. Seine Stimme klang schrecklich und auf einmal setzte er sich hin wie ein Baby, das auf seinen Popo fällt, streckte sich der Länge nach ins Gras, benebelt, während Tränen wie der ferne Ruf der Waldohreulen langsam tief aus seinem Inneren heraufquollen. Er warf den Stoffstreifen, der sie an ihn und dann ihn an die Flasche gebunden hatte, weg. «*Gewhen*», sagte er. «*Gewhen!*»

Dabei stellte er sich vor, sie würde in der federnden Art, die nur ihrem Volk eigen ist, davonschnellen. Sie sprang jedoch keineswegs mit einem Satz aus seinem Schatten, sondern trat nur einen zögernden Schritt vor. Verwirrt, innerlich zerbrochen, stolperte sie kopfschüttelnd über den holprigen Boden. Sie machte sich auf den Weg nach Westen. Klaus schaute ihr nach. Das Land war so flach. Und sie ganz genau im Mittelpunkt. Er konnte ihren schmalen Rücken sehen, ihre flinken Beine, hier und da einen schwankenden Sprung, einen Sturz, einen Versuch zu rennen. Klaus dachte, sie würde sich vielleicht umdrehen, aber sie ging immer weiter, immer in Bewegung, bis sie eine zitternde Nadel war und schließlich ein dunkler Tupfen am westlichen Horizont.

22
DIE ÜBERRASCHUNGSPARTY

Die zerriebenen Kardamomkapseln. Süßes Kuchenmehl, pulverfein. Vanillearoma, das sanft die Treppe heraufschwebte. Frank war dabei, knusprige Törtchen zu backen. Stellte selbst die Füllung aus Fett, Zucker, Mehl, Ei und Zitrone her. Presste die Zitronen aus, rieb die Schale ab, verrührte die Masse in einem Topf mit dickem Boden und strahlte dabei die zeitlose Selbstsicherheit eines Mannes aus, dessen geliebte Frau sich nur eine Treppe höher befindet. Rozin saß an ihrem Schreibtisch, ordnete ihre Sachen, lernte für ihr Studium, machte sich Notizen und all das mit der befreiten Intensität einer wieder geborenen Studentin. Sie atmete den Vanilleduft ein, verspürte auf der Haut die langsam zunehmende Festigkeit der Törtchen, die unter ihr im Backofen steckten, und erahnte vage den Augenblick durchdringender Süße, den ersten Bissen, den Geschmack, den er ihr mittags bringen würde.

Sie schob ihre Karteikarten hin und her und ließ den Bildschirmschoner – silberne Blitze, die in purpurrote, magentafarbene, blassgelbe und wieder in silberne übergingen – zuckend über die summende Oberfläche ihres Monitors schießen. Fast ein ganzes Jahr war seit ihrer Hochzeit vergangen und sie wollte etwas Besonderes für Frank machen, etwas, woran er sich erinnern würde, etwas Unerhörtes sogar, damit sie, wenn sie in Zukunft an ihre Hochzeit dächten, nicht die blutige Tragödie dieses Tages, sondern den Überschwang und Spaß ihres ersten Hochzeitstages vor Augen hätten. Für Gesten wie aus Liebesromanen hatte Frank nichts übrig. Blumen und Musik sagten ihm nichts, nicht einmal erlesene Weine. Solche Dinge waren ohnehin zu oberflächlich. Sie brauchte mehr, etwas, was Frank in seinem innersten Wesen berührte; außerdem würden sie für sich sein, nur sie beide, was ihn überraschen würde, denn er hatte mitbekommen, wie sie voller Wehmut davon gesprochen hatte, genau die Leute einzuladen, die auch ihre Hochzeitsgäste gewesen waren. Stattdessen würde sie es auf seine Weise machen und eine private, erotische Atmosphäre schaffen, irgendein persönliches Ritual, das nur sie kennen würden.

Darauf richtete sie ihr Denken.

In einem Zeitschriftenartikel zu der Frage «Wie kriege ich ihn rum?» hatte sie einmal von einer Frau gelesen, die, nur in Klarsichtfolie gehüllt, ihren Mann an der Tür begrüßt hatte. Das war, überlegte sie, eine Art Wundermaterial für Frank – er benutzte es ständig beim Backen. Sie erwog, aus der Küche eine Rolle zu holen und sich selbst als Überraschung zu präsentieren. Allerdings war das Zeug so klebrig, so elektrisch aufgeladen, so trocken, unhandlich und leicht einzureißen, dass sie daran zu zweifeln begann, ob es wohl ein so tolles Gefühl wäre, sich zu lieben und dabei an dieser Folie herumzuzerren. Dann kam ihr die Idee, nur Schokolade zu tragen, hausgemachte Himbeermarmelade, Zuckerguss oder Pfirsichmus. Sie dachte an Zitronen- oder Käsekuchenfüllung. Erwog, sich mit Butter einzuschmieren und in einem Zimtbad zu wälzen. Oder Schaummasse, dachte sie, das wäre vielleicht günstig. Marshmallow-Schaum. Marshmallows. Ein winziger Bikini aus winzigen Marshmallows in allen Farben. Frank könnte sie in aller Ruhe essen, aber wenn sie dann endlich nackt wäre, wäre er mit widerlich zähen, zuckrigen, süßen Marshmallows voll gestopft. Rozin überlegte. Ihre Gedanken schweiften ab. Woraus bestehen sie eigentlich? Aus «Marsh», also Sumpf? Oder aus «Mallow», das heißt Malve? Sie musste daran denken, wie sie damals, als Cally und Deanna noch klein waren, auf unsichtbare Weise richtig gefüttert worden war, mit Seegras-Marshmallows, einer Art Geisternahrung, die ihre Töchter zauberten, indem sie ihre Lippen berührten.

Und plötzlich stellte sie sich vor, wie sie den Kuchen zubereitete, das Ding an sich, den Kuchen nach dem Rezept, das er vervollkommnet hatte. Den Blitzkuchen. Ihren. Schön und gut. Aber wie würde sie ihn tragen? Wie würden sie ihn essen? Wenn sie nun einen Fehler machte? Vor ihrem geistigen Auge sah sie, wie sie den Kuchen zwischen sich zerkrümelten. Ja und nein. Sie würde etwas anderes anhaben oder ein Nichts von etwas. So schloss sich der Kreis zur Klarsichtfolie. Fast zwanghaft versuchte sie, sich ein passendes Äußeres auszudenken.

Frank wusste es genau und das Wissen versetzte ihm einen Stich in die Seite: Ein Jahr war es jetzt her, ein ganzes Jahr. Der erste Jahrestag ihrer Hochzeit rückte näher. Das Gefühl unterschwelliger Störung, das diesen Hochzeitstag begleitete, mochte er nicht. Er wollte sich auf die Woche und den Tag und vor allem auf die Sicherheit des ersten Abends ihrer unwiderruflich anerkannten Zusammengehörigkeit freuen. Ihm war, als wäre die bloße Tatsache, diesen Schatz zu besitzen, gleichbedeutend damit, seine eigene Erschaffung auf dieser Welt neu zu erfahren – und das wollte er, er wollte sich dem täglich wiederkehrenden Schlag des unfehlbaren Hammers stellen. Wollte die gelegentliche Langeweile ihrer starken, wunderbaren, gewöhnlichen Liebe durchleben. Denn jeder Tag mit ihr bedeutete einen Tag weniger von ihrer gemeinsamen Zukunft, und davon wollte er jede Stunde, jede volle, schmerzende Minute haben.

Was soll ich ihr schenken?, fragte er sich also. Auf einem alten Kassenzettel fertigte er eine Liste von Geschenken und Möglichkeiten an. Teuren Schmuck. Luxusartikel. Ein wunderbares Abendessen zu zweit. Eine einsame Nacht an einem entlegenen Ferienort oder einfach Camping auf dem Küchenfußboden. Er dachte an sie, nur daran, was ihr gefallen würde, und begriff dabei, was sie wirklich gewollt hatte, begriff allerdings auch, warum es notwendig war, fand Spaß daran und sah das Ganze jetzt mit ihren begeisterten Augen. Schließlich hatte er sie sehnsüchtig von dieser Party sprechen hören.

Alle, die auf der Hochzeit gewesen waren. Freunde, Familie, wieder versöhnte Feinde, Überlebende dieses Jahres. Sie würden zusammenkommen. Sie würden eine Party feiern, aber wo ...? Hier. Frank schaute sich um. Hier! In seinem Bäckereigeschäft, dem Sitz seines Unternehmens. Direkt unter dem verschachtelten Licht und Dunkel ihrer Wohnung. Hinter dem Haus, wo die Robinien diesen zitternden Schatten warfen, würde er Lichter aufhängen. Lautsprecher. Er seufzte, fand sich damit ab. Es würde Musik geben. Tanz. Zum Trinken Kool-Aid. Zum Essen Gebäck. Kuchen und ein Barbecue. Er würde noch einmal den Kuchen aller Kuchen backen, nach dem verfeinerten Rezept. Alle würden sie da sein. Es würde üppig, groß, laut werden und das Beste daran, ein Lächeln dämmerte in ihm herauf, das Wunderbare war: Er würde sie damit überraschen.

In der Woche vor dem Hochzeitstag geriet sie in Panik. Dachte daran, ihm eine Uhr zu kaufen. Ein Namenarmband. Schuhe. Etwas, was er jeden Tag anschauen würde. Allerdings brachte keiner von beiden es fertig, den Hochzeitstag zu erwähnen, und dieses gemiedene Etwas wuchs zwischen ihnen – wurde größer und größer wie ein zweimal aufgegangenes Brot, dann wie ein ungeheurer, mit wilder Hefe angesetzter Teig. Es verdoppelte sich einmal und noch einmal – und diese schwankende Last wurde hauchdünn und die beiden wurden schüchtern. Sie konnten einander nicht berühren, zogen sich nach der Arbeit zurück; in ihren Vorhaben vergraben, vernachlässigten sie die Gesellschaft des anderen und brüteten vor sich hin. Telefonierten unbemerkt. Beide entwickelten einen überzeugenden Gedächtnisverlust. Als das Datum nahte, sprachen sie nur noch selten darüber, immer weniger, schließlich gar nicht mehr. Es war, als gingen sie beide heimlich fremd.

Ihr Hochzeitstag.
   Kein Frost, bis jetzt. Die meisten Bäume standen noch voll im Laub, zerzaust in ihren Spätsommerblättern. Die Luft war staubig und mattgolden, für den Herbst vielleicht zu warm, aber morgens war es kalt gewesen, sodass der Duft der Bäume und der flüchtig blühenden Herbstrosen hier und da wie eine Tasche voller Süße in der Luft hing. Im Seminar schielte Rozin den ganzen Tag auf die Karteikarte mit ihrer strategischen Planung: Nach Ladenschluss würde er unten sein und fertig aufräumen. Sie würde oben Blumen in die Vasen stellen. Kerzen auspacken. Champignons anbraten. Die Laken auf ihren durchhängenden Doppelbettmatratzen wechseln. Wenn er sich dem vorhersehbaren Ende seiner Tätigkeit näherte, würde sie die Kerzen im Schlafzimmer anzünden. Ihre Kleider ausziehen. Parfüm anlegen. Sie würde sich an strategisch wichtigen Stellen mit Schleifenaufklebern bedecken oder besser dekorieren. Zwei hellrosafarbene auf ihren gelbbraunen Brustwarzen. Eine darunter.
   Abends machte sie alles genau wie vorgesehen. Als Letztes zog sie das Wachspapier von dem Rechteck mit den Aufklebern und brachte die Schleifen an. Die beiden rosafarbenen. Unter ihren Nabel klebte sie eine teure gekräuselte Schleife, weiß und silbern, die sie in einem Hallmark-Laden gekauft hatte. Ihr Haar steckte sie hoch und befestigte noch eine winzige, grellrosarote Schleife über dem Ohr und eine weiße auf ihrer Schulter. Eine winzig kleine, gewürzbraune an jedes Ohrläppchen. Ihre Füße zwängte sie in hochhackige, silberne Pumps. Nahm ein Streichholz, eine Wunderkerze, einen klei-

nen Teekuchen. Sonst nichts. Ihr Herz hämmerte, als sie Lippenstift auftrug und sich einen zusätzlichen Tropfen Parfüm auf jede Schläfe tupfte.

Unten schlichen die Gäste der Hochzeitsparty in den Laden, entweder durch die Vordertür, von der Frank die Glocke entfernt hatte, oder von hinten durch die Bäckerei, wobei sie miteinander flüsterten, auf Zehenspitzen wie Kinder daherhuschten und sich zusammendrängten. Die Treppe, die von der Wohnung im ersten Stock zur Bäckerei führte, endete unten in dem großen Raum mit einer breiteren Stufe, fast schon einem Treppenabsatz, und daneben stand Frank, die Hand am Lichtschalter. Er hatte sie alle in seinen Plan eingeweiht. Wenn Rozin die Treppe herunterkam und den Absatz erreichte, der fast wie eine kleine Bühne am Eingang zur Küche wirkte, wenn sie dort in der Düsterkeit innehielt, würde er den Schalter betätigen. Sie würden alle rufen ...

Während Rozin durch die abendliche Stille die Treppe hinunterstieg, auf Franks Stimme zu, die hohl von unten heraufklang, konzentrierte sie sich auf ihr Gleichgewicht und das genaue Timing. So hohe Absätze war sie nicht gewöhnt. Da sie bis auf die Schleifchen nackt war, fröstelte sie. Sie ging langsam, um nicht zu stolpern. Das würde alles verderben. Sie hatte vor, am Fuß der Treppe stehen zu bleiben, dort, wo sich das Licht in den seidigen Bändern der Aufkleberschleifchen fangen würde. In einer Hand den Teekuchen mit der Wunderkerze darin. In der anderen das Streichholz, das sie über das raue Holz des Türrahmens ziehen würde ...

Das Kratzen des Streichholzes, die Flamme und ihre unsichere Stimme. Frank knipste das Licht an. Im selben Moment rief die dicht gedrängte Menge: Überraschung!
  Und überrascht waren sie alle.

Rozin blinzelte. Auf dem Teekuchen in ihrer Hand sprühte die Wunderkerze Funken. Nackt bis auf die reglosen Schleifchen stand sie da, die Hacken zusammen, den Mund offen, vor lauter Schreck unfähig zu weinen. Für einen endlosen Augenblick wirkte die Partygesellschaft aus Freunden und Familienangehörigen wie betäubt, starrte sie wie gelähmt an. Als Rozin schwer atmend rückwärts stolperte, besaß Frank die außerordentliche Geistesgegenwart, eine gestärkte weiße Schürze von dem Haken hinter sich zu reißen und sie darin einzuhüllen. Voller Sorge und Entsetzen beugte er sich zu ihr. Mit zuckendem Gesicht winkte sie ihn fort. Der Anblick ihrer gedemütigten Schönheit trieb ihm brennende Tränen in die Augen. Niemand wusste etwas zu sagen. Die Stille hielt an, bis sie durch einen einzelnen Hickser von Rozin durchbrochen wurde. Über ihrer Schürze zusammengekauert, den glimmenden, zermatschten Kuchen an der silbernen Spitze ihres Schuhs, musste sie erneut hicksen.

Die Gesellschaft wartete. Der Schluckauf klang wie das Vorspiel zu einem Anfall von Hysterie. Obwohl sie keine Heulsuse war, erwartete Frank doch, dass sie in Tränen ausbrechen würde. Ihre Schultern bebten. Die Stirn in ihren Händen war rot. Doch als sie das Gesicht hob und dem seinen entgegenstreckte, brach zischend ein gewaltiges, befreites Lachen aus ihr heraus und entzündete wie eine Lunte mit mehreren Knallkörpern das Lachen aller anderen im Raum, sodass sein eigenes kratziges, heiseres, ungewohntes erstes Krächzen von einem Lachen sich mit dem allgemeinen Gelächter vermischte.

23
SCRANTON ROY

Als er zum ersten Mal in seinen hirschledernen Stiefeln stolperte, tauchte, einen Schlitten mit Schädeln und Knochen hinter sich herziehend, die alte Frau auf, die er getötet hatte. In einiger Entfernung ging sie vorbei. Dennoch war er sich sicher, dass sie es war. Scranton Roy war im Frühlingsmorast krank geworden. Sein Körper schien sein Innerstes nach außen kehren zu wollen. Alles würde sein Körper auf sich nehmen, um die Seele, die in ihm wohnte, loszuwerden, dachte Scranton in seinem unruhigen Traum. Sein Fieber stieg und Scranton sah sie wieder. Diesmal kam die alte Frau an sein Bett und deutete mit der flachen Hand auf das blutige Loch, das sein Bajonett in ihrem Magen hinterlassen hatte. Ihre Stimme klang seltsam jung, hoch und beschwingt und sie redete lange in ihrer Sprache mit ihm. Die Worte verstand er nicht, wohl aber ihre Bedeutung.

Wer weiß, für wessen blutige Sünden wir büßen? Welche Mordtaten, die zu anderen Zeiten in anderen Ländern begangen wurden? Die Schwarzkittel glauben, dass Christus sich ans Kreuz nageln ließ, um zu büßen. Shawanos haben eine andere Vorstellung. Warum sollte ein unschuldiger Gott, ein großer Manitou, für unsere Saufereien, unseren Zorn, die in unsere Herzen gesäten Verstimmungen und Fehler zahlen?

All dies sollte auf uns selbst zurückfallen.

Doch obwohl er ihr bis zum Schluss zuhörte, glaubte er noch immer, er könnte es wieder gutmachen. Im Fieberwahn begann Scranton Roy, Pläne zu schmieden. In aufgeblähten

Träumen nahmen sie Gestalt an. Sie war da, die alte Frau, stolperte mit großmütterlicher Besorgnis auf ihn zu, das Gesicht nicht grimmig, sondern flehentlich bittend, hoffnungslos, froh, seine Aufmerksamkeit, seinen Schuss, seine Pistole von den fliehenden Kindern abzulenken. Sie warf sich ihm in den Weg, ein Opfer. Beschämt sah er noch einmal, wie ihr Blick sich nach innen kehrte, um ihrem Tod zu begegnen.

Wo war ihr Volk jetzt?, fragte er sich schließlich. Wo lagen ihre Gebeine? Wie hatte sie ihn gefunden?

In der Nacht, als sie ihn zum hundertsten Mal besuchte, erschöpft und voller Angst, gab Scranton Roy der mittlerweile vertrauten alten Frau ein Versprechen. Er würde ihr Dorf und die Menschen, denen er Unrecht zugefügt hatte, finden. Er würde den Sohn des Jungen mitbringen, der mit Vatermilch genährt worden war. Seinen Enkel Augustus. Dazu zwei Packpferde, beladen mit allem, was er von seinen Besitztümern entbehren und nicht entbehren konnte. Das schien sie zu akzeptieren. Als er wach wurde, stellte er fest, dass er wieder zu Kräften gekommen war. Die Wolken vor seinen Augen waren verschwunden. Die quälenden Knoten in seinen Knochen lösten sich auf. Das Fieber sank und Augustus musste seinen Großvater nicht mehr niederhalten und ihm während heftiger Anfälle den Löffel zwischen die Zähne pressen.

Sie machten sich auf den Weg über das trostlose Ackerland, am Zügel die Packpferde, die mit Getreide, Strängen von Händlerperlen, Beilen, Kochkesseln, Schnur, Salz, Maismehl, Wolle, Melasse und getrockneten Pilzen beladen waren. Auf Augustus' Kinn wuchsen genau sechs feine braune Härchen. Jung und schüchtern, wurde er beim Anblick einer Frau hochrot im Gesicht und verstummte. Sein ganzes Leben hatte er allein mit seinem Großvater zugebracht. Hatte außerdem Lesen und Schreiben gelernt, gelernt, faszinierende Rechenaufgaben zu lösen und am Tisch neben den breiten Fensterbänken und den

Töpfen mit blühenden knallroten Blumen Karten zu spielen. Jetzt trottete er mit seinen großen Füßen und seiner vom kalten Frühlingswind rau gewordenen Stirn schweren Schrittes Richtung Osten, wo ihn und das Pferd ein Ort erwartete, an dem er noch nie gewesen war, und ein Schicksal, das mit der Schuld seines Großvaters und dem Geist der alten Frau seinen Anfang genommen hatte.

Die Welt lag flach wie ein Pokertisch unter einem tief hängenden grünen Himmel. Sie hielten an und schlugen neben einer vom Blitz gespaltenen Eiche am Rand einer Reihe regelmäßiger, mit Laubwald bewachsener Erhebungen, die wie von der Hand eines Riesenkindes dorthin gesetzt schienen, ihr Lager auf. Von dort aus schauten sie in eine Landschaft aus Sümpfen und Seen, Höhlen, Wäldern mit feinem gelbgrünem Spitzenbesatz und sanften Hügeln. Dieses wohlgestalte Land durchstreiften sie auf der Suche nach den Menschen, die man in Vertragsgebiete, Reservationen, umgesiedelt hatte, Menschen, die sie *Ishkonigan*, Überbleibsel, nannten. Nachdem sie suchend von Stadt zu Stadt gezogen und dabei erst den Holzfällertrupps, dann den Bergarbeitern, den Indianeragenten und schließlich den Missionaren gefolgt waren, kamen Scranton und sein Enkel zu den Überresten des Dorfes und den nie wieder gesundeten Familien, den Kranken, den Verbitterten und den Wiederhergestellten.

Alles ist zu einem Knäuel verwoben. Zieht man an einem Faden dieser Familie, lockert sich das ganze Gewebe. Da stand Augustus nun, die Schnüre mit roten Perlen in der Hand, den alten, kronsbeerenroten, weißes Zentrum, leuchtendes Glas. Den rubinroten herzblumenartigen Perlen, die alle Frauen liebten. Diese Perlen tauschte er mit Zehn-Streifen-Frau, Midass, einer Verwandten der Frau, die sein Großvater getötet hatte. Augustus tauschte die Perlen und alles, was er besaß, gegen das schweigsame junge Mädchen, das ihm aufgefallen war, als sein Großvater und er das Lager betreten hatten. Er musste sie unwillkürlich anschauen, jede ihrer Bewegungen verfolgen. Er wurde ungewöhnlich dickköpfig und erklärte, er würde sie nicht verlassen, die Scheue, die ihre Hände ins Wasser hielt, die Geschickte, die die Haut mit dem weißen Schulterblatt eines Hirsches sauber kratzte, die Gute, die Schlechte, die Hälfte des ausgehungerten, sanftäugigen Zwillingspaares, mit der er leben würde, die am Anfang dünn sein, doch dann bezaubernd rundlich werden würde. Deren Eckzähne schimmerten und die bescheiden und dennoch durchtrieben war. Die allen Grund hatte, seinen Großvater zu hassen. Aus deren Hütte er verschwinden würde.

Die Perlen, für die Midass Augustus Roy ihre Urenkelin gab, wurden auf eine Decke gestickt, die sie für eine schwangere Frau nähte. Einige Zeit später, als die Lieblingsdecke schon fast in Stücke zerfiel, nannte man das Kind nach der heiß geliebten Dekoration, den Perlen mit dem weißen Herzen, Whiteheart Beads. Dieser Name setzte sich fort, bis Richard ihm ein Ende bereitete. Als die Perlen längst verstreut waren und die Decke nur noch in Fetzen existierte, heiratete Richard Whiteheart Beads die Tochter eines Roy. Er wäre an seinem fünfundachtzigsten Geburtstag nüchtern im Schlaf an einem schweren Schlaganfall gestorben, wäre seine auf sich selbst abgefeuerte Gewehrkugel einen Zentimeter höher abgeprallt.

Alles, was dann folgte, alles, was passierte, alles das ist so, wie ich es erzählt habe. Liegt das Paradigma dieser Ereignisse in der Begleichung alter Rechnungen und Schmerzen und Treubrüche aus früheren Zeiten? Oder arbeiten wir die unbedeutenderen Details eines ganz und gar zufälligen Musters aus? Wer stickt uns ein? Wer setzt Blume neben Blume oder Rebe aus geschliffenem Glas? Wer bist du und wer bin ich, die Stickerin oder das Stückchen gefärbtes Glas, das auf das Gewebe dieser Erde genäht wird? Alle diese Fragen zerren an unserem Verstand. Wir stehen auf Zehenspitzen, versuchen über den Rand zu schauen, erhaschen aber nur einen Blick auf die nächste Perle am Faden, auf die sich bewegende Hand der Frau, an diesem Tag, am nächsten, und auf die Nadel, die wie ein Blitz über den Horizont schießt.